いいからしばらく黙ってろ！

竹宮ゆゆこ

角川文庫
23724

目次

南野荘の共同シャワーは古くてボロくてカビ臭くて、一見するだに最悪だったが、使えばやっぱり最悪だった。全然お湯になってくれない。手にしたシャワーヘッドからは冷たい真水が力なく噴き出し続けている。裸足で踏んだ簀子は水気を含んで気味悪くぬるつく。全身もはや尋常じゃないほど冷え切って、ガタガタ震え始めている。まともな給湯設備など、はなから望むべくもない。

なにしろここは南野荘なのだ。

早くお湯になるよう願いつつ、胸には妙な感慨も広がっていく。自分がこんな暮らしをすることになるとは思ってもみなかった。こんな未来が待っているなんて、こどもの頃には想像もできなかった。タイムスリップして教えたとしても信じないだろう。私はあなたで、二十二歳で、今はこんなふうに夢を追っているんだよ、なんて。

富士はふと、あの夏のことを思い出す。

三つ編みにした髪。幼い喚き声。熱い潮風。とにかく暑くて、眩しくて、騒がしくて、

そして両腕が——

＊＊＊

両腕が長くなってきた気がする。

下ろしたら、だらん……と力なく地面についてしまう手を、引きずりながら生きていくことになるのかもしれない。どんな長袖も半袖になるから袖を追加し続ける人生になるのかもしれない。

そんなことまで想像するほど長い時間を、ここでこうして耐えていた。

十五分、いや、二十分？　もっと？　とにかく小五の体感では永遠にも等しい。あとどれだけここでこうしていなきゃいけないのだろう。せっかく海まで来たのに。せっかくの夏休みなのに。せっかくの家族旅行なのに。時間はどんどん過ぎていく。

真っ白な波に脛を濯がれながら、富士は思った。

もしかして、『これ』が十一歳の夏のピークなのか。この夏の一番楽しいところは『ここ』なのか。

火炎放射みたいな太陽光線が脳天から容赦なく降り注ぐ。足下の砂がごっそり波にさらわれていく。うねるような波が沖から次々来襲しては、色とりどりの浮き輪で遊ぶ人々を巻き込み、飛沫を上げて激しく砕け、平たくなって砂浜へ打ち寄せる。そのたび沸き上がる楽しげな歓声。知らない曲がスピーカーから甲高く流れていて、でも波の音はそれより大きい。こめかみを汗が伝う。猫撫で声と怒るよ声の繰り返しで喉はもう嗄れそう。以上。

夏休みの思い出、おわり。

　そうなのか。

　そうなんだろう。

　吸い込んだ頰の内側の肉を奥歯で嚙むと、口の中になにかが溜まった。知ってる。これはあきらめの味だ。富士にとってはお馴染みの、いつもの味。「諦」という漢字も習わずして、富士はその風味をすでに味わい尽している。

　おそらく、あきらめの境地のど真ん中を狙って自分は生まれ落ちてしまったのだ。神様による運命のストラックアウト、ピッチャーマウンドから投げられた富士の魂がブチ抜いた的は、五枚並んだパネルのまさにど真ん中だった。龍岡家の子の、三番目。

　四番目は右手で捕えている。「うーみっ！　うーみっ！　うーみっ！」

　幼児用のライフジャケットには股下に通せるしっかりとしたハーネスがついていて、富士がリードを摑んでいる。それを引きちぎりそうな勢いで、弟は波が連なる海の中へ突進しようと跳ね続ける。その様はまるで全身が筋肉と言われるエビ、もしくは興奮しすぎて二足歩行になってしまった散歩中の小型犬。後ろ足で波を蹴り上げ、叫びすぎてゼエゼエ言いつつ、ビンビン激しく跳んでいる。

　五番目は左手で捕えている。「かーきっ！　ごーおっ！　りーいっ！」

　こっちも同じライフジャケットの色違い、富士が摑んだリードを引きちぎりそうな勢いで、妹は浜辺に賑やかに立ち並ぶ海の家へ突進しようと跳ね続ける。その様はエビで小型犬でゼエゼエでビンビンで詳細は略。

　要するに富士は、波打ち際で、逆方向に突進しようとしている同じ顔した双子の弟妹に、磔（はりつけ）のポーズよろしく両腕を引きちぎられそうになっていた。あまりに二人が激しく暴れ、引っ張り合いながら跳ねるから、そろそろ肩関節ごとゴトゴト外れて落ちそうだった。腕が伸びるよりもありえる気がする。

　疲れ果てて泣きたくなりつつ、でもこの状態から脱する術（すべ）は思いつかない。何度も何度も何度も繰り返した言葉を、無駄だとあきらめながら、また繰り返すことしかできない。

「順番でしょうよ、ね!?　お願い！　いっぺんにはできないんだから！　泳ぐかお店か、まずどっちか決めて、それをみんなで一緒にやって、そしたらその次に、」

いぃいやぁぁだぁぁぁ！　びょんびょんびょんびょんびょん！

波にも負けないボリュームで、嫌がる声は綺麗（きれい）にユニゾン。双子は富士の肩をいよいよ本気で外しにかかる。「いたいいたいいたい！」思わず悲鳴を上げるが、双子は多分、恐ろしいことに、すぐ上の姉である富士が自分たちと同じく感情があったり痛みを感じたりする人間であることを理解していない。来年には小学生になるというのに、どうしてこんなに聞き分けがないのか。ひょっとしてものすごくアホなのか。それか自分を完全に舐（な）め切っているのか。

「もう！　いい加減にしてってば！　そろそろ本っ気で怒るよ!?」

すでに十分怒りながら富士も喚いてしまう。自分も双子だったらよかった。それなら弟妹の面倒をそれぞれで見られる。いや、親に弟妹の面倒を見させられることもなく、みんなみたいにやりたいことを勝手にできる。それが叶わなかったのだから、せめて三つめの手が欲しい。第三の手が自分にあれば、聞き分けのない双子の頭をバンバン引っ叩いてやれる。いまだかつてそんなことをしたことはないが、想像ぐらいはする。したくもなる。この、悪魔みたいなワンセットめ。喉元辺りからにゅっと伸びる第三の手を高々振り上げ、それ！　とばかりにまずはどっちを狙っ——

「ぶへっ⁉」

後頭部にテーン！　と衝撃を食らったのは自分だった、という現実を受け入れるのに一秒かかり、受け入れた時には、

「ごばぁっ！」

鼻と口から激しく水を吸い込んで、噎せて磔のまま溺れかける。顔面を水鉄砲の的にされたのだ。目の前でやたらとゴツい作りの水鉄砲を抱えて笑っているのは一番目。上の双子の姉の方。

「富士を盾にするなんて卑怯すぎ！」

極端に派手な造りの美形顔にハート形のサングラスをかけ、高い位置で結んだロングヘアを振り上げてみせる。日本人離れした長い手足にくびれた身体、高校生にして堂々と蛍光色のビキニを着こなして、不敵に笑う口許には白い歯がキラーン。そういう水着だとなんか愛人っぽい……とは、思うだけで口にはしない。

「まったく同じ言葉をおまえに返すね！」

振り返ると、富士の頭に当たって跳ね返ったと思しきビーチボールを片手で掴み、二番目も白い歯でキラーン。極端に派手な造りの美形顔にミラー加工のサングラスをかけ、ふんわりとボリューミーにセットされた髪をかきあげる。日本人離れした長い手足に鍛えた身体、高校生にして堂々と蛍光色のボクサーパンツを穿きこなして、兄はどこか変態くさい……とは、思うだけで口にはしない。

単品でもなんとなく情報が多すぎる姉と兄だった。二人揃えばさらに濃い。顔とか色とか声とかオーラ、とにかくすべてがいちいち過剰で、そして二人はいつもこうだ。競争、張り合い、なんでも勝負。対戦せずにはいられない。今だって富士以下三人のことなど忘れ果て、水鉄砲とビーチボールでひたすらバトルを続けていたのだろう。双子はやっぱりやりたい放題。いつでもどこでも自分勝手。

「お兄ちゃんもお姉ちゃんもちょっとはこの子たちの面倒みてよ!? さっきからひどいんだよ！ 全然言うこと聞かなくて私ずっとここでこうやって、ちょ、やめ……ぶは！」

水鉄砲をさらに浴びて必死に顔を逸らす。「あはははは！ 逃げるな！」その横顔にバイーン！ ビーチボール。「いったい！」バイーン！ さらに尻に。富士を狙っているのではないのはわかるが、「ほんと、も、やめ……っ」びょんびょんびょんびょん！ うーみっ！ うーみっ！ かーきっ！ ごーおっ！ 「食らえ！」「なんで私、ぶはっ！」「あはははは！」バイーン！ びょんびょんびょんびょん！ 「や、おねが……げほ！」バイーン！

顔面に水鉄砲、後頭部にビーチボール、そして両腕は引きちぎられる、という状況で、富士はお馴染みの味がまた口の中いっぱいに広がるのを感じていた。いつものように上と下、二組の双子の餌食。これがこの夏の思い出だ。これが自分の人生なんだ。そう諦めかけた時、下の双子が二人同時にチラッと上の双子を見たのに気付く。

——チャンス！

ピンと引っ張り合う力が緩んだ一瞬の隙をつき、富士は身体を捻りながら左右のリードから手を離した。弟妹はそのまま弾丸みたいに飛び出して、それぞれ姉兄にぶち当たる。弟は姉に、妹は兄に。

「盾だよ！　装備して！」

富士の声に、「おっしゃ使える！」「盾ゲット！」姉と兄は大きく頷く。同じ動作で新アイテム・盾を抱え上げ、波を蹴散らして駆け出していく。盾にされた弟と妹もはしゃいで笑っているのが聞こえて、富士は安心した。思い付きはうまく運んだ。

姉兄が一緒なら、弟妹は溺れたり誘拐されたりしない。弟妹が一緒なら、姉兄も本気のケンカになるほどエスカレートしない。そう長くはもたないだろうが、しばらくはああって四人で平和に遊んでいてくれるはず。みんな安全。そして自分は一時の自由を得る。最高。

富士はやっと息を整え、散々に引っ張られ続けた肩を回した。頬に貼りつく髪をかきあげ、水着で遊ぶ人々を避けて、一人ビーチを北へ歩き出す。これでやっとしたかったことができる。自由研究のために、綺麗な貝殻を拾い集めたかったのだ。

時々振り返っては双子たちの位置を確かめつつ、人があまりいない岩場の方を目指していく。

いつも多忙な両親は今頃、涼しいホテルで気絶したように寝ているか、ノートパソコンを開いて仕事をしているはずだった。両親抜きでビーチに向かう時、かけられたセリフはいつもと同じだ。「富士、お願いね」「みんなを頼むぞ」――わかってるって！　思いっきり頷いて、先を駆けていく双子たちを追いかけ、太陽の下に飛び出した。

六つ上には双子の姉兄。六つ下には双子の弟妹。富士はその真ん中、龍岡家の三番目の子として、この世に生を享けた。

双子は大変だ。育てる手間が二倍になるだけではなくて、いうなればお互いが運命のライバル同士。事あるごとにいちいち争い、必死に愛情を奪い合う。どんなことでも無事には終わらず、なんでもないことが大騒動になる。

だから、下が生まれるまでは上の双子が大変で。下が生まれてからは下の双子が大変で。

両親はいつしか、富士をきょうだい関係の調整役として扱うようになっていた。面倒な手伝いや頼みごとも、言いつけられるのは富士ばかり。理由は簡単で、富士なら「なんでこっちが!?」「なんであっちが!?」と、双子たちのようにいちいち騒がない。

上が血で血を洗う取っ組み合いになれば「富士、止めて！」止めに入った富士が一番痛い目を見る。下が揃って泣き叫んでいれば「富士、見てあげて！」まとめて二人を抱え上げ、何時間も背中をさする。上と下が揉めることもあるし、バトルロイヤルにもつれ込むこともあるし、結託して悪さをすることだってある。二組の双子が絡めば、とにかくあらゆる事件が起きる。でもいつだって最後には、「富士、なんとかして！」だ。富士が、事態の収拾を押し付けられることになる。

　割を食っている自覚はあった。でも、理解できないわけではない。両親は両親で大変で、祖父の思わぬ体調不良から突然事業を引き継ぐことになり、ここ数年は嵐のような忙しさの真っ只中にいるのだ。自分が割を食うことで両親がすこしでも楽になるなら、それでよかった。それに、こどもたちへの愛情がなければ、こんな多忙な状況で家族旅行をしようなんて思いつきはしないだろう。

　一人歩いていく砂浜の足元にはたくさんの石がゴロゴロとしている。

　さっきの騒ぎでビーチサンダルを流されなくてよかった。姉に濡らされてしまった二本の三つ編みを軽く絞り、ショートパンツのポケットを叩いて確かめる。大丈夫、ジップロックはちゃんとある。集めた貝殻を入れるために家から持って来たのだ。

　遊泳エリアを示す旗を過ぎると、途端に人の姿は少なくなった。俯いて、いくつか貝殻を拾ってみる。しかしどれも割れていたり、ありがちな地味なものばかりで、自由研究の材料になりそうなのは見つからない。

　サンダルで滑らないように気をつけて、一人、磯の岩場へ入っていく。

大きな岩を沖の方まで並べて積み上げた堤防を越えると、さらに辺りは静かになった。人影はもはやまったくなく、歓声もスピーカーの曲もここまでは届かない。波の音と自分の足音だけが、富士の耳には聞こえている。海の方から陸の方へ、岩を辿って視線を動かしていく。

そこに、その舟はあった。

大きな岩に立て掛けられた、木でできた小さな手漕ぎ舟。

波飛沫も届かない乾いた砂浜に船尾を埋め、船底を外側に向けて陽に晒し、傾きながら舳先で岩にもたれている。

放置されて長いのか、塗料は完全に剥げ落ちて、それはすっかり朽ち果てて見えた。鳥の糞や磯の生物の殻みたいなものが分厚くへばりつき、船体は白っぽく乾き切っている。きっとこのままボロボロと崩れ、時間とともに自然に還っていくのだろう。

立て掛けられた内側の空間には光が届かず、真っ暗な洞穴のようになっている。

富士は自然とその闇の奥に目を凝らしかけ、しかしすぐに我に返った。あれに近づいてはいけない。倒れてきたりするかもしれないし、危ない。もし今ここに大人がいれば、きっとそう言うに決まっている。踵を返して舟に背を向ける。

しかし、ふと思ってしまう。

（……あの舟の下に、綺麗な貝殻があったりして）

振り返り、もう一度舟を見る。

誰も近づかないからこそ、誰にも見つからずに残されたものがあるかもしれない。誰も見たことがないような、信じられないほど美しいもの。人魚姫の宝のような、この世界の秘密をぜんぶ封じ込めたもの。

そういうものがあるのかもしれない。見つけられるかもしれない。もしかしたら……。

いきなり気持ちが膨れ上がり、鼓動が速く、強くなる。考えがまとまるのを待つこともできず、足は自然と舟へと近づいていってしまう。

これはいけないことだった。してはいけないとわかっていることを、したいと思ったことはない。でも、今は——今なら咎める大人も、真似する弟妹もいない。今しかない。

自分でも自分を抑えられないことに驚きながら、吸い込まれるように身を屈め、富士はそろそろと朽ちた舟の下に潜り込んでいく。岩と舟の隙間にできた影の中は、すっぽりと全身が納まるほどの空洞になっている。

黒い砂地に尻を落とし、膝を抱えて座り込む。そうして目を上げ、気が付いた。

（ここ、すっごく静か……）

まるで目と耳を、生温かい大きな手に覆われたみたいだ。

浜辺の波音も風の音も、空気の流れや時の流れさえも、ここではまったく感じられない。

富士だけを一人内側に隠して、この暗がりは現実の喧噪から完全に遮断されている。

膝に自分の顎をくっつけ、富士はそのまま動きを止めた。なんとなく息もひそめる。目も閉じる。秘密の隠れ家だ、と思う。

誰にも自分は見つけられない。泣いて喚いて追いかけてくる下の双子のわがままも届かない。破壊的な上の双子の無慈悲な攻撃にも巻き込まれない。ここは静かで落ち着く、安全な自分だけの世界。

（……こんなに静かなら、『あの子』の声も聞こえてくるかも……）

いつしか自然とまどろみ始める。

富士にはこれまで、一人でいられる時間と空間があまりにも足りていなかった。こんなふうに一人で静かにしていられるのは、それこそ母親のおなかの中にいた時以来かもしれない。あの十か月、富士は確かに一人でいた。でも上と下の双子たちは、生命として発生したその瞬間から一人になったことがない。姉や兄、弟と妹は、こんな静けさを知らないまま、二人で生まれてきて、二人で生きてゆく。それが当たり前のこととして。

なんで私だけ双子じゃないの、と、富士は何度も大人に訊いた。きょうだいの中で自分だけが違うことが純粋に不思議だった。自分だけなにかが足りなくて、欠けてしまったようにも思えた。

でも、誰に訊いても答えはいつも同じ。それが普通なんだよ。双子の方が珍しいんだよ。

納得はできなかった。

世の中的にはそうだとしても、龍岡家では双子が普通だ。自分はなぜ一人で生まれてきたのか、そんな疑問が解けることはなかったし、本当はどこかにいるんじゃないのか、そんなふうに想像することもやめられなかった。

富士は、『あの子』を探している。

誰にも気付かれず、誰にも見えず、家族すら存在を知らない、透明なもう一人の自分自身。

どんな子なのか、富士にもわからない。どこにいるかもわからない。でも『あの子』は見つけてもらえる瞬間を、ずっと待っているのかもしれない。自分をずっと呼んでいるのかもしれない。静かなところで耳を澄ませば、いつかその声が聞こえるのかもしれない。

見つけたかった。知りたかった。その子の存在を、感じたかった。一緒にいられればなにも足りなくない。強くなれるし、すごく楽しいに違いない。

しかしそんな想像を膨らませることすら、普段の日々では難しい。一人になんて、なかなかなれない。一人にならなければ、一人じゃないことは感じられない。一人になって、一人じゃなくなりたい。こんな複雑な心境をわかってくれる人はいるだろうか。

（あーあ……ここにずっと、隠れていられたらいいのに。ずーっと、こうしていたい。弟も妹もうるさいし、言うこと全然きかないし。お姉ちゃんとお兄ちゃんは自分勝手で乱暴だし。もうやだ。ほんっと、もう、疲れちゃったよ……）

長い長いため息をついて、そのまましばし目を閉じたままでいる。でも、いつまでもこうしてはいられないこともわかっている。

やがて富士は目を開け、またため息をつき、顔を上げた。

隠れていられるひとときはこれで終わり。もうみんなのところに戻らなくちゃいけない。

膝をついて、舟の影から這い出す。途端に太陽の眩しさに目を射られ、手をかざして陽射しを遮る。そろそろ下の双子が泣きだす頃だ。あの子たちは姉と兄が大好きだけど、歳の離れた二人の乱暴な遊びにそれほど長くは耐えられない。

磯の岩場を歩き出し、来た方向へ戻りながら、そういえばまだ貝殻を見つけられていないことを思い出した。足元を見やる。貝殻、貝殻、貝殻――

(かい、がら)

立ち止まり、振り返る。

舟はまだそこにある。

今までも、これからも、ずっとだ。

音も立てず、そこに停止したままで、いつか朽ち果てる日をただ待っている。

富士は、なぜだか「なきがら」という言葉を頭の中に思い浮かべていた。漢字はわからないが、死んだ人の身体をそう言うということは知っている。

じゃああれは、舟のなきがらなんだろうか。死んだ舟だから、そう呼んでいいのだろうか。

乾いて傷んだ船体は穴だらけで、すこし離れたここから見ても、死んでいることは明らかだった。あれはもう水に浮かばない。それはつまり、舟にとっては死を意味するはず。

昔は誰かがあれに乗り、打ち寄せる波を割って漕ぎ進み、この海を自由に駆け巡っていた。どこまでも遠くへ疾走していた。でも壊れて、使えなくなった。だからああやって置き去りにしていった。捨ててそのまま忘れてしまった。もう誰も捜してもいない。

舟は死んでいる。

たまに誰かが偶然に見つけて、すこし触れては、またこうやって置き去りにしていく。

（……かわいそうだね）

富士もこの死んだ舟を、背後に残して去っていく。

ここにずっと隠れていられたら、と思ったのはついさっきのことだ。でも、撤回する。一人でいるのは落ち着くし、好きだけど、騒がしい家族みんながいつも傍にいるからこそそう思えたのだ。本当にずっと、これから先も永遠に一人でいたいわけじゃない。そんなの想像することもできない。耐えられないほど寂しい。

その耐えられないほどの寂しさの中に、死んだ舟はこれからもずっと置いていかれる。波は、舟のある場所までは届かない。舟は、海を懐かしんでいるだろうか。海を走るために作られた、そのための存在だったんだから、きっと懐かしいだろう。でもその懐かしさもやがて消えていく。時とともに乾いて崩れ、風に舞って塵となり、砂に混じって吹き飛ばされて、この世界から消えていく。存在していた痕跡も残さずに、なくなっていく。自分がなんのために生まれてきて、なんのために生きたのかも、大事なことはすべて忘れて、ただ、なにもかも失われていく。

富士にはなにもできない。

置き去りにされてこのまま朽ち果て、消えていくだけの死んだ舟に、自分ができることはなにもない。

来た方へまた歩き出しながら、しかし何度も振り返る。何度も何度も、ここに残していくものを見る。でももう行かなくちゃ。みんなのいるところへ戻らなくちゃ。富士は一歩ずつ、死んだ舟から離れていく。進むたび遠ざかり、舟はいつしか岩の陰に隠れて見えなくなる。

自分もいつか忘れてしまうのだろうか。

(生き返れたら、いいのにね……)

そうしたら、いつかまた、そのときに。

1

閉めたトイレの蓋(ふた)に腰を下ろしたまま、富士はまだ呆然(ぼうぜん)としていた。

袴(はかま)の裾(すそ)が床についてしまっているがどうにもできない。もう立ち上がれない。味方がいない。友達がいない。いなくなった。

もうすぐ去らなければいけないこの東京で、一人ぼっちになってしまった。

卒業式も無事に終わり、ゼミの仲間たちと学生生活最後の飲み会の真っ最中だった。楽しくてちょっと寂しい、一生の思い出になるはずの夜だった。

彼女のことは友達だと思っていた。他のみんなのことも友達だと思っていた。みんな、味方だと思っていた。

でも今夜、彼女から浴びせられたのはこんな言葉だ。

——さっきからあんた『人生どん底』とか言ってるけど、正直ふざけんなって思うわ。結局あんたはどうせなんかうまいことといくようになってんでしょ。

——そうやって『みんなが眩しいよ』とか言いつつ、どうせ気が付きゃ誰よりいい感じになっててさ、えー、よくわかんないんだけどー、なんか親がぁ、なんか親戚がぁ、なんか誰々さんがぁ、私の人生がいい感じになるように勝手に仕組んでくれててー、なーんにも頼んでないのに気付いたらなんか幸せにされちゃっててー、でも別に私が望んだわけではなくてー、とか言うんだよね。富士ってそういう感じ。いかにも上級国民。

——富士の自虐ってほんとむかつかない？　え、みんなも実はそう思ってんでしょ？一般庶民バカにしてんだろって。だって富士には結局どうなったって親の金パワーがあるんだし。あのタツオカフーズの娘だし。てってって〜りやっきのた・つ・お・か！　だし。つか一日何回あのCM流してんだよ邪魔くさい。あんたはとっとと実家に帰って、親の金でぼーっと贅沢して経済回してりゃいいの。あーあ、生まれた時から楽勝ルート確定、能力も才能も学力も努力も成長も必要なし。たまたまそこんちに生まれたってだけのラッキー人生。いーよねー。ほーんと富士って運が、運・だ・け、が、いーよねー。

――あんたってなにか欲しがったこととかないでしょ。だってなんでも、どんな未来でも、自動的に手に入るもんね。天から勝手に降ってくるみたいに、てか、だーかーらーさー。そのツラ、そろそろやめてくんない？　本気でだりーわ。迷子犬みたいな眉毛してうるうる、わざとらしく困ったふりとかもう必要ないんで。庶民のことなんか気になさらず、堂々と恵まれてて下さいよ。破談だろうが無職だろうがどうせあんたは無傷でノーダメ、こっちはそんなのわかってるんで。

誰かが、笑いながら言った。

「これってそういう会だったん？」

おどける声もあった。

「そこのYOU、飲み過ぎちゃう～？」

その後は、「いきなりそんな切れてんのとかこえーし」「はーい知ってる、この子の彼ぴっぴJKと浮気してるからイライラしてんだよ」「え、うっそ！」「JKとか逮捕待ったなしじゃん」「うける、通報しよ」「え、え、もしかして前に怪しいって言ってた件？」「げっすー」「遠距離しんど！」「てかこの話したっけ、俺の前カノさ、」話題は恋愛問題に逸れていった。

富士だけがただ一人、凍りついたように取り残された。

気付いたのはその時だ。

自分には、そんなことはない、と言ってくれる味方はいない。富士はそんな人間ではない、と庇ってくれる友達もいない。蜂の巣にされた自分の側に立ってくれる人は誰もいない。

騒がしく飛び交う話し声と笑い声の真っ只中で、富士は一人ぼっちだった。

さりげなく立ち上がり、さらに盛り上がる酔っ払いたちの輪の中から抜け出し、トイレの個室に逃げ込んで、ドアを閉めて鍵をかけ、振袖袴姿でここに座り込んだ。そしてそのまま動けなくなった。それが十分前のことだ。

今もまだ動けずにいる。

どうしてこんなことになったのだろうか。

（私が悪いのかな……）

緋色の袴の膝に、ついに一滴涙が落ちる。そしてたちまち二滴、三滴、続けて染みが増えていく。

大学入学を機に高崎の実家を離れて、四年間の月日をこの東京で過ごしてきた。

改めて思い返してみれば、本当に地味な学生生活だった。サークルのノリについていけずに早々に脱落、人生初の彼氏もできず、人間関係では傷ついたりもしながら、一人暮らしは清らかなまま。それでも三年生になり、ゼミに入ってからはうまくいっていたはず。毎日が充実していたはず。毎週の課題に討論の準備、春と夏の合宿、全員で協力しあって誰も脱落せずに完成させた卒論。ゼミの仲間たちとは青春と呼ぶべき日々をともに生きてきたはず。

なのに、その最後の夜には結局一人、こうやってトイレで泣いている。こんなところで、こんなふうに、みじめで孤独な涙を零（こぼ）している。

（私が言ったことって、そんなにおかしいかな。私のせいで怒らせちゃったのかな）

人生どん底。みんなが眩しいよ。

確かにそう言った。

そう思ったから、言ったのだ。

親が薦める相手と見合いをしたのが三年生の終わり頃、去年の春。去年の夏にはお互いの意志が固まり、本当ならば来月の大安吉日に、高崎で正式に仲人（なこうど）を立てて結納を行うはずだった。そして秋には式を挙げて、結婚するはずだった。新生活が落ち着いてから、タツオカフーズでファミリービジネスを手伝うはずだった。

予定が狂ったのは、先々月のお正月。婚約するはずだった相手から、結婚の予定をすべて白紙に戻したいと突然申し渡された。

相手はタツオカフーズの社員で、その有能さを両親が見込み、同族企業の役員として迎えるための結婚だった。でも相手が言うには、「判断を誤った」と。「結婚は愛する人とするべきだ」と。「会社を辞めて責任を取る」と。その相手を、両親は引き止めた。君がいなければ会社はやっていけない。すべてなかったこととして忘れていいから、どうか、このまま社に残ってほしい。

富士は、このように捨てられた。

結婚は破談。就職活動を始めるには遅すぎたし、そもそも準備もしていなかった。元婚約者と同じ職場で働けるほどのツラの皮も持ち合わせていない上、両親からも「それはさせられない」とはっきり言われてしまった。とりあえず地元に戻って、しばらくは静かに暮らすように、と。

「時が経てば自然に変わる状況というものもきっとあるから。とにかくほとぼりがさめるまでは、うちで大人しくしていなさい」

そう言い渡す母の隣で、父も深く頷（うなず）いていた。それが春からの富士の人生だった。

これを人生のどん底と思うのは間違いだろうか。

それぞれに夢や希望をもって就職活動に取り組み、望んだ未来の一端を掴（つか）み取ったみんなの姿を、眩しいと感じるのはおかしいだろうか。

（……迷子犬みたいな眉毛、だって。わざとらしく困ったふり、だって。そんなふうに思われてたんだ。今までずっと……）

ボロボロとさらに涙が落ちる。

実はね、と破談の顛末（てんまつ）を話した時、みんなは驚いていた。そして富士を心配し、同情し、優しい言葉をかけてくれた。大丈夫？　ちゃんと眠れてる？　力になるよ。飲みに行こうぜ！　心配だよ。話したくなったらいつでも聞くから。人生これからだって！　数々の慰めが、今もＬＩＮＥのトークに残っている。あれはじゃあ、なんだったんだろう。どうして最後の夜になってからいきなりこんなふうに——考えてすぐ、ああ、と納得する。

最後だから、か。

みんなが感じている「最後」の感覚は、富士が思っていたような「学生生活という一区切りの時間の最後」ではなく、もっと実質的な意味での、「龍岡富士という人間との付き合いの最後」だったのか。これから先なんかもうないから取り繕う必要もない、っていう。それで本音が出たのか。

なるほどなるほど。そっかそっか。無意識に小さく頷いて、何度も頷いて、富士は理解した。そういうことか。じゃあ、もう、あきらめるしかないんだ。

震える指でトイレットペーパーをすこしちぎり、畳んで目の縁に押し付ける。マスカラが溶けてひどいことになる前に、涙を吸い取ってしまいたい。不潔かもしれないし紙質もゴワゴワだが、泣いた顔は見せられない。

みんなのところには、なにもなかったように戻りたかった。そしてなにもなかったように、この夜を終わらせたい。なにも言わず、なにも残さず、なにも起きなかったことにしたい。なにも気付かなかったふりをしたい。そして忘れてしまいたい。そうすれば、すべてはただ消えていくだけだから。他のたくさんのことと同じだ。そうして静かに終わるだけ。あきらめることには結構慣れている。

そう思うのだが、しかし、喉に詰まる熱い塊はなかなかうまく飲み下せない。「……っ、……っ」富士は小さく口を開け、声を出さないように喉で喘ぐ。苦しい。目はまた新しい水分で濡れてしまう。そして時間は無情に進む。ここにずっと隠れてはいられない。そろそろ店を出る時間だし、みんなのところに戻らなくては。

泣き顔の自分を意識から無理矢理遠ざけ、目を閉じ、頭の中で強引に精算の段取りを考え始める。一人税込四千円のコースで、途中で帰った先生が一万円を置いて行ってくれたから、四千円×十一人（先生含む）、マイナス一万円、÷十人。そういえば二次会はどうしよう。予約はとっていないが、カラオケに行きたいという話が出ていた。行くなら一応、電話で確認した方がいい。今日は他の大学も卒業式のところが多いし、どこもきっと混んでいるはず。ここから行くとしたら近いのはどこだろう。何軒かの候補を思い浮かべつつ、懐に挟んだスマホを取り出す。

そのときだった。

ドンドン！　いきなり外からドアを強く二回。そして、

「生きてるー!?」

（……っ！）

驚いて目を見開き、顔を跳ね上げる。

知らない声だった。

その鼻先に、ひらりとなにかが落ちてくる。

反射的に手を伸ばし、それを摑む。

目に飛び込んで来たのは、斜めに大きく『バーバリアン・スキル』と白抜きにされた文字。

思った。知ってる。

私、これ、知ってる。

——遠くから呼ばれているようだった。

身体の中身だけがその声に応えて、全力で疾走していくようだった。

でもどこへ？　思い出せない。わからない。

(なんだっけ。なんで私、知ってるって思うの)

バーバリアン・スキル。野蛮人の技術。それって略奪とか、残忍な殺戮とか？　って、前にも同じことを思った気がする。でもそれが一体いつのことだったか。

そのまま考え込みそうになり、しかしはたと我に返る。慌てて立ち上がる。ドアを叩いてきた人が順番を待っていると思った。しかし洗面スペースに出て行くともう誰もいない。諦めて他のトイレを探しに行ったのかもしれない。その片手にまだ摑んでいるのは、ありがちなB5サイズの芝居のチラシ。

キャンパスがあるこの街の沿線にはいわゆる小劇場の聖地があり、大抵の飲み屋には演劇関係のチラシやポスターが大量に貼ってある。このチラシも、トイレのドアの裏にびっしり重ねて貼られていたうちの一枚に過ぎない。叩かれた衝撃でたまたま剝がれ落ちてこなければ、あえて眺めることもなかった。

バーバリアン・スキルという劇団の、芝居の公演があるという。

真っ赤な文字で書かれたタイトルは『見上げてごらん』。スモークの中に四人の人物のシルエットだけが黒く浮かび上がるデザインは、シンプルながらどことなく不穏さを感じさせる。今日が初日で、開演は二十時。劇場はここからほんの数駅先。

チラシの文面を目で追いながら、心はいまだ落ち着かない。知っていると感じるのに思い出せない、この気持ちの悪さよ。

(お芝居ってことは、須藤(すどう)くんに関係することだよね……)

須藤くん、という単語がすでに懐かしい。あれから二年しか経っていないのに。

たまらずスマホを取り出し、「バーバリアン・スキル」で検索してみる。劇団のHPは検索結果の一番目にあった。さっそくアクセスしてみるが、ページを全然読み込まない。そのまま数秒後には自動的に別のページに飛ばされてしまう。飛ばされた先は、コヨーテ・ロードキルというやはり劇団のHPだった。なんとなく語感は似ているが、これらは同じ団体なのだろうか。仲間同士でHPを共有しているとか?

さらに検索を続けたいが、しかしそうのんびりもしていられなかった。とりあえずチラシは折り畳んで懐の奥に押し込み、座敷へ戻る。

「ちょっと富士、トイレ長くなーい?」

「ごめん」

「もう会計しなきゃじゃん！　いくらー？」

「一人税込三千四百円だよ」

さんぜんよんひゃくえんだってー！　え、なんて？　富士なんて？　いくら？　ちょ待ってーさんぜんなに？　よんひゃくー！　りょ！　りょじゃねーよ！　草！　うるせーわ！

ゲラゲラ意味なく笑い転げる酔っ払いたちの声が錯綜する中、富士の前には大量の千円札と小銭がじゃらじゃらと積み上がっていく。両替だのおつりだのと騒ぐ声に対応しているうちに、投げられた百円玉が弾んで座敷に落ちる。拾わないと、と屈み込んだ背中に、二次会ってどこなん？　誰かが訊いてくる。カラオケでしょ？　カラオケー。いえーカラオケいこー！　つかどこの店？　富士が調べてるでしょー？　だよなー。富士ー？

ふ――じ――！

急いで身を起こし、「わかってる、ちょっと待っててね、今、」スマホを取り出そうと懐に手を入れたそのとき。

指先が折り畳んだ紙に触れた。

（今を逃したら、もう二度と――）

そう思った、次の瞬間だった。

行かなきゃ。

くるりと身体が向きを変える。そのままつんのめるように、大きく一歩、足を前に。とっくに駆け出していた中身を追って、また一歩。さらに一歩。

自分の荷物を引っ摑んで座敷を下り、草履を履いてからはもう後ろを振り返りもしない。誰がなにを言ったかも、その表情もわからない。

気が付けばもう店を出て、夜の道をひたすら駅へと向かっていた。自然と足が早まって、そのうちほとんど小走りになる。点滅している信号も、止まらず一気に渡り切る。

繁華街の人混みをすり抜けながらただ思うのは、今しかない、と。走れ、と。

もう時間がないのだ。開演に間に合うかどうかという話ではなくて、来週には部屋を引き払って、実家へ戻らなければいけない。東京を離れてしまったら、どうして自分がバーバリアン・スキルを知っているのか、気になったって簡単には確かめられない。だから今しかない。今夜『見上げてごらん』を観るしかない。

無事に観劇できれば二年ぶりだ。もっと正確には、二年と八か月ぶり。須藤淳之介（じゅんのすけ）がなにも言わずに去ってから、それだけの時間が過ぎたのだ。

駆け出した勢いで、もしも、などと考えてしまう。

あの頃、もしもこうやってがむしゃらに走って彼を追いかけることができていたら、結果は違っていたのだろうか。自分はこんなふうにはなっていなかったのだろうか。今とはまた違う形の傷を負っていたのだろうか。試さなかったからわからない。永遠に。

バーバリアン・スキルの『見上げてごらん』、開演まであと三十分。

＊＊＊

開演の五分前に劇場へ辿り着き、入り口らしきドアの前で、

「えっ……」

富士は思わず立ち竦んだ。これはなにかの間違いじゃないのか。チラシの地図とスマホが示す実際の番地を何度も見比べて確認してしまう。あまりにも真剣に見比べるせいでヒヨコの雌雄を高速で判別する人みたいになりつつ、また改めて呆然としてしまう。

錆びた鉄製のドアの上部、網の入ったガラスの部分には、『見上げてごらん』のチラシが貼ってあった。やっぱりここが劇場なのだ。でもなんというか、劇場というよりは……。

後ろから来た女性二人組が、立ち竦む富士を追い抜いていった。「すごーい、袴だ」「卒業式だったのかな」小さく囁き合いながら、人気のない通りをそのまま歩いていく。ややあって、「あれ？　通り過ぎたかも」立ち止まり、スマホを見て振り返る。戻って来て、看板を確かめ、ドアに貼られたチラシを指さす。「え、まさか……」「ここなの!?」

同じく入り口の手前、富士の背後で立ち止まる。不安そうに声を合わせる。

「廃墟じゃん！」

――ですよね。こっそりと頷く。まさにそれが言いたかった。

「うっわ、うっそ、待って、まじか。聞いたことない劇場だなーとは思ってたけど、いくらなんでもこれはボロすぎでしょー」

「普通に倒壊とかしそうだし、入るのすっごい勇気いるわ」

一字一句、完全に同意。まさにその通り。ボロすぎる。倒壊しそう。入るの勇気いる。繁華街を抜けてからここまではだいぶ距離があり、付近にはもう開いている店も人通りもない。この寂しい場所に立つ三階建ての地下一階が劇場だという。しかし街灯に寒々しく照らされた外観は、あまりにも廃墟感が強かった。

ドブ色のタイルは半ば以上剝がれ落ち、コンクリの下地が露出して、錆びた鉄筋があちこちから突き出している。そのコンクリもあちこち崩れ、欠片が建物の縁に散らばっている。窓枠も錆び、柵はところどころ外れ、ここから見えるすべての窓のガラスに内側から新聞紙が貼られているのが怖い。鉄製のドアの上にはかろうじて蛍光灯がついているが、白けた光がチカチカとさっきから激しく明滅している。ただでさえホラーな暗がりに、事件の予感が追加で盛られる。

掲げられた劇場の名は、フリーシアター・レトロ。

この禍々しいまでのボロさを、レトロなんて言葉で誤魔化せると思ったのだろうか。その図々しさに富士はほとんど戦慄する。

二人組はしかし、「でもこれ、あえて狙ってのやばさなのかも」「あー、バリスキだしね」「ね。南野さんのやることだし」あくまでも前向きだった。「もう開演時間だよ」「よし、じゃあ、行きますか！」

覚悟ができたらしい。頷き合ってドアを押し開き、狭い通路の奥に入っていく。それを見て、富士も腹を括った。勇気を振り絞り、閉まりかけた重いドアを再び開く。知らない二人の後を追って、恐る恐る中へと進む。地下へ続く階段はすぐ数歩先にあった。

慣れない草履で踏み外さないよう、片手で壁に触りながらやたら急な階段を下りていく。気分はほとんどお化け屋敷ツアーだ。通路には数個の小さな電燈しかなく、壁も床も天井も真っ黒。とにかく暗い。半ばあたりで大きく曲がると、奥の壁にもう一枚のドアが照らされているのが見えた。その手前には、衝立で仕切られただけの小さな空間がある。

すこし先を行く二人組はそこを覗き、「あれ⁉」いきなり笑い出した。その声の明るさに、富士はすこしだけホッとする。なんというか、人間の世界だ。

「え、ここってもしかしてロビー的なゾーンとかすらない系ですか？　うわ、結構衝撃」

「そしてなぜ蟹江さんがぽつんともぎりしてるんだ、っていう。これ、今から出るんですよね？」

「あはは……すいません。お察し下さい」

小さな机が横向きに一つ置いてあり、男はその向こう側に立っていた。

上は色褪せた黒のパーカー、下は毛玉のできたジャージ。フードをかぶったままでもっさりと背を丸め、話しながら落ち着きなく肩を揺らしている。背後の壁面には黒い幕がかけられ、机にはチケットが数枚と手提げ金庫。プリントアウトされた名簿のような紙。そして赤のボールペン。壁際には小さめの花のスタンドが二つ。札はここからは読めない。

「えーもーなんか、とりあえず超お疲れ様です。ていうか、今回から入った制作の神田さんて、前に『おぞん』にいた神田さんなんでしょ？　なっつかしー、とか思ってたんですけど、姿ないですね」

「どこか行っちゃったみたいで、行方不明なんです。僕もさっきから捜してるんですよね」

二人組とその男は親しい仲らしく、「ちょ、開場中に制作が行方不明ってどういう状況ですか」「そこもお察し下さい、としか」「うわー樋尾さんやばくなってそう」「両目に虚無を宿してメンソールすぱーってしてそう」「それはいつものことなんで……」狭い空間にまた笑い声が響き渡る。

「とにかく、新作観に来られてよかったです。二枚お願いします。南野さんで予約してます」

「いつもありがとうございます。それでは二千五百円ずつお願いします。前回はあんなことになっちゃって、本当に申し訳ありませんでした」

「いやーバリスキどうなっちゃうんだろうって、うちら本気で心配してたんですよ。ね」

「そうそう。Twitterとかでも全然呟いてくれないし。サイトもあんなだし」

「重ね重ねすいません。落ち着いたらと思いつつ、もうずっとバタバタで……」

「まじで頑張って下さいね。これからもずっと活動続けて下さい。さもないとバリスキ大好きっこたち、みんな路頭に迷っちゃいますよ」

「そうそう、リアルにうちらさっきここ着いて、なんかスタッフさんとか誰もいないし、よくわからなくてすっごいきょろきょろしちゃいましたし」

あは、あは、と力なく笑いながら、「ほんと、ご心配おかけしちゃって……色々すいませんでした……」パーカーの男は捧(ささ)げるようにチケットを渡し、代金を受け取る。

二人組が奥のドアに入っていって、スペースが空いた。

パーカーの男は受け取った代金を手提げ金庫にしまい、ペンで名簿になにやらチェックを入れつつ、近づいていく富士に「お次の方どうぞ」顔を上げないまま声をかけてくる。

「チケットを一枚、お願いします」

「劇団員の名前でご予約いただいてますか」

「予約はしていなくて」

緊張しながら答える声が、ひっくり返りそうになってしまう。酒臭くなければいいのだが。

「当日券ってまだありますか」

フードの下から、「はい」男は覇気なく視線を上げた。そして、

「……ああ!?」

「ええ!?」

急に叫ぶから、こっちも驚く。

お互い一声鋭く叫んだところで時が静止する。男はフードを払い、まじまじと富士を見てくる。かすかに震えてもいる。

正直、怖かった。この男のことはまったく知らない。顎(あご)の細い、痩(や)せた猫背のこの男は、

断じて知り合いなどではない。はず。だが。

　机を挟んでしばし見つめあうこと、およそ五秒。

「あ、あの……えっと、僕のことって、……いや、まあ。まあ、いいや。ただえーと……ンフ、お着物が、ンフフ……」

　男はくねくねと身を捩り、妙にそわそわと視線を逸らし、嬉しげにまた合わせ、素早くまた逸らして、

「すごく、きれいだなって……ンフフフ……すいません」

　喉の奥に籠るような声音で笑う。落ち着きなく薄い身体で前後に揺れる。関わりたくはないと思うが、チケットを買わないわけにはいかない。

「……変な恰好で、こちらこそすいません。卒業式があったもので……」

「ですよね、ンフ、すいません……当日券、あります」

「すいません……じゃあ」

「三千円になります……ええと、ンフ、これで……すいません」

「あっ……すいません」

「すいません」

　なぜか競うみたいに激しく頭を下げ合いながら、ようやくチケットを手に入れることができた。どっと疲れた気がするが、本番はまだまだこれからだ。

　最後のドアのノブに手を伸ばしながら自分に確認。トイレは？　大丈夫。正直、膀胱の

大きさについてはめちゃくちゃ自信がある。恐らくは生来Lサイズ、それを努力で鍛えもして、富士はいまや体内に超大容量のタンクを備えている。砂漠で誰かを救えるほどだ。龍岡家の三番目に生まれた以上、おちおち出先でトイレになど行ってはいられなかった。とにかく溜(た)める。耐え忍ぶ。ずっとそういう人生だった。

ついに劇場の中へと入っていく。重いドアが音を立て、ひとりでに背後で閉じる。その途端、密閉空間特有の粉っぽい熱気がむわっと顔に吹き付けてくる。汗くさいような埃(ほこり)くさいような、独特のにおい。

そして、富士は再び立ち竦んだ。

やばい。

建物は一目見るだにやばかったし、さっきの男もやばかった。そして中はこうだ。やばい。語彙力(ごいりょく)を失うほどのやばさの只中に、富士は今、立っている。

学校の教室よりわずかに広いぐらいの空間に、当然ながら窓は一切ない。出入り口は今入ってきたドアだけで、その上部の非常灯には切った段ボールがガムテープで貼られ、光が漏れないように隠されている。壁も床も、配管が剝(む)き出しの天井部も真っ黒。重たい煙のようにヒップホップが低く流れる中、客席を照らすのはわずかなライトのみ。

その客席は片側に通路を空けた階段状になっていて、パイプ椅子がみっちり隙間なく並んでいる。六十席ほどあるのだろうか。席は半ば以上が埋まっていて、前の方にはもう空きがない。観客は皆窮屈そうに肩を斜めにしたり、背中を丸めたりして、どうにか狭いスペースに身体を押し込めている。壁側に詰めて座ってしまった人は、席を立ちたくなっても、同じ列の全員が先に出てくれない限り、通路には出られない。

富士はアップにした髪形を気にして、最後部の通路側、最もドアに近い席に座った。席の前後もまったく余裕がなくて、椅子をいちいち後ろにずらさなければ、立ち上がることすら難しい。

小劇場ならこんなもの――とは、思えなかった。このやばさは普通じゃない。

面積に対して、明らかに席を詰め込み過ぎている。そしてこの客席を作りながら、人間の重さについてちゃんと考えたとも思えない。階段状に作った台の面は重量に耐えられずに撓んでいるし、客席は通路側へわずかにだがすでに傾いてもいる。

富士は演劇にも劇場にも詳しくはないが、この状況が危険なことぐらいはわかった。詰め込み過ぎだし、造りは雑、避難経路も確保されていない。

（なにか起きたらどうするつもりなのかな……）

たとえば火災や停電、地震だって起きる可能性がある。もしもなにかが起きて、ここから避難するようなことになったら大変だ。人々は我先に椅子の列を薙ぎ倒してドアに殺到するだろう。不安定な台はさらにバランスを失い、崩壊してもおかしくない。そして転倒、将棋倒し、踏まれて怪我して挙句に窒息。さらにどうにかドアから出られたとしても、その先には狭い通路と大きく曲がる急勾配の階段が待っている。そこに数十もの人間が一斉に突っ込んできたらどうなるか。想像するだけで落ち着かず、息が苦しくなってくる。

そして富士はこんな時、ほとんど刷り込みのように、きょうだいで取り残されることを思い浮かべてしまう。

火災が起きたら——下のワンセットは左右で同じ顔をして、「かじ!?」「まじ!?」とか叫ぶだろう。落ち着いて！　とか言ったところで奴らは絶対に落ち着いたりしない。とにかくまず頬をくっつけて自撮りするはず。#燃えてるー！　アホだ。そしてお互い逆方向に猛ダッシュ。そのまま姿は見えなくなる。そして姉と兄はといえば、ここで一番目立てる場所を取り合って、罵（ののし）り合ったりしているはず。「あんたがどいてよ！」「おまえこそどけよ！」そんな場合か！　と姉兄を引き離し、弟妹を人の群れから掘り出し、自分はドアを開いて押さえて誘導しなければ。こっちこっち！　と。急いで早く！　と。

　これでどうにか——

「どうも、なんかすいません、色々と」

　はっ、と富士は顔を上げた。

　想像の中でみんなを脱出させている間に、客席に流れていた音楽が静かな曲に変わっていた。下りたままの幕の前で、あの猫背のパーカー男が手持ちマイクで話し始めている。さっきと同じ恰好のままで一礼すると、客席から軽い拍手が起こる。富士も慌ててそれに倣う。

「すいません、すいません。どうもありがとうございます。えー、そういうわけでそろそろまた始めようかな、と思ってるんですが、その前にご説明をさせていただきます。もう、なんていうかいつものやつで、飽きたよって方もいらっしゃるかもしれないんですが、すいません」

　男は、「さて！」声を張った。

「バーバリアン・スキルには、観劇する際のお約束があります！　まず一つ！　おもしろかったら、笑って下さい。二つ！　悲しかったら、泣いて下さい。三つ！　つまらなかったら、怒って下さい。前の方のみなさん、いいですかー？」

　舞台に近い席の列から、いいでーす！　返事が飛ぶ。

「真ん中のみなさん、いいですかー？」

　同じく、いいでーす！　そして、

「後ろの方のみなさん、いいですかー？」

　戸惑いと恥ずかしさで、富士はうまく声を出せなかった。隣の人も、前の人も、大きく返事をしていたが、口だけをモゴモゴ動かしてなんとかごまかす。

「ありがとうございます！　それでは、ここから、一緒に行きましょう」

　男は片手を高く上げた。

　バイバイするように広げたその手を動かさずに動きを止める。音楽が次第に小さくなっていく。照明もだんだんと絞られて、広げられた手の平だけに白いスポットライトが当たったまま、劇場内は真っ暗になっていく。消えていく音楽の尾に重ねるように、どこからか風の音が聞こえてくる。それは高く低く、徐々に大きくなっていく。

真空の闇に吸い込まれていくような体感があった。

手だけがその中に浮かび上がり、まるであれが出口で、そこを目指して飛んでいるようだ。座ったままで軽い眩暈すら覚える。ジェットコースターかなにかに乗せられたみたいに、猛スピードで風を切り、まとわりつく現実の諸々を脱ぎ捨てて、やがて重力すらも振り切ってぐんぐんと――

「んあ――――――――っ！」

びくっ、と驚いてしまう。

いつの間にか幕が上がっていて、舞台は眩しく照らされていた。その中央、さっきと同じく手を上げたポーズのままで、猫背の男が叫んでいる。姿はいきなり変わっている。学ラン姿にぴっちり横分け、メガネまでかけていて、富士はなぜか彼のことを中学生だと思った。というか、中坊か。ださい銀縁のメガネや、ちらっと見える紐ベルト、裾から覗く白ソックスのチョイスが高校生のそれじゃない。あれは中坊。そう呼びたい。

「もういやだよお！　こんなの絶対いやだよお！」

机と椅子が並ぶ教室のセットに、いるのは彼一人。窓の外には曇り空が見えている。いかにも寒そうな風の音。

顔をいきなり真っ赤にして全力で叫ぶ中坊は、目に涙さえ溜めているようだった。なにかがものすごく嫌らしい。

「給食で嫌いなものが出てくるのはしょうがない！　だって好き嫌いがある！　たとえば

十の食品があればそのうち二つが食べられない！　だとすればこうなるでしょ！　好き！　好き！　好き！　きらーい……。好き！　好き！　好き！　きらーい……。好き！　好き！　理論上は、こういう十の給食が展開されるはず！」

ノリはほとんどコントだったが、きらーい……。でテンションが落ちる時の顔があまりにもおもしろくて、富士は早くも噴き出してしまった。

「なのに、このところはこうなんだ！　きらーい……。きらーい……。きらーい……。きらーい……。きらーい……。きらーい……。きらーい……。きらーい……。きらーい……。きらーい……。これって、あれ？　いじめじゃありませんかぁ？」

きょとんと問いかけてくる顔も反則だ。富士はさらに笑ってしまう。前方の席の人たちも肩を揺らして笑っている。

中坊はとことこと舞台を右へ、左へ。ペンギンみたいな歩き方で移動しながら、不満の言葉は止まらない。曰く、他の生徒たちからは嫌われていて、毎朝上履きに花壇から掘りたての球根が詰め込まれている。教師からも憎まれていて、テストを返却されるときに自分のだけはいつもビリビリに目の前で破かれる。実の親にも疎まれていて、「昨日の夕飯、釘とネジ！　鉄、きらーい……」

中坊がなにか嘆くたびに、客席からは笑い声が上がった。内容こそしょうもないが、動きや言い方、顔、テンション、いちいち妙におもしろい。上演時間は確か九十分、その間ずっとこんな感じで笑わせてもらえるのだろうか。だとしたらかなり楽しいが。

「こんなの僕にはつらすぎるよ――――――――っ！」

舞台の中央で身を捩り、中坊は中身を絞り出すように叫ぶ。ぴーんと爪先立つその姿勢に、富士はまた能天気に笑ってしまう。

「僕、寒すぎ――――――――――――――――っ！」

と、ずっと続いていた風の音が強くなった。

冷たい空気が本当にふわっと吹き付けてきたような気がして、首の産毛が逆立つ。

舞台は突然暗転し、黒く四角に仕切られた窓の外に稲妻が閃く。そして雷鳴。気が付けば重い打楽器のリズムが両サイドから近づいてきていて、富士は突然、恐怖にも近いものを感じる。

スモークが噴き上がり、その中をレーザーが下から上へ舐めるように動いていく。教室の風景は気が付けば凍てつく氷原と化していて、あの中坊の姿もない。

三つの人影が煙の中に浮かび上がる。大きな男と細身の男、そして女。

叫んでいる。風の音は、彼らの声だった。これまでずっと、自分は彼らの叫びを聴いていたのだ。それに気が付いた瞬間、背筋がぞくっと震えた。

彼らは遠い目をして客席を眺めている。毛皮の衣装で動きを止めたのはしかし数秒で、そこから一気に飛び出してくる。全身のバネで、信じられないほど高く。

回るビームがステージに突き刺さり、煙を鋭く切り裂く。三人は明滅するライトの下、全身で激しくリズムを刻み始める。回転し、跳躍し、のたうつように伸縮するように身体を自在に操って踊る。踊りまくる。鼓膜が震える。腹が震える。目が眩む。

……なんだこれは。

なにを見ているんだろう、今、自分は。

目を見開いたまま、富士は息をするのも忘れていた。獰猛な音とリズム、闇を引き裂く強烈なレーザーの光。ただ見ている。舞台で起きるすべてから、目を逸らすことなどもうできない。感電したみたいに全身が痺れている。これまでにこんなのは見たことがなかった。こんなの、見たことがない。こんなの知らずに、二十二年も生きてきた。

テンポはさらに速まって、細身の男がやや遅れ出す。それをカバーするように女が前へ飛び出てきて、精密機械のように正確なターンを幾度も決める。その胴を大柄な男が両手で掴み、軽々と頭の上まで持ち上げる。四肢を広げて女は宙を舞い、大きく弧を描いて下りながら、その指先で客席を煽る。

見ろ、叫べ、でなきゃ殺す！

そう言われた気がして富士は叫んだ。みんな叫んだ。ここにいる全員が叫んだ。どれが自分の叫び声かなんてもう誰にもわからない、ただ夢中で拳を握って突き上げ、必死に床を踏み鳴らし、汗が、レーザーが、雷鳴が、閃光が、ドラムが、心臓が、叫びが、みんなをこのままどこか別の世界へくさっ。

（ん？　……ん⁉）

くさい。

すごくくさい。

くさいのだ。本当に。

富士は夢から覚めたように、いきなり現実の世界に立ち返った。舞台ではまだ激しいダンスシーンが続いているが、客席には強烈な異臭が漂ってきている。慌ててハンカチを取り出して鼻と口を覆う。富士の隣の人も振り上げていた拳を急に下ろし、驚いたように周囲を見回す。前方の席でも皆キョロキョロし始める。腐敗臭や排泄物系のにおいとも違う、どこかケミカルな刺激臭だ。

舞台にもようやくにおいが届いたのか、女がぴたりとダンスを止めた。驚いたように顔を両手で覆う。細身の男は慌てたように舞台袖へ走っていく。大柄な男だけがまだ踊り続けているが、やがて音楽も止み、幕が下りて、舞台はこちらからは見えなくなる。

観客は取り残された。どうすればいいのかわからないまま、においに耐えつつアナウンスを待つ。しかし、異臭に満たされた場内はそのまま静まり返っている。状況を説明しに出てくるスタッフもいない。客席上部の照明が一瞬つくが、すぐに落ちてしまった。完全な暗闇の中、やがてざわめきが起こり始める。

その只中で、富士はどこか冷静に事態の推移を観察していた。

最初から、この劇場のやばさには気付いていたのだ。このやばさを放置して平気でいる連中がやることなら、トラブルだって起きるだろう。さっきの想像よりマシなのは、ここに双子たちがいないことぐらいか。

囁き合う声が聞こえてくる。「なんなの？」「くっさ……！」「これって演出？」

誰かが焦ったように言う。「席から出られない！」その甲高い声の響きに、場内の空気が一気に張り詰める。ざわめきが大きくなる。

まだ照明は戻らず、説明もない。下りた幕の向こうでなにが起きているか、客席側からはわかりようもない。もしもこのまま想像と同じ展開になれば危険だ。ここから出ようとして人々がパニックを起こす前に、この事態をどうにかしなければ。

（……とにかく、確認しなきゃ。さすがにこんなの演出とは思えないけど）

富士は立ち上がり、「すいません！」声を上げた。やたらと大きく響いて、客席が静まり返る。

「これで、終わりですか⁉」

ステージの方へ問いかける富士の声に、しかし返事はない。もう一度、今度はもっと大きな声で。

「すいませーん！　これで、終わり、ですか⁉」

数秒の沈黙の後、返事があった。

「……終わ、……放せ！　終わり！　これで終わり……だっ！」

なにか重い物がぶつかるような音。引きずるような音。数人の男が揉めているような低くて鋭い声も聞こえてくる。しかしもはや構ってはいられない。これで終わりならば、ここから全員で安全に脱出しなければ。

「だ、そうです！　スマホをお持ちの方、ライトをつけていただけると助かります！」

　ややあって、暗闇の中に白い光がいくつも灯った。客たちは身体を捻ってこちらを見ている。

「みなさん、まだ立ち上がらないでそのまま聞いて下さい！　鼻と口をできればハンカチなどで押さえて下さい！　これから避難を開始するんですが、席も通路も狭いですよね？　協力し合って、一列ずつ順番に通路に出ましょう！　一番前の列から、静かにお立ち下さい！　落ち着いて、前の方を押したりせずに進んで下さい！」

　そう言いながら、手探りで背後の壁面のノブを掴んでドアを開く。外から入ってくる光はわずかだ。富士は背中で重いドアを押さえ、草履で踏ん張る。「大丈夫ですよ！　足元に気をつけて！」声を上げて誘導を続ける。

　続いて次の列、次の列、と進んだところで、ようやく懐中電灯を手に持ったスタッフ数名がドアの向こうに現れた。

　異臭漂う地下空間から這う這うの体で地上に出て、新鮮な空気を胸いっぱいに吸う。

　富士は結局、観客全員が脱出するまでドアを押さえ続けていた。

　軽く咳き込みながらようやく目を上げると、路上には先に避難した観客たちが集まっている。何人かがスタッフに詰め寄っているようだ。「状況を説明してよ！」「あのにおいはなんだったの？」

　スタッフたちは「少々お待ち下さい」「確認しておりますので……」ウロウロと逃げるように歩き回るか、スマホでどこかに連絡をとろうとするばかり。富士はすこし離れたところからその様子を見ていたが、

「あっ、袴の人だ！」

　急に指さされ、驚いた。彼らはそのまま富士に迫ってくる。

「これって払い戻しされるんですよね⁉」

「待ってたら中に戻れます？　ハンカチ落としちゃって」

「ちゃんと責任もって答えて下さい！　払い戻しはあるんですか⁉」

　目立つ姿で誘導したため、スタッフと間違えられているらしい。「いいえ、私は」富士は慌てて自分も観客であることを説明しようとしたが、

「とっとと上がれこのグズ！　いっつもトロいんだよてめえはよ！」

「いや俺はただ蘭さんの安全を確保しようと、」

「うるっせえ！」

　もつれ合うように階段を上がってきたのは、毛皮の衣装を着た女と細身の男だった。

「言い訳してんじゃねえ！　つかてめえさっきも遅れただろうがよ⁉　舐め腐りやがってぶっ殺すぞ⁉」女の方が細身の男を片腕で突き飛ばす。男はあっけなく路上に倒れてしまい、両腕で頭をかばって喚く。「蘭さん！　ほら！　みんな見てますよ！」

火を噴くような凄まじい目をして、蘭さん、と呼ばれた女は辺りを見回す。

「ぅあぁあああん!? なんだぁあああんおらぁ!?」

目元をドス黒く塗ったメイクが怖いし、ガラガラに潰れた声も怖い。毛皮の衣装も相まって、その姿はまるで野獣だ。しかも手負いで、錯乱してる。富士を含め、みな一斉に視線を逸らす。

さらにその背後、中坊こと猫背の男が、一人でフラフラと階段を上がってくるのが見えた。

「……もう終わりだ、終わり、僕たちは終わり……」

かすかに呟きながら、膝から崩れ落ちる。虚ろな目は真っ赤になり、全身ガクガク震えている。

さらに、

「やってらんねえ! 俺は辞める!」

階段の方からは鋭い声が続いた。すごい勢いで駆け上がってきたのは、全身黒ずくめの長身の男。その背後から、

「この野郎ふざけんじゃねえ!」

毛皮の衣装の大柄な男が追いかけてくる。黒ずくめの背中に跳びかかり、そのまま二人は折り重なるように路上に転がる。他のスタッフたちが二人を引き離そうとするが、でかいナリをした男同士の大暴れがそう簡単に止められるわけもなく、拳で顔を殴り合う痛そ

うな音が辺りに響く。振り払われた女子スタッフが「樋尾さんも南野さんももうやめて！」泣き声を上げる。蘭さんこと野獣は「だぅおらあぁぁ！」なぜか植え込みの台に駆け上がり、高く夜空に舞うと、くるっと華麗に宙で身を翻し、男二人の頭上に肘(ひじ)から突っ込んでいく。もうわけがわからない。

一方、猫背はといえば、

「……終わったんだ……ここで……僕たちは、死んだ……！」

座り込んだまま、両目から滂沱(ぼうだ)の涙を流している。その様子はまるで糸の切れた操り人形。

大きく回り込むようにして、富士は猫背に近づいていった。視界に突然フルサイズで侵入してはいけないと思ったのだ。刺激しないよう、ゆっくりと、そっと。

「あの。死んでいるところ申し訳ないんですが」

濡れた両目の焦点が合う。涙が顎で合流して、アスファルトに垂れて大きな染みを作っている。ものすごく話しかけづらい状況ではあったが、確かめなければいけないことがある。

「今回のチケット代って、払い戻しされますか？」

「……ち……け……？」

「みなさん、さっきからお待ちです。なにかしらアナウンスがあるまでは解散できない雰囲気です」

「……はら……も、ど……」

「するんですか？」

「……る……」

「する、と。この場でですか？」

「……ご……じ……」

「後日になるんですか？」

頷く。

「じゃあ後日ですね。振込ですか？」

「……こ、こう……、れん……」

「口座番号を、連絡すればいいんですね。チラシに載ってるアドレス宛でいいですか？」

こくっ、ともう一度頷いて、猫背はついに力尽きた。そのまま後ろに倒れ、開いた両目で空を見上げる。ドクドク噴き上がる涙はまるで間欠泉。そうやって泣きながら、また呟く。

「……今夜、僕たちは、死にました……！」

それだけ喋（しゃべ）れるなら受け答えももっと質を上げられたのでは、と思わなくもなかったが、憐（あわ）れなのは確かだ。富士は傍らに膝をつき、思わず慰めの言葉を探す。

「あの、大丈夫ですよ。死んでるのは、あなただけじゃありませんから」

口に出してから結構微妙なことを言っている気がしたが、今さらだ。

「私だって、死んだようなものです。来月から無職になるし、友達もいないし、彼氏もいません。だから卒業式の夜に一人でここにいるんです。一人ぼっちなんです。このまま墓穴に転がり落ちて、埋葬されるみたいな新生活が待ってます」

わずかに猫背が瞬きする。ぼんやりとだが、富士の目を見た気がする。すこしはフォローになったのだろうか。そうならいいが。

富士は立ち上がり、「みなさん、すいません」まだ残っている客たちに声をかける。

「払い戻しは後日になるとのことです」

えー、と不満げな声がいくつも上がった。富士は声のした方にいちいち頭を下げ、説明を続ける。

「チラシに載っているアドレス宛に、銀行名、支店名、口座の種類、口座番号をお知らせ下さい。もしも個別に事情がおありの場合は、その旨ご連絡をお願いいたします。今日の公演につきましては、状況の詳細がまだわかっておりません。近隣の方のご迷惑になってはいけませんので、解散していただけますようお願いいたします」

不承不承、客たちはやっと駅の方へと流れ始めた。それを見送って、富士も歩き出そうとする。その目の前に、また一人の男が地下からすごい勢いで飛び出してくる。そのまま駅とは逆方向に走っていく。ややあって、

「神田さんが金持って逃げたー！」

声を上げながら何人かがその後を追い始めた。「え⁉」死んでいた猫背もバネ仕掛けみ

たいに跳ね起き、団子状になって膠着していた面々も顔を上げる。「あんの……クソ野郎がぁ！」男を追って一斉に走り出す。

——この劇団は、すごい。

富士はほとんど呆然と、彼らの後ろ姿を見送ってしまった。廃墟みたいなボロ劇場。無理な席配置。衝撃の舞台。突然の異臭。観客放置。挙句ケンカ。シメに泥棒。なんなんだ。本当に一体、なんだったんだ。

そして結局、どうして自分がバーバリアン・スキルを知っていたかもわからない。芝居自体をほとんど見られなかったのだ。三千円を支払った公演は、せいぜい十分程度で終わってしまった。

こんなの見たことがない、と、さっき客席で感じたことを思い出す。そして改めてまた思う。

こんなにめちゃくちゃな破局を、富士は今までに見たことがない。たとえるなら、これはそう。

（まるで難破船……）

視線に気付いたのはそのときだ。

通りの先から、こちらを見ている視線があった。毛皮の衣装に、大きな身体。

さっきまで殴り合いをしていた大柄な男だった。他のスタッフと一緒に走っていったと思っていたが、いつからかそこに佇んで、じっと富士を見つめていた。顔の上半分を黒く汚したメイクのせいで表情はわからない。

目が、強く光っている。

2

憂鬱な一週間が過ぎて、三月三十日。土曜日。朝十時。

目はとっくに覚めていたが、ベッドから出る気力がなかなか湧かない。シーツの上にぼんやりと身を起こし、富士は一人暮らしの部屋を見回す。このところずっと眠りが浅く、土嚢でも背負わされたみたいに身体が重い。

富士は今日、ここで暮らした四年分の荷物の整理を終えなければいけなかった。

明日の朝には業者が来て、実家に送るものを運び出し、不用品は処分される。恵比寿駅から徒歩六分のこの部屋はタツオカフーズが所有していて、富士が退去した後はコーポレート部門の管理下に置かれる。そして自分は新幹線で一人、東京を出て高崎へ帰る。そういう予定になっていた。

（明日か……）

荷物の整理は今のところまったく進んでいない。というか、始めてもいない。業者が送ってきた段ボールの束はそのまま玄関に放置してある。

人間関係もだ。あの飲み会の直後、ゼミのメンバーからは何通かメッセージが届いていた。今どこにいるの、とか、なんで急にいなくなるの、とか。なにも返信せずに放置しておいたら、それきり連絡は途絶えている。

友達はゼロになった。

大学は卒業し、仕事もない。住む場所もなくなる。富士が東京にいる意味は、もはや一つもない。

よろよろと立ち上がり、トイレを済ませて歯を磨き、水を飲んで、カーテンを開ける。南向きの窓からは、小さな若葉が萌(も)える街路樹と道路、向かいのマンションの外壁が見える。それほど見ごたえのある眺めではないが、春の陽射しは暖かくて眩(まぶ)しい。いい天気だった。

しかし、この景色を見られるのも明日まで。そう思うなり、身体からたちまち力が抜けていく。心底げんなりへこんでいく。

(……ほんっとに、いやだ……)

実家になんか帰りたくはなかった。帰ったところですることもない。

親の会社には勤められないし、他の仕事を探すことも禁じられている。地元で龍岡家を知らない者はなく、富士はいまや札付きの身の上だった。なにしろ『出世の道をドブに捨ててでも結婚したくない女』だし、噂は巡り巡るうちにさらに尾ひれもついている。親としては、そんな娘を世間には放流できない、と。今も本社を置く創業の地において、家名を汚すことは決して許されない。

かつての同級生たちとも、すっかり疎遠だ。

何人かに連絡ぐらいはできるだろうが、数年ぶりに会ったところでなにを話せばいいのかわからない。やだー久しぶりー、もー懐かしいー、で初回は乗り切れるだろうが、その後はどうする。

夢も希望も未来もない、汚名しかない自分と話をしたところで、相手だって楽しくないだろう。せいぜい噂話のネタになるぐらいか。

シン、と静まり返る最近の実家の空気を思い出すと、富士はほとんどえずきそうになる。あの家の中で、これからどれだけの無為な時間を過ごすことになるのだろう。日がな一日ソファに座って、ネトフリ眺めてニヤニヤ、くすくす。お菓子。アイス。話し相手は両親のみ。たまにイオンモールに連れて行ってもらってキャッキャ。同年代がキラキラと社会へ羽ばたいていくのを尻目(しりめ)に。

そうやって実家にいるうちに、自分の存在などこの世から消えてしまう。龍岡富士という人間がいたことを、やがてみんな忘れてしまう。自分も自分を忘れてしまう。生まれてきた意味も理由もわからないまま、ただ忘れ去られて、消滅していく。

(せめて家でなにかの役に立てるならな……そのために帰るんだ、って思えればよかったけど)

双子たちがいた頃が、今となっては懐かしかった。

家に帰ればいつでも誰かがいて、笑ったり泣いたりくっついてきたりはしゃいだり、本当に毎日が大騒動だった。いつだって誰かが富士を呼んでいた。富士の存在を求めていた。それこそ一人の時間を作るためには、隠れ家に籠るしか方法がなかった。

しかし今、実家にいるのは相変わらず多忙な両親のみ。健在な祖父母はそれぞれ両親の兄弟一家と暮らしている。六年前にタツオカフーズに入社した上の双子は、去年まで揃って東南アジア。この春からは姉が北米で、兄が中国。下の双子は全寮制高校のハワイ校に通っている。

実家に帰ったところで、富士には面倒を見るべき相手もいないのだ。家政婦さんがいるから家事すら手伝えることがない。つまり自分はただそこにいて、面積だけ取る物体になる。排泄物以外はなにも生まない厄介者として歳だけとる。そのうち死ぬ。リアルな展望に視界が澱む。

親の意向に逆らって勝手にどこかへ引っ越すことも、実は考えなくはなかった。東京には拘らないし、仕事と住処さえ見つけられればどこでもいいかも、と。でも、自由に使える貯金は三十万円そこそこしかない。アルバイトでこつこつと貯めた分だが、見知らぬ土地での新生活を始めるには心許ない額ではある。色々考えてはみたものの、踏み切ることはできなかった。

富士にはもう逃げ場がない。

よたよたしながら洗面所に向かう。顔を洗う。スキンケアもそこそこに、ローテーブルの前にべったり座り込む。ノートパソコンは昨夜から開いたままになっている。

わかってはいるのだ。

今日はネットなんかしてる暇はない。荷物の整理に本気で取り掛からなければいけない。それはちゃんとわかっている。わかっているけど、でも、どうしても、どうやっても、身体が言うことを聞かない。立ち上がってタスクをこなす気力が出ない。そのタスクが自分の墓穴掘りならなおさらだ。

スリープからパソコンを立ち上げる。明るくなるモニターをぼんやりと眺める。

このところ、富士は毎日同じサイトばかり見ていた。

チケッピオ、という大手のチケット販売会社のサイトで、コンサート、ライブ、演劇など、あらゆる規模の催しのポータルサイトのような役割を担っている。先週「バーバリアン・スキル」「見上げてごらん」で検索して、辿り着いたのがここだった。

このサイトは、観に行った人が公演の感想を書き込めるようになっている。ほとんどの人が匿名で書き込んでいるが、Twitter や Facebook と連携している人も中にはいて、誹謗中傷や荒らし行為、その手の陰湿さは見られなかった。

ただ、辛辣ではあって、

『バリスキ終わってた（知ってた）！』

最初に見つけた書き込みがこれだった。

あの夜、富士は袴姿で部屋まで帰り、着替えた後もまだ呆けていた。なかなか正気に返れなかった。あれはなんだったのか。自分はなにを見てしまったのか。頭の中はまったく整理できなかった。寝付けないまま起き出した真夜中、パソコンを開いて検索し、富士はチケッピオに辿り着いた。そして最初の書き込みを見つけた。

翌朝には二件、増えていた。

『今見たらチケット取扱い停止になってるけどなぜ？　今日のマチネ行く予定なんだけど？　主宰にDM送ってるんですが返信ありません。最初に書き込んだ方、もしまだ見てたらなにか教えてください！』

『最初の方じゃないんですが、劇団の方の知り合いが知り合いです。昨日なにかトラブルがあって、劇場使えなくなったらしいです。残念ながら公演中止だとか。詳しくは私もわからないです。』

富士はそれを見て、え、と固まった。

確か公演は六回予定されていたと思う。チラシを確認するとやはりそうだ。それが全部中止ということなのか。あの芝居はもうやらないし、つづきはもう二度と観られないということなのか。謎の異臭が原因なのか。結局あれはなんだったのか。

答えを求めてさらに検索してみるが、劇団のサイトは相変わらずコヨーテ・ロードキルに飛ばされるし、見つけた劇団員のTwitterアカウントにも去年の十二月初旬以降ツイートはない。最後のツイートは「変な雲。さては俺様を討伐しに来た天界軍か？」……たいした意味はなさそうだった。あとは演劇関係者の相互扶助的なにおいのする公演宣伝ツイートに、個人のツイートが数件。これといってめぼしい情報はない。

その翌日になって、また書き込みが増えた。

『最初に書き込んだ者です。言葉足らずですいません。開演後、すこししてから異臭が立ち込め、照明がすべて落ち、スタッフの誘導で劇場から避難しました。説明はなにもありません。しかもその間、役者さんと裏方さんは喧嘩(けんか)している始末です。後日払い戻しするというので口座番号などメールしたけど、それに返信もありません。友人も同じ状況です。こうなるのが怖かったから袴の人に確認したのに。チケ代返してほしい。他の方は払い戻しされたんでしょうか？』

読みながら、心臓がギクッと嫌な音を立てた。袴の人、というのは、確実に自分のことだろう。さらに別の人からの書き込みが続く。

『ここを見ていなくて、トラブったの知らずに劇場まで行ってしまいました。やっぱり中止で間違いないみたいです。スマホで撮ってきたので貼っておきます。前売り買ってたんですが、どうなるんでしょう……』

その書き込みのすぐ下に、劇場の入り口の写真が貼ってあった。小さな画像でも禍々(まがまが)しさは十分に伝わってきて、ほとんど心霊写真のようだ。手前の道路には廃品回収のトラックが停まっていて、作業をしている人が写り込んでしまっている。ドアのガラスには紙が一枚。「フリーシアター・レトロは老朽化による設備故障のため、三月二十四日をもって閉館いたしました。」大きなフォントで記されていて、その脇には不動産管理会社らしき電話番号。そして次の書き込み。

『自分も二十三日の現場にいた者です。とにかく残念の一言。これぞバリスキという感じの舞台で初っ端からエンジン全開、客席も盛り上がってたんですが……。バリスキには個人的に思い入れがあり、つらつら拙ブログに駄文を書いております。』

書き込みのリンクからブログへ飛んだ。その人は熱心な演劇ファンらしく、劇団四季や宝塚、歌舞伎からバーバリアン・スキルに至るまで、これまでアップした大小舞台の感想は千を軽く超えている。

そのブログを読み、わかったのは、劇団は去年の十二月にも公演を直前に取りやめるというトラブルを起こしていたこと。その公演の中心になっていた複数のメンバーが、一斉に突然退団したのが原因らしい。

『――それでもモッなら大丈夫だと信じてました。守護神・樋尾さんもいる。最強の女王・蘭さんもいる。劇団の頭脳・蟹江くんもいる。若手たちも育ってきてる。冬メンの離脱があったにせよ、自分が愛したバリスキの根幹は守られていると信じていたんです。でも信じた結果がこれです。バリスキは空中分解してしまいました。念願のNGS賞出品作、それもラストチャンスだったのに……いくらモッでも、もう立ち直れないでしょう。ただ、なにが悔しいって、中断された舞台は本当に素晴らしかったんですよ。あれがまさにバリスキなんです。M大時代からモッと蘭さんを追いかけてきて、五年前のバリスキ旗揚げ公演にも立ち会いました。ずっと大好きでした。あんなの、他にないでしょう？　蟹江くんは舞台上にどんなストーリーを描き出そうとしていたんでしょうか。知るすべはもうありません。今はただただ、残念です――』

　ブログの長い文章を読みながら、富士はいつしか時間を忘れていた。

　書かれていることのすべてが理解できたわけではないが、確かにあんなの他にはないと思う。劇団のことはまったく知らず、芝居自体もせいぜい十分ほどしか観ていないが、それでも本当に残念だと思う。もっと観たかったと素直に思う。ちゃんと最後まで観たかった。

　中坊が嘆いて、稲妻。突如現れた氷の世界。踊りまくる謎の三人組。あの熱狂のひとときは一体なんだったのか。二つの世界にどういう繋がりがあったのか。

　公演がなくなってしまったら、もはやなにも知ることはできない。バーバリアン・スキルの名を見た瞬間に呼ばれたように感じた理由も、駆け出したその先に本当ならなにがあったのかも。見つけることはもう二度とできない。このままでは見失ってしまう。そして忘れてしまう。そんなの耐えられないと富士は思う。

（絶対、つづきが観たい！　どうしても諦められない……！）

　しかし、その後も劇団からの公式な声明はなかった。チケッピオにもすでに書き込みをした人同士でぽつぽつとやりとりがあるぐらいで、「袴の人」がスタッフであるという間違いが訂正されることもなかった。

　そうして、今日まで来てしまった。

　荷物の整理には手を付けられないまま、ページを更新する。ここ数日、書き込みは止まっている。つまり、いまだに劇団からは返金も連絡もないのだろう。あれから一週間が経つというのに、なにも進展していないということだ。

富士は、劇団に口座番号をメールしていなかった。返金を求めないことで、公演をちゃんと観たい、まだ諦めていない、という意思表示になるかと思ったのだ。しかしそれも無意味だったかもしれない。

だらけた姿勢でローテーブルに肘をつき、片手で顎を支える。ため息が鼻から抜けていく。

あの飲み会の夜、一人で飛び出した時には、なにかすごいことが起きている気がしていた。これからなにかが変わっていくような、なにか新しいことが起きるような、そんな予感に急き立てられて富士は夢中で走った。

でも、現実はこう。公演はあんな形で中断され、自分はなにも変わることなく、時間だけがただ過ぎていく。

さらに何度か更新しても新たな情報はなにもなかった。諦めてパソコンを閉じ、寝間着のままで立ち上がる。

食欲がなくても作業するにはカロリーを取らないといけない。冷蔵庫の中を覗いてみるが、買い物を控えているせいで入っているのは水ぐらいだ。

(そうだった……外に出てなにか調達しなきゃ。コンビニでも行くかな……)

しかし、身体は動かない。着替える気力がまだ湧かない。胃の辺りにはうっすら痛みもある。ここ数日、体調はずっとこんな感じなのだ。チケッピオの書き込みで「袴の人」という言葉を見るたびに、じわっと胃にダメージを受けてしまう。

あの時のことを、富士は今でははっきりと後悔していた。

こういうところが自分にはあるのだ。ごたごたしている状況に出会うと、妙に張り切って事態をまとめにかかってしまう。これはきっと両親のせいだろう。富士、みんなをお願い！　頼むよ富士！　富士がいれば大丈夫！　富士、なんとかして！　――幼い頃から洗脳レベルでそう言われ続けて、双子たちをまとめる役を任されてきたせい。カオスを捌くことこそが、富士にとっては己の存在価値だった。

そんな自分がいることで、回る場面もあるにはある。たとえば飲み会なら幹事として、まさに本領発揮のオンステージ。でも今回はやりすぎた。やらかしてしまった。スタッフと勘違いされたまま、トラブルは今も進行中だ。

本当に、なんてことを……考え始めるとさらに気力は潰えていく。ふらふらと、またベッドに座り込んでしまう。自分はスタッフでもないのに、資格もないのに、保証なんかできないのに、意気揚々としゃしゃり出て、返金のことを約束してしまった。なんて無責任なことをしたんだろう。

猫背の男も今頃は正気に戻り、この状況に困惑しているかもしれない。そもそもあれ誰だよ、と。なに勝手に話をまとめてんの、と。

（だって、あまりにもひどかったから……！　破壊的な、破滅的な状況だったから！　難破船だよ！　私の目の前で、舟が死んでた……！）

まあ、そう思った結果がこれなのだが。自分のせいで、事態は余計にややこしくなっているのだが。

ああもう……頭痛に苦しむ人のように項垂(うなだ)れて頭を抱える。後悔。責任。実家。荷物整理。人生。なにもかもどうにもできなくて、いっそ「苦悩」と題する像になってしまいたい。

そんな富士の傍らで、充電中のスマホが震える。もう許してー！　とか叫びたくなる。きっと母親だ。荷物の整理の進捗(しんちょく)を確かめたいのだろう。もしくは今さらゼミの誰か。どっちにせよ、今は向き合える気分ではなかった。その場しのぎ、LINEなら既読をつけずにスルーしよう。スマホを摑(つか)んで、ちらっと覗き込む。

「ぎょあ!?」

変な声が出た。

——須藤くんが。須藤淳之介が。SMSを、送ってきている！

お久しぶりです。
コミ概で一緒だった須藤です。覚えてますか？
ずっと連絡していなかったのに、突然ごめんなさい。

龍岡さんに伝えたいことがあります。

もしよかったら、近々会ってお茶でもしませんか。

＊＊＊

須藤と知り合ったのは、大学二年のゴールデンウィークが明けた頃のことだ。

コミュニケーション概論の講義で、隣の席から「いたっ」と小さな声が聞こえてきた。目をやると、ノートで指先を切ってしまったようだった。

富士はポーチから絆創膏を取り出し、そっとその手元に置いた。

驚いたように富士を見た彼は、こっちこそちょっと息を呑んでしまうぐらいに綺麗な顔をしていた。そしてノートに走り書きして見せてきたのは、『うそみたい！　かわいすぎる！　つかえない！』と。瞳をやたらキラキラさせて。指先には血を滲ませて。

確かに、かわいい絆創膏ではあった。ピンクと水色のファンシーなキャラクター物で、富士も買う時にはまったく同じことを思った。うそみたい！　かわいすぎる！　つかえない！　と。でも使いなよ、普通に。笑ってしまった。そんな出血してるんだから。まあね、だよね。彼も笑った。

その講義の後から、富士と須藤は急速に親しくなっていった。

須藤の容姿は、都内でもおしゃれな学生が多いとされているこのキャンパスでも一際目立っていた。すらっとした細身に小さな顔。なめらかな肌。垢抜けたファッション。

でも、富士が須藤に好感を抱いたのは、彼が美男子だったからではない。

「これは絆創膏のお礼。一緒に食べない？　コンビニのだけどおいしいんだよ」

「今日のブラウス似合ってる。襟のところ、すっごく細かくて凝ってるし」

「この間教えてくれた小説、もうここまで進んだよ。なんでこんなにおもしろいの！」

須藤はいつも、富士にまっすぐな関心を素直に向けてくれていた。彼は自分という人間を受け入れてくれたのだと、素直に信じることができた。

入学してすぐに入ったテニスサークルでは嫌な思いをした。酔った先輩の男たちにしつこく絡まれ、ベタベタとすり寄って来られ、酒の勧めに身を竦ませていたら笑われたのだ。せっかく絡んであげたのに。それじゃもてないよ。地味なんだからせめて愛想よくしろよ。そこで富士は『新人の女』という、場を盛り上げるためのお楽しみグッズの一つとして取り扱われた。耐えられず、ろくにテニスもしないまま辞めた。そこで切れた人間関係も多く、以来、富士にはキャンパスで一緒に過ごす友人もいなかった。

須藤の存在は、富士の中で日に日に大きくなっていった。

昼休みには大抵、外のベンチで落ち合ってランチを並んで食べた。春から初夏へ、新緑はだんだんと色を濃くし、過ぎゆく風が気持ち良かった。雨の日は学外のカフェにも行った。二人とも、カフェラテよりもロイヤルミルクティーが好きだった。

須藤はいつも先に来て、ファイルした台本を開いて富士を待っていた。小さく口を動かして、セリフを練習している時もあった。高校時代から演劇を始め、今は大学の演劇部に所属しながら、外部の劇団にも参加しているのだと教えてくれた。

『『クリーマー』っていう劇団。うちの大学の演劇部出身者が三年前に創設した劇団で、春のオーディションで受かったんだ。ずっと入りたかったから、今、ほんと楽しくて」

「すごい、夢が叶ったんだね。有名な劇団なの？」

「小劇場だからそんなに規模は大きくないんだけど、演劇系の雑誌とかムックに取り上げられることもあるし、いつか絶対メジャーになると思ってる」

演劇の話をする時、須藤の表情はいつも輝いていた。

富士はそんな話を聞いているだけで楽しかったが、須藤は富士の話も聞きたがった。

「龍岡さんが好きなことも教えてよ。趣味とか、はまってることとか」

自分の趣味について人に話して、いい反応が返ってくることはなかった。似合わないとか、こどもっぽいとか、危ないからやめた方がいいとか、そんなふうに否定されてばかりで、いつしか富士は自分の趣味を人に話すのを避けるようになっていた。でもその時は、話せるような気がした。

「私、隠れ家づくりが趣味なんだ」

ある雨の日のランチタイム。カフェのスツールに座った須藤は、きょとんと目を丸くしてみせた。「隠れ家？　つまり……秘密基地みたいな？」

富士はスマホに残っている写真を須藤に見せた。実家を出る前に作った隠れ家を、記念に撮っておいたのだ。

　広大な自宅敷地の雑木林の中に、木材とベニヤのパネルで建てた簡素な小屋だった。資材はリサイクルしつつ、必要な物はホームセンターで買って自宅へ配送してもらい、台車で何度かに分けて現場まで運んだ。外観は落ちていた枝や葉でカモフラージュして、地表からおよそ二十センチのところに床面を作り、断熱に使ったのは発泡スチロール。一畳ほどの内部にはクッションパネルを敷き詰め、その上にタイルカーペット。

　内部には、かわいいモロッコ風のランプを発電機に繋いでいくつも引き込み、愛用の座椅子の上に吊った。その色とりどりの光の下で、富士は何時間でも一人で膝を抱えていた。恋愛小説を読んで泣いたり、芸人のラジオを聴いて笑ったり、無意味にスマホをいじったり、誰にも取られずお菓子を食べたり。イヤホンで音楽を聴きながら、下手な歌を歌うのも自由だった。空想も妄想も回想も自由。どんな考え事をするのも自由だった。

　双子たちに見つかってしまったら撤収。解体して、資材は保管し、また別の場所へ。そんなことを、少女の頃からずっと続けてきた。

　うそ！　と須藤は声を上げ、スマホの写真をじっと見つめた。

「龍岡さんが作ったの？　これを？　一人で？」

「うちはきょうだいが多いから、自分の部屋にいても全然落ち着けなくて。たまには一人で隠れていられる空間が欲しかったんだ」

「すごいすごい！　なんでこんなことできるの？　ほんと、すごすぎる！　尊敬する！　これってかなり本格的な大工仕事だったんじゃない？」

須藤のストレートな賛辞に思わず顔が熱くなった。ただただ、嬉しかった。

「最初はね、納戸とか客間の押入れにスタンドライトを持ち込む程度だったんだ。紐を張って布を垂らしたり、画鋲で留めて仕切ったりとかその程度。でも段々ガレージとか、倉庫の屋根裏とかに進出していって、そのうち作業の拠点にできる古い農作業小屋を見つけたりもして。道具さえあればいろいろできるんだ。中学生になる頃からお年玉で電動工具を買い集め始めて、一通りのことはできるようになったし」

「電動工具」

「うん。インパクトドライバーにジグソー、ドリルドライバー、タッカーもあるよ」

実家に置いてきた工具箱の中身を思い浮かべる富士の前で、須藤は急に改まり、背筋を伸ばした。

「……龍岡さん。お願いが、あるんだけど！」

須藤の要請で、クリーマーの舞台で使う大道具作りを手伝うことになったのは、六月のことだった。

公演を目前にして、使用するはずだった既存のセットにトラブルが発生し、作り直さなければいけなくなったのだという。時間の制約があって制作会社にも作業を依頼することができなかったらしい。

実家から送ってもらった工具箱を携えて、富士は須藤とともに作業場まで出向いた。朝から夜まで一日がかりの突貫作業だった。

舞台のことはなにもわからないが、工具の扱いに慣れている富士は重宝された。教えてもらいながらの作業は楽しくもあった。元からこういうことは好きだし、これまで知らなかった舞台装置の仕組みを知ることは純粋に新鮮で、興味深かった。別の劇団からも応援に来ている人が大勢いて、みんなそれぞれに知識があり、あらゆることを手伝わせてくれた。

夢中で作業し、手を動かしているうちに、いつしか富士はこんな時間をこれっきりで終わりにはしたくないと思い始めていた。

なにか大事なものを、ものすごく熱いものを、こういう場所で——演劇や舞台の世界で、見つけられるような気がしたのだ。

須藤と二人の帰り道、湧き上がった予感は口にせずにはいられなかった。これからもっと演劇のことを知りたい、と告げた富士の目の前で、「ほんとに⁉ 嬉しい！」須藤は妙にかわいいポーズで文字通り飛び上がった。

須藤はそれから、富士を色々な劇場へ連れて行ってくれた。

一緒に観た芝居のうち、いくつかはおもしろく、いくつかはおもしろくなかった。迫力に圧倒されるのも、素人くさい内輪ノリに辟易させられるのもあった。

クリーマーの公演も観た。富士が制作を手伝った謎の立体群は、ある角度に置かれると椅子になり、別の角度からは見下ろす街並みとなり、また別の角度からは人物の不在を表現する物質的なメタファーとなった。繊細なビジュアルで語られる詩的なストーリーは、美しい夢物語のようだった。須藤の役は小さかったが、それでも彼がこの劇団の活動に入れ込む理由は納得できた。

須藤と待ち合わせて出かけることは、いつだって本当に楽しかった。

劇場に行き、芝居を観て、食事をして、大学で会い、次の約束をして、また待ち合わせ。いつまでもずっとそうしていたかった。毎日が弾むようだった。

死んだ舟が自分をここまで連れて来てくれた、と富士は思った。

あの夏休みに死んだ舟を見つけてから、隠れ家を作ることを思いついたのだ。一人で隠れられる空間が欲しいなら、自分で作ればいいのだ、と。我ながら変な女子だった。でも、そんな自分だったから、須藤と出会うことができた。自分が自分でよかったと心から思えた。

やがて夏休みに入り、富士は実家に戻った。須藤も演劇部の公演の準備で忙しくなり、しばらく顔を合わせることができなかった。

頻繁に連絡を取ることはなかったが、須藤が忙しいことは知っていたし、バイトにも精を出すと言っていたから、特になにも思いはしなかった。

だから後期が始まって、須藤がいなくなってしまったことを知った時には驚いた。

コミュニケーション概論の講義に、須藤は現れなかった。気になって連絡をしようとした時に、話し声が耳に入った。「須藤って辞めちゃったんでしょ」「らしいね」知らない男子たちだったが、つい割り込み、確かめてしまった。

「それって須藤淳之介くんのことですか？　大学、辞めちゃったんですか？」

男子たちは顔をちょっと見合わせてから、そうだよ、と教えてくれた。「演劇部の奴が言ってたから確かだと思うけど。ていうか、いつも須藤とつるんでた子だよね？　なにも聞いてないの？」

なにも聞いていなかった。

須藤は富士になにも言わずに、大学を辞めてしまっていた。クリーマーの活動に集中するため、と演劇部の仲間には話していたそうだ。

なぜ、自分には言ってくれなかったのだろうか。

なにも知らなかったことがショックだった。

そのとき、連絡をしようと思えばできた。いつもスマホでやりとりしていたし、須藤はTwitterもやっていた。「どうしてなにも教えてくれなかったの」と、訊くことは簡単だった。「大学を辞めても友達でいたい」と、伝えることも簡単だった。

でも、富士はそうしなかった。

夢に向かってまっすぐひた走る彼の視界に、おまえはもう入っていない。誰かにそう宣告された気がした。おまえは置き去り。そうはっきりと、知らしめられた気がした。

そんな声を振り切って、彼を追いかけることもしなかった。そんな資格は自分にはないと思った。考えてみれば、出会ってたった数か月の仲にすぎないし、須藤がのめり込む演劇のことだってまだ全然知らない。一緒にいて楽しかったのも、親しくしていたかったのも、自分だけだったのかもしれない。自分は置き去りにされて当然。そう思った。

死んだ舟は、結局、死んだ舟でしかなかった。

死んでいるのだから、誰かをどこかに運んだり、連れて行ったりする力なんてあるわけがなかった。その中に一人置き去りにされ、富士は須藤を諦めた。

惹かれ始めていた演劇や舞台、そういう文化からも努めて距離を取った。できるだけ、思い出すこともしたくなかった。須藤に関わるあらゆる記憶は心の底に無理矢理に沈め、忘れることで封印した。

＊＊＊

今日なら会えます、と富士は返信した。

直後、「……ええ!?」自分がそんな返信をしたことに驚愕する。首の後ろの筋肉が震える。会えます、って。そんな。なんで——自分で自分がもうわからない。

ベッドに座り込んだまま、手の中のスマホを呆然と見つめる。須藤からの返信はすぐにきた。

須藤は待ち合わせに中野のカフェを指定してきて、時間は十一時半に決まった。

スマホを置く。脇が、汗でびっしょり濡れている。もう一度スマホを手に取り、アプリで恵比寿から中野までの所要時間を調べる。時間を見る。余裕はもうない。全然ない。火が点いたように富士はベッドから飛び出した。もしかしたら自分史上最速、最低限の身支度でバッグを引っ摑み、とにかく部屋を出る。走る。

（ていうか、なにしてるんだろう⁉　なにしてるの、私⁉　なんでこんなことになってるの⁉）

駅に着き、改札を抜け、ホームに上がると電車はすぐに来た。新宿まではすぐだ。

でもわからない。自分はなぜ、須藤に会おうとしているのだろうか。一体なにを考えて、あんな返信をしてしまったのか。今の気分を正直に表現するなら後悔の二文字しかない。でももう引き返せはしない。やっぱりやめます、とか、そんな複雑なやりとりはできない。約束を反故にしてしまえば、この先ずっと須藤からの連絡に怯えることになる。

自問自答しながら人の波をかきわけ、足早に乗り換えるホームを目指す。

とにかく、あまりにも驚いたのだ。驚きのあまり、多分、判断力が鈍った。今さら須藤から連絡が来るなんて思ってもみなかった。理由はまったくわからない。そもそも連絡をくれたのが本当に本物の須藤淳之介なのか、その正体すらわからない。ただ驚いて、そして謎すぎて、気が付いたら勢いであんな返信をしてしまっていた。今にして思えば、現実逃避だったのかもしれない。現実の状況からとにかく逃げ出したくて、目の前で起きた新しい事件に飛びついてしまったのかもしれない。

中野の駅に着いて、電車を降りる。改札を出ると、たくさんの行き交う人で真昼の街は賑わっている。春休みのせいか、こども連れや若者のグループが多い。通りの手前で立ち止まり、富士はしばし呼吸を整える。なんだか息が苦しいのはダッシュでここまで来たせいだろうか。それとも正気をなくしかけているせいか。

なんにせよ——うわあ。本当にここまで来てしまった。

改めて、スマホの地図を確認する。指定されたカフェは駅からそう遠くなく、商店街の中の店だから迷いもしないはず。急いだ甲斐(かい)あって、約束の時間には間に合いそうだ。

歩くたびに一歩ずつ、須藤に近づいていく。

本当に、なにもわからない。須藤にはどんな意図があるのだろうか。会ってなにがしたいのか。会ったらなにがどうなるのか。久しぶりに彼の顔を見たら、自分はどうなるのか。置き去りにされた時のショックがまた蘇(よみがえ)るのか。

思って、スマホを摑む指が震える。あの時は本当にきつかった。

大きな喪失感の中で、自分は須藤に恋をしていたのかもしれないと思いもした。だから感じているこの痛みは、要するに失恋の痛みなのか、と。わかりやすくいえばそういうことなのか、と。

そうではないとわかったのは、見合いをしてからだ。

あの人に——元婚約者に見合いの席で出会って、そして初めて、富士は誰かに恋をするという気持ちを知ったのだ。それは須藤に対して抱いていた想いとはまったく違うものだった。数回会っただけで結婚を決断し、迷いもしなかった。ただまあそれも結局は間抜けな一人相撲、哀れな一方通行の片想いで、だから失恋の痛みを初めて教えてくれたのもあの人で——

(……はい、やめやめ！)

足を左右、勢いよく振り出し、道路を踏みつけるようにして考えを打ち消す。それについては考えるのをやめる。あの正月からまだ三か月しか経っていないのだ。今はまだこの傷口をほじくり返したいとは思わない。

それより須藤だ。今は須藤との再会に備えなくてはいけない。気合いを入れ直すために、歩きながらリップクリームを唇にぐりぐりと強く押し付ける。

(もうこうなったら、なんでもいいよ。宗教とかの勧誘でも、ねずみ講でもなんでもいい。絵でも宝石でも売りつけていい。見てもわからないぐらい別人に成り果てていたっていい。なんなら本当に別人でいい。だから、いいよ！　カモン須藤くん！　とっとと目の前に現れて！　そして教えて！　どうして今になって連絡をくれたのか、理由がわかればそれでいい！　私はとにかくこれ以上悩み事を増やしたくないの！　なんでもこいだから！　どんとこい！)

思えば自分はもう大人だ。大学も出た、いい大人。疎遠になっていた相手と久しぶりに会うというだけのことで、なにをこんなに動揺している。

そうだ。そもそもこれはただの現実逃避なのだ。

こうしている間は荷物の整理もしなくていい。実家に戻った後の自分を想像して鬱にもならなくていい。ゼミの連中のことも思い出さなくていい。余計な真似をしてしゃしゃり出た痛い自分を責めなくてもいい。

それ以上に、なにを望むことがあるだろうか。なにもない。あるわけない。視線の先にカフェの看板を見つけ、富士はさらに足を早める。なにも期待なんかしていない。今さらどうなるとも思っていない。どうなりたいとかもないし、そもそも須藤に会いたかったわけでもない。ただ現実逃避がしたかっただけ。だから、自分はここまで来たのだ。

やだー久しぶりー！　そう言って笑おうと思う。もー懐かしいー！　どうしてたー？　いきなり連絡くれるなんてびっくりー！　それでよし。

カフェの扉が近づいてくる。髪を片側だけ耳にかけて、スピードを落とさずに前進していく。一瞬でも立ち止まってしまったら総崩れになりそうな怖さがある。だから行くのみ。進むのみ。と、

「あっ」

同じ店に入ろうとしていた人にぶつかってしまった。

顔を上げて、「すいません！」その人を見た。「や、こっちこそ……」その人も富士を見た。目が合った。美しい形をしたその目。びっくりするぐらい、綺麗な顔。

優しい声。

息が止まる。

「……た、」

「……龍岡さん……！」

須藤だった。

十数センチ上空から、須藤が富士を見下ろしていた。

お互いそれ以上、言葉が出なかった。

見つめ合ったまま、数秒間。時も止まる。須藤は大きく目を見開いている。その両目が揺れて、みるみる透明に潤んでいく。目蓋が赤く染まっていく。やがてぽろっと涙が零れ落ちるのを見て、

「……やだ……」

富士も声が詰まってしまった。続く息が震えてしまう。目の奥が熱い。須藤の泣き顔が、ゆらゆらと揺れる。

「もう、須藤くん……なに、泣いて……」

「って、そっちこそ……」

二人してほぼ同時、照れ隠しみたいに噴き出してしまった。目尻から涙がさらに零れてきて、富士は笑いながら指先でそれを拭った。

「た……龍岡さん、ほんと……ほんとに、」

須藤も伸ばした袖で目元を拭いている。妙にかわいい仕草は前と全然変わらない。本当に、すこしも変わらない。

「ごめん……」

「もういいよ」

「……ごめん、龍岡さん……！」

「いいから、ほんとに」

須藤は、以前のままの須藤だった。なにも変わらない、懐かしい、あの教室で隣に座り、一緒に声を殺して笑った須藤だ。今は目も鼻も真っ赤にして富士を見ている。その頬をまた、涙がぽろぽろと伝い落ちてくる。富士も同じぐらいに泣いてしまい、お互い目を見合わせて、

「ていうか、そろそろ……入らない⁉」

「そうだよね！　私たちこんなとこでなにやってるんだろ」

「変な二人組だと思われるよね」

「でもほんとに変な二人組だよね、今」

そのまま崩壊するみたいに大笑いしてしまう。服が伸びるぐらいにお互い強く肘を摑み合って、涙で濡れた顔をくしゃくしゃにして。

須藤の存在は、やっぱり大きかった。

沈めても沈めても、またこうやって浮かび上がってくる。

そして今、彼はここにいる。それ以外のことはもうどうでもいい。今、一緒にいてくれる、その事実以外にはもうなにもいらない。

かつて自ら深く沈めた過去の時間が、勢いよく流れを取り戻していくのを感じる。痛みも悲しみも押し流し、熱く、強く、富士の胸の内側で今、脈打つように迸る。

富士と須藤は中央付近のテーブルに座り、ロイヤルミルクティーとサンドイッチのランチセットをそれぞれ注文した。

テーブルの真向かいには須藤の整った顔。その唇がふとゆるみ、「で、」とさっそく声を発する。

続く言葉を待って、富士は背を伸ばした。やっぱりすこし緊張してしまうが、水を飲んで心を鎮める。どんな話が始まろうと、ここは落ち着いて受け止めようと思う。

「バーバリアン・スキル、どうだった？」

「ぶはっ!?」

思いもむなしく、口に含んだ水を思いっきり鼻から噴く。「……えほっ！　げほ……っ！」

「やだ、大丈夫？」

須藤におしぼりを手渡してもらいながら、富士はみじめに身悶(みもだ)えした。テーブルに顔を伏せてもまだ咳(せ)き込むのが止まらない。一体なんなんだ。突然、どうしてそんな話になる。

「お水、そんなに意表をつく味だった？」

「……そ、……そうじゃ……」

「炭酸水だったとか？　それともレモン水？　まさかのレモン炭酸水？　え、サービスよすぎない？　待って、飲んでみる。なにこれ。ただの水なんだけど」

「そうじゃ、なくて……！　なんで⁉　なんで急に、そんな話を⁉」

「え？　だって観に行ったんでしょ、バリスキの『見上げてごらん』。幻の初日になっちゃったみたいだけど」

須藤の口からこの話題が出てくるなんてあまりにも予想外だった。というか、

「……こわっ……」

思わず口に出してしまう。

「なんで？」

「なんで、って……私たちずっと会ってなかったのに、そんなの知ってるってありえないでしょ……」

まさか、須藤はストーカーなのだろうか。これまでずっと行動を監視していたとか？

出口までの脱出ルートを目でさりげなく探しつつ、富士はあっさりおびき出された間抜けな自分の行動を悔やむ。が、

「蟹江さんが教えてくれたんだよ」

「……そんな人知らないし……」

「なに言ってるの、知ってるでしょ。ほら、バリスキの蟹江亮さん。演出と脚本の。龍岡さんが飛び込みで来て、チケットを買ってくれたって言ってたよ？」

そのとき、

「あ……？」

いきなり閃く記憶があった。

チケット。蟹江さん。バーバリアン・スキル——そういえば、あの公演の夜。受付で話していた女性二人組は、中坊を演じた猫背パーカー男を、蟹江さん、と呼んでいた気がする。

「もう二年ぶり？　それどころじゃないか、三年ぶり？　ほら、前にクリーマーのセット改修を手伝ってもらった時以来だから。でも蟹江さんは龍岡さんのことすぐわかったみたい」

「あぁ⁉」

鋭く声を上げてしまった。須藤が訝しげに富士の顔を覗き込んでくる。

「どうしたの？」

「……いや、なんか……今、切れてた脳の配線が……つながったかもしれない……！」

「えっ嘘、よかったじゃん」

クリーマーの、大道具の作業を手伝ったあの日だ。今の今まですっかり忘れ果てていた。声をかけてくれたたくさんの男女の中に、『えっと、初めまして』ンフ、と笑う、あの顔があった。確かにあった。思い出した。

工具に貼ってあった富士山のシールを指差して、『登ったんですか』と話しかけてきたのだ。そのシールは、富士の誕生日に双子たちが毎年プレゼントしてくれる、お約束の

「富士マーク」だった。

『そうじゃないんです。私、たまたま名前が富士なので』

『あ、テニプリの』

『いえ、下の名前が。富士山の富士です。初めまして、龍岡富士といいます』

改めて頭を下げ合って、

『あ、えと、蟹江です。蟹江亮』

あの男は言った。そう名乗った。

『今日は僕も手伝いで来てて、その、クリーマーって結構友達っていうか知り合いっていうか先輩とか、へへ、まあいろいろ、多くて、ええと……僕はバーバリアン・スキルっていう劇団をやってます』

人の好(よ)さそうな垂れ目に細い顎、色白で猫背のひょろりとした見た目には、あまりにもバーバリアン感がなかった。野蛮人の技術……つまりそれって略奪とか、残忍な殺戮(さつりく)とか？　この人には似合わないなあ、と富士は思った。

『あの、龍岡さん。もしよかったら、今度うちの劇団の大道具も手伝ってもらえませんか？』

どう答えたのだろう。はっきりとは思い出せない。あの時は楽しかったから、いいですよ、とか、軽く引き受けた気がする。

とにかく、これで謎が一つ解けた。

やっぱり自分は、バーバリアン・スキルを知っていたのだ。かつて蟹江と出会っていた。たったそれだけのことだった。受付にいた蟹江のあの態度も、知った顔が突然現れて驚いたせいなのだろう。覚えていなかったことを悟られただろうか。自分は失礼だっただろうか。考え込んでしまいかけて、

「龍岡さん？　大丈夫？」

はっ、と我に返る。須藤が目の前で手を振っている。

「あ……ごめん。前からずっと思い出せなくて、モヤモヤしてたことがあって。今、それがあまりにもスッと晴れたからひそかにびっくりしてた……」

しかしまだ不思議なことがある。「たったそれだけのこと」だったにしては、あの夜の気分の盛り上がりは我ながら尋常ではなかったと思う。あんなに必死になって、夢中で走って——あれは一体なんだったんだろう。一体なにが、自分をそうさせたのだろう。

「もしかして蟹江さんのこと忘れてた？」

須藤の言葉に思いっきり頷く。「うん。きれいに忘れてた」

「あはは、ひどーい」

「だからさっき須藤くんがバリスキのことを訊いてきたとき、ストーキングでもされてたのかと思ったよ。あれ、この人まさか私をつけてた？　みたいな」

「それでいきなり怯えてたんだ。でも、だったらどうして『見上げてごらん』を観に行ったの？　蟹江さんのことは忘れてたのに」

「バーバリアン・スキル、っていう言葉の印象だけはうっすら記憶に残ってたんだ。先週の卒業式の後、居酒屋で偶然あの公演のチラシを見て、なんだっけ、知ってる気がする、ってどうしても気になっちゃって……」

そしてなにかに、呼ばれたような気がして。居ても立ってもいられなくなって。

「……気が付いたら、劇場まで行ってた」

「ああ、チラシか。確かにあれ、いろんなところに撒いてあったもんね」

テーブルに注文していたランチのセットが置かれる。「食べよっか」と須藤に促され、紙に包まれたサンドイッチを手に取る。剝いてみれば予想に反してバゲットサンドで、一口かじろうとしてびっくりした。前歯がまったく通用しない。ものすごく硬い。どうしようもなく、富士はとりあえずバゲットサンドをそのまま紙に包み直して皿に戻す。須藤は「あっ、硬、え、すご……っ」無理矢理かじろうとした結果、生ハムとレタスの中身だけがずるずると全部出てきてしまっている。指でとにかくそれを口の中に押し込むが、頰を膨らませて苦しそうだ。「大丈夫⁉　水飲んで！」「……っ」「嚙んで、嚙んで！」「……っ」

もぐもぐとどうにか飲み込み、須藤は具のなくなったバゲットを皿に置く。そして口を拭き、不意に低く呟く。

「……でも、嬉しかったな」

意味がわからず、「え？」富士は訊き返してしまった。

「蟹江さんから、龍岡さんが来てたって聞いた時」

ほんと、すっごく、嬉しかった。そう続ける須藤の表情はさっきまでと変わりなく見えるが、その声はかすかに震えている気もする。

「龍岡さんは、演劇、嫌いじゃなかったんだね。そのことが、やっとわかった。卒業式の後に一人でバリスキ観に来るぐらいなんだから、絶対に嫌いなわけがない、って」

富士はまだ話の展開についていけない。演劇を嫌いとか嫌いじゃないとか、一体どこからそんな話になったのだろうか。

「待って、なに？　どうしてそんなこと……」

「ほら、大学にいた頃。龍岡さんを、いろんな劇場に連れ回したじゃない？　あれ、実はもしかしてすごく迷惑なことをしてるんじゃないかって結構不安に思ってたんだ。小さい劇場とか、古くて狭くて、えーって感じのところもあったし。チケット代だってかかるし。龍岡さんを、強引にこっちの趣味に付き合わせてるとしたら悪いなって。それでね、」

「ちょ、ちょっと待って。ほんとに」

口を挟まずにはいられなかった。

「須藤くんは、私が演劇を嫌ってる、楽しんでない、って思ってたの？」

「……うん。かも、って。前は……」

「そんな……どうして？　私、本当に楽しかったよ？　いつもすごく楽しかった。須藤くんがお芝居に誘ってくれて嬉しかった。嫌だったことなんて一度もない」

「そっか……。でもあの頃は、わからなかったから……とにかく、自分の中で勝手にいろいろ想像するしかなくて。考えれば考えるほど、よくないループに嵌るような感じで」

どうして、とまた訊ねてしまいそうになるが、その時、心にふと落ちてくるものがあった。とっさに問いを飲みこむ。

須藤にそんなことを思わせたのは、自分のせいかもしれない。

考えてみれば、さっき言ったようなことを、これまで須藤にちゃんと伝えたことはなかった。もちろん態度では楽しい、嬉しいと示していたつもりだ。でも、はっきり言葉にはしなかった。当然わかるだろうと思っていたのだ。自分の気持ちは人に伝わるのが当然のことだと思い込んでいた。それに須藤は優しいし、繊細だし、いつも自分を気にかけてくれている。そういう人なのだから、楽しんでいることぐらい当たり前にわかってくれるはず。察してくれるはず。そういう甘えが、富士の中には確かにあった。

そして富士の方はといえば、須藤の気持ちなど、まったくわかってはいなかった。自分に向けてくれている表情しか見ず、より深い部分、須藤が見せない部分のことを、わかろうとはしなかった。一度も。

「……夏の間、龍岡さんとずっと連絡とらないでいたじゃない？　こっちの勝手な想像の中で、地元にはもっと本当に仲いい子とかいるんだろうな、大学用の友達に用はないってことだな、とか……あーやっぱな、みたいな感じに思ってたんだ。どうせそういうことなら、もうこれ以上無理して合わせてくれなくていいよ、みたいな。一人で勝手に妄想して、馬鹿みたいに拗ねてた」

富士はその頃、忙しい須藤に不要な連絡などしたら迷惑だろうと思っていた。そう思い込んでいた。

「ちょうどその頃、親と色々、大学を辞める辞めないとか……他のことでも揉めたりしてたのもあって、自分のことなんか誰も受け入れてくれない、否定されるだけ、どうせわかってくれない、とか、暗く考えてたんだ。それで……いつか拒絶されるなら、先にこっちから拒絶しよう、って。こっちから切れば切られたことにはならない、その方がマシ、とか、思った。……だから、龍岡さんには、大学を辞めることを話さなかった。わざとそうした。仕返しみたいに」

そして自分は、そうした須藤に連絡を取ろうとはしなかった。

「急に関係を断つようなことをして、本当にごめん」

「……須藤くん」

深く俯いた須藤の顔が、突如喘ぐみたいに苦しげに歪む。息が跳ねて、鼻も目元もまた赤くなっていく。

「あれからずっと後悔してた。本当にずっと。ごめんね龍岡さん……あんなの、最低……ごめ……、っ……」

目蓋を押さえた手の甲に、どっと溢れた透明な涙が幾筋も伝うのを見てしまう。

「いいから、もう謝らないで」

須藤だけが悪いのではないのだ。富士は今、はっきりとそう思う。

須藤と出会う前、自分はすごく寂しかった。地元を離れ、実家を離れ、いつも一緒だった双子たちとも離れて、友人もおらず、孤独だった。一人暮らしは一人で隠れ家にいるのとはまったく違っていた。目を覚まし、家を出て、帰って来て、目を瞑る。なにをしてもずっと一人で、そんな自分を誰も知らない。自分を捜す人もいない。いるもいないも関係なくて、隠れるも見つかるも関係なくて、自分はただの無でしかなかった。

そんな時に、やっと出会えたのが須藤だった。せっかくできた友達を、富士は失いたくなかった。

須藤にだったら、なんでも合わせたと思う。一緒にいたいあまりに、誘われればなんだってしたと思う。別に演劇じゃなくてもよかった。たとえばスポーツをしたり観戦するのでも、車とか旅行、ゲームでも、ただ飲むのでも、買い物するでも、なんでもよかった。そして須藤も、そんな富士の主体性のなさをどこかで感じ取っていたのだろう。だからこそ、あんな不安にとりつかれたりしたのだろう。

でも、須藤に誘われたことで偶然に出会った演劇の世界に心を惹かれたのは本当だ。本当に、なにかを見つけられそうな気がした。この世界に自分も飛び込むことができたら、心からそう願った。

ただ、その気持ちを伝えるのを怠ってしまった。伝えなきゃ、とも思わなかった。須藤ならわかってくれるはずだと甘えてしまった。その結果、須藤に背を向けられた。そして、自分はそこから動かなかった。自分にそんな資格はないと、自分自身で決めつけた自分自身の枠の中から、一歩も踏み出そうとはしなかった。

伝えたいことを伝えるために表現する。そんな当たり前のことを、自分はちゃんとやってこなかったのだ。人間という生き物に生まれて来て、言葉というコミュニケーションの術（すべ）だって持っていたのに。そんな自分だったから、人の中では孤立したのだろう。須藤にも去られ、一人ぼっちだったのだろう。

今からでも伝えられることはあるだろうか。まだ間に合うだろうか。もう遅いのかも。

怯（ひる）みそうになって、でも気が付く。

須藤がここに来た理由。それはきっと、

「……私、あの頃、本当に楽しかったよ」

もう一度、やり直すチャンスをくれるため。遅いことなんかあるわけがない。

「須藤くんと一緒にいて、演劇の世界を垣間見（かいまみ）て、毎日が楽しくてたまらなかった」

おしぼりで目元を拭き、須藤は視線を上げる。その目をまっすぐに見て、富士は言葉を継ぐ。

「お芝居を観るのもそうだし、大道具の手伝いをさせてもらったのも。私、すっごく楽しかった。ちゃんと言えなくてごめん。不安に思ってるなんて知らなかった、本当にごめん。気が付けなくて、ごめん」

やり直させてもらえるなら、それが嬉しいと思うなら、今度こそそう伝えなくちゃいけない。店内の雑音に負けないよう必死に声を張る。

変わりたいのだ。

やり直して、新しく生きたい。元の自分のままではいたくない。

生まれ変わりたい。

「こうやってまた会いに来てくれてありがとう。ていうか、その前に、友達になってくれて、ありがとう。須藤くんに出会えたことが、私ただ、嬉しい」

懸命にそう言いながら、だめだ。声の最後が震えてしまう。強く唇を噛んで跳ねそうになる息を堪える。

でも須藤の声も、同じぐらい震えていた。「……急にいなくなったこと、もう、怒ってない？」

かぶりを振る。何度も大きく。

「最初から怒ってなんかないよ。ただ、寂しかっただけ。ずっと、すごく、寂しかった。でももういいんだ。……バリスキ観に行って、本当によかった！」

思いっきり笑顔を作り、精一杯の明るい声を腹から出す。

「須藤くんは、バリスキの話をするためにメッセージ送ってくれたんだもんね⁉」

富士の言葉に、須藤は大きく頷いて、「そう、バリスキ……！」弾けるように笑い、また目元を拭った。もちろん、本当はそうじゃないとわかってる。須藤はただ、自分に会いたいと思ってくれたのだとちゃんとわかっている。だから富士の目にもまた涙が滲んできてしまう。笑ったり泣いたり、顔が忙しい。でもお互い様だ。

「なんか『見上げてごらん』、大変だったんでしょ？」

「そう、すっごく大変だったの。観られたのって多分、十分とかそれぐらい」

「くさかったって聞いたけど、ほんと？」

「ほんとほんと！　いきなりめちゃくちゃくさくなって、急にだよ、なんの前触れもなく気付いたらすっごいくさくて、くささの向こうでステージが蜃気楼みたいに揺れてた！」

須藤はくしゃっと目元を崩し、仰け反って笑い出す。「なにそれ！」本当にそうだ。なにそれ、だ。

「でもそれまでは最高だった！　なんだったんだろうあれ!?」

「なんだったって、バリスキだったんだよ！　ダンスとかもう色々すごくない？　すごかったでしょ!?」

「すごいなんてもんじゃなかったよ！　登場する時、スモークの中からレーザーの光が何本も伸びて、いきなり三人の影がぶわって……ああ！　今思い出しても鳥肌立つ……！」

「だよね!?　鳥肌だよね!?　いきなり別世界だよね!?」

「別世界！　それ！　連れて行かれたの！」

「ああもうやっぱバリスキはそうなんだよ！　一気にどこかへ連れて行かれるんだよ！」

「須藤くんも観たことあるんだ!?」

「あるあるあるそりゃあるってば！　もう四本、や、五本は観てる！　どれも最っ高、畳みかける展開で呆然、気が付いたらまったく予想外の地点に突き落とされるの！　あの感覚って空前絶後！」

「私は十分しか観てないよ！　うわ、どうしよう、そんなの聞いたら余計つづき観たくなっちゃう！」

本気で悶える富士を見て、須藤は「はいきた！」勢いよく片手でテーブルを叩く。その指をまっすぐ突き付ける。

「龍岡さん、完全にはまったね？　バリスキに！」

「はまっちゃった……！　しかも、たった十分で」

真正面で「コスパよすぎじゃない⁉」さらに大笑いする須藤の声を聞きながら、富士は仰け反って天井を仰いだ。降参のポーズで、感慨に浸る。

あの夜、バーバリアン・スキルは難破船だった。

死んだ舟にしか見えなかった。

しかし今、こうして確かに須藤と自分を結び付けている。二人を同じ場所へ連れて来てくれている。同じ場所まで、運んでくれている。

死んだ舟にはもう力はないのだと、かつて考えたことを思い出す。死んだ舟は結局死んだ舟でしかない、と。

でもまだこうして、運べるものがあった。

二人の人間を運んできて、同じところに結び付ける力を、バーバリアン・スキルはまだ持っていた。

富士の脳裏に、ボロボロに傷つき朽ち果てた舟が虚ろに海を漂う光景が浮かぶ。でもその内部にはなにかがあるのだ。まだちゃんと、それはある。それを感じる。忘れたりしない。富士にはわかる。

——呼んでいる。

「つづきを、」

なにかに導かれるように、富士は思いを言葉にして口に出していた。

「公演のつづきを観るには、どうすればいいのかな？　どうすればいいと思う？」

「バリスキの人に直談判すれば？　再演して下さい、って」

「それは無理でしょ、こんな素人の話なんか聞いてくれないよ。そもそもニワカってレベルにすら達してないし」

「蟹江さんは聞きたがってると思うけど」

「そんなわけないってば」

「あるってば。龍岡さんに連絡とりたいからそう伝えて、って頼まれてるし」

「えっ!?」

声が妙に甲高く響く。突然の展開すぎて、一瞬気が遠くなる。な、なんだって？　お婆さんっぽく耳に手を当てて訊き返したい。連絡？　自分に？　なんで？　考えてすぐ、

「……ああ……っ」

その理由がわかった気がした。思い当たることは一つだ。やばい、と声が漏れそうな口

を両手で押さえ、富士はしばし息を呑む。これはやばい。

「もちろん、いやなら蟹江さんにはうまく伝えておくけど」

「待って、違う、だめ、じゃ、ない……の」

あの夜に、しゃしゃり出た件だ。絶対にそうだ。蟹江が自分に連絡を取りたがっているとしたら理由はそれしかない。スタッフでもないのに勝手なことをやらかしたあの件。

富士は焦った。とにかく謝罪をしなければ。それも早急に。できれば向こうから怒られるより先に。

「私、蟹江さん……ていうか劇団の人に、会って、ちゃんと話をしないと……」

「あ、ほんとに？」

「とにかくまずはメールしなきゃ……」

「そんなのしなくて大丈夫でしょ」

「いやいやだめでしょ！　こういうのは初動が肝心なんだよ、ちゃんとアポを取って、それで改めて、」

「でも蟹江さんと南野さん、あそこにいるから」

「ええ⁉」

頭がもう、全然ついていけていない。須藤が指さす背後を勢いよく振り返りながら、胴体が捩じ切れそうになる。

二人の男が、なぜか仲良く横並びに座って、こちらを見ていた。

おどおどとした笑顔で片手を上げたのは、蟹江。

そしてその隣、サングラスをかけたまま腕を組んでいる大柄な男。

「いや、待って……待って。……須藤くん、あの人たちを、ここに呼んでたの……？」

「呼んでないよ。だから今、結構びっくりしてる」

須藤はスマホをちらっと見て、ふんわりと穏やかな笑みを浮かべた。桃色の花びらがひらひら舞い散るエフェクトが似合いそうな、完璧（かんぺき）な美男子スマイルだった。

「……それが、須藤くん的には、びっくりした顔なの……？」

「龍岡さん、今日は本当にありがとう。話できて本当によかった。また前みたいに仲良くしてくれる？」

「それはいいんだけど、え、なんでもう行くね的な雰囲気を出してくるの……？」

「もっと色々話したいけど、バイト行かなきゃ。あ、ここは出させてね」

伝票を掴むなりひらりと立ち上がり、須藤は富士に手を振った。そして二人組に、「すいません、俺バイトなんで」軽く頭を下げてみせる。スマホで会計を一瞬で済ませ、そのままスマートに店を出て行ってしまう。須藤が去って空いたテーブルには即座に二人が近づいてくる。テーブル前で二手に分かれ、一人は右から、一人は左から。まるで挟み撃ちにされるみたいに、富士は椅子から動けない。

「あの、蟹江です」

知ってます、とは、さすがに言えなかった。目の前に座ったこの人物のことを、富士はついさっきまで忘れ果てていたのだ。

「……どうも、たつ」

おかです、と言おうとしたのだが、「龍岡さんですよね」蟹江が食い気味にかぶせてくる。「僕のこと、忘れてましたよね」……やっぱり悟られていたらしい。

「そうだ、僕らなにか注文しないと。すいませーん。え、全然気付いてないな……すいませーん！　あれ、完全にシカトされてる？　すいませえええん！」

やっと店員が近づいてきて、

「えっと、コーヒーと、南野は？　同じでいい？」

隣に座った大柄の男は、サングラスのままかすかに顎を縦に揺らす。

「コーヒーをもう一つ。た……」

ちらっと富士を見て、ンフ。蟹江は妙なテンションで肩を竦めるようにして笑う。

「……龍岡さんは、どうします？」

「……私も、じゃあ、コーヒーを……」

注文を終え、蟹江は斜め掛けにしていた大きな帆布バッグを下ろした。落ち着きなくライトブルーのボタンダウンシャツの襟を指先でいじる。そうして自分の膝を見て、窓の外

をちょっと見て、また富士を見て、

「……どうも。なんか、すいません。急に」

改めて頭を下げてくる。「いえ、こちらこそすいません……」富士はもっと深く頭を下げ返す。彼らがここに現れた理由ならもうわかっている。とにかく謝らなければいけないのはこっちの方だ。

一方、隣でふんぞりかえるサングラスは微動だにしない。視線がどこを向いているのかもわからない。大きな肩幅に太い腕、日本人離れした厚い胸板。がっしりした顎。こちらに歩いてくるときに見たが、身長ものすごく高かった。もみあげと短いひげを繋げるようにカットしていて、色褪（いろあ）せて傷んだ髪はツヤのない金。それがもじゃもじゃと荒れながら爆発し、いくつかの房に分かれて太い首元にまとわりついている。一目見るだに異形だった。どう見てもカタギの身分ではない。カタギでなければなんなのか。劇団員なのだ。こんなに綺麗な解はない。

「その、僕らが今日ここに来たのは、実は龍岡さ」

「お待たせしましたー」

蟹江の言葉を遮るタイミングで、コーヒーがテーブルに来た。蟹江はつんのめるように一度言葉を切り、立ち直る。「……今日ここに来たのは、実は龍岡さんに、ちょっとおね」

「――お砂糖とミルク!!」

むやみやたらと通る声が、再び蟹江の行く手を阻む。

店員を呼び止めたのはサングラスの男だった。その場違いな大音声に、店の中が一瞬シン、としてしまう。窓ガラスまでビリビリ震えた気がする。

「……えーと。だから、僕たちが……あれ、なんだっけ。なにを言おうとしてたんだろう」

蟹江が記憶を失った隙に、富士は先手を打つことにした。

「あの、仰りたいことはだいたいわかってます。その節は、本当に申し訳ありませんでした」

二人の前で深々と頭を下げる。サングラスはそれを聞いているのかいないのか、もらったシュガーとミルクを大量にコーヒーに投入し、スプーンで猛然とかき混ぜている。すごい勢いで混ぜるから、ばちゃばちゃとソーサーに零れまくっている。なぜそんなに強くかき混ぜるのか。気になるし、やめろとも言いたいが、そんな場合ではない。できるだけそっちを見ないようにしながら、富士は謝罪の言葉を続ける。

「……先週の公演で、劇場に来ていた方々に、劇団スタッフだと勘違いさせるような言動をしてしまいました。そのせいでご迷惑をおかけしたこと、心から反省しております」

「え？　いや、僕たちはなにもそんなつもりじゃ」

慌てたように蟹江が手を振ってみせる。でも頑なに、富士は頭を下げ続ける。この件に関しては本気で責任を感じているのだ。

「本当に、すいませんでした。トラブルが起きているのを見てしまうと、仕切り癖みたいなものが出てしまうんです。変に張り切ってしゃしゃり出て、自分がどうにかしようとしてしまうんです。だからあの時も、あんな難破ぶりを見ていたら身体が勝手に動いてしまって」

「ナ、ナンパ……？」

「難破です。あの、船の。沈没の方です。氷山とかに激突して、船体が破壊されて、凍った海の底に沈むやつ。みんな死ぬやつです」

「ああ……それ。ああ、僕たちってそんな感じだったんだ……。激突して破壊されて沈んでみんな死ぬやつ……。そっか……。ですよねー……」

「あまりにもひどい有様だったので、私、どうしても黙って見てはいられなくて。とてもじゃないですけど、あんなの放ってはおけなかったんです」

「あんなの……。あんなの……か」

蟹江はどこかへらへらと、遠い目をしてワカメのように揺れている。のんきな顔して、他人事みたいに。そんな様子を見ているうちに、あの夜に感じた危機感が富士の胸中に蘇ってくる。

「だって、そうじゃないですか！」

どれだけ危険な状況を自分たちが作り出したのか、まだわかっていないのだろうか。富士は思わずテーブルの角を摑み、半ば立ち上がって蟹江の方に身を乗り出す。

「お金を払わせてたくさんの人を集めておいて、あんなのあんまりですよ！　そもそも劇場からしてなんなんですか!?　見るからにオンボロすぎ、人を入れたらまずいことになるって普通わかりません⁉　それに座席も詰めすぎだし、あれじゃ避難経路がとれないってことぐらい誰の目にも明らかですよね⁉　どうしてあれでいいってことにしたんですか⁉　結局あんな事件が起きて、避難することになっても誰も誘導してくれない！　説明すらない！　一体なにを考えてたんですか⁉　人を、命を、集めて預かるっていう責任を、軽く考えてたんじゃないですか⁉　それはおもしろいおもしろくない以前の問題です！　安全は当然の大前提です！　そこがだめなら全部終わりなんです！　芝居がどんなに素晴らしかろうが関係ないんです！　無意味になるんです！　わかってるんですか⁉　せっかくあんなにすごい舞台だったのに、せっかく夢中で観ていたのに、あんなに楽しかったのに、もう台無しですよ！　最後まで私は観たかった！　それなのにあれじゃ――」

蟹江が、富士を見ていた。

視線に気付いて、思わず息を呑む。口を噤む。

蟹江はなにも言わず、富士の言葉をただ真正面から聞いて、もう笑ってもいない。静かな目をして、ただまっすぐに富士を見つめている。

「……す、いません……！」

顔がカッと熱くなるのを感じた。慌てて頭をまた下げ、椅子に座り直す。謝罪していたはずなのに、本当になにをやっている。調子に乗って、上から目線の説教を延々とぶちまけて、自分はなにをしているんだ。信じられない。

「……本当に、失礼しました……」

そう繰り返して謝罪を重ねつつ、

「……でも、撤回は、しません」

そっと目を上げる。蟹江を見返す。

「今のは、ずっと思ってたことです。失礼だったのはわかってます。すいません。でも、間違っているとも思いません。だから撤回しません」

たとえどれだけ失礼だろうと、どれだけひどく怒らせようと、さっきぶちまけたことが翻りはしない。自分は真っ只中であの状況を見ていたのだ。起きた事実は変えられない。相手の顔色を窺って事実を捻じ曲げたりもしない。だから、撤回はしない。

蟹江は、口の中でなにか低く呟いた。「樋尾さんとだいたい同じこと……」と聞こえた。

しかし言い直した言葉はそれではなく、

「最後まで観たいって、龍岡さんは思ってくれたんだ？」

と。「……はい」富士は頷く。

「今も本気で、そう思ってます。教室の世界の中坊と、氷の世界の三人組はどういうつながりがあったんだろう、とか、どんな話になっていったんだろうって、あれからずっと考えてます」

「中坊かあ」

「はい。中坊感、すごくあったので……」

「あの役名は『僕』なんだけど、中坊っていいな。中坊ね。いい、それ。ちなみに三人組は『原始人』なんだよ。彼らは氷河期を生きていて、マンモスを狩って暮らしてる。リーダーと、その妻と、若者。若者は妻のことが好きなんだ。若干年上マニア的なところがあって。あと巨乳が好き。巨乳の壁画ばっかり描いてる」

「……あの、彼らって、リアルな存在なんですか？　私はてっきり、中坊の心象風景を具現化した世界なのかなって想像してたんですけど」

「そうそう、こっちとしても最初はそういう感じで観てほしいんだよね。でもそれが実は……ウンフンフン……♪　っていう話だから」

「え。実は、なんなんですか？」

「あれ？　知りたい？　言っていいの？」

「知りたいです！　言って下さい！」

富士は思わず背を伸ばし、蟹江の言葉を待ってしまう。ずっと知りたかった物語の秘密が、今、唐突に解かれようとしている。

「じゃあ言っちゃうと、実は、あの中坊はマン」

パン！

音を立て、蟹江の頬を打ったのは、サングラスだった。

「ちょ……なに!?　い、痛いんだけど……!?」

頬を押さえて抗議する蟹江の方を見もせずに、

「俺たちは――」

片手でゆっくりとサングラスを外す。目を閉じている。妙な間を取ってゆっくりと、大きな両目が開いていき、

「――バーバリアン・スキル！」

カッ！

全開になった。視線はまっすぐ富士に。

富士は、「知ってます……」固まったまま、小さく返事をすることしかできない。蟹江の方をちらっと見る。「……この人、いつも蟹江さんをぶつんですか？」「いや、僕もちょっとびっくり……」

「シャラーップ！　よく聞け！」

また店内に轟（とどろ）くほどの重い声。他の客が驚いたように振り返る。せっかくのどかな昼時に、さぞかし迷惑なことだろう。

「この俺様こそ、バーバリアン・スキルの主宰！　その名も――南野正午（しょうご）！　a.k.a.南野内臓助（もつのすけ）！　これは学生時代の芸名だが、今でも時に人は俺をこう呼ぶ――モツ、とな！」

「……もつとなさん……」

「モ・ツ！」

訂正されたから、確認のために「モツ」口に出してみる。

「気安く呼ぶなド素人！」

鋭い一喝に、富士は唇を即噛む。客たちが「変な人たちがいる……」などとヒソヒソしながらこちらを指さしている。その指し示す方向には、富士もしっかり含まれている。

「いいか——この俺様をどう呼ぶかで、その人物がいつからの知り合いなのか、富士！　おまえにもわかるって寸法だ」

「……呼び捨て……いえ、いいんですけど、でもなんか結構いきなり……」

「ガタガタ言うな年下め！　知っているぞ二十二歳、ついでに言えばこのカニはおまえの四個上、俺はさらにその一個上！」

「どうどう……静かにさせる注射とかあればいいのにな。銃とか」

蟹江が横からその大きな肩をさするが、「ふっ、俺様には麻酔なぞ効かんぞ！　なぜなら俺様は俺様という名の奇跡だからな！」周囲からはまだ見られている。富士はそっと、さっき注文して、歯が立たなかったバゲットサンドの皿を南野の方に押しやってみる。

「あの、よかったらどうぞ」

「む⁉」

下の双子がうるさくてたまらないとき、よく講じた手段だった。するめを与える。せんべいを与える。ジャーキーを与える。フランスパンでももちろんいい。硬い食べ物を与えて、とにかく口に喋る暇を与えない。疲れさせて、顎の筋肉からエネルギーを奪うのだ。

富士が一度トライしてみて口から出したものとも知らず、南野はさっそくバゲットサンドに食らいつく。「この俺にパンなぞ釈迦にせっ……むっ、……むう……！」健康そうなり硬いのだ。

白い歯を剝き出しにして、首を振ってパンを食いちぎろうとする。でもできない。やっぱ

「すごい。南野を黙らせた」

「あれで嚙み切れないパンの方もすごいですよね……」

「確かに。ていうか、そうだ。南野が鎮まっているうちに話を進めないと」

蟹江は改めて、富士の正面に向き直る。隣でパンに食らいつく南野と比べれば、蟹江の外見は随分まともだった。大人しげな面差しは意外なほどに整ってもいて、かすかに文学青年的な雰囲気も漂っている。

そんな蟹江に「実は」と切り出されたのは、思いもよらない話だった。

「僕たち、龍岡さんに、うちの劇団のお手伝いをしてもらいたいと思ってて」

「お手伝い、ですか？　前にお会いした時のような、大道具の作業とか？」

「いや、ていうかまあそういうことも今後あるとは思うんだけど、でもそうじゃなくて、正式なスタッフとして、バーバリアン・スキルに加入してくれないかな、と」

「えっ⁉」

考えるまでもなかった。「無理です無理です！」富士は慌てて首を横に振る。こんなド素人が、いきなり劇団になんて入れるわけがない。しかし蟹江は言葉を重ねる。

「この前の夜、龍岡さんが事態を収拾しようとしてくれてた姿を見て思ったんだよね。こういう人が、今の僕たちには必要なのかも、って。今、僕たちを救えるのはこの人しかい

ないのかも、って」

「いえ、そんなことないです。第一、私がしたことはただ混乱を招いたばかりで……」

「みんなを救おうとしてくれてた。いや、実際に、龍岡さんは他のお客さんたちを救ってくれた」

「たまたまなんです。たまたま、一番後ろの出口に近い席に座ってたから、状況をよく見渡すことができただけで。本当にそれだけのことなんです」

「──富士よ」

南野が、富士に鋭い視線を向けていた。パンは食べ終えたらしい。その両目にはギラギラと、銀の光を帯びている。

「一つ訊くぞ。おまえはなぜ、一人で先に逃げなかった。出口のそばにいたんなら、誰より先にとっとと逃げ出すこともできただろう」

「……それは、そんなの、あの時には思いつきもしませんでした、し……」

あまりにも強く、まっすぐに見つめられて、富士はすこしたじろいだ。思わず視線を自分の手元に落とす。

「さっき言ったように変に張り切っちゃって、私がいなきゃだめだ、みたいなモードに入っちゃって……」

「なら入れ。またそのモードに」

声の強さに視線を上げる。南野の両目はまだ光っている。確か、あの夜の終わりにもこ

ん な光を見たと思う。脈打つように瞬いて、どこか遠くから呼ぶ光。わけもわからないままふらふらと、そのまま引きつけられてしまいそうになる。しかしすぐに我に返る。

「……あの、でも、本当に無理なんです。明日には私、実家に帰らないといけなくて……」

そう言いながら、迫ってくる現実に改めて重たく胸を塞がれる。そうだった。これから自分は部屋に帰って、今日中に荷物を整理して、明日には東京を出て行かないといけないのだ。

「帰りたくて帰るのか？」

「いいえ！」

南野の言葉に反射的に返す。「帰りたくないです！　でも、」

「でも？」

「……住んでいる今の部屋は、明日で引き払わないといけないんです。身を寄せられるような友達もいないし、一人暮らしするお金もありません。だから実家に帰る以外に、生活していく術がないんです」

「なるほど。ならば予告しておこう。おまえは今から、この俺を神とも思って愛するようになる。それでいながら偉大な主宰、人生の先輩、美しい年上の男、手の届かない黄金の果実、さらに大家とも思うだろう」

「……はあ？」

一人盛り上がる南野の腕を、ちょっとちょっと、と蟹江が摑む。それを軽く振り払い、南野は富士の鼻先に指を突き付けてくる。

「この俺様は、劇団を主宰する傍ら、いわゆるシェアハウスを管理運営している。まあ実際には親の持ち物だがな。俺の自由にできるから、実質俺のものと言っていい。なにを隠そう、ここにいるこのカニも俺のシェアハウスの住人だ。なあ？」

「……ん、まあ。……うん。……ま、……うん」

「そして都合のいいことに、ちょうど一部屋空いたばかり」

シェアハウス。もちろん、富士にもそれがどういうものかはだいたいわかる。若い世代に流行中の、合理的な共同生活だ。もしもそこに住めるなら、実家に帰らなくてもすむ。自分を墓穴に埋めるような暗い気持ちで、この先の日々を生きずにすむ。ほとんど飛びつくように「じゃあそこに！」と言いかけて、しかし寸前で飲み込んだ。お金はどうする。普通に一人暮らしを始めるよりは安くすむのだろうが、それにしても今の貯金額では心許ない。

「――もしも、だ」

富士の不安を悟ったように、南野の声がいきなりねっとりと粘度を帯びる。

「もしもおまえが俺の劇団に入るなら、我がシェアハウスにしばらくの間、無料で住まわせてやってもいいぞ。劇団員限定の特別待遇ってことでな」

「え……!?　しばらくって、一日二日とかじゃなく……!?」

「ああ。最低でもひと月は保証しよう。しかも電気ガス水道、すべてこっち持ち」

お得すぎる！　富士は思わず身を乗り出してしまうが、待て待て待て、脳内で理性が囁（ささや）く。だめだめだめだと座り直す。だめだ。あまりにも話がうますぎる。なにか裏があるのかも。そう思うのだが、さらに南野は畳みかけてくる。

「我がシェアハウスは、夢見る若者を支援する、言うなればまさに野望の城よ。前に住んでいた奴も夢を叶えて出て行った。次は富士、おまえの番だ。ちなみにＷｉ－Ｆｉも入る。テレビもケーブルに入っているし、ネトフリもアマプラもばっちり見られる。空いているのはＶＩＰルーム。日当たり抜群、東南角部屋。どうだ？　せっかくのこのチャンス、逃してもいいのか？」

　逃したくない！　叫びたかった。でもまだ叫べない。

「……非常に、魅力的なお話ですが……でも、どうしても、私がお役に立てるとは思えないんです。劇団に入ったところで、私なんかにできることがあるとは到底……」

「おまえは俺に必要だ」

　南野は富士をぴたりと見据え、自信たっぷりに言い切った。

「おまえは俺の役に立つ」

「でも……」

「でも、は要らん。ただこう言え。『よろこんで～！』」

「……そんな、どこぞの居酒屋みたいな……」

「なら、了解です、だけでいい。俺を信じてついてこい。そうすれば――星が生まれるところを見せてやる」

右眼と左眼、二つの光。どうしようもなく富士を呼び寄せる、引きつけるようなこの目の魔力。さらに、

「おまえが劇団に加入すれば、これを読むことになるだろう」

南野は蟹江のバッグを引っ掴み、「あっ、ちょっと！」有無を言わさず付箋（ふせん）だらけでボロボロに汚れた分厚い紙束を掴み出す。表紙には大きく、『見上げてごらん』と書いてある。台本のようだ。

「来月、俺たちはこいつを再演する」

その瞬間、心臓が音を立てて高鳴る。「やるんですか⁉」

「ああそうだ。次にやる時には、おまえには特等席を用意しよう。最前列の真正面だ。どうだ？　観たくないか？」

「観たいです！」

思わず手を伸ばした瞬間、「おっと」高く差し上げられ、届かない。おやつを待つ犬のように、富士は自分が震えているのを感じる。つづきが観たい。つづきが観たい。それ以外のことはもうなにも考えられない。

「では、バーバリアン・スキルに入るんだな？」

「はい！」

「劇団員になるなら、まずは入団費をもらおうか。一万円だ」

「はい！」

台本から視線を離さないまま、富士はバッグから財布を出し、一万円札を南野に手渡す。明日の支払いに備えてお金を多めに入れておいてよかったと思う。

「そして今月の活動費をもらおう。全員一律、五千円だ」

「はい！」

「プラス、諸経費として三千円」

結構かかるな、とは思った。思いつつ、「はい！」八千円を手渡す。「南野、おまえ……」「黙ってろ」ひそかなやりとりが気になりもした。が、

「これで私もバーバリアン・スキルの一員、正式なスタッフになったんですね!?」

「ウエルカム」

すっ……台本はまるで天から降りてくるようだった。南野が下ろすその台本に、富士は感激とともに手を伸ばす。しかし指先が触れた、まさにそのとき。

「おー！　やってるねえ！」

突如低く掠(かす)れた女の声が店内に大きく響き渡る。驚いて振り返ると、ウーバーイーツの箱を背負った小柄な女がズカズカとこちらへ向かってきている。その後ろにはウーバーイーツがもう一人。細身の若い男で、女の後を小走りについてくる。

「あっはっは！　まじで金払ってるよ！」

大ボリュームの髪を適当に括(くく)った女は、富士と南野がやりとりした現金を指さしていき

なり爆笑した。

「モツやるじゃん、ほんとにゲットしたんだ!?　てってって～りやっきのカ・ネ・モ・チ！　つか須藤もただのくねくねモヤシかと思いきや、イイ情報くれたよなあ!?」

ぐいっと顔を近づけてきて、息が熱いほどのゼロ距離。舐めるような女の視線が、富士を頭のてっぺんから爪先まで値踏みする。そして一息で突き放す、その目の冷たさ。皮肉げな唇。

「いーよあんた、まーじうける。Ａ・Ｔ・Ｍ！　Ａ・Ｔ・Ｍ！　せいぜい頼りにしてるよぉ？　ほいじゃうちら忙しいからバーイ！　おら行くぞ！」

女は身を翻すなり店から出ていく。後を追いかけるばかりの細身の男は「蘭さん待って！」と。蘭さん――つまり、あの人だ。あの野獣。

「…………」

富士は、無言のまま南野を見た。南野はなにも言わず、ただ目を横に逸らす。蟹江を見る。蟹江は顔を両手で覆い、「ああもう……！」苦悶するように膝を合わせた両足を捩っている。

富士の手の中には台本があった。台本を見て、南野の手元を見る。南野は富士が渡した一万八千円を持っている。

要するに、この人たちは、金が欲しくて自分を劇団に誘ったのか？　嵐のように現れて去った、あの野獣が喚いた通りに？

「……私は、ATM……⁉　そうなんですか⁉」

「ごめんごめん！　ごめんなさい、ていうかこれはほんとごめんなさい！　だめだめこんなの！」

蟹江は南野の手から一万八千円を奪い取り、五千円札だけ抜いて、残りを富士に返してくる。

「ごめん、活動費五千円は本当だからもらうね。僕らもみんなこれは払ってるから」

「じゃあ一万三千円は嘘なんですね⁉　ていうか、ていうか、さっきの、私が必要とか、そういうのも全部嘘なんですね⁉　単にお金が目当てなんですね⁉　だったらお門違いです！　私には自由にできるお金なんか本当に全然ありませんから！」

「富士よ、落ち着け。お店の中で騒いだりして、俺は結構恥ずかしいぞ」

よりにもよって南野にたしなめられ、「どどど、だだだ、誰がそそそ、そんなこここ、」一瞬で大量に込み上げてきた言葉が舌の付け根で渋滞し、富士は間抜けなマシンガンに成り果てる。

「いいから口を閉じろ。そして聞け」

南野は眉を上げ、ふっとサングラスに息を吹きかけた。レンズを照明に透かし、汚れ具合を確かめながら言う。

「俺たちは、おまえの金を当てにしてるわけじゃねえ——ちょっとでも現金が欲しいのは事実だがな」

「でも、今！」

「言いたいように言わせとけ。おまえには、きっちり俺の役に立ってもらう。活動費を払ったってことは、おまえはもう正式にうちの団員だ。明日、うちに来い。十時だ。一秒たりとも遅れるな。俺様法によれば、遅刻は死罪だ」

「九時に業者が来るので難しいかもしれません！」

「ならまあだいたいそれぐらいを目指して来い。以上！　行くぞカニ！」

「ま、待って下さい！　うちってどこですか!?　南野さん！」

サングラスをかけて立ち上がり、南野は店を出て行ってしまう。申し訳なさそうに頭を下げてくるのは蟹江。

「なんかごめんなさい、もうほんとにごめんなさい」

「蟹江さんに謝られても……！　私、どうすればいいんですか……!?」

「誤解しないで、お願いだから。龍岡さんを劇団に欲しいって最初に言い出したのは南野なんだ。僕もそう思ってた。見つけた！　必要なのはこの人だ！　って。ステージから声も聞いてたよ。それにもちろん、その時にはまだ龍岡さんが『てりやきのタツオカ』さんだってことは知らなかったんだ。今朝まで、本当に知らなかった」

蟹江は南野が出て行ったドアの方を気にしながら、バッグからペンとノートを取り出し、急いでなにかをメモし始める。

「僕と南野以外のメンバー、さっきの二人は、龍岡さんがあの夜にしてくれたことを見てなかった。だから僕らが龍岡さんを劇団に誘いたいって言っても理解してくれなかった。それで、わかりやすい理由として、お嬢様だからなにか援助が期待できるかも、って話に持ってった。ただそれだけのことなんだ。僕と南野は決してそんなふうに思ってない。龍岡さんには力がある。どうか信じて。僕らを、というよりは、龍岡さん自身のことを信じ、てくれ。僕は龍岡さんを信じてる。だから自分でも自分を信じてほしい。そしてその力を見せつけてほしい。証明してくれ。龍岡さんがいれば、僕らはもう一度生き返る、ってことを」

破いて渡されたメモは、住所と蟹江の連絡先だった。

「あとそうだ、これも」

書店でもらえるようなビニール袋に入った小さな荷物もテーブルに置く。そして、

「台本も持ってて下さい。明日、よろしく!」

頭を下げ下げ、蟹江も出て行ってしまう。と、バックステップで戻って来て、

「前にも劇団の手伝いを頼んだけど、その時龍岡さんは『やりたいです』って答えたんだよ。忘れてるかもしれないけど僕は覚えてる。あと、龍岡さんは四月から無職、ってことも僕は覚えてる」

若干粘っこく念押しすると、じゃ! と今度こそ店から出て行った。

呆然と、富士は店に取り残される。コーヒー三杯分の伝票とともに。

＊＊＊

須藤に蟹江から連絡が来たのは今日の朝のことらしい。

富士がそれを知ったのは、夕方になってからだった。バイトからバイトへの移動中に、須藤が『あの後どうだった？』とメッセージをくれたのだ。カフェで起きたことを伝えると、蟹江さんには申し訳ないけど、と前置きしつつ、蟹江とのやりとりのスクリーンショットを送信してくれた。


『前にクリーマーの大道具を手伝ってた龍岡さんって、今も親しくしてる？』

『てってって〜りやっきのタツオカ、の龍岡さんですね』

『龍岡富士さん。てりやき関係ない』

『龍岡富士さんはてりやきの龍岡さんですよ。高崎のお嬢様』

『え、本当にそうなの？』

『ですよ。大学では結構有名な話でした。こっちが中退してからは会ってないです』

『連絡先ってまだわかる？』

『向こうが変わってなければわかりますが。どうしたんですか？』

『ちょっと話があって。龍岡さん、一人で二十三日のうちの公演を見に来てくれたんだよ。飛び込みで』

『え！　ほんとですか!?』

『間違いないと思う。卒業式の袴着てて、A大学の紙袋持ってた』

『ちょっと、こっちから龍岡さんに連絡入れてみます。こっちも話したいことができたので』

『じゃあその時に、バリスキの蟹江が会いたがってるって伝えてもらえる？』

『わかりました！　今、さっそくメールしてみます！』

数分置いて、

『いきなりですが今日、これから会うことになりました！』

『そうなんだ。ちなみにどこで？』

――そして蟹江と南野はカフェに現れた。須藤は本当に、二人が来るとは思っていなかったらしい。劇団に誘われたことについては、無邪気に『すごーい！』と盛り上がっていた。これでつづきが観られるね、と。

窓の外はすでに暗い。もうすぐ八時になってしまう。

中野から帰宅して随分経つが、富士はいまだに頭を整理することができていない。

（劇団に入るなんて、やっぱり絶対ありえない。だって私にできることなんかあるわけないよ。でも、蟹江さんも、南野さんも、ああしてわざわざ私に会いに来てくれて、つづきもやる、って……住むところも……。でもやっぱり……）

まだなにも片付いていない部屋で、着替えもせずに座り込んだまま、同じことばかりぐるぐると考え続けている。

しかしさすがにそろそろ疲れてきて、ふと、持ち帰ってきた荷物を見やった。台本を開いてみると、手書きのメモがびっしりと書き込まれている。文字は大量で細かすぎて、富士が見てもほとんど解読できない。そして全体に黒っぽく汚れ、ところどころ破れてもいる。蟹江がどれだけ長い時間ページを開き、汗をかき、手を入れてきたのかがありありとわかる。

手渡されたビニール袋の中には、過去の公演のものらしき数枚のＤＶＤが入っていた。私的に録ったものらしく、盤面のタイトルはマジックの手書き。

その中から、『鶴のシシャ』と題されたものを試しにノートパソコンのドライブに入れてみる。真っ暗な画面に青い光がぽつりぽつりと灯り、やがて幕が上がると、蘭さんと呼ばれていたあの人が一人、舞台に声もなく佇んでいる。その背後に、粗い画像がノスタルジックな結婚写真が映し出される。彼女はゆっくりと踊り始める。水の中を漂うようにドレスの裾が儚く身体にまとわりつき、それを目で追わずにはいられない。しなやかに伸びる手足は、前に観たダイナミックなダンスとはまったく違う優雅さ。そして暗転し、写真も闇に溶ける。ドスドスと足音を立てて、スーツ姿の南野が舞台に現れる。疲れたように辺りを見回し、ネクタイを緩め、異様に大きな荷物を足元に下ろす。さっきまで踊っていた蘭が原色のミニスカートに衣装を替えて飛び出してきて、『ダーリン！』その腕に甘え、しがみつく。

富士はそのまま芝居に見入ってしまった。切りのいいところで一度止めて着替えようと思うのだが、なかなか止めるタイミングが来ない。同じポーズのまま、ずっとモニターを見つめ続けてしまう。

耳の底には、蟹江の声が残っている。

『龍岡さん自身のことを信じてくれ』

蟹江は、富士に劇団を生き返らせる力があると信じているらしい。そして富士にも、そう信じろと。

(そんな力なんてあるわけないのに……)

力なんて、価値なんて、資格なんて、あるわけがない。信じられる理由がない。

これまでずっと、富士は自分を無力だと思ってきた。たとえば、死んだ舟を海辺で見たときもだ。

あのとき、富士は小学生だった。膝を抱えて舟に一人隠れ、『あの子』の声が聞こえてくるのをひたすら待っていた。見えない『あの子』を見つけたかった。でも見つからないまま、舟を置き去りにした。背後を何度も振り返り、舟が生き返ることを願いながらも、できることなどなにもなかった。あれから随分時が過ぎ、『あの子』は今も見つからない。一体どこにいるんだろう。誰にも見つけられないまま、どこかに隠れて膝を抱えたまま、一人透明のままでいるのだろうか。

想像してみて、でもすぐに気付く。それは『あの子』の姿じゃない。今の富士自身の姿だ。自分は誰に置き去りにされて、ここに一人でいるのだろう。

こうやって膝を抱えて、声を上げることもなく、透明になって、いつか忘れ去られて、一人ぼっちのまま、やがて消えていく。その時が来るのを、ただ大人しく待っている。それが今の自分の姿。今もやっぱり、無力なまま。

でも——それでも、信じてはいるのだ。

自分も知らない自分がどこかにいる。誰も知らない新しい自分が、どこかにいる。いつか『あの子』を見つけられる。ただそれだけは、信じている。不思議なぐらい強く。

（……変わりたい、って、思ったんだ）

生まれ変わりたい、と。

今日、須藤と再会して、心から強くそう思った。

自分は無力で、価値がなくて、なにをする資格もない。これまでは自分で自分をそう決めつけて、大事な人に置き去りにされても、そこから一歩も動けなかった。どうしたいのかもわからなくて、なにができるとも思えなくて、ただ諦めて黙っていた。そんな自分を変えたいと思ったのだ。今日から新しい自分になりたい、と。

でも、どうすればいいのだろう。このまま座っていてもなにも変わらない。このままじゃ『あの子』も……新しい自分も、見つけることなんかできはしない。

考えつつ、目はノートパソコンのモニターを見ている。バーバリアン・スキルの舞台を観ている。吸い込まれるように夢中になって、視線を外すことなどもうできずにいる。

あれは、かつて須藤に誘われて垣間見た夢の世界。

呼ぶ声がする。今も聞こえる。あれからずっとだ。あの夜からずっと絶えることなく、死んだ舟は富士を呼び続けている。どこかはるか遠くから、この魂を呼び続けている。信じろという蟹江の声も。信じろという南野の声も。声は自分の心の奥からも生まれている。信じろ。立ち上がれ。走り出せ。生きているなら叫んで応えろ。力を見せつけて、証明しろ。声は互いに響き合い、共鳴し合って膨れ上がる。膨れ上がった声はやがて、胸の内でただ一つの絶対的な確信となる。

――舟は蘇る。

必ず、何度でも。

突き動かされるように、富士は顔を上げた。

ここを出るのだ。

3

荷造りがようやく終わったのは、朝の八時を過ぎた頃だった。

一睡もせず、休憩もせず、荷造りをしながら蟹江にもらったDVDは結局すべて見て、作業の合間に台本も読んだ。

親にメールも送った。

『こっちでやりたいことを見つけました。高崎にはまだ戻りません。知り合いのシェアハウスにお世話になりながら、とにかくしばらく頑張ってみようと思います。』

理解してもらうのは、まず無理だろう。絶対に反対されるし、怒られるはず。そう思いながら、でも富士はそのまま送信した。

九時になると業者が来て、荷物を次々に運び出し、あっという間に部屋はがらんどうになった。担当者に鍵を渡せば、退去は完了だ。富士は一人、住み慣れた快適なマンションを後にした。

三月三十一日、午前十時半。晴天。

エントランスから通りに出たところで一度身を揺すり、重いバックパックをしっかりと背負い直す。これが一番大事な荷物で、ノートパソコンとスマホ、ケーブル類、財布などの貴重品が入っている。右手のカートには工具入れ。左手のスーツケースには当面の着替えや洗面用具など身の回りの物を詰めた。

歩き出した背を押す風はまだ冷たいが、行く手の陽射しはやたらと強い。大きな荷物をヤドカリみたいに引きずって、富士はずんずん歩いていく。

親からの返信はまだなかったが、気にするのはやめた。誰にどう言われようと、こうすることにもう決めたのだ。

ショートコートのポケットには蟹江に渡されたメモが入っている。南野の家の住所は、東京都杉並区。最寄りの駅は丸ノ内線南阿佐ケ谷駅だが、ＪＲ阿佐ケ谷駅も使えるらしい。蟹江は簡単に地図も描いてくれていた。不慣れな地下鉄よりＪＲで行くことにする。フレアスカートの裾(すそ)をふわふわと翻し、ひたすら前へと進んでいく。

これからだ。

これから、すべてが変わる。

昨日までは想像もしなかった、すべてが未体験の新生活が始まる。これから出会うのは新しい自分。新しい自分はシェアハウスに住んで、バーバリアン・スキルのスタッフとして演劇の世界に身一つで飛び込む。

思うなり鼓動が速まった。息が上がって苦しくもなる。これはきっと、重い荷物のせいだけではない。

(どんな部屋なんだろう。どんな人が住んでるのかな。仲良くできるといいけど)

シェアハウスの住人の一人が蟹江だということはすでに知っている。南野の物件だし、やはり演劇関係者が多いのだろうか。女性の比率はどれぐらいだろう。

歩きながらも期待と不安が脳内に渦巻く。シェアハウスでの暮らしについて、テレビや雑誌で見たこと以上のイメージは浮かばない。なにしろ展開が急すぎて、調べることもできなかった。ネットで情報収集どころか、グーグルアースで物件を見ることすらしていない。

恵比寿から山手線(やまのて)に乗り、新宿で降りる。「すいません！　通ります！」人の波をかき分けて、乗り換えるホームへ進んでいく。その荷物で電車かよ、と結構な数の人に冷たい視線を向けられながら、どうにか中央(ちゅうおう)・総武(そうぶ)線へ乗り込む。阿佐ケ谷に着き、たくさんの人々とともにホームに降り、階段を下りて改札を出る。蟹江がくれた地図を確かめながら、右手の出口へ向かう。

この町を訪れたのは初めてだった。

すぐに目についたのは、人々を出迎えるように立ち並ぶ大きな木々。老若男女が行き交う通りには活気があって賑やかそうだ。都会なのにどこか長閑で、地に足がついた生活感もあって、いかにも暮らしやすそうに思える。

アーケードをくぐり、商店街をキョロキョロと歩くうち、どこかから焼き鳥の匂いが漂ってきた。香ばしくて、甘くて、濃い脂。うなぎかもしれない。すれ違う中年の男女が「ここ通るとおなかすくよね」と笑い合う。わかる！　と心の中で同意するなり、突然おなかが音を立てて鳴ってしまう。恥ずかしさに焦る。何日ぶりかで、いきなり猛烈に食欲が湧いてしまった。荷物を置いたら、まずなにか食べに出なければ。この町ならきっと気に入る店が見つかる。考えるだけでわくわくしてくる。自然と顔には笑みが浮かんでしまう。

ただ、結構、駅から遠くはあった。

歩き続けるうち、いつしかアーケードは途切れ、商店街の賑わいも失せ、車の行き交う大通りに出る。十分ぐらい歩いているのに、蟹江が描いてくれた目印の交差点にはまだ行きつかない。まさか通り過ぎてしまったのだろうか。さすがにすこし心細くなってきて、富士は道端で足を止める。スマホを取り出し、南野の家の住所を入れて確かめる。通り過ぎてはおらず、まだ先だとわかる。

再び歩き出してさらに数分、やっと交差点に辿り着いた。曲がり角に入り、住宅街の奥へ踏み込んでいく。一戸建てが密集していて、車では通れないような狭い路地が現れる。もはや都内とは思えないほど、辺りは静まりかえっていた。日曜日だというのに人の気配がまったくない。あまりにも静かすぎて、野良猫が塀から下りる足音なんかが「たふっ」とくっきり聞こえてきたりする。

奥へ進むほど、路地はさらに狭くなった。段々と不安になってくる。これは本当に通っていい道なのだろうか。人の家の敷地ではないのだろうか。富士には判断がつかない。それでも地図を頼りにするしかなく、指示通りにしばらく進むと、やがて目指す番地に辿り着く。

暗い丁字路のどん突きに、『それ』は現れた。

見上げて立ち竦み、「ひっ……」変な声が出た。

崩れかけたコンクリの塀はじっとりと濡れていて、茶色い苔が生えている。黒くて尻が二つに割れた虫が悠然とその苔の中を行き来している。野良猫避けのつもりなのか、錆びた釘が上向きにびっしりガチャガチャと植わっている。その塀の内側に、それは横向きに建っている。

建っていることが不思議なほどに朽ち果てた木造アパート――というか、廃墟だ。

また廃墟。なぜ廃墟。さっきまで元気に高鳴っていた心臓が、急速にシュン、と静まって、富士はほとんど死人のようになる。心電図のモニターをつけていたなら、関東平野の地平線ほどにフラットな脈を披露できたはず。湿った塀の前で呆然(ぼうぜん)と立ち竦み、息をするのも忘れる。肩からバックパックのストラップがずり落ちて、なんなら自分も崩れ落ちたい。

（まさか……これが、南野さんの、シェアハウス、なの……？）

だとしたら、自分は今日からここに住むことになるのだが。

いやいやいやいやいやいやいやいやいやいやいやいやいやいやいや。

いくつもの否定がこめかみを右から左へ貫通していく。ない。それはない。そんなわけない。だって無理だ。これは廃墟だ。廃墟に人は住めない。でもなぜか教えられた番地はここで合っている。おかしい。きっとなにか間違っている。富士は右手にスマホ、左手に蟹江のメモを摑(つか)み、数日ぶりにまたしてもヒヨコの雌雄を判別する人のようになる。そして残念ながら、何度確かめても、番地はここで合っている。

自然と空に逃げようとする眼球を、無理矢理(むりやり)に再び廃墟へ向けた。視点を合わせようとすると、水晶体の筋肉が断末魔の悲鳴を上げるみたいに戦慄(わなな)く。見たくない現実が、今、富士の目の前にそびえたっている。半ば崩壊しかけながら、まだギリギリ、自立している。

破れてぶら下がるトタンの庇(ひさし)。あちこち外れたままの鉄柵(てっさく)。錆びて傾く外階段。筋状に黒ずんで剝(は)がれまくったモルタルの外壁。廃墟特有のドス暗い雰囲気。

塀には、南野荘、と書かれた看板がかかっていた。マジックの横線がその文字の上にぐしゃぐしゃと引かれ、上部には大きく手書きで『ゴッゴッゴリランド！』と書かれている。その旋律は不思議なほど容易に脳内で再生できる。

そして富士は、考えるのをやめた。

踵を返そうと身を捻る。とにかくここにいてはいけない。わかることはただそれだけで、ほとんど反射のように、この場から立ち去ろうとしていた。が、にゅっと背後から足が出てきて、向きを変えようとしたカートの車輪を踏む。

ビルケンシュトック・アリゾナ。

大きな影の中に囚われた。富士は声もなく振り返る。壁のように聳える巨体を仰ぎ見る。

「——ようやくおいでなすった」

南野だった。

悲鳴も出ない。ただ息を吸い、硬直して、富士は仰け反る。仰け反った分だけ、南野はぐっと顔を近づけてくる。

「おまえは重役か？」

一瞬だけ「ふむ」考える顔をして、すぐに南野は真顔に戻る。立てた人差指を振ってみせる。

「違うな。おまえはマネージャーだ。そして俺様は劇団の主宰。言うなれば——この銀河系の真芯」

「……ま、麻疹……？」

「おうよ。真芯よ」

「重役と麻疹に、どんな関係が……」

「来るのが遅い！　この俺様を待たせるなということだ！　それぐらい普通に考えりゃわかるだろう」

全然わからなかった。重役出勤的なことを言いたかったのだろうが、それにしては麻疹が謎だ。でも別に解きたい謎でもない。南野は富士の複雑な表情を見やり、得意げに「ま、仕方あるまい」片眉を上げて薄く微笑む。

「俺のレトリックの巧みさは、話しかけたペッパーくんすら爆死するほど高レベル。俺がずば抜けて優れているせいで、おまえを責めるのも酷かもしれん」

至近距離から顔面に、南野の生温かい息を思いっきり浴びる。トマトジュースのにおいとシリアルのにおいを鼻の粘膜で明瞭に感じつつ、富士はゆっくりと目を閉じていく。緩慢な気絶だった。

「なんだその顔は。なぜそんなにまったりと、老犬みたいな遠い目をする」

「な……んでしょう……。なんか、こう……昇天？　召される……？　みたいな……」

「もしやこの俺があまりに鮮やかに登場したから、おまえにショックを与えてしまったか？　確かによく言われるぞ、俺のオーラはもはや暴力だ、とな。ふっ、故意ではないから謝らん」

南野はクリスマスローズみたいに首を曲げ、高い位置から富士を見下ろしている。

改めて、この男は巨人だった。恵まれた体格は全長二メートルぐらいありそうで、濃い顔、濃い眉、ヒゲも濃い。荒れ狂う金髪は今日ももじゃもじゃと爆発繁茂。足も大きくて、車輪を踏まれたカートはもうぴくりとも動かせない。ふと思う。運命はなぜ、こういう人間にこういう肉体を与えたのだろうか。それとも、こういう肉体を持って生まれたが故にこういう人間になったのだろうか。問うても答えは返らないし、そしてここからはもう逃げられない。

「どうした富士よ。この俺様と相対した歓喜に溺（おぼ）れ、もはや声も出ないか」

ぐっ、とより近く、南野の顔が近づいてくる。「……いえ、歓喜とかではなく、」最も的確に今の心境を表す言葉なら、絶望だ。自分はこれから、この巨大で変な男と関わって生きていくのだ。

「随喜の涙を堪（こら）えているのか。法悦境に入り、打ち震えているのか」

さらに間近。その南野の鼻先は、いまやほとんど富士の鼻先に触れそうになっている。後ずさろうにも、苔だらけの湿った塀に触れてしまいそうで動けない。

「恐れるな。俺と相対して平静を保てる者などいない。人類ではな」

「そうじゃなくて……」

「いいぞ——俺を拝め」

「いやです……っていうか、ちょっとこれ、……距離感、おかしくないですか」

富士は鼻と鼻が触れないように、必死に右へ左へなんとか顔を逸（そ）らそうとする。南野は眉を寄せ、そんな富士を見やる。そして重々しく、「おまえ、まさか――」呻きながら富士の顔の向きを鼻先でしつこく追尾してくる。

「――この俺を、意識、しているのか？」

「いや、ただなんかすごいやだなって……」

「しっかりしろ！」

　顔の前で突然大声を出され、思わず富士は竦み上がった。耳がおかしくなる。「俺を見ろ！　この俺を見ろ！」喚きながら、南野はチョキで何度も自分の目を指し示してくる。見ろもなにも、ほんの数センチの距離にひげ面がある。いやだが逆らえないし逃げられもしない。

「おまえの目の前にいるこの俺は、神だ！　悪魔だ！」

「ど、どっちですか……」

「エベレストだ！」

「山……ですか」

「黄金だ！　それでいてあえかなる天上の虹！　輝きはまさしくダイヤモンド！　そしてビッグバン！　BOOOOOON！　わかるか!?」

「正直、全然……」

「決していつか手が届くなどと悲しい思い違いはしないことだ！　そしてなにより、俺は大家だ！」

「はあ……」

「そしておまえは南野荘の店子！　くれぐれもわきまえろよ、フリーレントの立場をな！

……む？　なんだこれは」

南野は、看板に書かれた『ゴッゴッゴリランド！』に気付いたらしい。近づいて覗き込み、「ああ、くそ！　チッ、また落書きされちまった！」古着らしいTシャツの裾を伸ばしてごしごし擦る。「畜生！　油性！」岩盤みたいに引き締まる腹筋とヘソの辺りが丸出しになる。

「それ……無水エタノールとかで擦らないとダメなのでは」

「だな。ったく、近所のガキが何度消しても書きやがる。長く抗争が続いていて、つい先日も『スラムゴリラ♂ミリオネア』と書かれたばかりだ」

「犯人はゴリラ推しなんですね……」

「『ごりらのそう』ってフリガナをふられたこともある。あいつら、いずれはグーグルマップの建物名を変えられることに気付くぞ。くっ、だるい——その前に飽きてくれりゃいいんだが」

「誰の仕業かわかってるんですか？」

「ああ、ここの敷地に侵入してきて勝手に廃墟探索しやがるガキどもがいやがって」

「……廃墟の自覚が、一応おありで……？」

「もとい！　勝手に建物探訪しやがるガキどもがいやがって、何度注意してもやめやしねえ。だからある日、目の前で自転車を引きちぎってやったのよ。それを恨みに思われてな」

「……自転車、引きちぎったんですか……」

「前輪と後輪を両手でな。その時の俺はさながらアポロンよ。そうしてまた一つ、劇的な瞬間を歴史に刻んでしまったというわけだ。地球よ、歴史が俺様だらけですまない――というわけで、さあ！　余計なおしゃべりはここまでだ！」

　南野はいきなり何度も手を打ち鳴らす。巨大な両手でバンバン発するその音は住宅街に反響して、うっすらこだまが返ってくる。どこかの家では犬が吠え、叩きつけるように窓を閉じる音。うるせー！　と怒鳴る声。しかしそんな状況を一ミリたりとも気に留めず、

「この俺様が、物件の中を案内してやろう」

　南野は得意げに分厚い胸を張ってみせた。中……思わず富士は無言になってしまうが、

「なーに。大丈夫だ」根拠皆無の笑顔で迎撃される。

「見た目は確かにパンチが効いているが、部屋はそこまでひどくねえ」

「……でも若干、行政の闇……？　みたいなものを感じるんですが。なんらかのどさくさ、的な……」

「馬鹿を言え。確かに既存不適格だが、ばっちり合法ど真ん中物件よ。現にカニは住んでいるぞ」

「……ちなみに南野さんはどこに住んでるんですか」

「母屋だ」

南野が顎（あご）で指し示したのは、廃墟の隣に建っている一戸建てだった。古びてはいるが、手入れはされているようで、樹木が植わった庭があり、きれいな白い壁を春の陽射しが明るく照らし出している。大きな窓からも廃墟越しに空が見えて、さぞかし住み心地がいいだろう。

「ま、気ままな一人暮らしってやつで、後で説明するが、こっちはうちの裏口だ。表玄関は通りに面した方にあって、そこでは兄貴が気まぐれに店をやっている。うちはパン屋でな。親と兄貴一家は吉祥寺（きちじょうじ）の本宅兼本店に引っ越し済み、俺だけがここに置いて行かれたって寸法だ。細かいことはそのうち追々、今はとにかく隣にこの俺様が住んでいるという事実をただただ純粋に喜ぶがいい」

「いや、でもそもそもシェアハウスって話で、イメージが随分違うっていうか、ほとんど詐欺っていうか……」

「富士よ――」

鋭い目で富士を制すなり、南野はいきなり声を低くする。

「さっきからわあわあ好き勝手におしゃべりしているが、ご近所に迷惑だぞ。あまり大きな声を出すんじゃねえ。地元はさぞかし山深い秘境の地だったんだろうが、」

「高崎です」

「ここは東京だ。住んでいるのはおサルさんだけじゃねえ」

「高崎山は高崎じゃありません」

「言葉尻をいちいち捉えるな。とにかくおまえにもわかるだろう。この辺はこんなにも閑静な住宅街、暮らすにあたっては守らなきゃならない社会のルールってもんがある。覚えておけ、騒いだりするのは一切NGだ。うるさい輩はこの町には住めねえ」

「じゃあ南野さんは引っ越ししなきゃですね……」

「ふっ、なにを意味のわからんことを。とにかく今は落ち着いて静かに聞け。おまえの部屋はこの南野荘の203だ。ちなみに二階の一部と一階全部は我が劇団の倉庫。安全とは言えないから用がなければうろつくな。大家としてのモラルが今、俺様の唇を動かしている。おっと、さらに補足しておくが、おまえがここに住みたくないなら、俺は別に引き止めはしないぞ」

「……それは……」

返す言葉に詰まる。

「無料でしばらく住まわせてやるってのは、単なる俺様の慈善活動。もちろん強制なぞしないし、どこでも好きなところに住むがいい。ま、普通に借りるとなれば家賃の他に敷金、礼金、保証人もいるだろう。帰りたくない実家の親に頼むか、さもなくば保証会社だな。当然、金はさらにかかる。そういやそもそもおまえは無職か。それで審査に通ればいいがな――」

言われるまでもなく、わかってはいた。他に行けるところがあるなら、そもそもここには来ていない。廃墟だろうとなんだろうと、無料で住める南野荘以外に、富士には選択肢などありはしない。

「……すいません。ちょっと、抵抗してみたかっただけです。お世話になります」

「わかればいい。じゃあ二階に上がるぞ。荷物はそれだけか？」

南野は富士の荷物を見やるなり、「ほら、貸してみろ」ひょいっと軽々カートとスーツケースを持ち上げる。「あ、ありがとうございます」運んでくれるのか、と富士は慌てて頭を下げるが、「いいってことよ」南野はその荷物をすぐに下ろす。え……。顔を上げた富士の方に取っ手を向け、親指を力強く立ててみせる。いい笑顔だった。

「俺様が確かめたからもう大丈夫だ。このぐらいの重量なら階段を踏み抜く心配はない。さあ、ついてこい。手すりには触るなよ。支柱が崩壊するってのもあるが、百発百中でかぶれる人体に有害な塗装がされている」

「なぜそんな塗装を……」

「わからん。魔除けかなにかじゃないか」

南野はすたすたと階段を上がっていく。その後をついていこうとして、富士はさっそく狭い階段の手前でスーツケースを切り返せずにまごついてしまう。力を入れて、「せーの、」どうにか持ち上げる。なんとか段差を引き上げていく。でも、そうだ。これは自分が暮らすための荷物。自分で持って上がるのは当然の責任で、自分の力で運べもしない物なら、そもそも持っていてはいけない。

先を上がる南野は、そんな富士を振り返りもしない。そのわかりやすく手伝う気のない態度に、いっそ安心感すら湧き上がる。

（なんか、南野さんって、すごい人なのかもしれない……）

カテゴライズするならば『変人』の類にはなるのだろう。

言動も異常だ。ＢＯＯＯＯＯＮ！　ってなんだ。でも、いやらしさのなさはすごいと思うのだ。

かつてサークルで味わった嫌な雰囲気は、まさにいやらしさそのものだった。酔っていることを免罪符に、親しくもないのにベタベタ触られ、挙句に媚まで要求されて、耐えることなどできなかった。触られたところは気持ち悪く、変な粘液でもつけられた気がした。

肉体的接近の度合で言えば、さっきの南野もそう変わらない。鼻と鼻が触れそうな距離まで踏み込まれ、当然すごく困惑した。しかしそれでも今、汚れた感じはまったくない。接近の事実も、不思議なぐらいに後を引かない。

重い荷物を引き上げながら階段をよろよろとついていきつつ、その差について考えてしまう。

（それって、南野さんがナルシシストだからなのかな？　常に自分、自分が大好き、自分のことだけ。誰とどんなに近づいても、南野さんは意識なんか絶対にしない。それが私にもわかるから？）

すべての事象の中心が常に『俺様』。なにが起きようとなにをされようと、『俺様』は見たいものを見て感じたいように感じる。そんな南野という男を、富士は決して嫌いではなかった。役者としてなら、はっきり好きだ。

昨夜DVDで観た芝居では、南野と蘭のキスシーンがあった。汗と涙で顔を濡らし、南野が演じる男は不実な恋人を許そうとしていた。爆発しそうな己を必死に抑え、震える両手で恋人の頬を撫で、長い口づけを交わし、でも最後には正気の糸がぷつりと切れて——慟哭する南野と一緒に、気付けば富士も泣いていた。芝居を観ているということ自体をいつしか忘れていたと思う。演技とはもはや思えないほどに、心情の表現はリアルだった。

　南野はあの時、実際にあの役の命を生きていたのだと思う。芝居だろうと現実だろうと『俺様』には関係ない。生きたいドラマをただ生きて、感じたいように感じるだけ。現実と虚構という境界線すら、自分と他者という境界線すら、おそらく南野には意味がない。世界のすべてを己の中身に内包し、肉体というフィルターを通して、自由自在に噴出するだけの生命体なのだ。自我の概念をも超越している。そしてその超越した資質は、役者にとってはきっと何にも代えがたい宝。

(……ついていこう。この人に。すっごく変な人だけど、それが魅力の源泉なんだ)

決意を新たに、富士は先を行く南野の尻を見つめる。

階段をやっと上がりきったところで、「富士よ!」「んぶっ……」突然立ち止まった南野の巨大な背中に顔から突っ込んでしまう。

「ここからはお楽しみだ。荷物をすべてそこに置け。そして後ろを向け」

え、と戸惑う富士に有無を言わせず南野は背後に回り込んできて、

「だ〜れだ！」

両手で富士の目を覆っておどけた。誰だもクソも、「南野さん……」それしかない。

「さあ、このまま前に進め。おまえを驚かせてやろう。中は本当にいい感じだぞ」

どうやら部屋までこのまま行かなければいけないらしい。この男についていこうと決めはしたが、どっと疲れる展開ではあった。でもこうなってしまっては、この状況から逃れることはもうできない。

「まっすぐ進め。もうちょっと左。そうだ、そっちだ。おっとあそこに毒蛇が！　なんてな」

「それ、付き合わないとだめですか……」

「冗談よ。この俺様といることで、おまえが緊張しては気の毒だからな。なーに、あれはただの、あれは、ただの、……なんだ？　リアルになにかがお亡くなりになっているな。なんだあれは」

「私に聞いてどうするんですか……」

巨大な両手に視界を覆われたまま、富士はそろそろと南野の声に従って足を動かしていく。

「さあ着いたぞ。ドアを開けろ」

「私が開けるんですか？」

「そりゃそうだろう。俺の右手はここ、左手はここだ」

右目と左目の眼球をそれぞれ目蓋越しにグリグリされる。

「あの、それ、私がコンタクトならかなりの惨事なんですけど」

「コンタクトなのか？」

「違いますが」

「俺はコンタクトだ。それも――特大サイズの、な」

「ただのソフトコンタクトレンズなのでは……」

「俺のド近眼は、銀河系の歴史における三大悲劇の一つに数えられている」

「あとの二つは一体……髪質とかですか？」

「これはパーマだ。二万円弱かかった」

「えっ⁉ 二万も出してわざわざそんなパーマを⁉」

「ふっ、落ち着け。今はそんな話をしてる場合じゃねえ。ドアノブはすぐそこだ。鍵は開いてる」

手探りでノブを掴み、ドアを開く。「玄関だ。靴を脱げ」「はい」「ここは日本だからな」「わかってます」「土足厳禁だぞ」「だから脱いでますってば……」言われるがままにもぞもぞ足だけで靴を脱ぐ。タイツの足で中に進むと、南野の指の隙間越しに眩しい陽の光を感じる。日当たりはすごく良さそうだ。特にじめっとした感じもしないし、もしかして、本当にそれほど悪くないのかも？ わずかな期待が胸に灯る。ただまあ若干、埃っぽいような、汗っぽいようなにおいがするが。

「よーし、目を開けろ！」

目隠しの両手が離れ、目を開けるなり、「……わあ！」富士は声を上げてしまった。

Ω型の蟹江がそこにいたのだ。

Tシャツにボクサーパンツだけの姿で、床に直置きのマットレスの上、うつぶせて身体を丸めた悲しい形、Ωになって眠っている。

その周りには開きっぱなしのノートパソコンや付箋(ふせん)を貼った何冊もの本。プリントアウトされた紙の束も散乱している。壁際には座椅子と小さな卓。畳の上にはドライヤーだのシェーバーだの生活用品がごちゃごちゃと放り出されているし、服は何枚も重ねてハンガーにかけて、窓の桟に引っかけられている。カーテンは半分開いたまま。室内は日光で明るく照らし出されている。

丸めた背中はゆっくりと上下していて、目覚める気配はない。蟹江は深く眠っているらしい。

「……あの、こ、これは……」

後ずさりしつつ、富士は必死にΩから目を逸らす。この姿はどう考えてもプライベート中のプライベート、自分が見ていい姿ではないはず。

「これはカニだ。なんだ、もう忘れたのか？　まあ確かに――この俺に比べたら、カニなどハムより薄い存在感しかないからな。透けるハムの向こう側に、黄河(こうが)のほとりで全軍を総(す)べる猛将の影が見えるだろう？　そうだ。それがこの俺様よ」

「これが蟹江さんなのはわかってます。そうじゃなくて、これはもしかして、つまり……訊くのも怖いんですが……相部屋、ってことなんですか……？」

「なに？」

南野は呆れたみたいに目を見開き、富士を見ながら息をつく。

「どういう思考回路をしているんだおまえは。そんなわけがないだろう。常識ってやつをこの俺様からしっかり学べ。まったく、俺という光に導かれし超ド級の幸せ者めが——」

「でも部屋に案内するって言ったじゃないですか」

「中を案内する、と言ったんだ。ここにまず連れてきたのは、改めて劇団のメンバーをちっと紹介しようと思ったからよ。起きろカニ！」

容赦なく、南野は蟹江が抱えていた枕を蹴り飛ばす。

「んあああ……っ⁉ な、なに……⁉ ええ……⁉」

憐れな蟹江は跳ね起きて、「なんなの……」きょろきょろあたりを見回し、「今何時……」口許からなにかをちょっと垂らす。しゅるる、と吸い上げ、手の甲で拭って、富士を見て、

「あっ⁉ たっ、龍岡さん⁉」

「すいません、いきなり登場しちゃいました……ここが蟹江さんの部屋だとは知らなくて」

本当にすいません、だ。寝ているところに踏み込むつもりなどまったくなかった。

「ややや別に構わないっていうか……むしろ来てくれてありがとうというか、あ、お、ン

フフ……。おはようございます、富士さん……」

「おはようございます……」

「今、ンフ、僕、なにげに呼び方変えたんだけど、気付いたかな……⁉　ふっひっひ！」

まだ寝ぼけているのだろうか。蟹江はたけのこみたいに布団を身体に巻き付け、「ひーひっひ！」異様なテンションで首筋に血管を浮き上がらせながら笑っている。

その布団を、南野は眉一つ動かさず、一気に膂力（りょりょく）で引き剝がす。勢い余って回転しながらマットレスから転がり落ち、「いたーい……」蟹江は悲しげに肩のあたりを押さえる。

「とっとと起きろ。もう昼だ」

「寝たの、朝の八時なんだけど……」

「俺様が寝たのは夜の二十三時半だ」

「ああそう……」

「そんなわけで、今から東郷（とうごう）と大也（だいや）にテルしてくる」

「TELっていうかLINEだろ……」

「おまえは富士を、このシェアハウスを案内してやれ」

「富士『を』、シェアハウス『を』、ってそこ、気持ち悪いな……」

「キー！」

「え、なんで突然そんなヒス……ああ、鍵ね」

南野は蟹江の足元に鍵を投げ、

「──富士よ！」

突然ぐりっと振り返る。富士を見つめてにやり、薄く微笑む。

「どうだ。感じるか？」

「なにをですか」

「このにおいよ」

「ああ、確かにさっきから若干……」

臭いですよね、とは、蟹江がいる手前さすがに言えはしなかったが。

「これは言うなれば夢のにおいだ。予言しておこう。やがておまえもこのにおいを発することになる！」

その背後で、鍵を手にした蟹江が「え、なんか……ごめんなさい」しょぼい声で謝ってくる。Tシャツの襟を引っ張って中のにおいをくんくん嗅ぎ、自分のくささを確かめている。悲しい光景だった。

「それではカニよ、富士よ！　今はしばし俺様とさらばだ！　テルしてくる！」

「南野さん、あの」

「なんだ!?　ああ確かにテルすると言いつつ実際にはLINEだがそれがどうした!?」

「さっき言っていた、お亡くなりになってるなにかの件です。大家さんなんだから、片付けて下さい」

習慣でポケットに常備している小さなレジ袋を取り出し、富士はお供えするようにそっと南野へ差し出した。南野の濃い眉の根がぎゅっと嫌そうに寄る。

「……一枚じゃいやだ。破れる可能性があるだろう」

「そんなこともあろうかと」

もう片方のポケットから、もう一枚のレジ袋。双子は二人。備えも二つ。

「二枚重ねで、お願いします」


タダで住まわせてやるんだぞ、と言われては逆らえず、結局富士も手伝う羽目になった。

外廊下の隅で死んでいたのはＬＬサイズの蝙蝠(こうもり)で、行き倒れたのか外傷はなく、視覚的にダメージを受けずに済んだのは幸いだった。二枚のレジ袋を二人で駆使して、なんとか手では触らずに蝙蝠の死体を片付け終える。劇団主宰とマネージャー、これが記念すべき初めての共同作業だった。

南野が不吉な小荷物をぶら下げて階段を下りていき、富士は廊下に残される。部屋の中では蟹江が着替えをしている。

廊下の奥には、トイレと書かれたドアがあった。手を洗わせてもらおうとドアの方へ向かいつつ、なぜこんなところにトイレがあるのか疑問にも思う。来客用？　部屋のトイレが使えない時のため？　それとも部屋にトイレがないとか？　（あっ……）あっさり正解してしまった気がして、富士は一瞬その場で固まる。トイレが、ない？　今さら焦る。

さっき見た蟹江の部屋にトイレはあっただろうか。覚えていない。蟹江の部屋だったこと自体がまず衝撃で、それ以上の情報を得る余裕はなかった。

この南野荘は、タダで入居する自分は文句を言える立場ではないが、基本的には廃墟だ。部屋にトイレがなくても不思議ではない。むしろ、それを想定していなかった自分の方が間抜けかもしれない。そして廃墟の共同トイレに、快適な設備を求められるわけもない。

（どうしよう。私、ここのトイレ使えるかな……）

どれだけ膀胱の容量に自信があろうと、トイレが使えなければ生活は厳しい。とにかく状況を確かめてみようと、トイレのドアを恐る恐る開く。息を止め、薄目で、電気もつけずに覗き込む。

しかし中は驚くほど明るかった。窓から外気が入ってきて空気も新鮮だ。拍子抜けしながらさらに踏み込み、もう一枚のドアも開いて個室を確かめる。安堵のあまり拍手したくなる。タイルの床も壁面も、タンクレストイレも真新しくて、ここだけ新築マンションにワープしたかと見まごうほどだ。洗面台もミラーもピカピカ、スティックフレグランスまで置いてある。

上機嫌で洗った手をハンカチで拭いていると、着替えた蟹江が現れた。

「トイレだけ綺麗で驚いた？」

髪には寝癖がついているが、シャツとチノパンで微笑む姿は寝起きにしては清々しい。

「はい。まさにここだけ天国って感じだな、と」

「前は南野もここに住んでたから、壊れた時に気合い入れて大工事したんだよね。それ以来ここだけは死守って感じで、ずっと綺麗な状態を保ってきてて」

「素晴らしいと思います。私も住人として、ここの死守に尽力します」

「二人きりだけど、頑張って行こう」

「というと、私たちしか住人はいないんですか？」

「今はね。ちょっと待って、トイレ入らせて」

あ、すいません、と富士はトイレから出た。ドアから離れ、狭くて短い廊下を一人で歩いてみる。

トイレの隣にはもう一つ、幅の狭いドアがあった。蟹江の部屋はその隣、２０１。そして２０２があって、その隣が２０３。南野の話によれば、２０３が自分の部屋のはずだ。鍵は蟹江が持っているからまだ入れないが、一応荷物だけはドアの前に移動させておく。

蟹江が出て来て、「お待たせしましたー。あ、そうだ」幅の狭いドアの方にすっと片手を伸ばす。初対面の相手を紹介するような手つきだった。

「先にコインシャワーのことも説明しておくね。南野荘はトイレもシャワーも共同だから」

ドアは蛇腹に折れて開いた。蟹江が電気のスイッチをパチパチと入れると、明かりがついて換気扇が回り始める。中を覗き込んでみると、じめっと冷えた狭い空間が小さな電球に照らし出されている。

湿気のこもった一畳分ほどの空間は、半透明のパネルとドアで奥のスペースと仕切られている。ドアのそばには金属製の錆びた貯金箱のようなものが一つ。その向こうはさらに狭いスペースで、壁の上の方は天井までカビかなにかで黒ずんでいる。サンダルが置いてあって、簀子も一応敷いてあるが、床はコンクリに排水口が空いているだけ。壁の窪みには排水口の掃除用なのか、ボサボサの歯ブラシが一本。そしてシャワーが一台。

トイレは意外にも綺麗だったが、こっちは意外でもなんでもない。廃墟に似つかわしい古さ、ボロさ、カビ臭さだ。最悪だ。

「使い方は簡単で、まずここから百円玉を取って」

蟹江は箱の下に手を入れ、百円玉を取り出す。「ここに入れる」投入口に入れ、「これで三分、シャワーが使える」

「たった三分で、百円……」

「でもここからが重要なポイントだから。ほら」

蟹江がまた貯金箱の下に手を入れると、さっきの百円が返ってきている。

「この機械はお金を入れても出てくる仕様だから、実際は無料なんだよ。三分経ってシャワーが止まったら、出てきて百円入れ直せばまた三分間使えるというわけ」

「なるほど……でも結構忙しないですよね」

「まあね。シャンプーまみれの手で小銭摘まむのとか、尋常じゃないレベルでイライラするしね。あと一応、南野からはシャワーは三回まで、つまり九分以内に収めろって言われてる。温水器の容量があんまりないらしい。以上、これがコインシャワーの説明でした」

「ありがとうございます。九分かあ……」

本気を出せば、九分間で髪を洗って、メイクを落として洗顔して身体を洗うこともできるとは思う。でも毎日本気を出せるかどうかは自信がない。

「大丈夫だよ、そんな不安そうな顔しないで。銭湯もあるし、頼めば南野んちで風呂を借りることもできるから」

「そうなんですか？」

「寒い日とかこれじゃやっぱ厳しいからね。その後の風呂掃除はさせられるけど」

「……なんか、南野さんの身体から抜け落ちる毛ってすごそうですね」

「すごいよ。毛玉でペットができると思う」

「わあ……飼いたいような、飼いたくないような……」

「なに言ってるの、しっかりして。南野の抜け毛で作ったペットなんか飼っちゃったらもう人間として終わりだよ」

「そ、そっか……そうですよね。なんだか南野さんと接してるうちに、段々いろいろ麻痺してきて、あの世界観で生きていくのもいっそ悪くないような気持ちになってました。もはやいちいち抗うのもだるいし、これはこれでまあいっか、抜け毛のペットも飼ってみるか、みたいな……」

「みんな通る道だよ、それ。いける気がしちゃうんだよ。南野ってとにかく存在感すごいし、おもしろいっちゃおもしろいし、このまま身を委(ゆだ)ねてもいいかも……ってみんな最初はそう思うんだよ」

「まさに今、そう思ってます」

「言っておくけど、三日ぐらいで飽きるから」

やたらと実感のこもった目をして、蟹江はきっぱり断言する。

「役者としては唯一無二だけど、人間としては、とにかく飽きる。覚えておいて。南野がおもしろいのは三日間だけ」

「……それって、味が濃いものはそんなにたくさんは食べられない、みたいなことなんでしょうか」

「完全にそれだと思うよ。南野はごはんが進むおかずでもないし」

「珍味ですよね……」

「そう。はまる人ははまるけど、無理な人は一切無理」

「たとえはまったとしても……」

「三日で飽きる。それが南野。でもって僕らは、そんな南野の愉快な仲間たち。一蓮托生(いちれんたくしょう)の劇団員にして、住むところまで世話になってる。考えてみればすごいことになってるよね」

「そして私をそこに引き込んだのは蟹江さん……」

「だよねー。じゃあ、富士さんの部屋を見てみようか」

蟹江は歩き出しながら、２０２の前で一旦足を止め、「ここはかつての南野の部屋。今はここと、あと一階の全室を劇団の倉庫として使ってるから」説明してくれる。ふと不思議に思う。

「隣に立派なご実家があるのに、どうして南野さんはここに住んでたんですか？」

「お兄さんが結婚して、お嫁さんが一緒に住むようになったんだよ。確か四年ぐらい前だったかな」

「ああ、じゃあお嫁さんに遠慮して。南野さんにもそういう一面があったんですね」

「いや、出て行ってほしいってご両親に直球で何度も頼まれて、ずっとガン無視してたんだけど、ある朝目が覚めたらいきなり荷物ごと２０２にワープしてたんだって」

「えっ……」

「あの巨体をどうやって、って思うよね。クレーンとか重機もなしに。とにかく本人曰くワープさせられて、家の鍵も替えられて、それで仕方なくここで暮らし始めて、プリプリしながら空いた部屋を片っ端から荷物で占拠して陣地を拡大しているうちに、ご両親とお兄さん一家は立派な二世帯建てて引っ越して行って」

「南野さんは母屋に帰還した、と……。そういえば、南野さんのご実家はパン屋さんだってさっき伺いましたけど」

「そうそう。本店の方はお父さんがずっと大規模にやってて、こっちでお兄さんがやってるのはより趣味性の高い、こだわりのベーカリーなんだって。週に三日とかしかやらないって言ってたかな。営業時間も短くて、ご近所でも知る人ぞ知るって感じらしいよ。まあでもパン屋っていうか、南野家は要するに地主なんだよね。この南野荘も税金対策で建物を残してるだけで、空き部屋が出ても入居者募集してないし、実際のところはもはや拡張された南野の部屋みたいなものなのかも」

「つまり私たちは、賃借人というよりは、部屋に泊まりに来た友達、みたいな？」

「そういうことだろうね。じゃあ、これをどうぞ」

203の前に立ち、蟹江が鍵を手渡してくれる。「最初はやっぱり自分で開けないと」手の平で受け取って、鍵穴に挿し込む。かちりと回す。

今日からここに住むのだ。今度こそ、自分の部屋。ノブを摑んで一瞬だけ目を閉じ、息を詰める。どんな部屋でもここに住む覚悟はできている。でも、できれば、綺麗であってほしい。広さもおしゃれさも期待しないから、せめて清潔であってほしい。

ドアは軽かった。すいっと開くなり、

「……わあ！」

陽射しの眩しさが溢れ出て、富士は思わず声を上げてしまった。これはΩな蟹江を見た時の「わあ！」とは違う、もっと嬉しい意味の「わあ！」だ。

急いで靴を脱ぎ、畳の部屋に上がる。蟹江の部屋よりもさらに日当たりがいい気がする。六畳間に小さな簡易キッチンがついただけの、昔ながらの砂壁の和室。風呂もトイレもないが、南と東に大きな窓があって、部屋からは青い空が見える。紺色のカーテンもついている。

勢いよく窓を開けると、一気に春の風が吹き込んできた。サッシが砂でざらついて重いが、こんなの後で拭けばいい。

「僕の部屋と窓の向き以外はほぼ同じかな。まあ狭いし古いし、トイレもシャワーも共同だし、女性には結構厳しいよね」

「いいえ、全然いい感じです！」

玄関で靴を履いたままこちらを心配そうに見てくる蟹江を、富士は笑顔で振り返る。

「私、この部屋気に入りました！」

「本当に？」

本当だとも。全身を使って、力いっぱい大きく頷き返す。外観を見た時には逃げ出しそうになったが、中は本当に結構いい。なにより日当たりのよさが気に入った。風も通るし、古いが不潔ではないし、窓ガラスの下半分が模様入りの曇りガラスなのもかわいい。それに木材がふんだんに使われた内装は、かつて富士が裏山の雑木林の中に勝手に作った隠れ家をかすかに思い起こさせもする。

「ここ、好きです！」

「ならよかった」

安心したようにシャツの肩を落とし、蟹江も笑顔を返してくれた。ぱかっと口を開けて笑うその顔つきは、どこか無防備であどけない。四つも年上とは思えない。

「そう言えば寝具はどうする予定？　どこか業者でレンタルする？　今夜間に合うかな」

「お気になさらず。差し当たっての用意はあります」

富士はスーツケースを開き、丸めた寝袋を取り出した。中学生の頃から愛用のコールマン、封筒型。隠れ家で使っていたものを、こんなこともあろうかと持ってきておいたのだ。

「へえ、富士さんて案外逞しいんだ」

「ありがとうございます。ところでＷｉ－Ｆｉがあるって南野さんが言ってましたけど」

「『俺のオーラ』っていう名前のＷｉ－Ｆｉが母屋から漏れてくるから、パスワード入れれば使えるよ。後でパスワード書いたメモ持ってくるね」

開いた窓のすぐ近くに、南野家の母屋が見える。「なるほど、そういう……」

「じゃあ僕はちょっと南野の様子を見てくるから、しばしくつろいでて」

蟹江が出て行って、富士は一人、小さな部屋に残される。

今日からここが自分の住処だ。

ぐるりと見回せば、壁も天井も窓も玄関も、すべてが視界に収まってしまう。

所在なく立ち上がり、ショートコートを脱ぐが、ハンガーがない。座る椅子もソファもないから、富士はとりあえず、畳に広げた寝袋の上に正座する。

静かだった。

開いた窓からは花の匂いが香ってきて、さえずる鳥の声がかすかに聞こえる。それを聞きながら、頭の中で買わなければいけない物をリストアップしていく。まずは座布団か座椅子。それから、小さくていいから卓。ハンガーもいる。押入れの中のサイズを測って、収納ケースも買わなければ。後は……なんだろう。考えているうちに、目が自然と閉じていく。そのままころりと横に倒れてしまう。

昨日はＤＶＤを何枚も見ながら、朝まで徹夜の突貫で荷造りしたのだ。眠いというより、もう目が限界だ。目蓋を開いておく力がない。相変わらずおなかもすいている。駅からここまで来る途中に自販機で買ったお茶を一本飲んだきりで、そろそろ体力も気力も尽きる。

地球の引力にも逆らえなくて、いつしか寝袋の上で大の字になってしまった。スカートがしわになると思いつつも、もう起き上がれない。伸びた手足から力が抜けて、肩と背中がパキパキ鳴る。自然と深く息をして、そのまま意識が遠くなっていく。……いや、だめだ。今はまだ寝てはいけない。一生懸命に目を開く。ぼやけた視界に、小さな電燈が真上からぶら下がっているのが見える。白い和紙のカサの端が、焼けたみたいに茶色くなっている。

（前は、どんな人が住んでたんだろう）

南野は、前の住人は夢を叶えて出て行ったと言っていた。カーテンのそっけなさからして、男性だろうか。どんな夢を抱いてここで暮らしていたのだろう。やっぱり俳優とか？ 窓の外に視線をやり、綿のような雲が浮かぶ春の空を見上げる。その人もきっと、夢を胸に、この窓からこの空をこうして眺めていたはず。

（私の夢も、叶うかな）

走り出したその先に、自分はちゃんと『あの子』を見つけられるだろうか。

富士は今、この朝までは来たことがなかった町の、この朝までは知らなかった部屋にいる。

夢を追いかけて、ここまで来た。これは『あの子』を探す冒険だ。これからどれだけ傷ついても、疲れ、後悔したとしても、元の地点にはもう戻らない。ここまで進んだ双六(すごろく)のコマは、この先何度「止まれ」と「戻れ」が出たとしても、ここより前には絶対に帰らない。

ここはそういうポイントだ――

「ふーじーさーん！」

いつしか眠りに落ちかけていて、びくっ、と震えてしまった。「ふーじーさぁぁーん！」呼ぶ声に慌てて身を起こし、髪を手櫛(てぐし)で整え、声のする窓の外を見た。

すぐ隣の母屋の一階、窓を開けて蟹江が無邪気に手を振っている。その距離、ほんの一、二メートル。

「そんな大声を出さなくても聞こえますから……」

「ンフ、ごめん。他のメンバーも集まってるから、ちょっとこっちに下りて来てもらえる？」

胸が高鳴る。一気に目が覚める。他のメンバーということは、あの人……蘭も来ているということか。もういるのか、隣に。距離の近さを実感するなり、富士はパニックを起こしそうになる。

舞台に立っていた蘭のことは、もちろん忘れようもない。昨日会った時の態度も覚えている。その前、難破したあの公演の夜の野獣みたいな暴れぶりも覚えている。

「……はい！　すぐ行きます！」

混乱のあまり、蟹江に負けず劣らずの大きな声を出してしまう。一体どんな顔をして挨拶すれば無事にすむのだろうか。開き直って、「は～いATMで～す！」とかはしゃごうか。でも想像しただけでそんな自分が痛い。どうすればいい。正解がわからない。


とりあえずコートは置いたまま、ブラウスの襟を直し、カーディガンのボタンも留め、スマホと鍵だけ持って部屋を出た。手すりには触らないように気を付けながら階段を下りていく。

南野家の裏口は、アパートの敷地を出て塀沿いにすこし歩いたところにあった。すぐそこだが、富士の足取りは重い。

（昨日みたいにまた言われちゃったらどうしよう。蘭さんは、私が劇団に入ることに反対してる。でも普通はそうだよね……真剣になにかを作り上げてる中に、ド素人がいきなり踏み込んできたら歓迎なんかできるわけない。納得してもらおうにも、私には実績も経験もないし……）

悩んで惑う視線の先、南野家の角のところに、白いバンが停まっているのが見えた。ドアを開け閉めする音がして、なにか作業をしているような気配がある。

もしかして南野の兄だろうか。もしもそうなら店の隣に住むのだし、南野には劇団でも世話になる。今後も顔を合わせることになるだろうし、挨拶だけでもしておかなければいけない気がする。

南野家の裏口を通り過ぎ、敷地の塀沿いをさらにぐるりと歩くと、通りに面した店舗のガラス戸が現れた。ここに店があると知らなければ通り過ぎてしまうほど小さく、看板もなくて、表にはスタンドボードが一つだけ。そっけないチョークの手書きで「開。品切れ次第終了」と書いてある。

バックドアが開いたままのバンはあるが、辺りに人の姿はない。店の中を覗いてみようと近づくと、ふわっとパンの香りが漂ってくる。バター、小麦粉、焦げた皮……思わず胸いっぱいに吸い込んでしまって、富士はほとんど気を失いかける。からっぽの腹の中で胃液がマグマみたいに沸騰するのがわかる。食欲という名の怪物が舌舐めずりしながら涎ダラダラ、「た〜まんね〜!!」とか叫びつつ、太鼓を打ち鳴らして踊り狂っている。

富士はふらふらと夢遊病みたいにガラス戸に手を伸ばし、開こうとして押す。しかし押しても開かなくて、引いてみても開かない。空腹のあまりに思考力を失って、ひたすらガタガタと押したり引いたり、ガラス戸としばし格闘する。もはやなんのために店に侵入しようとしているのか、挨拶なのかパン強盗なのか、自分で自分がわからなくなる。店を襲

うゾンビはこういう心境なのだろう。意外なところにシンパシーの閃きを感じていると、

「ちょっと」

その肩を後ろから軽く叩かれた。

「はい!?」

今忙しいんですけど!?　ぐらいの勢いで振り返ると、すぐ背後に立つ男の胸に視線がぶつかる。そのまま視線を上げて、顔を見る。

見るなり一目でわかってしまった。彫りが深くて濃い顔立ちは南野にそっくりで、なによりこの大きな身体。南野ほどではないが高い身長に厚い胸。清潔なコックコートにエプロンを重ねてかけ、左手の薬指には銀色の指輪。

南野の兄だった。

「このドアは、こう開くんで」

富士の背後から伸びる長い腕が、ガラス戸を横にスライドさせて軽々と開く。すっぽりとその脇の下に納まってしまう位置、頬が一気に真っ赤になるのがわかる。「す、すいませ……」謝ろうとしたその時、声を遮るように、突然信じられないような重低音で腹が鳴り始める。なんだこの地獄——富士は必死に腹を両手で押さえ、音を止めようと力を入れる。しかし轟音は鳴り止んではくれず、静かな町内にどこまでも高らかに響き渡る。今マップを開いて見たらまさにこの地に「腹ペコ」のピンがぶっ刺さっているかもしれない。ここ！　ここに！　腹ペコの人が！　います！　全力でそう宣言しているかのように。羞

恥のあまり寒気までした。南野の兄は、そんな富士をじっと見下ろしている。

「す……すいません！　これはなんでもないんです！　どうか、お気になさらず……！」

恥ずかしさに耐えきれず、尻から後ずさって逃げようとする富士に、しかし南野の兄はにっこりと優しげに笑いかけてきた。

「うちはベーカリーだから、おなかすいてる人はいつだって大歓迎。売り切れちゃってるのも多いけど、どうぞ」

先に立って店に入っていき、カウンターからトングとトレイを取って差し出してくれる。すべての恥が成仏する、あまりにも優しい言葉だった。しかし、富士は我に返る。パンを買いに来たわけではないのだ。どうにか平静を取り戻し、改めて頭を下げる。

「すみません、とんでもなくいい匂いがして正気を失くしてしまいました。あの、南野さんのお兄様でいらっしゃいますよね……？」

南野の兄は意外そうに眉を上げて富士を見た。

「正午の知り合い？」

「はい。ご挨拶させていただきたくて参りました」

バレエシューズの爪先を揃えて姿勢を正し、深々と礼をする。醜態を晒した事実は消せないが、せめて丁寧にやり直す。

「今日から南野荘にお世話になります、龍岡富士と申します。お店にご迷惑をおかけしないよう、気をつけて生活していきますので、どうぞよろしくお願いいたします」

る。


「南野荘!? 住むの!? あそこに!?」

南野の兄は本気で驚いたらしい。顔をほとんど引き攣らせて、

「なぜ……!?」訊ねてくる。

「実はこのたび、南野さんの劇団のマネージャーになったんです。正直どういうお役に立てるのか、自分でもまだわかりませんが、そのご縁で、南野さんに取り計らっていただいて、あそこに住まわせていただけることになりました。すいません、お隣でお店をしてらっしゃるのに事前になにもご相談せず」

「いやいや、相談なんかいいんだけど……え、大丈夫!? 何号室!?」

「203です」

「あーあーあー……空いたもんね。203ね。はいはいはい……なんか色々、気を付けてね？ うちの物件ながらアレ、女性向けとは到底言えないから」

「はい、気を付けます。蟹江さんの部屋もすぐ近くなので大丈夫です」

「蟹江ねえ……」

腕を組み、南野の兄は天井に目を向ける。ちょっと悩むような顔をする。

「あんまり頼りにならなそうだな。もしなにか困ったことがあったら、俺にでも正午にでもいつでも言ってよ。正午もあんなだけど、腕っぷしは確かだから」

「ありがとうございます。でもできるだけ皆さんにご迷惑をおかけしないよう――」

そう言っている途中でまた腹が鳴り始めてしまった。たちまち再び動揺しそうになるが、

「——頑張って、自立してみようと思ってます」

ふと、諦めがつく。どうせ止められはしないのだ。開き直って、自分の空腹の音をBGMに、富士は改めて深々と頭を下げた。顔を上げると南野の兄はなぜか嬉しげに笑っていて、

「よかったらこれ。どうぞ」

アルミホイルの包みを一つ、富士の前に差し出してくれた。反射的に受け取ってしまう。柔らかくて、結構しっかりとした重みがある。

「自分の昼用に作ってきたヤツだけど、その辺で食べながらちょっと待ってて」

そのままカウンターの奥へ入っていってしまう。包みを開いて見てみると、二つの大きなサンドイッチだった。驚いてお礼を言おうとしたときには、もう姿はそこにはない。

いつもならもちろん、遠慮するべき場面だった。せっかくのランチを自分が頂いてしまうわけにはいかない。お礼も言わないうちに手を伸ばすなんてありえない。でも、今の富士は、もはや遠慮していられるような状態ではない。

余裕なくむんずと掴むなり、夢中でサンドイッチにかぶりつく。その柔らかさに、「うん!?」思わず鼻から声が出る。パンはふわふわ、野菜もハムもたっぷり挟まっていて、もう一つはタマゴだ。口の中いっぱいにまろやかなマヨネーズの風味が広がり、パンの甘みがそれを優しく包み込む。ずっと味わっていたいのに、どんどん喉が飲んでしまう。そして鼻に抜ける、小麦粉の香り……。こんなにおいしいサンドイッチはこれまで食べたこと

がない。食べれば食べるほどもっと食べたくなる。飲み物もなしで立ったまま、あっという間に二切れを食べ終わってしまう。

魔法のように、サンドイッチが消えた。

幸福感は圧倒的だった。

できればこのまま真後ろに倒れて、サンドイッチの記憶を胸に、パンの香りの中で意識を失ってしまいたい。でもさすがにそれはできない。カウンターにすがりつくようにしてなんとか立った状態をキープしつつ、富士は店の中をぼんやりと見回す。

普通のパン屋に比べたら品数は随分少なくて、内装も極限までシンプル。味と品質だけで勝負しているのだ。サンドイッチのパンも驚くぐらいにおいしかった。ふわふわでむちむちでしっとりで……うっとりと唇を舐め回しながら、富士はまだ半分夢見心地、カウンターに突っ伏してしまう。そのすぐ傍に、なにかがドサッと置かれた。驚いて目を開き、顔を上げる。

「これ持って行って」

再び現れた南野の兄がカウンターに置いたのは、大きなカゴだった。見てみると、中にはいくつものパンが入っている。白くて丸いの、分厚くて四角いの、ハーブを載せたの、大きなベーコンが載っているの、チーズで焼き上げたの……どれもものすごくおいしそうだ。しかし、持って行って、とは。今並んでいる売り物よりもたくさんある気がするのだが。

「あの、これは……」

困惑する富士の目の前で、南野の兄はてきぱきと手際よくカゴに紙を一枚かけ、テープを貼ってくれる。

「俺から龍岡さんへ、ご挨拶の証。正午の知り合いでこんなふうに挨拶してくれる子って初めてだから、なんか嬉しくなっちゃってさ。これからも、あいつがわけわからない迷惑をたくさんかけると思うけど、どうか今後とも末永くよろしくお願いします」

「いえ、そんな！」

慌てて富士は首を横に振った。

「ご迷惑をおかけするのは私の方です。南野さんには劇団のことでもこれから色々教えていただかないといけない立場ですし、それにこんな……すっごくすっごくすっごくおいしそうですけど、こんなにたくさん頂いてしまっては、あまりにも申し訳ないような……」

「いいのいいの」

はい、と大きなカゴを手渡されてしまう。鼻先にたちまち香しいパンの匂いが立ち上る。匂いの引力は暴力にも近い。「持って行ってくれないなら、203までお届けにあがるだけだし」おおらかな笑顔にも、これ以上は抗えない。

「すいません……じゃあ、頂きます。ありがとうございます」

「劇団の連中に見つからないようにね。あいつらうちのパン、すげえ狙ってくるから。まじでハイエナ、そんなの一瞬で盗られて食い尽くされちゃうよ」

「でもそれもわかります。だってすっごくいい匂いだし、サンドイッチも最高でした。人生で一番おいしかったです」

「だろ？」

得意げに胸を反らし、自信たっぷりに笑う表情は、やっぱり南野とよく似ている。

と、女性客が一人、店に入ってきた。「いらっしゃいませ」南野の兄は愛想よく挨拶しつつ、トレイとトングを手渡しにカウンターから出て行く。

お店の邪魔になってはいけない。富士はコックコートの大きな背中にもう一度だけ頭を下げ、急いで店から出た。

パンのカゴを両手で抱え、再び南野家の裏口へ向かう。といっても、すぐそこだ。ほんの十数秒の道のりでしかない。

塀の切れ目から裏庭に入り、いよいよ蘭との対面の時が目前に迫る。どうしても緊張してしまう。蘭が自分を歓迎しないのはわかっている。

風を通したいのか、南野家の戸口は煉瓦（れんが）を一つ挟んで開いたままにしてあった。その前で、富士の足は動かなくなってしまう。

あの夜、あの舞台に立つ蘭を見たからこそ、自分は今、ここにいるのだと思う。蟹江の中坊もおもしろかったし、踊る南野の迫力もすごかったが、あの舞台を支配していたのはやっぱり蘭だ。蘭がいたから、あの夜までとは全然違う場所に、自分はこうして立っているのだ。富士にとって蘭の存在は、ただ好きだとか、憧（あこが）れるとか、そんな範疇（はんちゅう）には到底収まらない。蘭は、富士の人生の「あれまで」と「あれから」を、くっきり分ける線そのものなのだ。

その蘭に受け入れてもらえないならば、その一線を本当に越えたことにはならない気がする。そしてここより先にも、進んでいくことはできないような気がする。

それに、富士は劇団を生き返らせたい。蘭は劇団の「華」だと思う。南野はエネルギーの源泉で、物語の糸を紡ぐのは蟹江。蘭はその組織に絡みつき、どこまでも高々と伸び上がって、大きく美しく咲き誇る「華」そのものだ。舞台では蘭こそが最強の求心力で、蘭がその身で表現する世界を、ひとは見たいと願うはず。蘭なしのバリスキはありえない。

蘭がいなければ、この夢は叶わない。

（どうすればいいんだろう。蘭さんに嫌われたくない……）

悩んだところで、答えは出なかった。いつまでもこのままこうしてもいられない。意を決し、富士はインターホンを肩で押してみる。壊れているのか音は鳴らなくて、仕方なく肘でドアを開き、勝手に中へ入っていく。

「失礼しまーす……」

靴を脱いで玄関に上がると、よその家のにおいがひんやりとした。顔に当たってくる藍染の暖簾を避けつつ、階段のあるホールの方へ進んでみる。廊下の床には段ボールや謎の機材、ハンガーラックなどが所構わずびっしり置かれ、跨いでいかなければ歩けない。どっちに行けばいいのかわからず、富士はきょろきょろと辺りを見回す。

「富士さん、こっち」

開け放たれたドアの向こうから蟹江が声をかけてくれた。ホッとして、慌ててまた荷物を跨ぎつつそちらへ向かう。

今度は小さな木の玉がびっしりぶら下がる暖簾に顔面を襲われながら入っていくと、そこは南野家のリビングだった。

それなりの広さがあるが、廊下と同じくたくさんの物が溢れて雑然としている。庭に出られる大きなサッシも積み上げられた衣装ケースに半ば塞がれ、せっかくの陽射しが室内に入ってこない。

造り自体はよくある古めの間取りだった。キッチンとの間にはカウンターがあって、壁際には重たそうな木製キャビネット。テーブルセットとソファセットも置かれている。

「今みんなが座れるスペース掘り出してるところだから待ってて」

リビングには蟹江しかおらず、ちょっと気が抜けた。蟹江はゴミ袋を片手に、富士に背を向けてせっせとテーブルの上を片付けている。四脚ある椅子の座面にまで細々とした物が積み上がっている。

「遅いからどうしたかと思ってたんだよ。ていうかひどいよね、この散らかり方。海苔とか出しっぱなしだし……うわ、賞味期限おととしだ。焼海苔なのになんかネトネト……」

「なにかお手伝いしましょうか」

「いや、大丈夫。ていうか立たせたままでごめんなさい。せっかく仲間入りしてくれた富士さんを、こんなところに座らせるわけにはいかないからね」

振り返り、蟹江は「あれ？」と瞬きする。

「そのカゴはどうしたの？」

「あ、実はちょっとここに来る前に、」

南野さんのお兄さんのお店に寄ってきて、と言おうとしたのだが、突然ぬっとソファの陰から立ち上がる巨体があった。普通にびっくりしてしまい、続く言葉を見失う。

「――いでよ富士！」

南野だった。

仁王立ちになりながら、自分の足元を両手で指さしている。なぜか目を閉じ、俯いたまま。

「……ちょっと前から、ここにいますが……」

富士が答えると、薄く目を開き、ゆっくりと顔を上げる。焦れるほどたっぷりともったいつけて、荒れ狂う髪の隙間からぴたり。銀色の眼差しをまっすぐ向けてくるなり、

「おまえの指、俺が一本もらうぞ」

めちゃくちゃ不吉なことを言う。

「……いやです」

「いやです？　いや、まさかな。くっ、耳がおかしくなりやがった」

「いやです、ってば」

「ところで俺様の理論によれば、俺様の頼みを無下にする奴はこのディメンションに存在しない。ということは——つまり、ここは一体？　俺よ！　俺よ！　どこにいる！　俺なき世界に光あれ！」

顔を上げないまま、蟹江が小さく「見てあげて見てあげてうるさいから」と囁いてくる。

仕方なくパンのカゴをテーブルに置き、床の荷物を跨ぎ越え、南野が指さすその足元を見てみる。南野はスポーツ新聞や雑誌の束を巨大な足で踏みつけていて、紐をかけてまとめたいらしい。十字にかけた紐は緩んで、弛んでしまっている。

「要するに、結び目を指で押さえてろってことですか？」

「それ以外になにがあるんだ？　あるなら逆に知りたいが？　この俺に知りたがられるとは——命知らずな挑戦者め」

「はいはい……回りくどいことを言わずに普通に指示して下さい。ていうかこれ、そもそもやり方が間違ってますよ。よかったら私があー！」

「『私があー！』って。なんだその唐突な自己主張は」

蟹江も「ンフフ、いきなりのアピール」後ろ姿で笑っている。違うのだ。今のは悲鳴だ。結び目を押さえてやった人差指の先端ごと、南野が馬鹿力で縛ってきやがった。「……ゆ！　……ゆ！」引き抜こうとしても気付かず、「おかしな奴だな」さらにぎゅぅっと引き絞られる。富士はもはや声も出ず、第一関節から先が暗い紫に変色していくのを悪夢みたいにただ見つめる。もちろんこんな間抜けな経緯でみすみす利き手の人差指を失うわけにはいかない。「……っ！　……っ！」決死の覚悟、しゃがんだポーズのままで富士は同じくしゃがんだ南野に体当たりをしてみる。しかし南野の巨体は岩石のように重く、鋼鉄のように硬く、富士如きの体当たりでは微動だにしない。真正面からドシドシぶつかってくる約五十キロの物体に、そもそも巨人（いわ／はがね）は気付いてもいない。どこか遠くを見る目をして、

「しっかし新聞だの雑誌だのチラシだの、気付けばこんなに溜まっていたとはな。俺としたことが迂闊なこった。日々ちゃんと意識して整理しないといかんな」

自分に言い聞かせるように呟きつつ、うんうん一人で頷いている。知り合ったばかりの女の指を紐でちぎり落とそうとしながら、珍しくまともなことを言っている。

一方富士の脳裏には兄の姿が浮かんでいた。昔、五本指を広げては、きょうだいみんなで言い合ったものだ。生まれた順に、親指がお姉ちゃん、人差指がお兄ちゃん、中指が富士で以下略。今日ちぎれるのは、お兄ちゃんの指。脳内の兄は紫色に変色しながら『あっはっは！』、こんなときでも前歯キラッ。なに笑ってんだ……とか思いつつ、痛みのあまり意識が遠くなっていく。

その時だった。

白く溶けゆく視界の隅。荷物で遮られたサッシの方角に、真っ赤な塊が現れる。

それはズカズカと近づいてきて、

「指！」

鋭く叫ぶなり、南野の頭上になにかを振り上げる。躊躇なく脳天に打ち下ろす。ガツッ、とすごい音がして、さすがの南野も驚いたように顔を上げた。その拍子に紐が緩んで指が抜け、勢い余って富士は後ろ向きに一回転。今度は自分がΩになって、「……っ！」まだ声は出ない。左手で右人差指を握り締め、（セーフ！　セーフ！）脳内で叫ぶ。指、まだついてる。（お兄ちゃーん……！）現実の兄にはもちろん関係ない。

「なに⁉　どうしたの⁉」

驚いたように蟹江が富士に駆け寄ってくる。背を向けていたから事情がわからないのだろう。富士はなんとも答えられないまま顔を上げ、潤んだ瞳を前方に向ける。

その人は、深紅のサテンのド派手なスカジャンを着ていた。背中で笑う黄金のスカルと、まっすぐ視線が合ってしまう。

「馬鹿か！」

吐き捨てるように言ったのは、蘭だった。

蘭は片手に小さなスコップを握っている。あれで南野を殴りつけたのだ。丸い柄の方か尖端の方か、その選択で殺る気の度合も測れそうだが、

「いきなり凶器とは、東郷よ……いくら俺でも若干戸惑うぞ。なにか理由があるんだろうな」

振り向く南野がたいしてダメージを受けていないあたり、恐らくは柄の方だったのだろう。

「さっきからてめえがあいつの指を、」

尖端の方で不意に富士を指し示し、その尖端はすぐに再び南野に向く。

「無心な目ェしてぎゅうぎゅう縛り上げてたんだろうが」

「一体なんのことだ。俺セルフに誓って言うが、そんなことはしちゃいねえ」

「ほんっと……とことん、てめえのことしか見てねえ奴だな」

蘭は不穏な半眼になり、スコップの尖端を南野の顎の下、頸動脈(けいどうみゃく)あたりに突き付ける。

南野は「おお……」嫌そうに上体をくねらせてそれを避ける。

「よせ、蝙蝠を葬ったスコップでこれ以上俺に触れるな。小動物の死体には黴菌(ばいきん)とかがいっぱいついてて危険なほどに不潔なんだぞ……」

「なんだろうがてめえには敵(かな)わねえよ」

「ふっ、むべなるかな。俺様クラスの生物であればそんなの当然——待ちやがれ！　もしかして今のは悪口か⁉　くそ！　一瞬とはいえ喜んじまった！　不覚！」

「うるせえ！」

「馬鹿を言え！　俺様の声は地球が奏でるシンフォニーぞ！　一方おまえはなんなんだ⁉　上がり込むなり凶器で殴打とは、正気の沙汰(さた)とは思えねえ！」

「てめえの方こそ正気だったことなんかあんのかよ？　てめえの目の前見えなさに、こっちの我慢もとっくに限界なんだよ！」

「それは一体なんの比喩(ひゆ)だ！　遠回しすぎて意味がわからねえ！」

「比喩じゃねえ！　直球そのまんまだよそびえ立つ糞の柱野郎！　てめえなんか糞に謝れ、糞に糞土下座して糞頭から糞マントルに沈んで糞地球の糞エネルギーにでもなってろカニ！」

突然の語尾は、好物だからつけてみた♡というわけではないだろう。この空間でカニといえばもちろんこの人、「あっ、えっ？」狼狽しつつ、富士の傍らに膝をついていた蟹江がおどおどと立ち上がる。

「やだな、もしかしてその謎の争いに僕を巻き込もうとしてる……？」

「黙れ。答えろ。樋尾はどこ」

律儀に二秒ほど黙ってから、蟹江は再び口を開く。

「樋尾さんなら来てないよ。ていうか来たら、ンフ、かなりびっくりだけど」

「あぁん……？」

毒でも吐き捨てるような、きわどく嗄れた低い声。波打って膨らむ豊かな髪を片手でワイルドにかき上げて、蘭の怒りは蟹江に向く。鋭い視線は目で目を脳まで突き刺すよう、刃物で切り裂いたみたいにきつく吊り上がる眦には可視化できそうな殺気が宿る。

「おいこらてめえこの甲殻類……あんまりあたしを舐めんなよ？」

目では狂おしく睨みつつ、唇は優しげに綻んでいるのが怖い。笑いを含んでひらひら裏返る声の抑揚も怖い。

「てめえは昨日、言ったよなあ？」

スコップを持っていない方の手が蟹江の襟首を引っ掴み、ぐいっとその顔を間近まで乱暴に引き据える。蟹江は哀れ、抵抗もできずにされるがまま。

「樋尾も来るって、言ったよなあ？　だからあたしはここにいるんだよなあ？　でもさあ、あっれえ、おかしいなあ？　てめえまさか適当こいて、あたしを騙して呼んだのかなあ？　そんなことして無事にすむとか思ってんのかなあ……？」

「待って待って、静まって静まって……」

「突然だけどカニ面って知ってる？」

「えーと、カニの甲羅の中に本人の、ていうか本カニの身の肉をぎっしり詰めたやつかな……？　ンフフ、あ、合ってる……？」

「ああ合ってるねえ。あたし、てめえをそれにしてえ」

「……ン、ンフッ……落ち着いて聞いて、蘭さん。南野と違って、僕は中身を出されたらリアルに死んじゃうよ。本気でこれ、こんなの、おでんの具にしたい？」「俺だってそんなの死ぬぞ……」

不満げに南野が呟くが、今は誰も構ってやれない。

蟹江は決死の表情で、自分の顔を指でクルクルと差してみせる。

「犯行に及ぶ前によーく思い出してみて？　樋尾さんが来るなんて、僕は一言も言ってないから。声をかけてみるって言っただけ。で、声はかけたよ本当に。みんなで今日ここに集まります、って留守電に残したし、メールもした。今後のことを一度きちんと話し合いましょう、って。でも相変わらず無視されてる、っていうのが今の状況」

「浅井長政も死因はカニ面なんだよね」

「いやいや、どさくさに紛れてなに言ってるの。その人は死んでから頭蓋骨で酒飲まれただけだから。ていうかそもそもこうやって僕だけを責めるのはおかしいと思わない？　蘭さんも南野も樋尾さんに連絡はしてるわけで、そして同じく無視されてるんでしょ？　ってことは、ンフ、樋尾さんがここに来ないのは別に僕のせいじゃないでしょ……？」

　蘭は舌打ちし、案外あっさりと手を離す。蟹江の胸を、荒っぽく突き飛ばす。

「ったく……うっぜえツラ。まじでもう、どうでもいいわ。のこのこやって来たあたしがバカだった。てめえらだけで勝手にやってろ」

　そのまま振り返りもせずに、すたすた大股でサッシの方へ歩き出す。帰ってしまうつもりらしい。「ま、待って蘭さん……せっかく集まったんだからみんなで話を、」蟹江が膝立ちで慌てて追いすがり、後ろからその肘をどうにか掴むが、

「あたしに触んじゃねえ！」

「わあすいません……」

「つか、話ってなに!?　話なんかしてなんになんの!?　樋尾がいなけりゃどんだけ話そうが意味がねえだろ!?」

　怒鳴り声に一喝されて即放す。

「いや、でも、これからのこととか色々、」

「これから!?　こ・れ・か・ら!?　ばっっっ……かじゃねえの!?」

待ちわびた吉報を受け取ったみたいに、蘭は振り返りながら満面の笑みを浮かべる。天から降り注ぐ花の雨でも浴びているかの如く、両手を優雅に広げて天井を仰ぐ。

「これからなんて、あるわけねえじゃん!? てめえもモツもわかってんだろ!? 樋尾なしじゃうちらは、なんにもできないの! 樋尾がいなけりゃいくら話し合いなんかしても無駄なの! 樋尾がいなけりゃ、終わりなの!」

その、大きく見開かれてキラキラと輝く瞳。声を荒らげるたびに紅潮する頬。抑揚に合わせて上下に揺れる顎先。

——こんな時だというのに、口を挟むこともできないまま、気付けば富士は蘭の表情に見入っている。

なにをしても、特別に鮮烈な人間というのはいるのだ。目の前にいる蘭こそが、まさにそういう人間だった。

決して身体は大きくない。平均的サイズの富士よりも、すこし小柄なぐらいかもしれない。でもその全身からゆらゆらと立ち上る殺気のせいで、蘭は実際よりも何倍も何十倍も大きく見える。周囲の景色は色淡く透けてぼやけ、蘭の姿だけがくっきりと浮かび上がるようにも見える。

一度この姿を見てしまったら、脳裏に焼き付いてもう離れない。この身体が放つ強烈な存在感は、決して忘れることなどできない。

(これが……この人が、東郷蘭……)

赤みがかった巻き毛は天然なのかパーマなのか、ボリュームたっぷりのロング。派手なサテンのスカジャンの下は黒のスキニーに裸足。やたら実用性のありそうなアーマーリングの指で乱暴に髪をかき上げて、蘭は一瞬で笑顔をかき消す。鋭い三白眼がたちまち翳り、テンション低くずしりと据わり、

「樋尾が戻るまで、二度とあたしを呼ぶんじゃねえ。呼んだら殺す」

本気の声音で言い捨てる。背を向けながらポケットに両手を突っ込んで、半端に開いたままのサッシの方へ向かう。

そうして去りゆく姿を富士は黙って見送りかけ、危ういところで我に返った。（って、だめ。だめだめ……！）慌てて目を瞬かせる。このままでは蘭が帰ってしまう。まだ指を助けてもらったお礼もしていないし、自己紹介もしていないし、劇団に加入したことも言えていない。拒絶されるどころか、まだ目を合わせてすらいない。

行かせてしまうわけにはいかないのだ。ここに置き去りなんていやだ。そうやって黙って忘れるのを待つ、消えてなくなっていくのを待つ、そんな自分には戻らないと決めた。そんなふうに押し殺すことはもうしない。だから、声を上げなくては。

富士は必死に勇気を振り絞り、

「……蘭さん！」

蘭の背中に呼びかけた。

黄金のスカルが、ぴたりと動きを止める。その黒い刺繍の眼球は、まだカーペットにへ

たり込んでいる富士を鋭く睨むようにも見える。

　そのまま萎えてしまいそうになる気持ちを必死に奮い立たせ、「……ま、待って、下さい……」富士はどうにか言葉を継ぐ。

　数秒間の、濃厚な沈黙。

　このまま無視されてしまうのかも……そう思った次の瞬間、蘭はくるりと振り返る。物騒な半眼が異様な静けさで富士を見る。

　これで少なくとも、目は合った。じゃあ次は挨拶して自己紹介を、そう思うのだが、「…………」声が出ない。身体の芯が馬鹿みたいに震えてしまう。これまでの人生で、人からこんな目を向けられたことはなかった。蘭の眼窩に嵌った二つの球体には、どんな感情も浮かんでいない。おどおど怯える自分の顔しか映っていない。

「あの、あ、私……私は、」

　つい口ごもってしまう富士を見ながら、蘭はするどく舌打ちする。

「てめえはてめえでイカれてんだよ」

　姿勢を変えずに顎だけ持ち上げ、高い目線から富士を見下ろす。

「あたしが昨日止めてやったのに、なんで来てんの？」

「……あ、ええと、すいま……」

「もしかして全っ然、伝わってなかった？　それともまじで、めっちゃアホなの？」

「……私は、ただ……この、劇団に……」

その表情。視線。姿勢。声音。蘭のすべてに気圧されて、頭の中が真っ白になってしまう。言いたいことが言葉にならない。そんな富士の目の前で、

「あのね。ここがイカれたお嬢ちゃん」

蘭は目を眇めつつ、自分の頭を指でトン、と突いてみせる。薄く微笑む唇から、投げやりな声がどうでもよさそうに放たれる。

「こう見えて、あたしも別に暇じゃねえんだ。悪いけど相手なんかしてらんない」

そして再び背中が向けられる。スカルの両目は蘭のとそっくり、富士になどすべての興味を失ったように、もはや視線が合うこともない。どうしよう、とさらに慌てる富士の目の前、

「待て東郷!」

南野が声をかける。「今日はミーティングだ! 全員参加と言っただろう!」

しかしそれも完全に無視して、蘭はサッシから縁側へ出て行こうとしている。その後ろ姿を、蟹江は困り果てたような顔でただ見つめている。

嫌な動悸がした。このまま行かせてしまったら、次の機会なんてないかもしれない。もう二度と戻ってこないのかも。蘭の言葉の端々には、そんな気配があった気がする。

(そんなのだめ! どうにかして蘭さんを引き止めなくちゃ、でもどうすれば……)

焦る富士の脳裏に、なぜか唐突に過去の記憶が蘇ってくる。薄暗い冬の光景。龍岡家の家族七人が乗れる、大型三列シートの車内。

両親は車を離れ、駐車場に停めた車内で待つように言われていた。姉と兄は最後部でヘッドホンをして音楽を聴いていて、富士はうたた寝していた。その隙をついて、下の双子が車から外に出てしまった。そしてダッシュ、すぐ先には交通量の多い車道。富士は事態を悟るなり跳ね起き、傍らの大きな袋を引っ掴んだ。そしてそれを振ってみせながら、窓から身を乗り出し、叫んだ。

『戻れ――――！』

振った袋は、こんなこともあろうかと用意していたチョコレートの詰め合わせ。双子は富士の声に振り返り、『あっ！　チョーコ！　チョーコ！』『おかし！　おかし！　わーい！』同じ笑顔を二つ並べてすぐに車へ戻ってきた。心底ほっとした。近所の犬が「戻れ」のコマンドを仕込まれているのを見かけて、その方法を下の双子のしつけにも取り入れたのだ。おいしいお菓子の味を覚えさせておいて、いざというときにはそれで釣る。条件反射で戻ってこさせる。

それをやるなら、今はここにチョコこそないが――パンはある。ハイエナはこの味を知っているはず。南野の兄は、そう言っていた。

「蘭さん！」

背中に向けて声を放つ。

「私、パンを持ってるんです！　南野さんのお兄さんに頂いた、すっごくおいしいパンです！」

「……はあ？」

蘭が振り返る。食い付いた。

富士は蘭の顔から視線を外さずに立ち上がり、「本当です！　ほらここに、あいた！」テーブルに向かおうとして足の小指を思いっきりぶつける。しかしめげずにパンのカゴを摑み、傾けてみせながら店でかけてくれた紙のカバーを一気に引き剝がす。その途端、部屋中にあの妙なる香りがふんわりと濃厚に立ち込める。蘭の視線がパンに向く。驚いたように片眉を上げる。

南野と蟹江も覗き込んできて、「兄貴のパン？　あのドケチが？」「すごーい、こんなにたくさん」驚いたように目を見交わす。

「解せんな。なぜおまえが兄貴のパンをこんなに持ってる？　兄貴は自家消費のパンを一つ売上に計上するたびコップ一杯の血の涙を流す男だぞ。これでは失血死していかねん」

「さっきここに来る前に、お店にご挨拶に伺ったんです。すいません勝手に。その時に、ご厚意で持たせていただきました」

蘭も匂いにつられたのか近寄って来る。しめた……。声には出さずに富士は思う。蘭は不思議そうに首を傾げ、富士の姿を上から下までじっくり眺めて言う。

「失血死してまでパンを食わせたいってツラかよこれ。まあ、どうだっていいけどさ」

多少傷つかないでもなかったが、今はそんな場合ではない。パンを取ろうとする蘭の手が届かないよう、富士は爪先立ってカゴを頭上に高く差し上げる。

「だめです」

「は？　なにそれ」

殺意たっぷりに睨み付けてくる視線に耐えつつ、どうにか言い返す。

「南野さんのお兄さんは、これを、劇団のミーティングの差し入れとして私に下さったんです」

まあ、嘘だが。

「ですから、ミーティングに参加されない方にはお渡しできません」

獲物が罠にかかったら、罠の扉を閉めなければいけない。エサだけ取られて逃げられるわけにはいかない。パンで蘭を引き戻し、とにかくそのまま話し合いのテーブルにつかせるのだ。そうすれば空気を前向きに持っていけるかもしれない。自分が加入すれば役に立てると印象づけることもできるかもしれない。蘭が劇団から離れていかないよう結束を強めることもできるかもしれない。これは、そういう工作の第一歩。

富士は内心は必死で、しかしその必死さを顔には出さないよう慎重に言葉を継ぐ。

「というわけで……ミーティング、始めません？　お話をしながら、一緒にパンをいただきましょう」

「お話なんかしたくねえ」

「じゃあ、なにも話さなくてもいいです。ここにいて下さるだけでいいです。そうだ、その前にとりあえずちゃんと自己紹介をさせて下さい」

富士は改めて、蘭の前で背を伸ばす。蘭は心底どうでもよさそうに両手をポケットに突っこんで、めくれた唇の皮を前歯で噛みながら富士の顔を見やる。

「龍岡富士と申します」

深々と、富士は頭を下げた。

「バーバリアン・スキルのマネージャーとして、どんなことでもお手伝いさせていただければと思っております。どうぞよろしくお願いいたします」

「……マネージャー？　あたしが聞いたのは、ＡＴＭって話だったけど」

「あ、それは、」

実際のところ、まったく現実的ではない。確かにタツオカフーズは大きな会社だが、富士が自由にできるような金などない。そう本当のことを言いかけて、しかしやめる。そのご期待には添えません、などと言ったところで、拒絶の度合が強まるだけだ。今は嘘でも誤解でもいいから、とにかく自分が劇団に仲間入りすることを、蘭に受け入れてもらわなければいけない。

「どうとでも、好きなように呼んで下さい。マネージャーでも、ＡＴＭでも、雑用係でも下っ端でも。どんな形でも、劇団のお役に立てれば本望です」

「あっそ。ま、あたしはパンさえ食えればどうでもいいよ」

独り言みたいに吐き捨てて、蘭はどさっと椅子に腰を下ろす。よし、かかった。ひそかな達成感に富士は胸の内だけでガッツポーズ、しかしなぜかその蘭の背後で、

「俺様は南野正午！　すまんな――日本の夏が暑いのは、太陽が俺に嫉妬しているせいだ！」

南野の巨体がゆらり、山のようにそびえ立つ。

「……知ってますが……」

「そしてこいつが蟹江亮！」

蟹江を指さす。

「……知ってますが……」

立ったままでパンを覗き込んでいた蟹江はびくっと猫背を震わせ、「な、なに……？」

富士と南野を交互に見やる。

「でもってこいつは東郷だ！　東郷蘭！　たまにこの俺もびびるほど口が悪いが人柄も悪い」

「……なんてことを……」

蘭は完全に南野を無視し、行儀悪く足を組んでテーブルに肘をついている。

「そして、最後に金丸大也！」

「……知ってま……えっ!?」

「よろしくお願いしまーす」

「さあ、これにてバーバリアン・スキル、生き残りメンバーの勢ぞろいだ！　ってわけで、俺を見ろ！　この俺様を見ろ！　俺様を見て感じた言葉はすべてが詩！　そして音楽！

この俺の上に空が落ちるまで命の振動を轟かせよ俺以外の一般人——！」

南野はどうでもよかった。

そっちじゃない。蘭の隣にしれっと腰かけている、細身の若い男だ。

こいつのことを、富士は知らない。というか、いつからいたのかわからない。これまで気配はまったくなかった。存在していることに気付かなかった。無から忽然と湧いてきたような気さえする。一体なんなんだ。コバエかなにかか。

呆然と見やる富士の視線に気付き、「パン。いいすね」男はひょこっと顎を突き出すように頭を下げて見せる。気は良さそうだが……もしかして、昨日、蘭と一緒にいた男だろうか。そうかもしれない。『見上げてごらん』の舞台ですこし遅れていた、あの男でもあるのかも。そう、なのかも。でもはっきりとはわからない。

目の前にいるこの男も含め、同一人物疑惑のあるどの男の印象も果てしなく薄いのだ。記憶にほとんど残っていない。特徴のない顔に、特徴のない髪形。無地の黒いTシャツはどこにでもありそうで、傷もピアスもタトゥーもなし。人が一般に「今時の若者」と言われて思い浮かべるイメージそのもの、すべてを足して割った結果のようだ。まさに恐るべき平均的風貌。富士とて目立つタイプではないが、それにしてもこの男には負ける。

「あの……すいません。失礼かもしれませんが……」

「はい？」

「いつからここにいらっしゃいました……？」

「え。すごい前からいましたけど。蘭さんと一緒に来て、蘭さんは南野さんに千円もらって蝙蝠の死体を庭に埋めに行って」

「ああ、それであのスコップ……」

「南野さんはミミズが怖いらしくて」

「ありがとう、豆知識……」

「そうしたら龍岡さんが来て、『私があー!』って叫んだじゃないすか。俺、あの時普通にすぐ傍にいて笑ってましたよ。カニさんとかと一緒に」

「そう……だっけ」

「はい」

話しているそばから、男の輪郭は室内の背景にじわっと滲むようだった。どんどん薄くなり、溶けていき、やがて消えてゆくような気さえする。一体この彼は、この若い男は、この細身の……

「ごめんなさい、あの、お名前もう一度……」

「金丸大也です。大也でいいです」

「そうだったそうだった……ごめんなさいほんと」

大也くん。彼は大也くん。唱えていないと、その名すら砂のように記憶からサラサラと零れ落ちていきかねない。「大也は影の薄さが持ち味なんだよねー」蟹江が言うのに、「そうです」とか素直に頷いている。影の薄さが持ち味の役者……それは結構、いばらの道なのではないだろうか。

　とにかく、大也はここにいた。そして現実問題、椅子が足りない。富士は部屋を見回し、隅に転がっていたバランスボールを持ってくる。ウェットティッシュでテーブルを拭き、飲み物はどうしようかと家主の南野に訊ねようとして、

「さあカードは揃ったぞ！　いざ食らえ、ロイヤルフラーッシュ！」

　まだ南野が喋っていたことに気が付いた。恐ろしいことに、段々と南野の言動に麻痺し始めている自分がいる。

「……あの、南野さん。そろそろミーティング、始めませんか……？」

「笑止！　そんなものとっくに始まっているわ！　見ろこの俺を、俺様を──！」

「てめえが一番てめえのこと見えてねえんだよ」

　蘭がふいっと立ち上がり、廊下に出て行ってしまう。逃げるのか、と富士は慌てた。

「どこに行くんですか⁉」「うっせえな。手、洗ってくんの」

　蟹江は蟹江で「牛乳ってあったっけ？　ていうかお湯沸かしていい？」キッチンにふらふらと向かっていく。若い男、あの細身の、影の薄い──もう名前を忘れてしまったがあの彼は、のんきにカゴを覗き込んでいる。どれを食べようか、パンを選んでいるらしい。

南野はまだ「俺様は！　俺様が！」ペラペラと嬉しげに喋りつつ、うっとりと目を閉じて己に酔っている。

（これが……バーバリアン・スキル……）

あまりにもバラバラな行動に、富士は軽い眩暈を覚えた。力なく落とした尻が、バランスボールの上でぼよんと弾む。こんなにもまとまりがない連中が、今までどうやって劇団としてやってこられたのだろう。揃って話をする、ただそれだけのことすらさらっと始められないで、どうやって舞台の幕を上げることができたのだろう。

樋尾がいなけりゃ終わり――さっき蘭が言っていたことが、不意に脳裏に蘇ってくる。樋尾なしじゃなにもできない。蘭は確か、そうも言っていた。

樋尾なる人物は、ここにはいない。

（……でも、『これから』を始めなくちゃ……）

過眠でむくんだペルシャ猫みたいな顔をして、蘭がテーブルに戻ってくる。濡れた手を荒っぽく振るから、冷たい滴が顔に飛んでくる。今のところ、やっぱりあまりにも自分は無力だ。

でもとりあえず、罠の扉だけは閉めることができたと思いたい。

*

飲み物片手にパンを食べつつ、ミーティングは一時間以上に及んだ。

バーバリアン・スキルが創設されたのは今から五年前、五月一日のことだという。

駿河台にあるＭ大を卒業したばかりの南野、蘭、今はここにいない樋尾、そして富士と須藤の母校であるＡ大の当時四年生だった蟹江。この四人をメンバーとして、劇団の歩みは始まった。

「Ｍ大といえば、演劇の学科がありますよね。南野さんたちはそちらを専攻していらしたんですか？」

「いや。俺は法学部で、東郷と樋尾は政経だ。俺たちは演劇サークルの同期で、Ａ大演劇部のカニとは学生演劇イベントの合同公演で知り合った。カニはおもしろい脚本を書いていたが、Ａ大演劇部のテイストとは合わなくて、ずっと不遇をかこってやがったのよ」

　そうそう、と蟹江が頷く。

「在学中は結局一本も採用されなかったな。書いても書いても没にされて、脚本をプリントアウトした紙だけが溜まっていくばっかりで。あまりにももったいないから、裏面をメモ用紙にして使ってたら、それをたまたま南野が見つけて、読んで、褒めてくれてさ。書けたらもっと読ませろ、って声かけてくれたんだよ。部内にはそんなこと言ってくれる先輩はいなかったし、普通に嬉しくなっちゃって、そこから、なにか思いついたらまず南野に話すっていう流れができたんだ。そして四年生になった時にバリスキに誘われて、今に至る、と」

　ふと疑問に思った。Ａ大演劇部といえばクリーマー、というイメージが富士にはある。

「蟹江さんはクリーマーには入らなかったんですか？　クリーマーのメンバーは大半がＡ

大演劇部の出身者、って須藤くんに聞きましたけど」

「ああクリーマーはね、ふが」

説明しようとする蟹江の口を、対面から蘭が長いパンで突いて邪魔する。

「無理すんな、カニ。素人ってヤツは残酷だよな」

「なに無理って……ちょっと、そのパンでつんつんするのやめてくれない？」

「カニの代わりにあたしが教えてあげる。クリーマーは、顔が良くなきゃ採らないの。いわゆる顔セレ、それも超厳しいやつ。こいつ程度じゃもう無理も無理、オーディション受けよっかな〜なんて口にした瞬間に真正面から高射砲ぶっ放されても文句すら言えないわけ」

「文句を言えないのは死んだからでは……」

一応控えめに蟹江を擁護しつつ、須藤があっさりクリーマーに正式採用されたことに納得もする。あの容姿なら、『顔セレ』がどんなに狭き門だろうと楽々突破できるに違いない。ただ、蟹江だって決して見た目が良くないわけではないと思うが。

「別に僕はクリーマーにお断りされたわけじゃないからね。そりゃ、誘われてもないけどさ。ていうか僕が目指す芝居とは方向性がそもそも違うし」

不服そうに蟹江は言い返す。蘭は鼻で笑って聞き流し、蟹江を突いたパンを食べ始める。

「ただまあ実際、クリーマーはうちと仲がいいんだ。主宰は僕が入部した時の部長だし、A大演劇部の頃からの知り合いもたくさんいるから、旗揚げ当初からずっと協力関係にあるんだよ。お互い客演もするし、裏方仕事でも人手なり道具なり色々と融通し合ってる」

「だからあの時、蟹江さんはクリーマーの作業場にいたんですね」

「そういうこと。……ンフ、思えばあれが僕と富士さんの出会いだったんだよね。ンフフ……クリーマーが結んでくれた縁かぁ。なんだか記憶もまだフレッシュっていうか、まるでつい昨日のことのように思えてこない……？」

　蟹江の物腰はいきなりねっとり粘りを帯びる。かまぼこ形に細められた彼の目から、富士はさりげなく視線を逸らす。「いえ、別に……」

　五年前の春、そんな四人のメンバーで旗揚げされたバーバリアン・スキルは、その年の内に二度の公演を打ち、異例ともいえる成功をおさめたという。

「南野と蘭さんは学生時代から目が早い人には注目されてたからね。劇団を旗揚げするってなった時点で、小劇場界隈ではそれなりにニュースになったんだ。そのおかげで最初からいい感じにお客さんが入ってくれて」

「うむ。初年度の勢いに気を良くした俺様は、次の年から団員を追加することにした。そこから二年ぐらいのうちに、五、六人は採用したかな。身内サイズで始まったバリスキが――美しき俺様の美しき夢が、徐々に大きく膨らみ始めたってわけだ」

　規模を拡大しつつあったその頃から、バリスキは夏と冬の年に二度、定期公演を行い始めた。

　メインは夏の公演で、劇団創設時からのメンバーがこれまでどおりに中心となって制作にあたった。そして冬の公演では、追加された新メンバーが中心となった。

定期公演を夏と冬の交代制とした理由は、南野曰く、二つあった。まず一番には、公演の本数を保ちつつ、かつ準備に充分な時間をかけられるようにしたかったから。そしてもう一つの理由が、新しいメンバーにもなるべく多くの経験を積ませ、団員としての自覚と責任感を持つように促したかったから。

そのために、基本的に冬公演については、創設メンバーは一歩引いて見守るスタンスでいたという。もちろん団員としての役目は果たしつつ、脚本・演出、キャストについても、主要な部分はできる限り追加メンバーに任せてきた。

「そのスタイルで、しばらくはうまく回っていた。なんてうまいシステムだ、と、俺は俺に惚れ直した。俺を愛し、慈しみ放題、俺は俺にキスしたかった。鏡にそっと口づけしては、その平面の冷たさと残された唇形の汚れに涙を溢す日々が続いた。それほどに劇団運営は順調だった。劇団内部で重要な役割を交互に担当することで、各々個人が疲弊していくのも避けられたしな。大也が入ったのも確かその頃だったと思うが」

「そうです」

急に大也が声を発して、富士はびくっとしてしまう。そうだった、彼もここにいるのだ。なぜかどうしても、大也の存在を忘れてしまう。

「そうして気付けば、バリスキは総勢十一人。それなりの所帯になっていた。順調に客も増やしつつ、公演数を重ねていった。だが、事態が急転したのは……忘れもしねえ。去年の十二月のことだ」

一度言葉を切り、南野はゴキッと首の関節を鳴らす。眉根を寄せ、手にしていたパンを皿に置く。

「冬の公演を担当していた連中、俗に『冬メン』と呼ばれていた奴らのうちの四人が、公演直前に突如反旗を翻しやがった。進行中だった仕込みのすべてを中断して、いわゆるストライキってやつだ」

――冬公演メンバーの集団離脱。それが起きたということだけは、富士も知っている。前に読んだ演劇ファンのブログに書いてあった。

「その人たちは、どういう主張をしていたんですか？」

「とにかく不満だ、と。俺様の専制ぶりが気に食わねえ、と。夏公演なんかもうやりたくねえ、と。今後は自分らがやる冬公演一本に劇団のリソースを集中させろ、と。要するに、資金も時間も人間も、これまで劇団として得てきたもののすべてを、冬メン側に寄越せって話だった。俺を降ろして、劇団のトップを自分らに替えろとも言われたな。さもなくばすぐに辞めてやる、とな」

「え、でもそんなの……ただのわがままじゃないですか。バリスキは南野さんたちがゼロから始めた劇団だし、その劇団の枠内でやるからこそ冬公演も順調だったんですよね？　南野さんたちの公演がなくなったら、それはもはやバリスキじゃないのでは」

「俺もそう言ったとも。俺のところでやるなら俺のやり方に従えと。てめえらのやり方でやりてえならバリスキから出て行け、と。そして、連中は辞めた。メインキャストも脚本演出も舞監まで丸ごといなくなって、さすがの俺にもどうにもできねえ。公演はキャンセルだ」

「そんなことになって大丈夫だったんですか？」

「大丈夫なわけがあるか。そのせいで大金が吹っ飛んだわ。積み上げてきた信用ごとな」

「損害賠償とか請求できるのでは……」

「そんなことしてみろ。向こうは俺にクビにされたと主張してきて、言った言わないで延々続く醜い泥仕合になるだけだ。金銭トラブルで元団員と泥沼紛争中の劇団に、おまえはいい印象を抱けるか？　第一そんな金も時間もねえ。あるなら俺は芝居に使うぞ」

「でも、そんなことがまかり通るなんて納得いきません」

「当然だ。納得なんかできるわけねえ。俺だってむかつくがどうにか我慢してるんだ」

話を黙って聞いている三人の表情は暗い。思えば、たった四か月前の出来事なのだ。その時に辞めた四人はすでに人気も出ていて、充分に劇団の中核を担えるメンバーたちだったという。そこがすっぽりと抜けたのは相当な痛手だった。

しかしさらに悪いことは続く。

抜けたメンバーには、宣伝やHP周りの管理を担当していた者が含まれていた。残されたメンバーは誰も管理パスワードを知らず、HPの更新ができなくなってしまった。キャンセルになってしまった冬公演の後始末に南野たちが走り回っていた頃、触れなくなって放置されていたＨＰは、ある日を境に新しい劇団の旗揚げを知らせるページに飛ぶことになる。

「その名も――コヨーテ・ロードキル」

苦々しげな南野の声で告げられたその劇団名に、富士はもちろん覚えがある。トイレでバーバリアン・スキルをググった時、飛ばされたページにその名があった。

「うちを辞めた冬メンが速攻で旗揚げしたのがその劇団だ。別にあいつらがなにをしようと、もはや俺には関係ねえ。口を出す権利なんかありゃしねえ。だがな――」

「軽く、乗っ取り入ってますよね……」

富士の言葉に、南野は深く頷いた。蟹江も大也も、そして蘭も、それを否定はしない。

バーバリアン・スキルと、コヨーテ・ロードキル。意味こそ違えど、字面も語感も中黒の入り方も、なんとなく、のレベルを超えて似ている。そしてバリスキをググって出てくる公式ＨＰは、アクセスするなり問答無用、新劇団のＨＰへ飛ばされる。つまり、あえて二つの劇団の情報を混乱させ、混同させようとしているのではないか。そう思うのも、穿ちすぎではないのではないか。

現に富士は混乱した。同じ劇団なのかと思ったし、劇団の中身はそのままに名前だけを変えたのかとも思った。なにしろ公式ＨＰから飛ぶ仕様になっているのだから、その仕様にはそうする意味と根拠、正当性があるはずだと思った。そう思うのが自然だ。

「事情を知らない人がＨＰを見たら、バーバリアン・スキルはコヨーテ・ロードキルに名前を変えたんだって誤解されちゃいますよ」

富士の言葉に、「そうなんだよね……」蟹江が静かに呟いて視線を落とす。

嫌な感じに、毛穴が開く。これは大問題だ。

誤解を放置していたら、『バーバリアン・スキル』はただの捨てられた旧い名前になってしまう。そして辞めていったメンバーこそが『かつてバーバリアン・スキルと称されていた中身』とされて、今残っているメンバーは何者でもなくなってしまう。それはつまり、死ぬ、ということだ。意味のないものになって、そのまま忘れ去られていくだけ。二度と海には出られない、死んだ舟になるということ。こうやって殺されてしまうのだ。今も、殺され続けているのだ。

それがいやなら——声を上げるしかない。状況を変えなければいけない。倒れ、沈もうとする舟を守らなければ。支えなければ。方法はしかしわからない。わかるのはただ一つ、

「……このままじゃだめです!」

それだけ。焦って富士は南野に詰め寄る。ほとんど恐怖して、声が跳ね上がる。

「早く、なにか手を打たないと! このままじゃ公演が一つ飛んだってだけのダメージじゃすまないですよ!」

「富士よ静まれ。大丈夫だ」

「どこが大丈夫なんですか!?」

「公演が一つ飛んだってだけでも、ちゃーんとめちゃくちゃ、ダメージはでかい」

「全然大丈夫じゃないじゃないですか……！」

「すでに俺様のどてっぱらには、腸が流出するほどの大穴が空いている」

「それもう死んじゃうやつですよ！　人はそれを、致命傷って言うんです！」

「ああ、人は言うぞ――バリスキはもう終わりだ、とな。小劇場の公演なんか当然ながら自転車操業。一つすっ飛ばしゃ終わって当然」

親指で自分の首を掻き切る仕草をして、「だがな」南野は挑むように富士を見返す。

「俺たちは、大人しく終わるわけにはいかねえ。おまえにももうわかっただろうが、これは恨みつらみの話じゃねえ。アイデンティティを賭けた戦いだ。俺たちが俺たちでいること、今までもこれからも俺たちは俺たちであること、そんな当たり前の事実を奪われるかどうかの瀬戸際なんだ」

南野の目が、

「俺たちは――バーバリアン・スキル！」

一瞬、炎を孕んだように光る。

「最初からそうだった。俺たちはこの名の下に産まれてきた。誰にもなにも奪わせはしねえ。俺たちはなにも失わねえ。俺たちはここにいるんだ。見ろよ。見てくれよ。見やがれよ！　まだここにいる！　俺たちは生きてる！　そう叫びながら舞台に立って、バリスキは終わったなんてほざく奴らの目の前に俺たちの存在を叩きつけてやらなきゃならねえ。そうすることでしか、俺たちは己を証明することができねえ。いなかったことになんかされてたまるか。だから必死に金をかき集めて、借りれるところからは全部借りて、賭けたのよ──『見上げてごらん』にな」

「……僕らは、絶対に失敗できなかったんだ」

蟹江が静かに言葉を継ぐ。あ、と富士は固まる。飛んだ公演は、一つじゃなかった。

「絶対に絶対に、失敗するわけにはいかなかった。気持ち的には南野が今言った通りで、プラスあともう一つ、重大な理由があった。富士さんは、チケッピオっていうサイト知ってる？」

「……はい、チケット販売の大手サイトですよね。クチコミとかが読める」

「そう。そのチケッピオが主催するNGS賞──ネクスト・ジェネレーションズ・ステージ賞、っていうのがあるのは知ってる？」

「いえ、知りません」

「じゃあ、この辺の劇団は知ってる？」

蟹江はいくつかの劇団の名前を挙げた。そのほとんどは富士でも、というかおそらくは日本でテレビのある生活をしているなら誰でも知っているような、メディアにもたびたび取り上げられる名のある劇団だった。

「今挙げたのは、これまでその賞を獲ってきた劇団。どれも元々はそんなに名前も知られていない、小劇場の劇団だったんだよ」

蟹江によれば、NGS賞は若い演劇人の育成を支援するために創設された賞だという。

十数年の歴史があり、後援には大手の出版社や文化財団、広告代理店が名を連ね、小劇場を活動の場とする劇団がメジャーになるための登竜門とされているらしい。

「簡単に言っちゃうと、一年に一度の演劇コンテストなんだよね。最初の審査はチケッピオ利用者のクチコミによる推薦で、アカウント一つごとに一票、前の年の一年間に上演された芝居の中からよかったと思う作品に投票する。一か月間の投票期間を経て、毎年およそ三十の劇団がノミネートされて、ノミネートを辞退しなかった二十前後の劇団が本審査に進む。その本審査が、最終審査でもある」

最終審査の対象となるのは、『二月一日から四月三十日までの間に初日を迎え、六ステージ以上行われる公演』で、それを審査員が実際に観に行き、その中から一作品だけが選ばれる。賞は現金百万円と、次にくるのはこの劇団、というお墨付き。

「その最終審査に、僕らは残ってた」

「で、上演したのが……『見上げてごらん』」

それがどういう顚末を迎えたかは、富士ももちろんよく知っている。

異臭騒ぎで初日から上演中断、以降の全公演中止。富士は蟹江の目を見られなくなってしまう。あんなことになってしまったからには、当然賞からも脱落したのだろう。

冬公演のキャンセルがあり、バリスキは失敗してしまったのだ。

できなかった公演で、NGS賞のノミネートがあり、あらゆる意味で絶対に失敗
滾々と湧き出る涙の泉となっていた蟹江の姿を思い出し、つい押し黙る富士の傍らで、

「富士よ。案ずるな」

南野の声はしかし意外なほどに強い。富士は目を上げ、その表情を窺う。

「あれは事情が事情だったからな。主催者に連絡して誠心誠意説明したら、なんとか理解はしてもらえた。今のところ俺たちはまだ、審査対象から外されていない。ただし、規定に関しては特別扱いの変更もなし。つまりとっとと次の目途をつけねえことには、」

「──あっ⁉」

思わず叫んでしまう。南野、蟹江、蘭の目が一斉に富士に向く。大也も富士を見ている。

「あ、すいません……ちょっと私、なにやってんだって……」

「それを訊きたいのはこっちの方だ！　おお、なんてこった、これを見ろ！　おまえの声にびっくりした拍子にカップから溢れたカフェオレが、テーブルに奇跡の絵画を描いてやがる！　まったくこの俺ときたらやることなすこと芸術か！　声はオペラで身体は彫像、歩く姿はサグラダ・ファミリア！　なにがなんだか我ながらわからねえ！」

鬱陶しいのでさっさとウェットティッシュでテーブルを拭きつつ、富士は自分の間抜けさに心底呆れた。本当に、なにをやっているんだ、自分は。

「私、すっかり訊くのを忘れてました。先日の『見上げてごらん』の公演で、一体なにが起きたんですか？　あのにおいはなんだったんですか？」

本来なら真っ先に確かめておくべきことだった。ずっと気になっていたはずなのに、昨日から今までの展開があまりにも怒濤だったせいで、すっかり頭から飛んでしまっていた。

「そっか、富士さんにはまだ話してなかったか。あのにおいは、殺虫剤だったんだよ」

「殺虫剤？　それって……あの、プシュー、ってやつですか？」

あんな強烈なにおいがする殺虫剤なんてこの世にあるのだろうか。あんなの売ってもいいのだろうか。ていうか、殺したいのは本当に虫か？　そんな疑問が顔に出ていたのかもしれない。

「スプレーじゃなくて、部屋の中に置いて焚くやつね。煙が出る、わかるかな？　いわゆる燻煙タイプ。それもプロが使う、業務用の強力なやつだって」

蟹江が説明してくれたところによると、殺虫剤が使われたのは二階のフロアだったらしい。

あの廃墟じみたビルのオーナーと劇場の管理者は高齢の兄弟で、ビルの所有権を持つ兄は、弟が地下でなにをしているのか理解してはいなかったという。劇場スペースを借りる者もそれまで数年に亘ってほぼおらず、人の出入りも絶えていたせいで、物置にでもなっていると思い込んでいた。

三階には小さな会社が入っていたが、最近になって、長く空室になっていた二階も倉庫として借りたいと申し出てきた。だから老オーナーはあの夜、二階の消毒と殺虫を業者に依頼した。地下が劇場であることも、そこでその夜演劇の公演があることも知らず、作業に入った業者にもなにも伝わっていなかった。劇団員や客の出入りはあったはずだが、それでも気付かれはしなかった。

ただ、本来ならば、それでも特に問題はないはずだった。プロの手によって開口部はすべてしっかりと目張りされ、別のフロアへ殺虫剤が回ることはありえないはずだった。

だが、あのビルはあまりにもボロすぎたのだ。老朽化が進んだ建物内部はあちこち無数の隙間だらけ、二階で燻煙された薬剤はあっさり別フロアへ流れ込み、驚いたのはたまたま在室していた一階部分のテナントの借主だった。慌てて換気扇を回したが、強烈な異臭は薄まらない。それどころか換気口からどんどん異臭と煙が入ってくることに気付き、今度は換気扇を止めた。しかしそれでも異臭の流入は止まらない。常時強制換気システムのせいかもと考え至り、その人は思い切ってブレーカーを落としてしまった。極端な行動ではあったが、それほどパニックだったのだろう。ところがそのブレーカーはビル全体で共用されていて、すべての電気が一斉に落ちてしまった。焦ってすぐにブレーカーを上げたが、電気系統を制御する設備が故障してしまい、ビルは停電から回復することができなくなった。

そしてその頃、地下の劇場では、異臭に満ちた暗闇から数十もの人々が必死に脱出しようとしていた――。

「人体に悪影響はないんですかね……」

恐る恐る、富士は蟹江に訊ねる。一応ハンカチで鼻と口を押さえはしたが、それでも結構吸ってしまった気がする。

「哺乳類(ほにゅうるい)はああいうの、案外大丈夫らしいよ。大丈夫じゃなかったら使用制限されてるでしょ。ほら、みんなアパートとか共同住宅でも普通にやってるし」

「でもそれって、目張りすれば空気の流れを遮断できる普通の建物の話ですよね。あそこは普通とは言えないっていうか、異常にボロいっていうか、そもそもあのビルにテナントが入っていたのが驚きっていうか……」

「ねえ。よく借りるよね、あんな見るからやばそうなところ。ほんと謎」

「その謎については、私も蟹江さんにお訊きしたいです。どうしてよりによってあんなところで公演しようと思ったんですか？　何年も誰も借りなかったような劇場なのに」

「あー、それは、まあ……」

ごにょごにょと言い淀む蟹江に代わって、「決まってるだろう。安かったからだ」南野が答える。

「NGS賞の審査期間中に公演を打つために、なんとか金はかき集めた。が、それまでの公演にかけられていた金額には遠く及ばねえ。でも舞台の内容をしょぼくするわけにもいかねえ。削れるところはできるだけ削ろうとケチった結果があの小屋よ」

「そこ、『削れるところ』じゃなかったんでは……」

「結果からすりゃそういうこった」

「開き直ってんじゃねえよ」

低い声でそう言って、南野を睨み付けるのは蘭。

「樋尾は散々言ってたじゃねえか。あの小屋はありえねえ、舞台監督として責任もてねえ、もっとマシなところを探せって。でもてめえが『他も当たってみる』とか言いながら実はなんにもしねえでグズグズ時間切れまで引き延ばし、結局だまし討ちみたいに強行したんだろ」

「樋尾の言うことなんかいちいち聞いていられるかよ。小屋代をケチるな、スタッフ代をケチるな、もっと安全にやれ、もっと手堅くやれ、でも金はねえ、あれは我慢しろ、それも我慢しろ、でもあれはケチるな、それはケチるな――どうしろってんだ。聖徳太子をも上回る聞く耳の持ち主である俺でも、さすがに付き合い切れねえよ。そもそも手堅くとか我慢とか、そんなのもはや俺じゃねえし、それはバリスキの舞台でもねえ」

「で、その結果どうなったよ？　あ？　舞台は中断、神田は持ち逃げ、樋尾は消えちまった。これをてめえは望んでたのか？」

「神田は捕まえただろうが」

「ああ捕まえたよな！　金も取り返したよな！　樋尾がな！」

蘭と南野の言い合いを見ていることしかできない富士に、蟹江がそっと耳打ちしてくれる。

「神田さんっていう人に制作を――大事な仕事を、任せてたんだよね。演劇の世界からは数年離れてた人なんだけど、すっごく安くやってくれるって言うから。僕らはとことん人手不足で猫の手も借りたい状況だったし、業界歴も長かった人だし。ただ評判は良くなくて、サボり魔で手癖も悪くて今は金に困ってる、って噂で、樋尾さん――うちの舞台監督は、ずっと反対してたんだ。人件費はかさむけど、ちゃんとした人に委託しよう、って。でも南野は了承しなくて、神田さんで行くことになって。そうしたらまんまと騒ぎに乗じて売上を持ち逃げされそうになってね」

「そう言えば、みなさんダッシュで追いかけてましたよね……」

あの夜の幕切れは忘れがたい。ああきてこうきてそうなるか！　と、まるで破滅のゴールを目指すピタゴラスイッチでも眺めている気分だった。そして今や、自分もそんなピタゴラスイッチの一部として機構に組み込まれているという現実。笑えない、まったく。

「まあ無事に捕まえられたし、金庫も取り返したんだけど、樋尾さんの怒りは収まらなかった」

「でしょうね……劇場の件に重ねて、ですもんね」

「そのまままた南野とケンカになって、みんなで必死に引き離したけど、それっきり。以来、ずっと連絡も無視されてる」

「樋尾さんは、本当に劇団を辞めてしまったんですか？」

「客観的にはそうなるのかな。もちろん戻ってきてほしいけど、話すらさせてもらえないし。ちなみに樋尾さんが辞めるなら、って、ついでに若手二人も辞めちゃった。残った精鋭が、ンフ、ここにいる僕らってわけ」

弱々しい蟹江の笑顔を前に、富士は自分の立場を理解せざるを得ない。

劇団という船の脇腹には直径何メートルもの大穴が空いていて、そこから中身がどんどん漏れ出している。そこに自分は飛び込んできた。蚊ほどのサイズで、無力なままで、「私がなんとかしてみせる！」とか、愚かなことを思い込んで。

「樋尾のことなんか知るか！」

南野が放った大音声に、富士はさらに身が縮むような気がする。蚊よりも小さいこの身はもはや、花粉かなにか程度でしかない。

「おまえらはもう忘れたのか⁉ 樋尾は、そもそもこんな状況で公演を打つこと自体が無理だって言ったんだぞ！ やめろって言いやがったんだぞ！ おまえらだってそれはねえって思ったからこそ、あの日舞台に立ったんだろうが！」

「ああもうはいはい、そのとーりだよ！」

やけになったように蘭も大声で言い返す。

「あたしもバカ！ 間違った！ これでいいかよ⁉ ったく……悪い予感はビンビンあったのに、ほんっと、あたしもバカだった……なにも壊れないまま本番なんてさ」

「あの、それってどういう意味ですか？」

そっと片手を挙げて発言する花粉程度の存在である富士に、蘭の視線が突き刺さる。それを遮るようにして答えたのは南野。

「気にするな。つまらんジンクスだ」

蘭はなにかさらに言い返そうとして、しかしその口を噤む。この件に関してはもうそれ以上のことを訊けない雰囲気だが、

「それと……今さらなんですが」

　質問はもう一つあった。

「せめて、もっと後の日付でやればよかったんじゃ……？　四月三十日までに初日を迎えれば、審査には間に合うんですよね？　期限ギリギリまで待って準備期間をもっと長くとれば、資金を増やすこともできたんじゃないですか？」

「そんなことは当然考えたとも。だが、俺が容認できる小屋代の限度に収まる使用料で、さらに場所とキャパの条件を満たしていたのは、そもそもあのボロ劇場しかなかった。そしてあそこは元々三月いっぱいで閉館の予定で——結局数日早まったわけだが——俺たちには三月のうちに公演するという選択肢しかなかった」

　その『小屋代の限度』の設定をそもそも間違えたんだろうな、と富士は思う。が、それを言ったところでもはや、だ。代わりに蘭が、「てめえは他の選択肢をあえて無視してたんだろ」と。

　荒れ地の蔓草（つるくさ）みたいな髪を振り乱し、南野はキッと蘭の方を見た。

「じゃあ訊くが、他の選択肢ってのはなんだ？　あそこで安く上げる以外、他に一体どうすりゃよかった？　どこの劇場でいつやりゃよかった？　公演しないなんていう選択肢もあの時あったのは事実だが、じゃあ、おまえはそれを選べたのか？」

　そして蟹江の方に。

「おまえにも訊くぞカニ。樋尾が言ったとおり、公演を取りやめてノミネートも辞退して、しばらく劇団の活動は休止するなんてことができたか？　それを選ぶのが正解だったと思うのか？」

　蘭は南野を睨んだままなにも言わない。

「……まあ、公演しない、っていうのはない。それだけは、どう考えても選べない。蘭さんもそうだと思うけど」

　答えたのは蟹江。

「あの票は……最初の審査で投じられた票は、全部僕らの夏公演に投じられたんだ。冬公演はキャンセルだったし、去年やったのは僕らだけ。冬メンが抜けても僕らを変わらず応援するって、僕らこそがバリスキだって、そういう意思表示をしてもらったんだって思う。それは絶対に裏切れない。まあ、冬の事件の同情票っていうのもあったのかもしれないけど、そういうの僕らは全然気にしないからね。なんでも丸ごと受け取って、使えるものはなんでも使って、舞台の上でエネルギーに換えてやるっていうのが僕らだしね」

「おうよ」

　南野は椅子の背もたれに巨体を預け、王の仕草で頷いてみせる。

「しかもこれは初ノミネートにして最後のチャンス――バリスキは今年の五月一日で五年を超える」

　意味がわからない富士に、蟹江が教えてくれる。「NGS賞の対象になるのは、四月三十日の時点で創設から五年以内の劇団だけなんだよ」

「なるほど……ちょうどギリギリのタイミングですね」

「おあつらえ向きだ！」

　顎を上げて笑う南野の声には、今もまだ出処不明の自信が漲っている。

「俺たちは止まらねえ、まだまだ諦めねえ。ＮＧＳ賞だって獲ってみせる。俺たちはなにも失ってなんかいないし終わってなんかない、そう叫ぶためには公演を打ち続ける以外の選択肢なんかねえんだよ。樋尾がいなくたって関係ねえ、なーに簡単なことよ――芝居自体はもう完成してるんだ。そいつを仕切り直して四月三十日までにまた幕を上げて、六回以上やりゃいいだけのこと。そして必ず勝つ！　すべてを薙ぎ倒し焼き尽し、百億光年先までバーバリアン・スキルの名を刻んでやる！　――いでよ富士！」

「……さっきからずっとここにいますが……」

「そういうわけだ！　理解できたな⁉」

「理解は……はい、まあ、しました……」

　したとも。花粉サイズのメンタルで、富士はこっくりと深く頷く。

　バーバリアン・スキルは、アイデンティティを賭けて戦いに挑む。その戦いとは、具体的には、四月三十日までに芝居の幕を上げること。六回以上の公演を打って、ＮＧＳ賞の審査に参加すること。そして賞を獲得すること。今日の時点で日程は未定。劇場も未定。舞台監督の樋尾は辞めた。他のスタッフも辞めた。金もない。これまでずっと自転車操業でやってきて、冬公演が飛んだことで一度破綻し、それでも新たにかき集めた金で『見上げてごらん』の公演を打とうとして、それも飛んだのだ。金などあるわけがない。

そもそもこんな状態で、これまでの精算は果たしてちゃんとできているのだろうか。

「あの……南野さん。訊くのが怖いんですが、でも訊きますね……」

ごくん、と一口、妙に苦い唾を飲む。確かめるべきことを確かめなければ、ここから先には進めない。

「なんだ」

「『見上げてごらん』はあんなことになってしまったわけですが……それでも経費は、かかってるんですよね……」

「当然だ」

「売上が入ってから支払うつもりだった分とかって、あったりします……？」

「おお、さすが俺様が見込んだマネージャー。目の付け所がいいぞ」

「あるんですね……。でも、売上はなくなった、っていうか……お客さんへの返金とかも、まだですよね……？」

「なぜそんな目で俺を見る。ちゃーんと計算はしてあるわ。未精算分の経費はざっと十五万ほど、もちろんそれプラス返金もする」

「……その十五万円と返金分、精算できるアテはあるんですよね……？」

「なきゃまずいだろうな」

その言葉にどこか他人事のような気配を感じ、富士は絶句しそうになる。

「だろうな、じゃないですよ……！　ちゃんとしましょうよ!?」

「するつもりだとも」

「つもり、じゃだめです！　ナウです！　ヒアです！　なんでそんなふわっとしてるんですか!?」

「これまで『ちゃんとする担当』は樋尾だったからな」

蟹江と蘭も、その言葉に否やは唱えない。その脇でもう一人「ですよね」とコクコク頷いているのは誰だ……大也だ。

「でもその樋尾さんはもう辞めてしまったんですよ!?」

「そう慌てるな。会計の管理なら、あいつなんかいなくともしっかりとできている。創設時からの帳簿も揃っているし、現に俺が持っている。今ここにないのは、通帳と印鑑と売上金だけだ」

「だけっていうか、それってつまり残り少ないどころか払えばマイナスにすらなりかねない劇団の資産のすべて、ですよね!?　一番ここになきゃいけないものですよね!?」

「馬鹿を言え！　劇団の資産といえばこの俺様、なきゃいけないのもこの俺様よ！　見ろ、国破れて俺があり！　月に俺様、花に俺！　デウス・エクス・俺な！　それに金だってなくなったわけじゃねえ、樋尾が全部持ってるってだけだ」

「……ずっと誰も連絡がとれず、南野さんには激怒していて、もう劇団を辞めると宣言した、あの、樋尾さんが……!? へえ……それはそれは安心、ですよね……！」

「嫌みのつもりなら通じんぞ。まったくもって安心だ。帳簿によれば、口座にある金で未払い分はギリ精算できる。そして金庫さえ取り返せば、チケット代の返金もできる。ただそれだけのことだ」

「それだけって、なんでそんな簡単なことのように!?」

「おまえならできる！」

ビシッ、と至近距離から指さされ、その先端は勢い余って富士の鼻に触れている。富士はもはや言い返すこともできない。一体自分に、こんな自分に、なにができると南野は思っているのか。（私なんか、花粉なのに……！）噤んだ唇を震わせる富士の目の前、南野は自信たっぷりに言い放つ。

「とっとと樋尾を見つけて、通帳と印鑑と金を取り戻して来い！　そして未払い金をすべて清算し、返金を完了しろ！　それがおまえのミッションだ！　すべてを賭けて、この俺様の期待に応えろ！」

鼻に突き付けられた指を見つめて寄り目になっている富士の隣、蟹江がちらっと時計を見る。まずい、とか小さく呟きつつ立ち上がる。

「じゃあ、今回のミーティングのまとめとしては『富士さん頑張れ！』ってところだね。僕はもう打ち合わせに行かないと」

「あれ、やべえ。チャリの鍵あたしどこやったっけ」

「さっきポケットに入れてませんでした？」

「なんだ、親父から鬼ＬＩＮＥが来てるぞ。……ちっ、病欠が出て俺様も急遽出勤だ。店頭の仕事は嫌いじゃないが、あのエプロンはいただけん。あまりにも俺に似合いすぎ、ほとんど犯罪の域だあれは」

それぞれ忙しそうに立ち上がる連中を前に、富士はまだ、言葉も出ない。

＊

南野家でのミーティングは半ば強引に締められて、メンバーはそれぞれの糊口をしのぐ勤務先へと向かって行った。

南野は両親のパン屋へ。蘭と大也は黒い箱を背負って、ウーバーイーツで稼ぐべく路上へ。そして蟹江は大慌て、荷物を摑んで玄関から駆け出し、千駄ヶ谷にあるという編集プロダクションへ。日曜日でも打ち合わせがあるなんて、一体どんな仕事なのだろうか。すこし興味を引かれたが、訊ねる隙はまったくなかった。

仕事がないのは富士だけで、一人南野荘の自室へ戻る。昼時をすこし過ぎていたが、すでに十分腹いっぱい。腹ごなしもかねて荷物を解き、掃除を始めることにする。初めて見る電熱コンロに首を捻りつつ、シンクを磨き、玄関を拭き、押入れも拭いてサイズを測り、窓ガラスもサッシもカーテンレールも出窓に足をかけて拭いて、気付いた時には午後三時。

コートを羽織って自室を出て、富士は阿佐谷の街へと向かった。たくさんのおもしろげな店に気をとられながら、商店街やスーパーで必要なものを買い回る。リサイクルショップでは手頃なサイズの冷蔵庫も見つけた。相当迷ったが、購入には至らず。美品でもない中古のわりに、思ったほどには安くなかった。

　買った物を両手に提げて帰る道々、コインランドリーの場所をチェックする。もしものときのために銭湯もチェック。そして最寄りのコンビニで、コピー機を十五分間に亘って占拠する。

　数十ページに及ぶコピーを取り終えた時にはすっかり疲れ果てていて、その店内で飲み物を買い、がらんとしたイートインの席に座った。そのまましばらく「無」になって、富士は、橙色の夕焼け空に紫の雲が縞模様を描くのを眺めた。

　帰室したのは午後五時半。

　買ってきた収納ボックスを組み立てて荷物の整理をしているうちに、さらに時間は過ぎていく。薄いドアがノックされた音に顔を上げると、もう七時になっていた。

「富士さん、いる？　蟹江だけど」

　窓の外は真っ暗だ。引っ越し初日のこの町に、すっかり夜が訪れていた。

　打ち合わせから戻った蟹江は、ポストイットに『俺のオーラ』のパスワードをメモして、富士のためにわざわざ持ってきてくれたのだという。蟹江は指先にそれを貼りつけて、下半身だけ楽そうなジャージのパンツに穿き替えて立っていた。

「もしいなかったらドアに貼っておこうかと思って」

「お疲れのところわざわざすいません、ありがとうございます。助かります」

「もしうまく繋がらなかったら言ってね。南野にルーターの位置ずらしてもらうから」

「わかりました。あの、よかったらすこし上がっていきませんか？　さっき座布団買ったんです」

「いいの？　じゃあ、お言葉に甘えて……」

踵を踏んだコンバースを脱ぎ、蟹江は嬉しげにソックスで富士の部屋に上がってくる。富士はさっそく値札を切ったばかりの座布団をその前に置く。

　そこに座りかけた体勢で一旦停止、蟹江は微妙なポーズのまま、しげしげと座布団を眺める。

「……これはなんの柄なんだろう」

「大麻です」

「……なんでこの座布団買ったの」

「これが一番安かったので。一枚四百八十円で、二枚買ったらこれもおまけにくれました」

　富士はちょっと得意な気分、タダでもらったペラペラの手拭いを広げてみせる。「なんだかお寿司屋さんっぽくないですか？」白地に紺色で、魚偏の漢字がびっしりと隙間なく書かれている。

「ああ、へえ……いいね。『なんだか』どころか、『ぽい』っていうか、まさにまんま寿司屋って感じ。そっか、魚に休むと書いてメバル、ふーん……」

「あとでシャワーの時に使おうと思ってます」

「ってことはあのシャワー、使う覚悟できたんだ」

「とにかくトライはしてみようと。八時頃、私が使っても大丈夫ですか？」

「いいよ、僕が使うとしたらいつも深夜だから。もしなにか困ったことがあったらすぐ呼んでね。ずっと部屋にいるし」

「はい、ありがとうございます。そうだ、忘れないうちに……」

富士はバッグから分厚い紙束を取り出し、大麻柄の座布団にちんまりと正座した蟹江に手渡す。というか返す。昨日カフェで手渡された、演出用のメモがびっしりと書き込まれた『見上げてごらん』の台本だ。四月中に、本当に再び上演するならこれは必要だろう。

「すいません、勝手にコピーを取らせていただいてしまいました。大丈夫でしたか？」

「全然構わないよ。けど、これって書き込みだらけで読みにくくなかった？　富士さん用に新しくプリントアウトしようと思ってたんだけど」

「いえ、これがいいんです。これで勉強させて下さい。メモを読むことで、蟹江さんの思考の道筋が辿れる気がしますから。私はあまりにも演劇について無知ですし、できる限り努力して、ちょっとでも皆さんに追いつきたいんです。足手まといにはなりたくありません。劇団員として、早く一人前になりたいんです」

蟹江は手にした自分の台本をめくりつつ、視線をそっと上げる。覗き込むように富士の目を見て、

「……実際のところ、どう？　生活していけそう？」

その視線をぐるり、巡らせる。古びた狭い室内を、見回すみたいにゆっくりと。恐らくは本気の心配が、声にも目にも滲んでいる。そんな様子に思わず富士も、

「実際のところは、まあ……不安です」

本音をぽろりと溢してしまう。

「一応貯金が三十万円ぐらいはあるんですが、これからは親からの仕送りもありませんし、バイトも決まってないですし。いつまでここで南野さんに甘えて、お世話になっていていいかもわからないですし。……ちなみに蟹江さんは、どれぐらい前からここに住んでいらっしゃるんですか？」

「僕は今年の二月から」

「結構最近引っ越してこられたんですね」

「そう。それまでは普通に部屋を借りてたんだけどね。狭いけど一応まともな賃貸のワンルームを。でもほら、冬公演があぁなって、劇団が金銭的にパンクして、『見上げてごらん』をやるためには貯金を全部吐き出さなくちゃいけなかった。で、家賃が払えなくなっちゃったんだよね。それで部屋を引き払って、ここに来たってわけ」

「ずっと一人暮らしはされてたんですか？」

「うん、学生の頃から。僕は実家が札幌だから。ちなみに蘭さんと大也くんは結構ここから近いところに住んでるんだよ。二人ともずっと実家住まいで」

「やっぱり、実家に住めたら経済的には楽ですよね。いいな、都内は。南野さんもそうだし……そのおかげで私たちもこうしてなんとか暮らしていけるわけなんですけど」

「実家に住めてるメンバーが多いからこそ、うちの劇団もこうやって続いてるのかもね。やっぱ金はね、演劇なんかやってたら常にまとわりつく問題だから。公演や稽古のこと考えると普通の会社勤めって難しくて……いないわけじゃないんだけどさ、会社員兼劇団員。でも劇団に大きくエネルギーの比重を傾けて役者メインで生活していきたい、となると、ね。バイトするにも職種が限られてくるし。南野はその辺り、すごく恵まれてるんだよな。自営の実家で理解あるご両親のもと、比較的自由に働けるんだから」

「蘭さんと大也くんはウーバーイーツですよね。私もやろうかな……自転車ないけど」

「徒歩かあ、どうだろうね。あの二人も、思ったほど楽なもんじゃなかったって言ってたよ。まあ蘭さんに関しては、ダンスの先生っていうメインの仕事もあるんだ」

「あ、やっぱり。あれだけ才能ある方ですもんね。ちなみに蟹江さんはどういうお仕事されてるんですか？　編集プロダクションで打ち合わせ、ってさっき仰ってましたよね」

「僕はいわゆるノベルスのライター」

「ノベルス、というと……西村京太郎とか、そういうのですか？」

「ジャンルはだいぶ違うかな。ドラマや特撮、アニメ・ゲーム系のシナリオを手掛けてる大御所脚本家のとある先生がいて、」

「大御所……ジェームス三木？」

「違う違う、ていうかよくパッとそこ出てきたな、二十二歳。とにかくその某先生の、公式ノベライズを手伝ってるんだ。編プロに演劇部時代の先輩がいるから、その伝手で」

「え、じゃあ蟹江さんの著作が本屋さんに並んでるんですか？　すごい！」

「いや、著者はあくまで大御所先生。僕は先生の名前の後ろに極小フォントで『ｗｉｔｈ ＰＲＯＪＥＣＴ－Ｃｋ』ってついてるその――」

「ＰＲＯＪＥＣＴ－Ｃｋの部分なんですね！　キャンサー蟹江のＣｋ！」

「クラブ蟹江の可能性もあるよね。でもそうじゃなくて、僕は最後のｋ、小文字の部分。ＰＲＯＪＥＣＴ－Ｃまでは編プロの部分。その大御所先生はとにかくハイパーな方で、あらゆる媒体で活躍してるから、ノベライズだけでも年に十何冊とか出るんだよ。でもやっぱり物理的に手が追いつかないから、方向性だけは先生に決めてもらって、編プロの方でざっくりストーリーをまとめて、僕が読める形態に仕立て上げる。で、先生の印税から何割かもらう。そういう仕事を学生の頃から続けてるんだ。ちなみに先生からは『ダケンドくん』って呼ばれてる」

「……打鍵奴隷のダケンドくん、ですか」

「当たり。よくわかったね」

「ありがとうございます。でもなんだか、そのお仕事ってすごく大変なのでは……奴隷呼ばわりもアレですけど、『年に十何冊』ってあたりが引っかかります。それって普通のことなんですか？」

「異常だよね」

答えるその声の、歯切れの良さよ。

「でもそれだけ冊数があるからこそ、僕の生活も薄利多売で成り立っっていうね」

蟹江はなんでもないことのようにそう言って、へらへらといつもの猫背で笑う。しかし富士の中では、これまでに抱いていた蟹江という人物に対する印象が変わる。

今の話が本当ならば、蟹江は年に十何冊というノベライズ仕事をしつつ、つまり一か月に一冊以上のペースで小説を執筆しつつ、生活の主軸は劇団において、脚本を書いて、演出もして、稽古もして、役者として舞台に立っている。そういうことになる。

どう考えても、それは並大抵のことではないだろう。富士は卒論ぐらいしかまとまった量の文章を書いたことがないが、それでも蟹江の働きぶりの凄まじさは想像できる。この大人しげな、どこか弱々しくさえある猫背男の身体の中には、尋常ではない量のエネルギーが埋蔵されているのだ。それは尽きることなく滾々と湧き出し、力を産み出し、彼を、劇団を、突き動かしているのだ。

「なんとなく……ですけど」

富士はすこし息を呑む思いで、目の前の蟹江を見る。その佇まいも表情も、これまでよりも四割増しぐらいはキリッと引き締まって見える気がする。

「旗揚げの時に、南野さんが蟹江さんを誘った理由が、私にもわかった気がします。蟹江さんは、すごいです」

「え、なにいきなり。やめて、ンフ、全然すごくないから」

くねくねと照れて首を振っても、頬を染めてニヤついていても、前ほど情けなくは見えない。

「いいえ。すごいんです」

「いやいやなんで急にそんな……ンフフ。ていうか、南野が誘ったって点で言えば富士さんも立場は同じだし。富士さんのしっかりしてるところこそ、僕はすごいって思うよ」

「とんでもないです。私なんか全然しっかりしてません。というか、私のことに関しては、蟹江さんも南野さんも買い被ってるんです」

「いや、しっかりしてるでしょ。いかにも就職活動で即内定もらえそうな感じ。そうだったでしょ？」

「就職活動はしてないので……」

「あっ、そっか。そうだった。ご実家はあんな大きな会社やってるんだから、就活なんかしないか。やっぱり本当だったらそのままお勤めする予定だったんだよね？　でも東京にいたかったからそれもやめて、って感じ？」

蟹江のいかにも人の好さそうな笑顔を見つめながら、富士はすこし言葉に迷ってしまった。

就職活動をしなかったことや、親の会社に入らなかったこと。その辺りの事情を正直に説明するとしたら、相当個人的なことを話さなければいけなくなる。

蟹江とは知り合ったばかりの仲だ。出会い自体は結構前だが、人柄を認識したのはつい昨日のこと。常識的に考えたら、プライベートなことを打ち明けるには早すぎる気がする。蟹江だってきっと、反応に困る。そこはやっぱり他人同士、知り合ったばかりの者同士、お互いにまだ守らなければいけない一線のような気がする。時間をかけて付き合って、自然に馴染んでいくのを待つべきだ。

でもそう思う一方で、そんな一線などとっとと踏み越えてしまいたい気もする。それができるぐらいの勢いが、今の自分と蟹江にはあるような気もする。が。いや、でもやっぱり……躊躇する。

もしも役者同士なら話は簡単だったかもしれない。舞台の上では合図一つで抱き合って、殴り合って、キスして、殺し合う。他人として引くべき一線など、いちいち感じていてはやってられない。劇団という名の被膜の中で、細胞レベルまで溶けあって、役として立ち上がるまではごった煮状態でスタンバイ。それが役者で、劇団員という生き物のあり方なのだろう。

一方、自分はそうじゃない。舞台に立つことはありえない。いつまでも大事に己の周りを線で囲って、人との間に適切な距離を保って、決して溶け合わずに覚めたまま。劇団という被膜の内側に自分も棲んだつもりでも、結局、壁に隔てられたまま。誰ともまったく混ざり合わないまま。正しく、無難に、行儀よく。踏み出さなければなにも得られない代わり、間違えて傷つくこともない。これまでそうやって生きてきたように。でも、

（……これからも、また、そうやって生きていくの？）

自らに問いかけた時には、すでに言葉が口から出ていた。

「実は私、大学を卒業したら、」

もう、そうはしない。変わるんだ。いや、変わったんだ――踏み越えてしまえ！

「すぐに結婚する予定だったんです」

「えっ⁉」

富士の告白に、蟹江は仰け反って目を見開いた。相当びっくりしたのだろう、硬直したまま顎だけは樹海の方位磁針みたいにフラフラ頼りなく揺れている。蟹江がここまで驚くとは思わなかったが、始めてしまった話はもう止められない。

「地元に帰って花嫁修業して、秋には式を挙げる予定で」

「そそそ、それって、それってつまり……彼氏⁉　うそ⁉　うそだ！　まあでも、まあまあ、あっでも、まあね、いや、でも、そうなんだ……うわあ、そっかあ……彼氏……いた、んだぁ……」

予想以上の狼狽ぶりに、少々傷つかないではない。自分に彼氏がいたらそんなに意外だろうか。彼氏なんかいるわけがない、そういう女に見えるのだろうか。まあ、事実いたことはないのだが。

「彼氏ではないんです。お見合いで、親が薦めてくれた人で」

「ああ……！　そうなんだ……！　わあ驚いた……！　でも納得！　やっぱりそっか、お嬢様だとお見合いとかそういうのあるんだね、今の時代でも」

「実際にお見合いをするまでは、結婚というものを現実的に考えられてはいなかったんです。でも会って、話してみたら、なんだか自分でも驚くぐらいに一緒にいることがしっくりときて。なので、もう決めよう、と。自然に知り合って、好きになって告白とかして付き合って、ではないけれど……」

もしも自然に知り合っていたとしても、たとえば同じ学校の先輩だったり、バイト先の仲間だったとしても、自分はきっとあの人を好きになって、告白したりしていたはず。その結果まではわからないけれど。富士は今でもそう思う。前と変わらず、そう思う。

「……始まりはどんな形でも、うまくいけばそれがすべてだから。私はそう思ったんです」

これ、私が作ったんですよ——案内した裏山の雑木林で、富士が指さした隠れ家を、あの人は興味深そうに眺めていた。なにを思ったか、スーツのままでおもむろに屈み、中に入っていってしまった。そして面食らう富士に言ったのだ。なるほど、と。これは落ち着きますね、と。やがて這うようにして出てきて、立ち上がりながら革靴の足を滑らせた。とっさに富士は手を出し、転ばないように身体を支えた。あの一瞬。手と手が触れた、たった一度のあの一瞬のことを、富士はおそらく永遠に忘れられない。

あの人は顔を上げ、言ったのだ。

『あなたの舟を、いつか一緒に探しに行きましょう。二人でなら、生き返らせることもできるかもしれない』

そう言ったのだ。

そう言ったのだ。

そう、言ったのだ——

「でも、なんというか……なんですかね。なんなんだろう。なんか、こう……向こうは、私が向こうを思うようには、私のことを思っていなかったらしくて」

声の記憶が、言葉の記憶が、胸の底から一気に噴き上がる。圧倒されかけ、しかし持ち堪える。今ここで、蟹江の前で、記憶の大波に攫われてしまうわけにはいかない。思いっきり泣き叫びたくなる感情の突沸を、素知らぬ顔で飲み込むぐらいの技術は、富士も一応持っている。

「今年のお正月にその人、結婚の話は白紙にして下さい、って急に言い出したんですよね」

「……それは、いわゆる……婚約破棄、的な……？」

「そうです。婚約破棄です。私はぽいっと捨てられたんです」

蟹江は眉を寄せ、「でもお見合いでそんなのアリ？」気づかわしげに富士を見る。

「ねえ。普通はないですよ。ひどい話ですよね。こっちはもう結婚の予定で進んでたのに」

「……ちなみに理由はなんて？」

「結婚は愛する人とするべきだから、と」

えっ、と呻き、蟹江は固まった。自分だってそうだった。そんな言葉を聞かされたときには。

「なに、それ……。だったらなんでそもそも見合いなんか、っていうか……なんで話を進めたんだよ、って……」

「ほんっとそれです。なにそれ、です。そんなこと言われても全然納得できないし、もう、はあ？　ですよ。えーっと夢かな？　みたいな。これ全部夢でしょ？　現実じゃないでしょ？　わーやだー早く覚めて、って。もうそうやって逃避することしかできないんですよね。そういう状況では」

富士は、何度も夢を見た。

あの人が訪ねて来て、破談の話を撤回するのだ。理由はその時その時で、「母を人質にとられて破談にするよう脅されていた」とか「人格を乗っ取られていた」とか「あれは生き別れの双子の弟」とか「あれは生き別れの双子の兄」とか「言葉の行き違いがあった」とか。そして、「やり直したいんです」と続ける。「やっぱり結婚して下さい」と続ける。「あなたのことが好きなんです」と——そうだったんですね！

そう言いながら、目を覚まして見る、部屋の天井のそっけなさ。連絡なんかないスマホ。汗ばんだ寝間着のにおい。目元が濡れて、ぼやける視界。もちろん、それこそが現実だった。

現実は夢ではなく、夢は現実ではなかった。

「……しかもその人、うちの会社の出世頭だったんですよ。なので、捨てられた私が同じ会社に勤めるというのもまずいだろう、と親が言い出して。だから私はタツオカフーズに就職できなくなって」

「でもそういう流れなら、普通なら向こうが辞めるべきじゃない？」

「うちの両親は出世頭と娘を比べて、出世頭をとったんですよ。そんな実家、帰りたいって思います？」

「ないない、ありえない。そんなのさらに傷つくし、ひどすぎる」

「ですよね。ほんと……なんだったんだ、って言いたいですよ」

望んだわけではないのに、欲しがってもいないのに、ある日なにかを与えられて。

与えられたものを与えられたままに受け入れたら、その瞬間に奪われて、置き去りにされて。

一体どうすればよかったんだ。

なんだったんだ私は、と。

（って、これ……）

不意に思い出したのは、卒業式の夜のことだ。あの最低だった飲み会の席で言われた言葉。あんたにはなんでも天から降ってくる。自動的に恵まれる。なにかを欲しがることもない。あんたはそういう人間だ。たまたま生まれがラッキーだっただけで、あんた自身にはなんの価値も力もない、と。

もしも今の自分を見たら、彼女は指差し、大笑いするだろうか。この迷い犬眉毛！　とか。

いるように思う。

幻の声は、実際にかけられたわけではない。でも、そう言われたように思う。言われて

よ！』

『うっそ、あんたって本当は無傷じゃないんだ!?　ねえねえみんなこれ見てよ、血塗れだ

(……見せたいよ、いっそ、本当に。私を見ればいい。今の私を、見せてやりたい)

傷口はぱっくりと開いたままで、ドクドクと血が流れ出ている。胸に大穴開けられて、

今ではほとんど死体同然。痛くて痛くてたまらない。倒れてこの目を閉じてしまいたい。

でも、まだ生きてる。

富士は涙を拭いて顔を上げ、立ち上がり、この手で目の前のドアを開けた。光る方へ、

声のする方へ、夢中になって走り出した。どこかにいるはずの『あの子』を探して、ここ

まで一人でやって来た。

こんなにも血を流したままで、こんなにも無知で、こんなにも無力で、こんなにも小さ

くて。それでも舟を――海を漂い、今にも波に砕かれそうな、死んだ舟を見つけた。そこ

にはまだ命の光があった。呼ぶ声も聞いた。叫び声を聞いた。

こんな自分だからこそ、南野の叫びが聞こえるのだ。蟹江の叫びが、蘭の叫びが、大也

の叫びが、ちゃんと大きく聞こえるのだ。ここまでどうにか走ってきたから、はっきりと

今、この耳に聞こえるのだ。

まだ生きてる！　そう叫ぶ彼らの声に魂を震わされ、まだ生きてる！　同じ声を返した。

こうやって呼び交わし、今も響き合い、共振している。

私たちはきっとまた脈打ち始めるだろう。そして力強く息を吹き返す。何度でも蘇る。何度でも生き返る。

そしてまた、海に出る。

打ち寄せる波を割って漕ぎ進み、この海を自由に駆け巡る。どこまでも遠くへ疾走していく。そう信じている。

「……なんだったんだ、っていうか……」

なぜなら私は。私たちは。

「――バーバリアン・スキル！　なんですよね」

張り詰めていた蟹江の表情が、富士の声にふっと緩んだ。

「そうだよ」

富士を見返し、その目が笑う。結構ずるくて、でも澄んだ目。

「それ以外になにかあるの？」

「ないです。なんにも。だから私は私であることを、バーバリアン・スキルである自分を、全力で生きていこうと思います。私、劇団のために頑張りますよ。バリスキには生き返ってもらわなきゃ困るんです。だからなんとか樋尾さんと連絡とって、通帳と印鑑と現金を取り返してみせます」

「いいよ、その調子！　と言いたいところだけど」

気合いを入れ直す富士の前で、蟹江はすこし頼りなくその目を揺らし、考え込んだ。

「……樋尾さんはなあ……。難攻不落、なんだよな……」


富士が寝袋に入ったのは、ちょうど日付が変わる頃だった。

あまりにも長時間起きて活動していたせいで、疲労のあまりに身体の芯が小刻みに振動し続けているような気がする。

本当に、今日は色々なことがあった。荷造りして部屋を引き払って南野荘に来てパンを食べてミーティングして——とりあえず、直近の記憶で鮮烈なのはシャワーだ。あのシャワーはひどかった。

とにかく寒いし、簀子はぬるぬる。いつまでもお湯はぬるいままで水勢もしょぼい。そんな三分間×三回のシャワーでは、シャンプーを流すだけでも一苦労だ。ノーメイクじゃなかったら洗顔だってできたかどうか。コンディショナーは諦め、なんとか顔と身体だけはざっと洗い、富士はその時点ですでに虫の息だった。でも裸のまま、排水口の髪を拾わなければいけない。ティッシュに抜けた髪を包んで外廊下に出ると、夜の冷たい風が吹きつけてきた。骨の髄まで凍え切って、肌の水分が一気に蒸発した。

南野からＬＩＮＥが来たのは、震える両手でスキンケアを終え、髪を乾かしていた時のことだ。

『テレビ見るか？』

まさかテレビを貸してくれるのだろうか。そう思って、見たいです、と返事をした。すると、『窓を開けろ』と返信があった。

疑問に思いながらも窓を開けると、すぐ向かいに建つ南野家母屋のリビングの窓も開くのが見えた。上半身裸の南野が立っていて、親指で自分の背後を指している。そこには、大画面のテレビがある。スポーツニュースをやっている。南野は二本指をチャッとこめかみあたりに立ててみせ、

「これは俺様からの施しだ。——楽しめ！」

肉声でそう言って引っ込んだ。

「…………」

ぼうっと佇む富士の耳に、「南野ー、テレ東にして」蟹江の声が聞こえてくる。窓から首を出して並びの窓の方を見ると、蟹江も窓から顔を出した体勢で「やっぱニュースに戻して」結構なわがままを言っている。富士に気付くと、「あ、こんばんは」嬉しげににこっと笑う。

「テレビっていいよね。音が聞こえなくてもなんとなく内容がわかるし。南野はネトフリもアマプラも入ってるから、なにか見たいのあったらリモコン使えばいいよ」

リモコン、とは……テレビの方を見ると、ソファに股を広げて座っている半裸の南野がばっちり視界に入る。その手にはリモコン。つまり、あの露出度高めの巨人が、自分と蟹

江のリモコン……。

どっと疲れて、なにを言う気力も出ずに窓を閉めた。

夕飯はさっきのコンビニで買ってきたおにぎり二つとサラダ。レンジがないので温かいものは食べられない。ケトルはあるのだから、せめてスープでも買えばよかったと後悔した。

Wi－Fiは無事に繋がったので、ネットはできる。須藤にスマホでメッセージを送り、何往復かやりとりをして、しばらくパソコンに向かったあたりで富士の体力は尽きた。こうして、この部屋での最初の一日が終わろうとしていた。

昨日の徹夜のせいだろう、明かりを落とすとすぐに眠気に襲われる。スマホを片手に寝袋の中で体勢を変え、充電ケーブルを挿したところで、ちょうどメールが一通届いた。須藤かもと思いつつ、今にも閉じそうな目をどうにか開く。

メールは、母親からだった。そう言えば親からの返信がないことを今まで忘れ果てていた。

母親は、意外にも富士の意志を尊重してくれるつもりらしい。

『富士も、まだ、色々と、つらい気持ちが、あるんだよね。ママも、それは、わかっています。』

母からのメールはいつもなぜか句読点がやたらと多い。

『パパは、心配しているよ。でも、ママは、富士が、決めたことなら、案外、大丈夫かなって思ぅ。』

まだまだ五十代半ば、パソコンもメールも公私を問わずいつも使っているはずなのに、いつまでたっても変換が怪しい。

『でも、住所だけは、教えてほしいな。富士が、困ったら、いつでも、助けたいから！』

半分寝落ちしかけながらも、富士は母からのメールに思わぬ嬉しさを感じた。絶対に反対されるし、帰ってこいと叱られると思っていたが、両親は自分の行動を支持してくれている。

なんだ、と長い息が漏れた。

（そっか……。ちゃんと話せばよかったんだ。ただ素直に気持ちを伝えれば……）

母に返信するために、富士は南野荘の住所を打ち込み始める。東京都、杉、

（……並、区……あれ？）

一瞬だけ、自然と目を閉じてしまった。ふと目を開くと、スマホの画面が暗くなっている。充電ケーブルも挿さっていない。なにか違和感を覚えながら画面をタッチすると、時刻はいきなり午前二時まで飛んでいる。

二時間ほど気絶したみたいに深く寝入って、そして目が覚めてしまったらしい。窓の外からは、ガタガタと大きな音が聞こえている。外はそんなに強風なのだろうか。

とりあえず眠気はまだ強く、富士はスマホを傍らに投げ出し、また目を閉じてしまおうとする。が、窓の音はどんどん大きくなっていく。ガタガタ、ガタガタと、このままでは

窓枠が壊れてしまいそうだ。南野荘のことだからなにが起きてもおかしくない。

（なんなのもう……これじゃ眠れないよ……）

うまく眠り直すことができず、富士は仕方なく身体を起こした。とにかくこの音をどうにかしたい。

暖かな寝袋から這い出し、カーテンを開き、そして、

「――ぎゃあああああああああ！」

窓の外に貼りついている人間を見てしまった。その手、足、胴体、顔、なんとなくX字の磔を思い起こさせるフォルム、どう見ても人間だ。叫びながら富士は裸足で廊下に駆け出し、

「ぎゃあああああああああ！」

蟹江の部屋のドアを叩いた。勢いよく叩き過ぎて、鍵がかかっていなかったドアはそのまま開く。構わず中に飛び込み、ヘッドホンをしながらカチャカチャとパソコンに向かって集中している蟹江の肩を摑むと、「ぎゃあああああああ!?」蟹江は叫びながら後ろ向きに倒れた。ヘッドホンの端子がすっぽ抜け、卓上の缶コーヒーがひっくり返る。

説明なんかできるわけがない。その蟹江の腕を摑み、引きずるようにして無我夢中、203へ。中へ突き飛ばし、震える指で「ぎゃあああああああああ！」窓の外を指さす。見て、「ぎゃああああああああ！」蟹江はまた後ろ向きに倒れる。が、

「……あ!?　あれ!?　ミノタさんじゃない!?」

ただいま、ただいま、とかその口が言ってる。それを見ただけで富士はまた「ぎゃあああああああああ！」叫んでしまうが、蟹江は「なんだもう、脅かさないでよ……！」すっかり一安心モードに入ったらしい。起き上がって窓を開け、「ミノタさんなにしてるの？　もう引っ越したでしょ？」その人物に語り掛ける。

「へっ!?　そうだっけ!?」

度を越して明るい、どこか底の抜けた陽気な声。

「なーんかこの、鍵かかってるからよ、オレ、なーんかまたまずったなと思ってよ、窓から入るしかねーべさっつって外から今これ這い上がってきてよ」

「また飲んで、すべてのことを忘れちゃったんだ？」

——ミノタさん、は、かつての、この部屋の、住人。

母の打つメールみたいになりながら、富士は事態を理解した。蟹江の説明によると、ミノタさんは何年もの間、この２０３で暮らしながら、いつか長女夫婦と同居したいという夢を持っていたという。そしてその夢が先月ついに叶って、ここを退去した。でも、酒を飲んで、わけがわからなくなって、懐かしの南野荘２０３へ帰ってきてしまった。ドアに鍵がかかっていたから、仕方なく雨どい伝いに窓から侵入しようとした。日本でなかったら撃ち殺されているだろう。というか、撃ち殺していただろう。富士が。

騒ぎに気付いたのか南野も起きてきた。

「引っ越し先はすぐ近所だから送ってくる。なに、これも元大家としての務めよ」

「親切なんですね……」

「これが俺様だ。食らえ、俺様を」

ミノタさんの肩を抱き、南野は寝間着姿にサンダル履きで夜の住宅街へ消えていった。

こういうところを見るに善人ではあるのだ。ただ、すごく、

「……夢を叶えた若手って、今の人のことなんですか……」

嘘つきでもあると富士は思う。「そうだよ」と蟹江は軽く答える。

ここは、夢を追う若者たちが共同で暮らすシェアハウス。Ｗｉ－Ｆｉがあって、テレビはケーブルもネトフリもアマプラも加入済み。前の住人も夢を叶えて出て行ったから空いた部屋——そう聞いたのだ。つい昨日。いや、もう一昨日（おととい）。でも現実はこれ。うまく言葉が出てこないが、蟹江には表情で伝わったらしい。

「嘘ってわけじゃないからさ。ああ見えて、ミノタさんもまだ六十代だし。ここにかつて住んでた人の中ではずば抜けて若手だったんだよ。夢も叶えたしね」

改めておやすみ、と手を振る蟹江と、薄いドアで隔てられる。富士は一人自室に残り、寝袋に再び入っていく。

目を閉じても神経の昂（たかぶ）りは収まらない。

とにかく、長かった。あまりにもたくさんのことが起き過ぎた。まさか、これから先はずっとこうなのか。毎日こんな密度で生きていくことを、自分は選んでしまったのか。

長生きはできない——しみじみ富士はそう思ううち、いつしか意識を手放していた。

4

樋尾さんってかっこいい人なんだよ！　というのは、須藤の個人的意見だ。

富士は、南野荘に無事引っ越してきたことや、これからバーバリアン・スキルの一員として活動を始めること、まずは樋尾から取り返さないといけないものがあることを、須藤にメッセージを送って知らせた。須藤の返信は怒濤だった。友人関係に空いてしまった二年以上のブランクも、一気に塗り潰されそうな勢いだった。

『樋尾さんて元々は役者やってて、人気もかなりあったみたい』『クリーマーでも以前はよく客演してくれてたんだって』『何回かしか会ったことないけど、クールで大人って感じだった』『劇団ではかなり大きい存在だったと思うよ。だって舞監としてあの南野さんと渡り合ってたんだし』『よく言われてるのが、〝バリスキの良心〟とか〝保護者〟とか。〝守護神〟とか言う人もいる』『交渉事とか事務関係、支払関係、ほとんど樋尾さんがやってたんだって』『樋尾さんはまとも担当、っていうか』『ただとにかくもう本当にかっこよくて……』

富士はつい、「現金と通帳と印鑑持って連絡絶っちゃうような人ってまともなの？」と返してしまった。若干嫌みっぽくなってしまった気がしたが、須藤はまったく躊躇なく、

『でもかっこいいんだって！』

そう返してきた。それが昨夜のやりとりだ。

朝が来て、目を開けて、スマホを見た。八時前だ。

ミノタさんの置き土産であるカーテンの隙間から、朝日が燦々と射しこんでいる。

（……夢？）

富士はまだ、本当に自分がここにいることを信じられないでいた。

これまでのことはすべて長い夢で、ここはまだ恵比寿の部屋なんじゃないかとも思う。

でも、

（じゃ、ない……）

夢ではない。

濃い霧のようだった眠気が晴れて、目には今、すべてがくっきりと見えている。天井も壁もカーテンも、窓の外の景色も、二つ折りにして枕にした変な柄の座布団も。

起こったことはすべて現実だった。そして自分は今、ここにいる。寝袋の中で目を覚まし、バーバリアン・スキルの一員として呼吸をしている。

これからはここで生きていくのだ。この南野荘を住処として。

寝袋から這い出し、思いっきり伸びをする。「ふぁあぉぁ……」声を出しながら欠伸もする。まとまった睡眠がとれたわけではなかったが、それでも久しぶりにちゃんと身体を休められた気がした。

朝一のトイレに向かうため、真新しいサンダルをつっかけて薄っぺらい玄関ドアを開くと、ガサッと音がした。部屋の外側のドアノブに、コンビニのビニール袋がかかっている。中を見ると、ペットボトルの緑茶と缶コーヒー、クッキーやせんべいがいくつか入っていた。レシートもあって、その裏には走り書きで「ミノタ氏からの詫び」と書いてある。南野に送っていかれた道々、ミノタさんが富士のために買ってくれたものらしい。置いていったのは戻ってきた南野だろう。ちょうど飲み物を切らしていたところで、ありがたく頂くことにする。一旦玄関を上がったところに置いておく。

学校が春休みのせいもあるのか、陽射しに白く照らされた町は静まり返っていた。澄んだ空気が気持ちのいい、穏やかな朝だった。

蟹江はまだ眠っているのかもしれない。昨夜は、というかほぼ今朝に近い数時間前の話だが、緊急事態だったとはいえ悪いことをしてしまった。振り返った瞬間の、あの驚愕の表情……後でちゃんと謝って、お礼も言っておかなければと思う。

用を済ませて部屋に戻り、小さなシンクで歯を磨く。頂き物のお茶を飲み、クッキーの小袋を掴んでパソコンを開く。昨夜のうちに樋尾に送っておいたメールに返信がないか確かめてみて、

（そりゃそうだ）

小さく息をついた。返信がないのはすこしも意外なことではない。蟹江や蘭もずっと無視されていると言っていたのに、新キャラの自分なんかがあっさりお返事をもらえるわけ

がない。

樋尾に送ったメールの内容は、まず、自分がバリスキに加入したこと。そして南野から通帳と印鑑と売上金を回収するように言われたこと。このままでは残金の精算や返金ができなくて困るということ。

できるだけ淡々と、でも切実さはちゃんと伝わるように、テキストには最大限に気を使ったつもりだ。送信したのはほぼ十二時間前。もちろん、まだ読まれていない可能性もある。

メールアドレスを教えてくれたのは蟹江だった。昨夜の身の上話の後、樋尾のTwitterアカウントやリアルの住所、バイト先、立ち回り先の情報をまとめて、富士のスマホに送信してくれた。

蟹江曰く、樋尾は「とにかく律儀」らしい。

——責任感の塊みたいな人なんだよね。しかも結構、完璧主義。だから本人的にも今の状況って苦しいんじゃないかな？　色々半端に投げ出したような形になってるし。

それを聞いて富士が思ったのは、その苦しさをつく方法はないか、ということだ。樋尾は南野に腹を立てている。劇団も辞める、というか辞めたつもりでいる。こんな状況を、彼の責任感や律儀さをつくことで打破できはしないか。きっと謝るとか、お願いするとか、話し合いを求めるとかは蟹江たちがとっくにやって、そしてスルーされてきている。関係性の深い彼らがやってダメなら、誰がやってもダメなのだ。ならばよりアグレッシブに、一番痛いところを狙って攻撃してみたらどうだろう。こっちの希望が通るまで、しつこく。

（たとえば……『返金ができなくて、みなさん困ってるんですよ！　支払いできなければもっと広範囲にご迷惑がかかってしまいます！』って、樋尾さんが連絡を絶っている今の状況がどれだけ世間に混乱をもたらしているかをアピールする、とか……？）

考えながら、クッキーを口に放り込む。そんなの生ぬるいような気がする。というか、メールは所詮メールだ。どんなに内容に気を使い、何通立て続けに送っても、ゴミ箱マークをタッチすればそれで終わり。他の手段も考えなければいけない。

（メール以外の手段か……）

悩みつつ、チケッピオの『見上げてごらん』のページにアクセスしてみる。書き込みはやはり、数日前から止まったままになっている。劇団名や公演タイトルで検索しても、新たな情報はなにもない。

樋尾は、これらの書き込みを見ていないのだろうか。見ていないなら、ぜひ見てほしい。せっかく公演を見に来てくれた人々が、あれからずっとこうして困っているのだ。彼が本当に律儀な人間なら、これを放っておけるとは思えない。

樋尾のTwitterも見てみる。昨夜見た時となにも変わらず、先週からなにも呟いていない。遡って過去の投稿を見ると、稽古の様子や、ラーメンをすする蘭の写真が残っている。板張りのスタジオのような場所で、大人数で弁当を食べている写真もある。そこには南野と蟹江、蘭もいる。よーく探すと大也もいる。みんな楽しげに笑っていて、日付は去年の十二月の半ば。富士が知らない男女たちの中には、きっと冬メンも含まれているのだろう。

こんなに和気藹々としていたのに、この数日後、バーバリアン・スキルは空中分解してしまった。

ふと物悲しさに浸りかけ、その寸前で踏み止まる。急いでタブごと閉じ、気持ちを切り替える。今は、とにかく行動だ。劇団のマネージャーとして、問題解決のための行動をとらなければ。

とりあえず確かなのは、バリスキはもう写真に残された和気藹々の日々には戻れないということ。過去とは決別し、新しい方向へ舵を切り、突き進んでいくしか道はない。そしてそのためには金がいる。信用もいる。樋尾が持っている現金と通帳と印鑑がいる。

（やっぱり、直接会いに行くしかないのかも）

樋尾の住所の最寄り駅は高円寺だった。ここからたった一駅だ。土地勘はまったくないが、スマホのマップさえあれば初めての場所でも迷うことはないと思う。

在宅の可能性が高いのは、普通に考えれば、午前中だろうか。樋尾のメインのバイト先はイタリアンレストランらしい。会社員のように朝から出勤ということはないような気がするのだが、どうだろう。念のためレストランの方も調べてみる。最寄りは新高円寺という丸ノ内線の駅らしく、平日は正午から十五時までランチをやっている。夜の営業は十八時から二十三時。富士はちょっと悩む。ランチのシフトに入るとしたら、出勤はとにかく午前中ではあるのか。

（まあ、だとしても……十一時より早いってことはないよね？　十時とかならまだ家にいるよね？）

　時計を見ると、まだ九時前だ。駅までは結構かかるが、それでも高円寺は目と鼻の先。これから身支度を始めても、余裕で十時には樋尾宅を訪問できるはず。出勤前なら迷惑だろうが、別にこっちだって面倒なやりとりがしたいわけじゃない。ただ返すべきものを返してくれさえすればいい。なんなら、忙しいところを急襲するぐらいでちょうどいいのかもしれない。ああもう時間ないのになんなんだよ、ほらよ！　返せばいいんだろ！　とか、そんな感じでさくっと解決するかも。

（……よし。決めた。行こう）

　勢いつけて立ち上がろうとしたそのとき、摑んだままのスマホが震える。見ると須藤で、

『おはよー！　樋尾さんから返信来た？』

と。返信はまだないけど、とりあえず自宅に行ってみようかと思っている、と返信。

『そうなの？　いつ？』

　今日これから。

『え、でも龍岡さんは樋尾さんとまともに会ったことないんでしょ？　知らない女の子がいきなり自宅に来ても意味不明じゃない？　本当にバリスキのメンバーかどうかも向こうにはわからないんだし』

確かにそれはそうかもしれないが、

『バイト午後からだし、一緒に行ってあげるよ』

思わぬ展開だった。さすがにちょっと戸惑う。いや、でも急だし悪いし……的な返信を送ろうとするが、須藤の追い打ちの方が速い。

『どこで待ち合わせる？』『樋尾さんちって高円寺だったよね？』『改札で待ち合わせしようか？』『それでいいよね？』『何時に来られる？』『うち荻窪(おぎくぼ)だから超近い』『すぐ行けると思う』『どうする？』『どうしよっか？』『改札に十時とか？』『来られそうな感じ？』『それでOK？』『？』

矢か、と。隙なく連続で打ち込まれる文字列は、画面から目に突き刺さってくるようだった。それほどの勢いが須藤の返信からは感じられる。そのノリを若干疑問に思わなくもなかったが、来てくれるというなら、まあ、それはそれでありがたいかもしれない。確かに自分は樋尾の顔もろくに覚えてはおらず、通りで行きあったとしてもわからないのだ。

十時ちょうどに高円寺駅の改札で待ち合わせということになり、とりあえず顔を洗うことにする。考えてみれば、須藤とは一昨日も会ったばかりだ。久しぶりの再会に、二人で夢中で喋(しゃべ)って泣いて、笑って騒いでまた泣いた。停止していた時間が、あれから堰(せき)を切ったように一気に流れ始めた。そして南野と蟹江に出会って、なんだかんだで、自分は今、ここにいる。

思えば、『なんだかんだ』でまとめられる部分の濃厚さはすごい。何年分もの人生の時間を、『なんだかんだ』に凝縮してたった二日で飲み下したような気がする。

　須藤と再会したあの時から――より正確には須藤からメッセージが来たあの時から、富士の世界の速度は変わってしまった。

　肩に落ちる髪を梳かしながら、ふと思う。矢のようなレス。謎のテンション。もしかして。

（……須藤くんは、今日、私に会いたいって思ってくれたのかな？　それであんなに強引に……）

　考えると、すこし頭がぼうっとしてしまう。

＊

　たくさんの人が行き交う高円寺駅の改札に、須藤は先に着いていた。

「龍岡さんおはよう！　こっちこっち！」

　大きく手を振るその姿に、通り過ぎる女の子が驚いたように振り返る。そうしたくなる気持ちはよくわかる。須藤は今日も、輝いている。

　整えた黒髪はつやつやと光を放ち、小顔の肌は瑞々しく透けるよう。白のビッグサイズブルゾンに黒のパンツを合わせてサコッシュを下げただけのシンプルな恰好が、どうしてあんなにおしゃれに見えるのだろう。まるで彼一人だけが、真上から眩いライトを浴びているみたいだ。

富士は妙にまどろっこしい短いエスカレーターで改札フロアへ降りていきながら、須藤に手を振り返す。こっちは結局身支度の時間が足りなくて、まともにメイクもしていない。日焼け止めの上にパウダーをはたき、眉だけはパパッと描いてきたが、人から見れば多分すっぴんと変わらない。

「おはよう須藤くん。今日も決まってるね」

「龍岡さんこそ、なんかすっごいかわいいスカート穿いてる。もしかしてギャルソン？ていうか前にもそれ着てたよね？　胸のところにタックが入った、パフスリーブのブラウスと合わせて」

須藤淳之介——思わずフルネームで念じたくなる。これなのだ。こういうところなのだ。須藤はこうやって、いちいち富士を感動させてくる。彼以外に一体この世の誰が、富士なんかが何年も前に着ていた服のコーディネートを覚えてくれているという。そして褒めてくれるという。親だってこんなことはしてくれない。

「須藤くんすごい、よく覚えてるね。ありがとう」

「今日も本当によく似合ってるよ。そういう恰好、好きなんだ」

微笑みながらさらっとこんなことが言えるのもまたすごい。気障ともお世辞とも一切感じさせず、ただストレートに「好き」なんて言葉を伝えられてしまう。異性なのに、なんて変な意識さえも差し挟ませない。これが須藤なのだ。やっぱり彼は、出会った頃とすこしも変わっていない。自然体の笑顔につい見入ってしまいそうになりつつ、富士はどうにか我に返る。

「今日はでも、こんな急にごめんね」

「いいのいいの。ちょうど時間あったし、樋尾さんに会えるかもしれない機会なんて絶対逃せないし！」

須藤は妙に張り切っていて、「北口？　南口？　どっち口？　あはは！」左右に大きく両腕を伸ばし、その場でくるりとターンしてみせる。

「南口のはずだけど……」

「オッケ！　レッゴー！　イエー！」

「…………」

――違うな、これ。

不意にくっきりと理解する。もしかして、と、さっき感じた件。須藤くんは、今日、私に会いたいって思ってくれたのかな？　それであんなに強引に……とか、思っていた件。そういうことではないみたいだ。どうやらかなり、間違っていたみたいだ。

でも、違うならなんなんだろう。このグイグイ来る感じ、一体なにが彼をこうさせているのか。確かめておきたくなるテンションではあった。

「……須藤くんて、樋尾さんとなにか接点あるんだっけ？」

「ないよ？　ただ会いたいなーって思って」

きょとんと音がするほど澄んだ瞳（ひとみ）をして、須藤はキラキラ輝く午前の陽射しの中に踏み

出していく。まぶし～い、とか言いながらのんきに片目をつぶっている。が、

「……な、なんで？」

謎はさらに深まる。

「え？　かっこいいからだよ？」

その、雲を踏んで弾むみたいな浮かれた足取り。住所を知っていて、経路のマップを見ている富士の先に立って、彼はどこへ行こうとしているのだろう。

「かっこいいから会いたくて……それで、そんなにウキウキしてるの？」

「やだ、ウキウキなんてしてないよ？」

「……してるでしょ？」

「うそ、完全に平常心だし別に全然ウキウキなんてしてな……あっ⁉」

須藤は銀行のガラス窓に映るウキウキ弾む自分の姿を見て、やっと己の浮かれぶりを自覚したらしい。首をちょっと竦めて振り返り、

「ごめん。してた」

ぺろ、と小さく舌を出してはにかむ。そんな須藤の表情に、富士はうっすら恐怖を抱く。様子が変な須藤が怖いのではない。須藤をここまで変にした樋尾という男が怖いのだ。数回会っただけ、特に親しくもないという須藤がこのザマ——一体どれだけかっこいいのだろうか。数年前にネットでバズった「イケメン過ぎてサウジアラビアから国外退去させられた男」のご面相が脳裏を過る。画像を開いた瞬間、あまりのかっこよさに当時の富士は

噴き出した。あのレベルなのだろうか。

　もしもそうなら、自分も須藤のようにおかしくなってしまうかもしれない。そして都合よく丸め込まれてしまうかもしれない。しっかりと用心してかからなければ。

「……樋尾さんって、そこまでかっこいいの？」

「そう。そこまでかっこいいの」

　大きく頷き、須藤は胸の前で祈るように両手を組んでみせる。乙女のポーズで言い募る。

「しかもそこまでかっこいいのに、今後役者はやらないで裏方一本でいくって公言してるから、もう舞台では見られないんだよ。『会いに行けない樋尾さん』なんだよ」

「私たち、今まさに会いに行こうとしてるけど……」

「えっ……ほんとだ。会いに行こうとしてる……。あれ、待って。いいのかなこんなことして。いきなり自宅に押し掛けるとか迷惑じゃないかな。嫌われちゃわない？」

　さっきまでの浮かれ方から一転、突然の及び腰。

「今さらなに言ってるの。須藤くんから一緒に来るって言ってくれたのに」

「……そうだけど。そうだよね。わかってるんだけど……現実味出てきたら急に動揺しちゃって」

「いやなら別にいいよ、一人で行くから」

「いやじゃないよ！　行く行く！　行くんだけど、なんていうか、ただ……どうしよう。はあ……」

――こういうグダり方には、既視感があった。高一の頃、サッカー部の先輩に片想いをしていた友達が「試合を応援しに行く」と言い出して、日曜日に一緒に出かけた時のことだ。その子は自分で行くと決めたくせに、競技場の入り口手前で急に「でもさあ、私が行ったらおかしくない？」「声かけても、おまえ誰？　って感じじゃない？」「どうしよう。はあ……」などとグダグダし出した。その感じに、今の須藤はよく似ている。ちなみに試合は結局観に行き、その子は先輩と交際し、自分より手が小さい、とかいうしょうもない理由で即別れた。

須藤は富士の傍らで、落ち着きなく歩幅を小さくする。

「なんか、めちゃめちゃ緊張しない？　樋尾さんって、今はもう全然連絡とれない感じなんでしょ？　南野さんとかも」

その通り、これは緊張するシチュエーションだ。決してウキウキ浮かれてイケメンを拝みに行くような状況ではないのだ。

「うん。だから、こうやって自宅に会いに行くしかないかと思って」

「バリスキに戻ってきてくれるように、うまく説得できたらいいよね……」

「いや、そういう説得はする予定ないけど」

え、と富士の言葉に驚いたように、須藤は傍らから顔を覗き込んでくる。

「私が南野さんに言われたのは、とりあえず、お金関係のものを返してもらうってことだけだから。それ以上のことを私から話したり頼んだりするのは越権行為のような気がするし」

「でも、樋尾さんには戻ってきてほしいんでしょ？　それは普通に、劇団としての総意なんでしょ？」

「蟹江さんと蘭さんはそう言ってたけど、私は樋尾さんがどんな人かも知らないから。南野さんは……まだこう、プンプンしてる感じ。あんな奴は知らん、みたいな」

「えーなにそれ、かわいい」

「かわいくないよ全然」

　人の指を紐（ひも）でちぎり落とそうとするような巨人の、どこにかわいさを見つけろという。豚の群れの中から豚になった両親を捜せ、まあそこにはいないんだけど！　とか言われたぐらいの難問だと富士は思うが、

「かわいいっていうか、かっこいいよね」

「えっ⁉」

　続けられた須藤の言葉は不意打ちだった。

「南野さんの話だよ⁉」

「南野さんの話だよ」

　富士は思わず立ち止まり、須藤を見つめて首を捻（ひね）る。南野が、かっこいいだと？

　南野の姿を思い浮かべてみる。シルエットはとりあえず、記憶のサムネイルのサイズからはみ出すぐらいに馬鹿でかい。そして、なんらかのこだわりがありそうなヒゲ。眉は濃

くてしっかりしていて、その下の目鼻立ちも彫り深くくっきり。腹筋は小太刀で筋目を刻んでつけた岩盤のよう。まあ、言われてみれば確かにかっ——いや、でも、かっ——まあまあ、とはいえ、かっ——いや、まあ。

……なぜなのだろう。あの巨人を「かっこいい」という単純な括りに収めることに、富士は強烈な心理的抵抗を感じる。決して、かっこ悪いと思っているわけではないのだ。そうではなく、屏風の虎を投げ縄で捕まえようとしている感というか、巨大な珍種のカブトムシをラップで包もうとしている感というか。とにかく言葉のありがちさに比べて、あまりにも本人が変わり者すぎる気がする。その次元の隔絶を、飛び越す勇気が富士にはない。

「でも……南野さんって、言動にパンチがありすぎない？」

「まあ確かにパンチはあるよね。劇団主宰するほどの人だし」

「……かっこいいっていうよりは、なんだろう、もっとこう……おかしい？　おかしくない？」

口に出せばしっくりきた。あの人は「かっこいい」のではなく、「おかしい」のだ。

「ちょっとそれひどーい！」

須藤は手を叩いて笑い出す。

「かっこいいしおもしろい人なのに」

「おもしろさは三日しか持たない説が濃厚だから……そういえば、南野さんのお兄さんはかっこよかったよ、普通に」

「うそ！　南野さんのお兄さん⁉　そんなレアキャラにいつ会ったの⁉」

「昨日。南野さんっぽい見た目で、でもなんかちゃんとしてるの。結婚もしてて」

「既婚……！　やだ、たちまち危険な香り……」

「香りはバターと小麦だから。すっごい、めちゃくちゃ、いい香り。肺の中、全部の肺胞の隅から隅まで、目一杯に乳牛飼ってる小麦畑が広がる感じ」

「なにそれ、やばい肺炎に感染しそうだけど最高に幸せじゃん……！」

「今度、南野荘に遊びに来るといいよ。隣の母屋でお兄さんはパン屋さんやってるから」

「行く！　絶対行く！」

「蟹江さんもいるしね」

「あー、蟹江さんもかっこいいよねー」

しみじみとそう言う須藤の横顔に、思わず突っ込まずにはいられない。

「……須藤くんはバリスキの男なら誰でもいいの？」

「えっ！　違う、そうじゃないよ！」

富士の言葉に、須藤はパタパタと顔の前で手を振ってみせる。パチパチと大きな瞳を瞬いて、やたら熱心に言い返してくる。

「一番かっこいいのは、樋尾さん。そこは不動！　でもやっぱりバリスキは大好きな劇団だし、舞台で観ちゃうとみなさんどうしてもかっこよく見えるから」

「ああ、それならわかるかも。確かに南野さんも、舞台の上では完全にかっこよかった」

「でしょ？　東郷さんとかもさ、もうやばいでしょ？　やばくない？　なんなのあの人」

「……ところで、他にもメンバーがいるのって覚えてたりする？」

「えーと、冬公演の時に辞めちゃった人たちのこと？」

大也の存在感はやはりこんなものか。少々哀れに感じたその時、ちょうど目的地に着いた。

「ねえ、多分ここだ。樋尾さんの自宅」

ちょっと目を見交わし、富士は須藤と二人して建物を見上げる。

高円寺駅の南口を出て、ほんの数分というところだろうか。店舗が入った雑居ビルやマンションが立ち並ぶ街中に、その三階建ての古びたアパートは建っていた。


エントランスはオートロックではなくて、富士は須藤とともにエレベーターに乗り込む。芳香剤の強烈なにおいがして、お互いなにも言わずに息を止める。三階で降りて、深呼吸。並ぶ部屋のドアを見ながら、３０６のプレートを探す。

その部屋に表札は出ていなかった。すこし不安ではあるが、須藤と再び目を見交わし、頷き合う。富士はチャイムのボタンを押してみる。

緊張しつつしばらく待つが、誰も出てこない。ドアの向こうにも人の気配はなかったように思う。須藤もドアをノックし、

「樋尾さん。クリーマーの須藤ですが」

声をかけてみるが、状況は変わらなかった。

「……留守かな」

「そうなのかな。樋尾さーん？　おーい」

須藤は築年数を感じさせるドアの新聞受けを指で押し開け、身を屈めて中を覗き込む。

さすがにどうかと思い、「ちょっと須藤くん、それは……」慌てて止めようとするが、

「でも、居留守かもよ？　中で息を潜めてるのかも」

小声でヒソヒソと言い返されてしまう。そして富士も、その若干ストーカー臭い須藤のペースに乗せられる。思わずドアにぺたっと耳をつけ、中のかすかな物音を聞き取ろうとしてしまう。そんな富士と、こんな須藤。二人揃えば完全にストーカーの共同作業だ。コンビ名は盗聴&覗き。もはや犯罪の香りしかしない。

こんなところを誰かに見られたらまずいかも、とさすがに富士も思う。まさにその時、隣の部屋のドアが数センチ開いているのに気が付いてしまう。女の人が、その数センチの隙間から怪しいコンビを驚愕したような目をして見つめている。

「……知り合いなんです。ただ、留守かどうか確かめたくて……」

富士が作り笑顔で言い訳すると、隣の部屋のドアはパタンと音を立てて閉まった。ガチャッ！　ジャラジャラガチャン！　厳重に戸締りした音も聞こえる。

「怪しい人認定されたかも？」

「確実にされたでしょ。だって龍岡さん怪しかったもん、めちゃくちゃ」

「なに他人事みたいに。須藤くんこそ怪しかったよ。完全に手慣れた覗きの仕草だったよ」

「手慣れた、とか言わないで」

「とにかく留守なのは確かっぽいけど……」

「んー、まあ、今日のところは諦めた方がいいかもね。目撃されちゃったし」

須藤は諦めてエレベーターの方へ戻ろうとするが、こんなこともあろうかと、大きめのポストイットとボールペンを持ってきてあった。

「ちょっと待って、メモ書いて残していくから。えーと……龍岡です、と。劇団のお預けしている物の件でお伺いしましたが、お留守のようでしたので、また今度伺います、よろしければ在宅されているお時間など教えて下さい、メルアド……と」

「そんなメモなんている？」

「威圧しておきたいし。メールくれなければ私来るよ？　龍岡は来る子だよ？　って、知らしめておきたいっていうか。できた」

「さらっと『威圧』とかのワード出てくるもんね、使える子だよこの子は……」

ポストイットをドアに貼り付け、風に飛ばされたりしないことを祈りつつ、また芳香剤のにおいに包まれながら一階へ降りる。

それからしばらくエントランスの人の出入りが見えるところで待ってみたりもしたが、樋尾が現れることはなかった。

十一時前に須藤はタイムアップ、バイト先に向かわなければならず、「また樋尾さんを捜索するときは声かけて！」残念そうに手を振りながら、高円寺駅の改札へ入っていった。困惑することも多々あったが、須藤と一緒に過ごすのはやっぱり楽しい。再会した時以来、お互いになにか振り切れた感もあって、前よりももっと仲良くなれそうな気がする。どういう理由があったにせよ、こうして付き合ってくれたことには感謝しかなかった。

取り残されて富士は一人、徒歩で新高円寺駅の方面へ向かうことにする。目指すは樋尾のバイト先だ。自宅にいなかったということは、もう出勤しているのかもしれない。

マップを見ながら歩くことしばし、その店はすぐに見つかった。ランチにはまだ早く、ドアにはクローズの札がかかり、ガラス張りの洒落た店内も暗い。しかし厨房の仕事はもう始まっているようで、轟音を上げて回りっぱなしの換気扇からはガーリックの香りが激しく撒き散らされている。

店内をさりげなく覗こうとしながら通りを何度か行き来しているうちに、店の前に一人、また一人と、足を止めはじめる。自然と行列ができていく。随分人気の店なのか、スーツ姿の会社員や数人連れの女性グループ、一人客が続々と行列を伸ばしていって、（すごい、どんどん……）最後尾辺りで足を止めると、「並んでらっしゃいます？」すぐ後ろから声をかけられた。思わず、「あ、はい」頷いてしまい、富士もなりゆきでランチの列に並ぶことになってしまった。

そのまま待つこと二十分。順番が来て店に入るとカウンター席に案内され、パスタのランチを頼む。厨房の音が響く活気ある店内は満席だった。スタッフは皆、忙しそうにテーブルの間を縫って歩いている。何気なく首を巡らせて全員の姿を確かめるが、皆小柄だ。公演の夜に南野と喧嘩していた姿を見ただけだが、樋尾はもっとすらっとした長身だったと思う。ついでにトイレにも立って厨房も覗く。後ろ姿だけを見ても太目に思える人が多い。

ややあってテーブルに来たランチは、驚くぐらいに量が多かった。値段も安く、なにより味がいい。この店が行列になるほど人気のわけがわかった。普通にミニサラダとパスタとスープのセットを楽しんでしまい、食べ終わって水を飲み、「ふう……」口を拭いた辺りでようやく思い出す。自分は人気のランチを堪能しに来たわけじゃなかった。樋尾を捜しに来たのだ。

伝票を摑んで立ち、会計のカウンターに向かい、千円札を出しながらそれとなく訊ねてみる。

「あの、樋尾さんって今日はいらっしゃいますか？」

店の人はレジを打ちつつ、ちょっと怪訝そうに富士を見た。「そういうの、一切お答えできないんです。すみません、お店の方針なので」にべもない。「すいません……ごちそうさまでした」頭を下げつつ、富士は店から出る。それもそうか。店員の名札を見て、そこからネット上のアカウントなどを探る輩も最近はいるというし。樋尾が本当にかっこいいなら、ストーカー的な人物が周囲をうろつくかもしれないし――そこまで思ったところで、脳裏に男女二人組のシルエットがくっきりと浮かぶ。一人は新聞受けから部屋の中を覗き、もう一人は物音を聞き漏らすまいとドアに耳をつけている。結構楽しげに、ノリノリで。

（いやいや……違うから。私たちは、そういうんじゃないから。ただ、返してもらいたいものがあるだけだから。むしろ問題があるのは、劇団の財産を絶賛持ち逃げ中の樋尾さんの方だから）

自己弁護しつつ、また高円寺南へ向かい、樋尾の部屋の前まで行く。チャイムを鳴らし、ノックをする。やはり誰も出てこない。ドアのポストイットは、さっき富士が貼ったままの形で残っている。

腹ごなしに階段で下りていきながら、（やっぱいるよね。オートロック……）しみじみ思う。もしも姿を隠していたい事情があるとして、オートロックさえあれば、みすみす自分のようなものがこんなふうに自宅へ突撃してくるのを許すことはないのだ。ミノタさんのように、外壁からのアタックをも辞さないタイプが相手ならまた話は別だが。

＊

蟹江が教えてくれた立ち回り先のパチンコ屋や書店、喫茶店も覗いてみたが、樋尾らしき人物を見つけることは結局できなかった。

なにしろ顔を覚えていないのだから、難しい。Twitterにもウェブ上にも本人の顔写真は一切なく、背恰好がそれっぽい男性に片っ端から声をかける、などというのもあまりにも非現実的だ。疲れた足で高円寺の街をうろつきながら、自分でも無駄なことをしているとは思っていた。でも、できることはすべてやらねば気が済まなかった。

不意に嵩んだランチの額が気になって、富士は結局、無駄足の挙句に阿佐谷の南野荘まで歩いて帰ってきた。朝から随分たくさん歩いた気がして、スマホで歩数を確かめてみる。23409歩、とある。車社会の地元なら、数人分の丸一日の歩数を足してようやく見えてくるぐらいの数字だ。多分。

ふらつきながら部屋に帰り着き、靴を脱ぎ、シンクで手洗いとうがいをして、寝間着兼用のパーカーと楽なパンツに着替える。パソコンを立ち上げ、まだ樋尾からの返信がないのを確かめる。

テーブル代わりのスーツケースの蓋の上には、分厚いバインダーと数冊のノート。手を伸ばし、パラパラとめくってみる。表にすらなっていない、荒っぽい走り書きの文字と数字が羅列されている。

この雑なノートが、バーバリアン・スキルの帳簿だった。昨日のミーティングの後に、南野から「懐事情を知っておけ」と託されたものだ。樋尾の方は収穫がなかったし、次の公演についてはまだなにも決まっていない。今はこれをチェックするぐらいしか、富士にできることはない。

税務で用いられるような、複雑な形式の帳簿ではなかった。現金がいつ、いくら入ったか、なににいくら使う予定か、実際にいくら払ってなにに使ったのか、残高はいくらか、その程度のことを時系列に沿ってメモしてあるだけで、言うなれば家計簿とか、なんならお小遣い帳に近い内容に思える。レシートや領収証はすこしずつずらして台紙に貼りつけ、バインダーに綴じられている。どちらも公演ごとにまとめられている。字の汚さや雑さ、見返すことなど絶対に考えていない適当なまとめ方に目をつぶれば、読み解くことはそれほど難しくなさそうだった。

ミノタさんに貰った缶コーヒーをちびちび飲みながら、富士は広げた寝袋に腹這いになって、改めて帳簿を一冊目から開いてみた。

その初っ端、一行目から、某有名消費者金融の名がでかでかと記されていてちょっと息を呑む。

劇団の旗揚げに際して、南野は五十万円、樋尾と蘭は二十万円ずつ、蟹江は十万円、合わせて百万円を借りて資金を作ったらしい。それを丸々投入して最初の公演を打ち、二百人を超える観客を集めた。誰が何枚のチケットを売ったのかも記録されていて、南野と蘭がやはり多い。ノルマ制ではないようだが、メンバーごとの差は随分ある。売上は八十万円に届かず、次回に赤字を繰り越している。

次の公演にはまた別の消費者金融から借りて、南野を筆頭にそれぞれ数十万円のまとまった額を劇団に入れている。それをまた予算として組み込み、二回目の公演。観客は三百人をゆうに超え、売上を見れば前回の赤字分を補ってなお微妙に黒字だ。確かに蟹江が前に言っていた通り、これは初年度としては成功なのかもしれない。ただし、個人が拠出した分が補塡(ほてん)されるわけではなく、それぞれの借金はそれぞれの借金として抱えたままになっている。

二年目。ここからはもう快進撃といっていいだろう。月を追うごとにメンバーが増え、毎月の活動費の徴収も始まり、動員数は見事な右肩上がり。この年に打った公演は三度。南野はやはり個人として年間で数十万円を拠出したが、三度目の公演の時点で動員は四百人を超えた。チケット代が上がり、Tシャツなどのグッズが好調に売れたこともあって、売上は随分伸びた。

そして三年目に入り、夏と冬に分かれた年二回の公演が始まる。夏公演、つまり南野たち創設メンバーは五百人を動員し、劇団員には一律五万円のギャラが支払われたらしい。借金で始まったバリスキが、ついにギャラを払えるようになったのだ。

そして驚くべきことに、同じ年の冬公演で集めた観客は六百人。「あれ?」何度か見直したが、間違いではなかった。この時点で、冬メンの公演の方が多くの客を呼ぶようになっている。

富士はこれまで、冬公演は、南野たちの人気にあやかる形でどうにか成り立っている、というイメージを抱いていた。だからこそ、冬メンが離脱した際の言い草には納得がいかなかった。しかし現実はイメージとは違い、この時点で冬公演は夏公演を動員で上回っている。そして、この冬公演でもまた一律五万円のギャラが支払われている。劇団員ごとのチケットの売上を見ると、冬メンの頑張りは凄まじい。南野たちも夏公演と同レベルの枚数を売ってはいたが、冬メンはこれまでにないほどの勢いで売上を一気に伸ばしている。

そして、四年目。

伸びた売上を予算にすべて注ぎ込んだ、この年の夏公演の動員は五百人。

そして冬公演の際には、三十万円ほどをプールし、その残りを予算としている。動員は六百五十人。

五年目。

夏公演には、前年の冬公演の売上全額に、前回プールした分の金額も足して予算とし、動員は五百人。

（えーと……。なんとなく、いやな予感がするな……）

ここまでざっと見ただけでも、わかってしまう事実というものがあった。

夏公演は、膨れ上がった予算の額に対して、動員も売上もほとんど伸びていない。赤字なのだ。そしてその赤を埋めるのは、基本的に冬公演の蓄え。ここまでですでに、冬公演で出た黒字分を、夏公演がそっくり食い潰すような形になってしまっている。冬メンがどれだけチケットを売っても、その頑張りが彼らの利益としては反映されていない。本来なら、冬公演で出た黒字は冬公演の予算に回すべきだったのではないか。

恐る恐る見た次の冬公演の予算は、夏公演と比べれば随分と物足りない額だった。その夏公演で、ここまでの蓄えを食い潰してしまったせいだ。

そして、動員は——ページをめくり、息が漏れる。なし。ゼロ人。

冬メンの離脱によってこの公演はキャンセルされ、売上も当然ゼロ円。経費の精算はなんとかできたようだが、劇団にはこの時点で金がまったくなくなってしまった。

で、その次が、今年の『見上げてごらん』。

南野、樋尾、蟹江、蘭は、二十万円から三十万円という金額をそれぞれ拠出している。キリのいい数字ではないのが全力感を醸し出している。ちなみに彼らが負ったこれまでの借金については、この帳簿にはなにも書かれていない。借金はあくまでも個人の勝手で自己責任、劇団として関知するところではない、ということなのだろう。そして若手である大也や、富士が名前を知らない数名のメンバーも、数万円程度の額を公演のために出したようだ。

百万円ほどの予算でどうにかやりくりしようとした形跡が残されているが、資金繰りは苦しかったのだろう。何か所も一度書いた数字を横線で消し、雑な字で書き直し、どうにか帳尻を合わせようとしている様子が窺える。

だが、見づらい数字を目で追い始めると、すぐに不審な点が見つかった。これまでにはなかった不自然さに、ページを繰る手が止まる。複数の項目で、これまでの公演でかかっていた費用と比べて、明らかに金額が安すぎるものがあるのだ。劇場代がまずそうだし、その他にも人件費、製作費など、いくつもおかしな点がある。たとえば「外部スタッフ‥10，000／四日間通し」という部分。大人を朝から晩まで四日間拘束して、一万円ですむなんてことがありうるだろうか。

あの公演は劇場こそひどかったが、富士が見た限りでは、それ以外の部分で安っぽさを感じるようなことはなかった。原始人の衣装はそれぞれ色味の違うファー、踊ると広がるポンチョにブーツに各種装飾品まであった。見るからに手が込んでいて、すごい！　と思ったので、富士もよく覚えている。それにセットや照明、音響も完璧だったし、ド派手なレーザービームや惜しみないスモークの演出で観客席は沸きに沸いた。十分間しか上演されなかったため確かなことは言えないが、『見上げてごらん』の公演は、これまでの過去の作品と比べても見劣りしないものだったと思う。

過去の作品、たとえば富士がＤＶＤで観た『鶴のシシャ』は、一昨年の夏公演で、帳簿によると予算はおよそ百九十万円となっている。『見上げてごらん』の上演された部分と比べて、特に豪華だったとか、違うと思える点はない。劇場はもちろんまともそうだったが、劇場代を抜き出して比べてみるとその差は二十万円程度だ。

一体どうやって、あとの七十万円近い金額を、作品の完成度に影響を及ぼさずにディスカウントできたのだろう。帳簿に記された金額で、あの公演は本当に可能だったのだろうか。バインダーから『見上げてごらん』の分の領収証を全部引き出し、金額を一枚ずつ確かめてみることにする。

しかしすぐに、

(……なにこれ。全然金額が違う)

富士は上体を起こした。座り直し、首を捻る。

帳簿ではありえないほど安い金額で賄えたことになっているのに、領収証の額は違う数字になっているのだ。もっと高い、まともな額が記されている。そのパターンが何枚もあった。さらに、すでに支払い済みになっているのに領収証がないものもある。帳簿にある金額より安く上げて、その差額を懐に入れたなら横領だろうが、その可能性は限りなく低いと思う。ここまで帳簿を読んできて、だいたい常識的な額、最低限ありえる額、というのが富士にも理解できつつある。帳簿にある金額よりも安く上げるのは、相当難しいはずだ。その逆ならいとも容易(たやす)いだろうが。

とにかく怪しい数字の羅列によって、帳簿上は、『見上げてごらん』は予算内に収まっていた。というか、収まらなかった証拠は残されていなかった。これから支払う代金と残金もほぼトントンで釣り合ってはいる。現実はどうなのか、考えるのが怖い。

ただ事実として、今わかるのは、

(……つまり、帳簿にある金額よりも実際は高くついていて、その分は誰かが帳簿に載せずに自腹を切って、やりくりしたってことだよね……)

それだけ。

支払いまわりの実際の出納を担っていたのは、これまで聞いた話からして、樋尾だ。ということは、自腹を切っていたのは樋尾なのだろうか。この帳簿をつけていたのも樋尾なら納得だ。樋尾が今ある現金と通帳と印鑑を劇団に返してくれないのは、それで自腹を切った分を少しでも取り返すつもりでいるからだろうか。

とはいえ、すべては推測にすぎない。事実を確かめないことには始まらない。それに他にも相談したいことがある。今は夕方六時過ぎ、立ち上がって母屋の窓の方を見る。明かりがついていて、南野は在宅しているらしい。矢も盾もたまらず、寝間着でいることも忘れ、富士は帳簿とバインダーとスマホを胸に抱えて部屋を出た。ソックスのままでサンダルをつっかけ、階段を下りていく。

「こんばんはー、南野さーん。すいませーん」

開きっぱなしの裏口のドアをノックするが、返事はなかった。仕方なく勝手に上がり込み、脱いだサンダルを軽く揃えて廊下を進む。

広いリビングの照明はキッチン側の半分しかついておらず、室内は薄暗い。テレビがついていて、夕方のニュースをやっている。

南野はこちらに背を向けて、ソファに座っていた。

「南野さん、勝手に上がっちゃってすいません。お返事がなかったので……」

この距離で聞こえていないはずはないのだが、南野は振り返らない。

「あの……南野さん？」

訝しむ富士に、南野はすこし俯いた後ろ姿のまま、人差指だけスッと一本立ててみせた。ちょっと待て、のサインだろうか。その背からは常にはない、どこか張り詰めたようなただならぬ気配を感じる。富士は思わず息を呑み、歩みを止めた。フリーズしたみたいに半端なポーズで固まる。

「どうかしたんですか」

「——富士、か」

地を這うような呟き。その声にはいつもの張りがない。嫌な予感が胸を圧する。悪いことが起きたのだ。まさか劇団になにか、と言いかけて、しかし富士はその声を飲みこむ。もしも私生活に関することなら、自分は立ち入るべきではない。自分にとって南野は劇団主宰でしかないが、南野にとってバリスキの主宰としての顔は、彼という人間のただ一面にすぎないのだ。南野正午としての、一人の男としての人生だって彼にはあるのだ。

「……すいません、出直します」

くるりと方向転換、リビングから出て行こうとするが、

「構わん」

「いえ、私はまた後で」

「——いいからそこにいろ！」

叩きつけるような強い声に背筋が震える。全身に電流が走る。なにも言えず、足も竦ん

で、富士は動けなくなってしまう。この声に従わずにいることは不可能だ。

「俺は、ただ――」

巨体が、ゆらりと立ち上がった。そして身じろぎもできない富士の方を振り返り、

「めちゃめちゃ口の中を噛(か)んでしまっただけだ」

唇の端からだらーっと太く一筋、真っ赤な血を顎(あご)の下まで垂らす。

富士は無言のまま、手にしていた帳簿とファイルをすべてバサバサと床に取り落とした。

スマホだけはポケットに入れていたから無事だったが、動揺するには余りある量の出血だ。

南野の手には、カップラーメンと箸(はし)。本人の申告がなければ、あの『名店監修シリーズ！　昭和のなつかし東京しょうゆ』に即死級の猛毒でも盛られていたかと思うところだ。

「……だ、」

やっとのことで、声を絞り出す。

「大丈夫ですか……!?　なんか、えらいことになってますが……！」

「案ずるな。銀河系の至宝こと俺様の命に別状はない。ほっぺの内側を自ら一口食ってしまったがな」

「一口って……おえ」

「ふっ、セルフ聖体拝領よ。すなわち究極にして至高のハレルヤ――俺ルヤ！」

口を開くたびにまた新たな血がどくどくと口許(くちもと)から溢(あふ)れ出している。

「と、とにかく病院行きましょう。タクシー呼びます」

「よせ、いらん」

南野はキッチンに向かい、ほぼ食べ終わってはいたらしいカップラーメンの容器をシンクに置く。着ているTシャツの裾(すそ)をめくって引っ張り上げ、それで口許を拭(ぬぐ)おうとする。

慌てて富士は「ダメですよ、そんなので拭いたらシミが……」すぐそこにあったティッシュの箱を差し出すが、めくれ上がった裾の下、

「あ!?」

南野の腹に目が釘付(くぎづ)けになる。

「む!?」

その目に気付いたのか、南野は突然「わかるぞ俺は美しい!」広げた手の平でクネクネと自分の顔をなで回すような動きを見せる。まだ血は滴り落ちている。

「だがな富士よ——この俺の炎に翼を焼かれ、一体どこへ墜(お)ちるという!? イカロスの神話を知らんわけでもあるまいに! どれほど狂おしく焦(あこ)がれ憧れ欲しようとも、この俺は禁じられた楽園の果実にして神々の饗宴(きょうえん)の供物! 夜空の天蓋(てんがい)を移ろう星々の座がこの俺を抱き締めて離しはしない!」

「違います!」

「くっ、まだそんな目をして俺を見やがる! わからん奴め、仕方がない! もっとわかりやすく言ってやるから覚悟して聞け! この俺は、遥(はる)かなる、天空の、高みに、聳(そび)えし、永遠の、未踏峰ぞ!」

「違いますってば！　それ、そのおなかに巻いてるの！　私のです！」

「なんだ、こいつのことか。サンクス」

「そんな……最近見かけないコンビニみたいに……」

　昨日から、スヌードが見当たらなくて困っていたのだ。モスグリーンのモヘアニットで、寒い時季の必需品だった。カートの取っ手に引っかけて恵比寿の部屋から持って来たはずだったが、どこかに落としてしまったのかと思っていたところだ。それが今、なぜか南野の腹に巻かれている。

「こいつは昨日、ミーティングの前に南野荘の階段下で見つけた。おまえが俺のために置いていった心尽しのギフトだということは一秒とかからず理解できたぞ。そんなわけで安心しろ。これこの通り、すっかり愛用しているからな。おまえが俺に贈った手編みの腹巻を、な」

「南野さん……すごいです」

「俺はすごい。大丈夫だ。知ってる」

　冬は寒い。夏は暑い。地球は青い。俺はすごい。南野は当たり前のことを聞いたかのように頷いているが、でもそうじゃない。

「いや、ほんと、すごいです……全部間違ってます」

「なんなんだ回りくどい。言いたいことがあるならはっきり言え」

「じゃあ言いますけど、それ、贈ってもいないし、手編みでもないし、腹巻でもありません。それは私が落としたスヌードです」

「ス、ヌ……うん？　スヌー……、うん？　わからん、とにかくサンクス！　というか、昨日の夜も愛用している姿をわざわざ窓越しに披露してやっただろう」

「ひたすら必死に目のピントを南野さんに合わせないようにしていたので全然気付きませんでした。だからずっと裸でいたんですか？　てっきりいつもああなんだ、やだな……と」

「馬鹿を言え、裸ではない。半裸だ。ちなみに春夏秋のリラックスタイムはだいたいいつもああだ」

「……蚊に喰われまくりません？」

「笑止！　なにを隠そうこの俺様は、生まれてこの方一度も蚊に喰われたことのない特殊体質でな」

「またまた……それが事実なら、南野さんのDNAって結構がっつり人類に貢献できますよ」

「実は、そんな話をあちこちでしていたら、ある日噂を聞きつけて、とある大学医学部のマラリア研究チームが俺に接触してきやがった。まだ学生の頃だ」

「え、そうなんですか？　なんか本格的な……」

「うむ。某所に呼びつけられてな。まずはヒアリングと血液検査を、とか言いつつ、俺の服の長袖をこう、ぐいっとまくり上げてきてな。そして一言、『へっ!?　キミ、めっさ喰われてるやん!?　ここもやん!?　ここもやん!?』と」

「……全然だめじゃないですか。ていうか一言でもないし……」

「それでジ・エンドよ。さすがの俺にもいまだに意味がわからん。ひょっとするとあれは——夢だったのか？　え？　そうなのか？」

「私に訊かれても」

「まあなんにせよ、この俺様は食物連鎖の頂点のはずだ。なぜなら俺様だからな。虫のごはんになどされてたまるか」

「でもそんなふうに強がる一方、自分で自分を食べたりもして……」

「皮肉なもんだ！　あっはっは！」

南野の笑顔の歯には、真っ赤な血がべっとりついている。スヌードは腹の下部に直に巻かれ、上からでかい手ですりすりと摩られている。柔らかなニットの織り目の隙間に、なにが絡まっているかは想像したくない。返してもらったところでもはや、だ。顔の間近に巻こうとは多分二度と思えない。

「……とりあえず、スヌードはもういいです。使って下さい」

「任せておけ」

では……と頭を下げ、取り落とした帳簿とファイルを集めて南野家のリビングを出て行きかけ、慌てて我に返る。さよなら私のスヌード、とかのん気に思っている場合ではなかった。ここに来た用事を忘れてどうする。

「すいません、肝心なことを忘れていました。これのことです」

「なんだ。帳簿か？　もう見たのか？」

「見ました。さらっとですが。これって、ずっと樋尾さんがつけていたんですか？」

「そうだ。俺も一応確認はしているがな」

「じゃあ訊きますけど……『見上げてごらん』の計算、おかしくないですか？　領収証とも数字が合わないし、そもそも予算をオーバーしていたとしか思えないんです。だから、実際には誰かが自腹を切ってて、帳簿上の数字の帳尻だけ無理矢理に合わせたのかも、って……」

「よせ、そういう話は苦手だ。俺にはわからん」

「確認してるって数秒前に自分で言ったじゃないですか」

「確認はしたが脳には浸みちゃいない。俺の脳はもっと愉快なことのために領域を空けておかねばならんからな。細かいことは樋尾に訊け」

「私だって樋尾さんにお会いできれば樋尾さんにお訊きしたいですよ。でもメールを送っても返信はないし、今日もおうちまで伺ったんですけど結局留守で」

「おうちって、高円寺まで行ってきたのか」

「はい。須藤くんと一緒に」

「む？　なぜ須藤と」

「ノリで……。そういえば須藤くん、南野さんのことをかっこいいって言ってました」

「ははーん。さては野郎、この俺様を狙っているな」

「いやー……樋尾さんを狙ってるっぽかったです。リアルに」

「樋尾？　ちっ、どいつもこいつも樋尾、樋尾、か。どうなってんだこの世界は」

南野はいきなり冷蔵庫に手を伸ばし、野菜室からキャベツを一玉摑み出す。なにをするのかと見ていると、葉をむしり取ってそのままむしゃむしゃと食べ始める。

「あの、南野さん……？」

「ああ俺だ。夢のようだろう。だが現実だ」

「なぜ、キャベツを……？」

「これは俺の夕食だ」

「さっき嚙んだところ、痛くないんですか……？」

ふと真顔になり、そういえば、と言わんばかりの表情。南野は蛇口から手の平に水を出し、シンクで口を濯（ゆす）ぎ始める。一回目は真っ赤な水を吐き出し、「うわ！」見てしまって富士はドン引きする。が、二回、三回と濯ぐうちに吐き出す水に血が混ざらなくなり、

「治った」

と、一言。何事もなかったかのように、キャベツのつづきを再開する。ヒゲの繁みを突き抜けて顎から滴り落ちるほどの出血だったが、本人が治ったと言うならそうなのだろう。

「ていうか……さっきカップラーメンを食べてましたよね」

「あれはおやつだ。野菜を取らなければ美しくはなれん。まったく不便だな、人間というものは」

「人間じゃなかったことがありそうな雰囲気出してきますね……。でも、いくらなんでもその食べ方は適当すぎません？　料理とかしないんですか？　せめてサラダにするとか、マヨネーズつけるとか」

「料理もしないわけじゃねえが、今日はとにかく面倒だ。治ったとはいえ、思いっきり自分のほっぺを食ってしまった後だからな。さすがの俺様もテンションだだ下がり、ちびちびマヨネーズをハート形に絞り出す気力も残ってねえ」

「別にハート形じゃなくてもいいのでは」

「千切りキャベツにマヨネーズで『LOVE MYSELF』とか書く気力もねえ」

「……結構凝りたいタイプなんですね。てっきりマヨとか直にちゅっちゅしちゃう系かと」

「ふっ、衛生面からありえねえ。もしもやるなら一気飲みしろってな」

「それは同感です」

南野はさらに何枚かキャベツの葉をむしり、それを富士に向けて差し出してくる。「とっとけ。腹巻の礼だ」と。

「そんな、ウサギにエサをやるみたいに渡されても……」

「なら本体を持っていくか？　別にそれでもいいぞ。見ろ——今日の俺はもう十分に美しい」

「今うち冷蔵庫ないので、食べ切れないまま傷ませちゃいます」

「おまえこそ料理すればいいだろう」

「あのキッチンじゃ無理ですよ、お湯ぐらいしか沸かせません。調味料とかもないですし」

「ああ言えばこう言う……ならここでやれ。食材もあるものは自由に使っていい。もし今なにか作ってくれたら俺も食う」

　えっ、と富士は飛び上がりそうになる。突然の話だったが、願ってもないことだった。

「いいんですか!?」

「ああ。今宵、この俺様の肉体を構成する栄養素を供する役目を授けよう。まったく、幸運もここに極まれりだな。だが――どこかすこし、恐ろしくもないか？　この俺の肉体という精緻なる芸術品をその手に委ねられるのだぞ？　今こそ自らに問え、覚悟はできてるのか……？」

「ごはん、炊いてもいいですか!?」

「できているんだな。いいぞ、好きにしろ。米櫃はシンクの下、炊飯器はそこだ」

「やった！　炊き立てが食べられる！」

　今日の夕飯は、富士もカップラーメンの予定だった。高円寺のスーパーで激安価格で売られていたのを見つけて買ってきたのだ。でもジャンクフードは元々あまり好きではなく、料理ができるならそれに越したことはない。さっそく張り切って冷蔵庫を覗き、野菜や肉を見て、スマホでレシピを検索する。メンツ的には回鍋肉ができそうな気がする。まな板と包丁を出し、手を洗う。

「じゃあ俺は風呂に入ってくる。なにかあったら呼べ」

風呂——単語を聞くなりほとんど反射、

「南野さん！　あの、後でお風呂、私もお借りしていいですか……!?」

包丁片手に富士は振り返って頼んでいた。

「掃除をするなら構わんぞ」

はい！　と力強く返事する。今日はとにかく歩き過ぎ、足は限界までくたくたで、南野荘のあのシャワーを頑張れる気がしなかった。温かな湯船に浸かれるなら、なんだってする。残り湯でもなんでも構わない。南野の体毛から生まれいずるペットでさえ、今ならきっと愛でられる。


南野があれも使い切れこれも使い切れとどんどん食材を出してきたせいで、回鍋肉はやたら大量にできてしまった。

湯上りのこざっぱりした南野にどうにか言い含めてTシャツを着せ、蟹江を呼ぶように頼む。

リビングの窓を開け、南野が「カニ！」鋭く一声発すると、すぐに「はーい？」のんきな声が返ってきた。

「来い！　飯があるぞ！　回鍋肉だ！」

「え、本当に!?　今すぐ行く！」

言葉にたがわず、わずか三十秒ほどで蟹江はリビングに飛び込んできた。挨拶もそこそこに、「うわ、うまそう！」テーブルに大皿で出した回鍋肉に目を輝かせる。大皿のおかずの他は味噌汁とごはんしかないが、とにかく量だけはたっぷりある。蟹江は心底嬉しげに顔を綻ばせ、椅子に座った。

「これって富士さんが作ったの⁉」

「はい。ここの台所お借りして」

グラスと水のペットボトルを出し、三人でテーブルにつく。「いただきます！」声を揃えて、食べ始める。

蟹江は一口頬張るなり、「うーん……！」幸せそうに目を閉じた。うんうんうん……頷くみたいに首も振る。

「これ、最高。最高にうまい。こっちに越してきてからずっとコンビニとかばっかりで、こういうちゃんとしたの、本当に久しぶり。栄養が染み渡っていくよ。富士さんありがとう、料理上手なんだね。ファインプレー」

「いえいえ、そんな。褒めすぎですよ」

嬉しすぎるリアクションではあったが、さすがに照れてしまう。ただネットで拾ったレシピを見ながら作っただけで、多分本当にファインプレーだったのは、豆板醤を備えていた南野だ。

一方その南野は、一口がでかい。そして箸を繰り出すテンポが速い。蟹江と富士が「いやあ」「またまた」などとニコニコやり合っているうちに、がば！　がば！　とおかずの残量を確実に削っていく。

「ちょっと南野、ペース考えて食べてる？」

「もちろんだ。ちゃんとだいたい四等分の目安で食ってるぞ」

「なんで四等分……」

「俺様！　俺様！　富士！　おまえ！」

「声でか……とか言ってるうちに富士さんもどんどん食べなね。ほんとになくなっちゃうから」

「はい、大丈夫です。食べてます。南野さん、お味はどうですか？」

「おまえにキッチンを預けた俺の慧眼にはさすがの俺も感服だ。やっぱり俺はすごい」

ありがとうございます、と小さく頭を下げておく。褒め言葉だろう、今のはきっと。

「味噌汁もなにげにうまいよね。このあったかさ……本当に最高。豆腐とかネギとか、こういうのにずっと飢えてたんだよな。明日以降もやらない？　定番化しようよ、なんなら担当制でもいいし。買い物と料理と後片付けと」

「ふん、悪くないかもしれんな。俺はまったく構わんぞ。どうだ富士」

「私もありがたいです。外食できる余裕もないので」

「材料費は相談だよね。きっちり割り勘だと食べる量的に富士さんが損しそうだし。あと、誰かが留守の時はどうするかとか」

「その辺はまあ身内同士だ。状況に応じて柔軟にやってきゃいいだろう」

あれよあれよと話が決まる。テレビもついたまま和気藹々と、三人で大量の回鍋肉を口に運ぶ。おかわりのごはんを持ってきながら、蟹江が「そうそう」と富士の顔を見る。

「富士さん、樋尾さんと連絡はとれた？」

おかずを飲み込み、富士は「いえ」首を横に振ってみせる。

「まだなんです。メールはしたんですけど返信がなくて」

「富士は樋尾の家まで行ってきたらしいぞ。それもなぜか須藤と」

「えっ……な、なんで？」

「流れでそういうことになりまして。でも空振りです」

「そっか。まあ、そうだよね。これまでもずっと避けられてるもんな……」

「蟹江さんは今日はお仕事されてたんですか？」

「うん。うちで原稿書いて、外でもちょっと書いて、また別件で打ち合わせがあったからさっきまで出かけてた。南野はパパの店だろ？」

「ああ、パパの店だ」

パパ、て——軽く噎せそうになる富士を見やり、蟹江が解説してくれる。

「南野のお父さんの店、その名も『パパの店』っていうんだよ」

「な、なるほど……ちょっと動揺してしまいました」

「ふっ、今日はなぜか豆パンが死ぬほど売れてな。黒豆のも緑豆のも、ここぞとばかりに売りまくってやったわ。まったく、お召し上がりは本日中だと他ならぬこの俺が言うのに、お一人で五つも六つもお買い上げになりやがる」

「別にいいじゃないですか、きっとご家族分ですよ。ちなみに、次の公演のことについてはなにか進展あったりします？」

「…………」

「…………」

突然、沈黙が訪れる。

さっきまでペラペラしゃべりまくっていた男二人が、魔法をかけられたみたいに揃って黙り込み、広いリビングには白々しくテレビから流れる音声が響く。そして、カチャカチャと箸が食器に触れる音。ずーっ、と味噌汁を飲む音。

「あ、あれ……？　あの、お二人に伺ったんですけど。蟹江さん？」

「えっ？　なに？」

声をひっくり返し、蟹江は驚いたように目を見開く。

「次の公演の件です。なにか進展は……」

「進展？　ああ、次の公演の？　もちろん考えてるよ？　すごい考えてる。高めてるところ。だいぶ高まってきてる。南野は？」

茶碗（ちゃわん）から顔を上げ、「む？」南野もきょとんと瞬（まばた）きしている。

「次の公演のことだって。ちゃんと考えてるよな」

「つ、ぎのこうえ……ああ、無論だ。たくさん考えているぞ。考えていないわけがなかろう、なにしろ次こそは最高の舞台で最高の俺たちを見せつけなければいけないのだから。そうだろう、カニよ」

「ああ、そうだ。僕らには今度こそ正念場！」

「だな！　魂を込め、情熱という名の炎を舞台上に噴き上げてみせねばな！　この命を捧げてな！」

「ああ！　次こそ本気で勝負に出る！　とにかく全力で、僕らの舞台を作り上げる！　そして問答無用のおもしろさで、力いっぱい張り倒す！　それがバリスキ流の戦い方だよな！」

だな！　ああ！　だな！　ああ！　何度も熱く頷き合う男二人を見ながら、富士はなんとなく、

（だめだなこれ……）

などと思ってしまう。

南野も蟹江も、本当に心底、演劇が好きでたまらないのだろう。演劇に己のすべてを捧げて、ここまで生きてきたのだろう。最高の演技、最高の演出、最高の舞台を常に全力で目指していて、そこに到達しさえすれば、すべてがうまくいくと信じているのだろう。

演劇ばか……を、否定はしない。

そんな彼らだからこそできること、そうでなければできなかったことは、確実にあるは

ず。彼らがこうだからこそ、自分だって今ここにいるのだと思う。

でも、やっぱりそれ「だけ」じゃだめなのではないか。舞台での表現にすべてを捧げる、ひたすら最高の境地を追い求める、その覚悟は大事だろうが、それ「だけ」では劇団は生き延びることができない。世に生まれ落ちることはできたとしても、その命はきっと一瞬で燃え尽きてしまう。

それでいいなら、それでもいい。でも、バリスキはそうじゃないはず。まだ生きていると叫ぶ声こそが、この劇団のエネルギーだったはず。だったら生きて、生きて生きて生き続けなければ。そのために必死で波間を漂う破片を拾い、穴を塞いで、たとえ無様でも漕ぎ続けなければ。

漕ぐ、つまり、公演を打つのだ。

打たなければ、なにも伝わらない。生きているか死んでいるかさえ誰にもわからない。どれだけの想いがあろうと、どれだけ真剣であろうと、人が見て聞いて感じられる実体が――公演がなければ、伝えようがない。いつ、どこで、誰に向け、どうやるのか。そういう実体を組み立てていかなければ、本気だろうが正念場だろうがどうしようもない。意味がない。

富士は、そう思うのだが。

「あの――……」

おずおずと声を発すると、南野と蟹江が富士を見た。そのまま言葉のつづきを待ってくれる。しかし、知識も経験もまったくないズブの素人の立場から、思ったことをどうすればうまく伝えられるだろうか。

「なんというか……もうちょっとこう……そうですね。その、ええと……」

「どうした、まどろっこしい。ごはんをおかわりしたいならしろ。俺の許可などいらんぞ」

「そうだよ富士さん。遠慮なんかしないでモリモリ食べなよ」

「いえ、おかわりを迷っているわけではなく……そうではなくて……次の公演、について、です。もっと、なんだろう、現実的な……具体的なことも、考えていきませんか？　やるべきことに優先順位をつけて……とか」

「そんなことかよ」

南野は軽く頷いてみせる。意外なほどあっさりとしたその態度に、富士はちょっと拍子抜けした。

「安心しろ。現実的で具体的なことなら、すでにこの俺様が手を打ってある」

「そうなんですか。なんだ、よかった。てっきり無策なままなのかと」

「そんなわけがないだろう。俺は現実的かつ具体的に——おまえを劇団に連れてきた」

「…………」

「どうした。なぜ黙る。まさかおまえも口の中を嚙んだのか？」

「……私、が、いるからって……」

「おお、喋った。大丈夫そうだな。落ち着いて食えよ、ＧＯ！」

「……次の公演の、なにをどうできるって、いうんですか……？」

「それはもちろん、なにか現実的で具体的なことだ」

「なにもできませんよ!? なにもわからないんですから！」

「飯時に騒ぐな！　おかずが冷めても知らんぞ！」

まあまあ、と南野を宥める蟹江の声も次第に遠くなっていく。予感は当たった。やっぱりだめなんだ、この人たち。富士は茶碗と箸を手に持ったまま、呆然と南野家の天井を仰ぐ。こういう緩慢な気絶の仕方を、バリスキと関わったおかげで学んでしまった。

というか、逆に、むしろ、だ。今までの方が不思議だ。どうして今までこんな彼らが、五年間も劇団としてちゃんと活動してこられたのだろうか。問うてみれば、答えはすぐ出る。樋尾がいたのだ。バリスキのまとも担当で、良心で保護者で守護神で一番かっこいい樋尾が、現実的で具体的な公演のプランを立てていたのだ。樋尾がいなけりゃ終わり……そう言ったのは蘭だったはず。本当にそうなんだ。本当にそうなんだ。思わず二回、胸の中で繰り返す。本当にそうなんだ。これで三回目。

なにかしようと立ち上がるたびに、樋尾の不在という現実に撃ち落とされる。そんな繰り返しを、ずっとしている気がする。

（そしてその樋尾さんを捜すのは、いまや私のミッション……）

今日の空振りについてはわざわざ思い返すまでもない。今のところ成果はゼロ。

（ってことは……もしかして、あれ？　私の責任になるの？　樋尾さんが今ここにいないのは、私が見つけられなかったせい。ってことは……え？　私のせいで、バリスキは終わるの？）

いやいや。待て待て。さすがにそんなわけはない。まだ樋尾の捜索を始めてからたった一日だ。絶望するにはあまりにも早すぎる。それに、そうだ。これからやるべきことのうち、富士からも提案できることはある。二万歩以上の距離を歩きながら、思いついたことだ。

呼吸を整え、箸を置く。そして右手を挙げる。「どうぞ」蟹江に促され、改めて発言する。

「僭越ながら、私から、現実的で具体的なことを提案したいと思います」

な？　と南野が蟹江を見る。蟹江が目で南野を黙らせる。「富士さん続けて」

「はい。——とにかくまず、『見上げてごらん』が公演中止になった理由を、見に来て下さった方や、見ようと思って下さっていた方に向けて説明しませんか。ファンの信頼を取り戻さなくては、次の公演が実現したとしても観に来てもらえません」

む、と南野は宙を見た。蟹江もちょっと考え込むように首を傾げる。二人とも、直ちに賛成、というわけでもなさそうな微妙な表情に見える。

「まあ確かに、それはそうなんだけど……っていうか、そうしなきゃって思ってはいたんだけど」

「なにかできない理由があるんですか？」

「僕らには説明する手段がないんだよ。前は公式ＨＰで色々とお知らせしたりできてたんだけど、今はほら……ああだし」

「あ……そっか」

バリスキのHPは現在、コヨーテ・ロードキルにトップページを絶賛乗っ取られ中だった。更新はもうできなくなっている。それもどうにかしなければいけないが、今はとりあえず目先の件だ。

「南野さんの「Twitterアカウントはありますよね。あれはどうですか？」

いや、と南野は首を横に振る。

「あれも辞めちまった奴が管理してて、もうログインできねえ」

「うーん、じゃあ……とりあえずアカウント、作り直しましょう。窓口が今は他にないですし、それでとにかく「Twitterに説明文を上げましょう。文面は下書きを私が考えて、後で南野さんにお送りします。南野さんらしい表現でお伝えできれば、納得していただきやすいかと」

「それで俺は構わんが……読んでもらえるか？」

「それぱっかりは。でも、上げることがとにかく重要だと思うんです。説明しよう、という劇団の姿勢を見せないと。それと、返金希望の連絡を下さってる方には個別にメールをお送りして、こういう事情なのでちょっと待っていただけますか、と丁寧にお願いもしましょう」

「あ、それね。それは……」

言いにくそうに、蟹江が南野の方をちらっと見る。南野の口もやや重い。

「返金の受付をするってことになってる劇団のメールアドレスは、樋尾がずっと管理している」

また出た――ここでも樋尾ブロック。樋尾がいないことには、メールを見ることすらできないのか。

「個人的に連絡できるレベルの知り合いには、もちろんとっくに説明もお願いもしているがな」

「……そうなんですか。その知り合いの方、誰かTwitterとかチケッピオのクチコミとかに書いてくれたらいいのに」

「期待してなかったと言ったら嘘になる。が、まあ、そこまでは頼めん」

「ていうか、そうだ、クチコミに私たちが自分で書けばよくないですか？」

「自分らの公演については書き込み禁止の不文律がある。それを許可したらただの宣伝ページに成り果てるからな」

「あ。……今、悪いことを閃いてしまいました」

「なんだ。言ってみろ」

「身分を明かさずに書いたらどうでしょう。『たまたま知人から聞いたんですけど～』という体で、状況の説明はできますよ。まあ、よくないことだとは思いますが……」

南野と蟹江は揃った動きで、同時に首を大きく横に振ってみせる。やっぱりそれは邪道

か、と富士は自分の発想を恥じたが、

「正直、できたらしてたかもね」

そういうことではないらしい。「でも無理だから。あのページはすでにロックされてて」

「ロック？　とは？」

「見ればわかるよ。今スマホ持ってる？『見上げてごらん』のページ開いてみて」

富士は自分のスマホでチケッピオのサイトを開く。何度も見ているから、履歴からすぐに飛べる。

「下の方にクチコミの入力ボックスがあるよね。空白のままでいいから、書き込みボタン押してみて」

「でも私、アカウントがないんですが」

「なくて大丈夫、全部空欄のままでいいから」

蟹江に言われるがまま、少々ためらいつつも書き込みボタンを押してみる。すると新規ページが立ち上がり、「現在このページはご利用になれません」とそっけないメッセージだけが出た。

「あれ？　これってつまり……」

「それが『ロックされてる』という状態。公演を続行できないってわかって、チケットの販売を停止する申請をしたら、その後ロックがかかったんだよ」

「え。そんなの気付かずに私、ずっとページを更新しては書き込みないな、とか思ってたんですけど」

「チケッピオの仕様で、チケットの取り扱いが『終了』した公演にはその後も書き込みができるけど、『停止』だとロックされちゃうんだ」

「でもありますよ、書き込み。ていうかリアルタイムで増えるところ見てましたし」

「チケッピオの中の人の処理速度によって、数日のラグがあるみたい」

「えー……。そんなの知らないまま、かなりの時間を無駄にしてたんですが……」

富士はクチコミページをスクロールする。誰かが貼った、あの廃墟ことフリーシアター・レトロの写真と、閉館のお知らせの画像が出てくる。ちょっと眺めて、ため息をつく。

「今さらですけど……せめてこの時、来た方に向けて公演が中止になった事情を説明するペーパーでも貼れてればよかったんですよね」

「そうだな。俺たちは中にいたしな」

南野の言葉に、えっ、と思わずまた声を上げてしまった。「そうなんですか？」

「ああ。とにかく指定された時間内に撤収するように劇場側に急かされて、セットや機材をばらしてたところだ。なにもかもいきなりのことで、こっちはひたすらパニックよ。公演中止の連絡も前売り買ってる全員にできたわけじゃねえし、とりあえず表に若手を二人立たせて、劇場に来た客全員に片っ端から説明して謝り倒せと言っておいたが」

「ここには写ってないですね」

「客が来るのを待ってるうちに、辞める気分になったらしい。俺らが誰も知らないうちに、二人とも荷物持って消えてやがった。夜になってから『樋尾さんが辞めるなら辞めます』×2、LINEだけ送られてきて、さすがの俺もポカーンよ」

「そんな……」

「だからまさか、誰も事態を説明してないとは思わなくてな。このクチコミに気が付いた時にはすでに遅し」

「……夜の公演の時はどうしたんですか」

「夜からは俺が劇場前に立って、知らずに来た客には説明した。翌日以降もずっとな。何人かには直に話せてわかってもらえたが」

「誰もそのこと、クチコミには書いてないですね……」

「チケッピオの利用者なら、公演が中止だということはわかっているからそもそも劇場には来ねえ。来たのは、チケッピオの利用者じゃない客だ」

「あ、そっか……」

樋尾ブロックに阻まれつつも、南野たちはまずい状況をどうにかしようと努力はしていたらしい。ただ残念ながら、そんな努力も、すべての人に伝わるわけではない。富士だって知らなかった。いまだにバリスキに対して無責任な劇団という印象を抱いたままの人は多いだろう。ずっと応援してきたけれどもうやめよう、と思った人もいるかもしれない。

（まずいな。早くなんとかしなきゃ。次の公演は絶対に成功させなきゃ。信頼を、取り戻さなきゃ……）

詳細を知れば知るほど、気ばかりがさらに焦る。でも、樋尾はいない。次の公演のことはなにも決まっていない。

「ってわけで、おかず、もういいか」

「……あ、はい」

「ちゃんと食ったか」

「おなかいっぱいです……」

「よし」

南野はほぼ空になった大皿を掴み、大盛りのごはん（三膳目）の上に残ったタレをかける。それをほぼ一口、およそ二秒で完食し、

「ごちそうさまでした！」

箸を置き、目を閉じ、食べ始める時と同じように手を合わせた。思わず富士と蟹江も同じようにして、「ごちそうさまでした」と声を合わせる。

蟹江が後片付けの係に立候補して席を立った。「明日もおまえが作るか？」と南野に訊ねられ、富士は頷いてみせる。

「ならまた俺が買い物をしておこう。三人で一食分、千円ぐらいの範囲に収まればいいよな」

「……そうですね」

「なんだ、その不安そうな顔は。俺も立派な大人だぞ。買い物ぐらい普段からしてるわ」

「……そうですよ、ね」

不安なのは、買い物のことではない。次の公演についてなにも決まっていないのが不安なのだ。しかし南野は、富士の曇った表情を、ひたすら買い物についての不安だと受け止めたらしい。

「大丈夫だから俺を信じろ。俺とて金があるわけじゃねえ。でも米は親戚から無限にもらえるし、なんなら仕事終わりに親のところに寄って食い物をかっぱらってくることもできる。奴らは無意味にフルーツをテーブルに飾りがちだし、ふるさと納税で冷凍庫もやたら豊かだ。だから食い物に関しては心配いらん。これですこしは安心できたか？」

そう言いながら、意外なマメさを発揮してテーブルを拭く巨人を見やる。その横顔に、暮らしていくためのインフラはあっても現金には乏しい懐事情が透けて見えたような気がする。

そうか——考えてみれば、南野自身の現金収入は、恐らくパパの店での賃金しかない。息子割増はあるだろうが、高給と言えるほどの額でもないのだろう。南野が劇団のために拠出した金の出処は、帳簿によれば借金だ。利息を考えれば、貯金を温存しているとも思えない。

ふと、気が付いてしまった。南野の生活について、自分は少々誤解していたのかもしれない。

南野は親のものとはいえ立派な一戸建てに住み、あんなだが一応賃貸物件も好き放題にして、傍目には優雅にやっているように見えていた。蟹江や富士をただで住まわせ、水道代や電気代もとらず、余裕があるのだと思っていた。しかし実際のところ、南野個人の懐は結構やばいのかもしれない。なにしろ借金総額は、百万円どころの話じゃないのだ。

　劇団は赤字を出さずに運営できていたが、売上は次の予算に回るだけで、個々の借金の返済には充てられていない。他のメンバーも借金を負ったのは同じだが、金額で南野は突出している。

　新たなる不安が、雲の影のように富士の胸を過った。

「あの、差し出がましいことですが……」

　過ってしまえば、口に出して確かめずにはいられない。

「なんだ」

「借金の方は、順調に返済できてますか……？」

「いきなりどうした、俺はもう完済したぞ。うちの親が心配して、ある日まとめて返してくれてな」

　それを聞いて、ほっ、と肩から力が抜ける。

「なんだ……そうだったんですね。額が大きいし、ちょっと心配になったんです。ていうか、金額的に総量規制に引っかかりそうでしたけど」

「ショッピング枠やらおまとめやら借り換えやら、金利にさえ目をつぶればいくらでも手はあるからな。そしてその結果、地獄の火車に追われる羽目になったわけだ。さすがの俺も、かなり応(こた)えたぞ」

「大変だったんですね。じゃあ今後は、ご両親に返済を？」

「いや、あの金はもらった扱いだ」

「えっ……」

しれっと言い放つ南野の表情に、思考の痕跡はさして見えない。たじろいだのは、富士だけだった。

「でも、それって……あれですよね、税金とか、そういうややこしい話になりません？」

「当然なるとも。だからちゃんと弁護士に依頼して処理してもらった。俺は生前贈与を受けて、他の財産については相続ゼロ。すでに遺言書は作成済みだ。遺留分も請求できん」

思わぬ話に、真顔になる。すーっとすべての感情が冷めていく音が聞こえる。相続ゼロ？　遺留分放棄？　──できれば一生出会いを避けたい単語たちが、今、目の前に出現している。

「……そ、れ、は……」

「まあそのおかげで、それまでしつこく劇団なんかやめて就職しろと言われ続けていたのも止んだ。要するに、親たちが恐れていたのは、俺が受け継いだ代々の財産を処分して劇団に注ぎ込んでしまうことだったわけだ。俺を平和的に相続からはずせりゃもうＯＫ、あとは好きにしろってこった。しかもこうしてここに住めて、南野荘も使えるし、ランニングコストはなんと親持ち。こっちとしても感謝こそすれ、文句なんかあるわけねえ」

……まあ。出しては。くれるだろう。毎月のランニングコストぐらいは。自分や蟹江を住まわせられるぐらいは。それと引き換えに、巨大な次男は、おそらくは数億にのぼる遺産を永遠に手放したのだから。それぐらいの甘やかしはしたくもなるだろう。

こうなってくると、南野の兄がわざわざこっちの母屋に店を出して弟から目を離さないでいるのも、いきなり意味深く思えてくる。それは俺の物だからおかしなことはするなよ、的な。今だけは使わせてやるけど今だけだからな、的な。ここどうしようかな～、プランは今のうちに立てておかないとな～、楽しみだな～、的な。

「……お兄さんの代になったら、南野さんは、着の身着のままで追い出されるのでは……」

「なーに、大丈夫だ」

「いや、お兄さんは優しそうな方ですけど向こうのご家族だっているし、相続が発生するのってきっとそう遠い話じゃないですよ……って、なんかすいません。なにげに私、全方位に向けてものすごく失礼なことを言っている気もしますが、でも事実なので……」

「案ずるな。俺たちは――バーバリアン・スキル！　舞台に上がれば最強だ」

南野はいつもの調子で不敵な笑みを浮かべてみせる。見つめ返し、しかし富士は、笑い返すことなどできない。気の利いた答えを返すこともできない。

南野の人生の重みが、いきなり天からずしっとのしかかってくるようだった。南野はいいよなー、ほんといいですよねー、などと、蟹江とのん気に言い合ったのはつい昨日のことなのに。おもしろさには三日で飽きる？　いやいや、まだだ。まだ飽きない。南野の言動には今日も新鮮に驚ける。全然笑えはしないし、おもしろいとも言えないけれど、とにかく飽きることはいまだない。

二十七歳で、劇団の主宰で、自分の物には永遠にならない親の家に住んで、収入はパパの店で働く分だけで、遺産はオール放棄で、インフラはあるが今だけのことで、スヌードを腹に巻いていて、虫のごはんで、演劇ばか。

南野正午は、そういう人だった。

そういう人に、自分はついていくことを決めてしまった。というか、現在進行形で、ついてきてしまっている。この後は風呂まで借りる予定だ。

*

明けて、翌日。

「風呂⁉」

蘭の声は悲鳴に近かった。

「はい。上がるときに排水口を掃除したら、主に南野さんの抜け毛でそれなりのサイズのペットが出来上がりました」

「ペッ……いやいい。それ以上聞きたくない」

「名前はミニみのくんです。黒い部分と金色の部分が絶妙にちりちりと絡まり合って、そこに私の髪がいい感じにミックスされて、こう、マリモ的な」

「聞きたくねえっつってんだろうが!?　あと手でサイズと質感を表現すんな！」

「あっ、大丈夫ですよ。その後ちゃんと捨てたので」

「『あっ』じゃねえ！　即捨てろそんなモン！　ああもうくそ、マリモ……妙にありありとイメージが……最っ悪……」

　――今日も快晴の午前十一時。

　暖かで強い南風が、阿佐谷の大通りを音立てて吹き抜けていく。眩い春の陽射しの中には吹き飛ばされてきた桜の花びらがちらちらと無数に舞い踊る。

　富士は朝からメールを何通か送り、昨日買ったカップラーメンを腹に入れて、南野荘から出てきたところだった。樋尾からの返信はいまだ来ず、同じ内容で再送もしたが、結局なんの反応もない。やはり自宅を訪ねるしかなさそうで、今日も今日とて高円寺に向かうつもりだ。

　空振りの二万歩を反省して、樋尾の顔は確認してある。昨夜、南野と蟹江のスマホに残っていた写真を見せてもらった。樋尾はマスクをしていたり、横を向いていたりしたが、顔立ちはちゃんと確かめられた。見れば彼だとすぐに認識できるはず。ただ、失礼ながら内心こっそり思ってしまったのは、それほどかっこいいか？　と。確かに涼しげに整った目鼻立ちをしてはいたが、写真を確認した限りでは、須藤があそこまで強く推すほどの美形とは思えなかった。たまたま須藤の趣味にドはまりしたのか、あるいは樋尾の写真写りが悪いのか。

なんにせよ、今日こそ樋尾を見つけ出したい。バリスキに戻ってほしい、とは、富士からはやっぱり言えないが、とにかくお金関係のものはとっとと返してほしい。一度自腹を切ると決めたなら、その腹はきっちり切ってもらって、まだ残っている支払いと返金をしてしまいたい。それも次の公演の実現へ向けた大事な一歩なのだ。

南野は今朝、パパの店に出勤する前に、Twitter の新アカウントに状況説明の文章を上げるところまではしてくれた。富士が「まだですか⁉」と朝から母屋へ押しかけてしつこくせっついたせいだろう。でも、まだまだ。もっと急がなくては。NGS賞の審査条件に合わせるには、今月のうちに公演の幕を上げる必要がある。時間がない。

南野の人生のシビアな面を知ってしまったこともあり、富士の焦燥感はいや増していた。

(できることからやっていかなきゃ。今の私がやるべきことは、兎にも角にも樋尾さんの捕獲!)気合いの入った早足で、駅を目指して大通りをずんずんと歩いていたところで、すこし先の横道から一台のクロスバイクが出てくるのに気が付いた。配達用の大きなボックスを背に担ぎ、どこか気だるげにハンドルに片手をかけ、車道に出るタイミングを窺っていたその人物は、蘭だった。

本当にまったくの偶然で、思わず勢いで「蘭さん！」と大声を上げてしまった。振り返った顔はやはり蘭で、「てめえかよ。なんの用だよ」機嫌は果てしなく悪そうだった。勢いで声をかけただけで用事は別にないです、とも言えず、富士は場を取り繕うように、昨夜のひとときのことをべらべら一方的に喋ってしまった。

――昨日、南野さんのところで回鍋肉作って一緒に食べたんです。ついでにその後お風呂も借りました。ばっちり南野さんの残り湯でした。

それが蘭にとっては、悲鳴にも似た声を上げたくなる内容だったらしい。低く掠(かす)れたハスキーな声で、「今の話の記憶消してえ……」うんざりしたように目元を覆っている。

「でも、お風呂自体は清潔でしたよ。浴槽も広いし、シャワーの勢いもしっかりと強くて」

「そういう問題じゃねえんだよ！　ったく……なにやってんだか」

歩道の隅にクロスバイクを停め、サドルに跨(また)った姿勢のまま、蘭は視線だけをぐりっと富士に向けてくる。その気だるげな半眼には、苛立(いらだ)ちと険しさが満ちている。

「同じ釜(かま)の飯どころか同じ風呂釜の湯とか、やっぱ頭どうかしてんだろ？　つか、ろくに知りもしない男の家でよく素っ裸になろうと思えたね、あんた」

「洗面所に鍵(かぎ)はかけましたから」

「それがなんだよ。家の門に括りつけられてた放置チャリのケーブルロックを指二本で軽く引きちぎるような奴と一つ屋根の下にいて、そんな鍵如きがなんの役に立つと思ってんの」

「南野さんは、ご自分の家の建具を破壊してまで私の裸など見たがらないと思いますが」

「そりゃそうだろうよ！　あいつはな！　一般論として、どうよ、っつってんの！　若い女が知り合ったばっかの野郎の家で飯食って風呂入って入り浸って、それがまともな行動だと思うわけ？　つか、そもそもまともな奴なら南野荘なんかに住まねえんだよ！」

「蟹江さんも住んでますけど」

「カニは住むだろ！　は、それともなに？　あんたの目には、あのカニがまともに見えてんの？」

「はい、蟹江さんはちゃんとしてるし、才能もあるし、すごい人です。南野さんだって、いろいろとおかしいけれど、基本的には優しくていい方だと思ってます。信頼してます」

「ば――――――か！」

　蘭は片手でむしり取るようにニットキャップを外す。うざったそうに首を振ると、まとめ髪の後れ毛がふわっと揺れて背中に落ちる。片足はペダルにかけたままで、上体を捻って富士を睨む。ただそうしているだけの姿がやたら絵になるのは、さすが看板女優というべきか。

「あんたもう完全にモツのペースに取り込まれてんじゃん。大丈夫なのかよまじで」

「ええと、大丈夫……とは？」

「ここではっきり言っとくけどさ」

　一度長めに息をつき、蘭は富士から目を逸らす。自分の手元あたりを数秒だけ見つめ、

「あたしは別に、あんたが嫌いとかむかつくとか、そういう感情で追い出そうとしてるわけじゃねえよ。うざったいのは事実だけど」

　もう一度、富士を見る。陽射しが眩しいのか目を瞬かせつつ、でもまっすぐに。

「ただ、縁あって知り合っちゃったあんたのことを、これでも普通に心配してんの。いいとこの子で、演劇やってたわけでもないのに、モツなんかに唆されてその気になってある日いきなり劇団に入って、あんなボロ家に住んじゃって、いまやなし崩しに共同生活みたいになってんじゃん。家族じゃんほとんど。これ、否定できないでしょ？」

「できません。実は合鍵ももらってしまいました」

「へらへらしてんじゃねえよ。今の姿をあんたの親が見たらどう思う？　友達とかにも、こんな生活してるって言えんの？」

「親は案外スルーですし、友達は須藤くんしかいません。その須藤くんは、合鍵をもらったことについて、『うそー！　最高じゃん！　いいないいな！』って言ってます」

「まじかよ……」

「ついでに言ってしまうと、南野さんとは洗濯も一緒です。今朝、南野さんが洗濯機を回すというので、私の洗濯物はネットに入れて、脱水まで便乗させてもらってます。今まさに二人分の下着が、一つの洗濯機の中で同じ泡に包まれてグルングルンのもみくちゃにされています」

「……うっわ……」

　そのままがっくりと項垂れ、蘭はハンドルに突っ伏す。そんな様子を見ながら、富士はひそかに胸を熱くする。蘭は自分のことを、どうやら本気で気にかけ、心配してくれているらしい。中野で会った時だって、心配だったからこそわざときついことを言って警告しようとしてくれたのだ。態度は荒っぽくていちいち怖いが、本当は優しい人なのだ。そういえば、指だって蘭が救ってくれた。あの時のお礼を、自分はちゃんと言っただろうか。忘れていたかもしれない。

「蘭さん。……ありがとうございます」

「なにが」

うざったそうに顔を上げ、蘭は私闘に明け暮れて荒み切った野良猫みたいな目で富士を睨む。富士はすこし怯みかけつつ、どうにか踏ん張って最大出力で笑顔を返す。

「そうやって気にかけて下さって、嬉しいです。あと、指のことも。本当にありがとうございます。私なら大丈夫です。南野さんに強要されたわけじゃなく、あくまでも自分の意志でバリスキに入ったんです。劇団の力になりたいんです。こんな私にもできることを、見つけたいんです」

「つか、そもそも疑問なんだけど」

うさん臭そうに富士を見て、蘭は大きく首を傾げる。尖らせた唇を、指先でトントンと何度か叩く。仕草はかわいいが、目つきは剝き出しの刃物みたいに鋭い。

「なんでよりによって今、うちの劇団なんかに入りたがんの。うちらが今やばい状況なのはあんただってわかってんでしょ？」

「はい。私、やばい状況であればあるほどその渦中に飛び込んでみたくなる性質なので」

「厄介なヤツ……消防士とか警察官とかになれよ」

「運動は苦手です。それに、蘭さんを見つけてしまったので」

　本音だから、口にするのにためらいなんか一切ない。

「は？　あたし？」

「そうです。あの夜、『見上げてごらん』でバリスキを見て、そして蘭さんを見て、心のすべてを持っていかれてしまいました。あんなに夢中になったのは生まれて初めてです。蘭さんが舞台で輝くのをまた見られるなら、そのために私はなんでもします。なんだって差し出します」

「……うっわ……」

　蘭の反応は、南野の下着と自分の下着を一緒に洗っていることを告げた時とそっくりそのまま同じだった。が、別に気にはしない。本気でそう思ったし、今もそう思い続けている。

「でもなんか俺もその気持ちわかりますよ。バリスキの舞台を初めて観た時はぶっ飛びましたもん。蘭さんも南野さんもすごすぎて、それに蟹江さんがとにかくおもしろくて。めちゃめちゃはまって、その夜なんかもう思い出しては笑えてきちゃってまじで全然眠れなかったし」

「そうそう同じ、そうだよね、やっぱりインパクトが……わあ!?」

　富士は跳び退り、路上であやうく転びかける。蘭のクロスバイクのすぐ斜め後ろ、本当にすぐ側に、気が付けば大也が同じく自転車に跨って「インパクト皮ってなんすか？」会話に参加している。

「い、いつからいたの⁉」

「え？　最初からいましたけど。俺と蘭さんがそこ渡ろうとしたら、龍岡さんが『蘭さん！』って声かけてきて、どうも、って俺言ったじゃないすか」

「そうなの⁉　全然わからなかった……！」

「龍岡さんも俺の方を見て『はいどうもー』みたいな感じ出してきてたじゃないすか」

「本当に⁉　私、そんなステージに小走りで現れた芸人みたいな感じだった……⁉」

「そうすね」

頷く大也の存在感のなさは、ほとんど職人技の域。一度視線を外したら二度と見つけられなくなりそうだ。背景の街並みが背後に透けて見える気さえする。言うなれば天然の光学迷彩。

「でもいいな、俺も南野さんちで一緒に夕飯食べたりしたいです」

「あ……うん、おいでよ」

うっかり見失わないように、大也の方をしっかり見ながら富士は頷いてみせる。

「フレキシブル対応可能だからいつでも大丈夫。そうだ、よかったらさっそく今夜でも。蘭さんもお時間あったら来て下さい。話し合わなきゃいけないこともまだまだ盛りだくさんですから」

「やだね。イライラするの目に見えてるもん」

「えー、行きましょうよ蘭さん。俺、南野さんが食うところ見るの好きなんですよ。工事現場で働くでかい車みたいで。ダムとか掘るような」

「ほら、お弟子さんも無邪気にこう言ってることですし」

「お弟子さん？」

富士の言葉に、「んだよそれ」蘭は嫌そうに顔をしかめる。

「違うんですか？　すいません、いつも一緒にいらっしゃるようなので、てっきり蘭さんと大也くんはそういう仲なんだと思ってました。弟子っていうか、付き人？　アシスタント？　みたいな」

「あたしのなにをアシストすんだよ、こんなガキが」

そうでないなら……富士は改めて、蘭と大也の二人を同時に視界に入れてみる。一緒に来て一緒に帰る、一緒にバイトをする二人。果たしてどういう関係なのだろう。二人とも若くて、女と男で……「あっ!?」思いつくなり富士は慌てた。自分の鈍さに顔が赤らむ。

「そ、そっか……やだ、私ったら全然気が付かなかった……！　お二人は恋人同士、交際されてるんですね！　なるほど、劇団の活動の中でいつしか恋愛感情が芽生えてそのまま自然にだだだだだ！」

「それも違うから」

声だけは意外なそっけなさ、しかし蘭の行為は非道だ。富士の足を前輪で思いっきり轢いて、そのまま植え込みに逃げても突進し続ける。タイヤで何度も何度も富士の下半身をどつく。ペダルをグッ、グッ、と踏み込みつつ、唇には笑みを浮かべているのが怖い。楽しそうな目も怖い。

「すいません！　あいた！　も、もうわかりましたから！　間違えました！」

「次またそういうこと言ったら本気出すからね」

「ってことはこれは本気じゃないんですね!?」

植え込みの繁みに埋もれながら悲鳴を上げる富士と、そんな富士をまだ轢き続ける蘭。止めてくれはしないまま、

「蘭さんは命の恩人なんすよ」

大也は意外なことを言い出した。轢かれつつ、えっ、とその顔を見上げてしまう。

「それって、比喩（ひゆ）とかではなく？　溺（おぼ）れてるところに通りかかって、みたいな？」

「近いすね」

二人の出会いは三年ほど前のことだという。「俺、十七とかだったんですけど、中三で不登校になって引きこもっちゃったんで、高校も行ってなかったんです」

植え込みにまだ尻を半分埋めたまま、「そうなの……？」富士は大也から目を逸らせなくなる。気の毒な他人事、では、すますことができない事情が富士にはある。

「外に出るのは日曜の深夜だけ。うちの近くに、日付が変わるとすぐにジャンプを店頭に出すコンビニがあったんです。だから真夜中、親が寝てる隙に小銭くすねて家を出て、人気がない道を通ってそのコンビニに行って、ジャンプとデカビタ買って帰るっていうのが

週に一度の、自分的には……努力？　最後の踏ん張り？　とにかくそういう感じで。社会とのたった一筋の繫がり、っていうか。それはまだ手放したくないってギリ思えてるぐらいの境界線上で」

「デカビタ限定なんだ……」

そこかよ、と蘭が呟く。

「ジュース選ぶような精神的な余裕はあの頃はなかったんです」

「そっか……でも水とかお茶では決してないんだ……」

「それが十代っすよ。で、帰り道、街灯の灯りでジャンプ読みながら、デカビタ飲んで歩いて」

「家に着くまで我慢できなかったんだ……」

「十代っす。それに我慢するとか待つとか持ち帰るとか、そういう精神的な余裕もあの頃はなかったんで。で、家に着く前にいつも読み終わっちゃって、デカビタも飲み終わっちゃって」

「早っ……でも十代だもんね」

「そうすね。その道々、いつも通る曲がり角があるんですけど、ちょうどいい感じの地点に一軒家の塀があって」

「へえ……あっ、今のは塀にかけたわけじゃないからね」

「その塀が、蘭さんちの塀で」

「へえ……あっ、これも違うから……」

「俺、毎週その塀に読み終わったジャンプとデカビタの空き瓶を置いていってたんすよ」

「えっ⁉ だめじゃん！ なんでそんなこと！」

「だめとか思える精神的な余裕がなかったんです。完全に麻痺してたっていうか、まともな判断とか全然できなくなってて」

「ほんと、まともじゃねえんだよこいつ」

蘭がやっと富士を轢くのをやめ、大也の方を軽く親指で指してみせる。

「うちの母親が、『またゴミ置かれちゃった』みたいなことを毎週月曜の朝に言ってたんだよ。最初はまあ、ふーん、って感じだったんだけど、あんまりずっと続くからあたしも段々腹立ってきてさ、とある日曜の深夜、もう犯人とっ捕まえてやろうと思って、二階の自分の部屋からずっと見張ってたわけ。そしたらまんまとこいつ、通りすがりに、ひょいってジャンプとデカビタの空き瓶置いたんだよ」

「犯行を目撃したんですね」

へへっ、と大也は照れくさそうに笑ってみせるが、なんのことはない。彼がしたことは普通に不法投棄、罰金も懲役もありうる立派な犯罪だ。

「そこから下に降りてって猛ダッシュ、本気で追いかけたんだけどすぐ見失ってさ。うちの辺りって完全に住宅街で、暗い路地が入り組んでるから」

「俺は別に逃げたわけじゃなくて、追いかけられてることにも気付いてなくて、普通に家まで帰っただけなんですけどね」

　大也の光学迷彩があれば、夜中の路上で姿をくらますのも簡単だろう。

「それ以来、毎週同じように見張って、置かれる前になんか言ってやろうと思うんだけど、でもいつも気付かないうちに置かれてんの。ずっと見てんのに。で、飛び出して追いかけては見失うの繰り返し。まじ、全然、捕まんねえの。あたしも次第に、くそ！　あのゴミ野郎！　とか言いつつ、残されたジャンプの連載をわくわくと楽しみに読むようになってきて」

「じゃあ、なんだかんだでＷｉｎ－Ｗｉｎの関係に……」

「いや、それとこれとは話が別。普通に殺意だよ。何度も何度も追いかけて、ある日、やっとこいつが住んでるところまで行きついてさ」

「自宅を特定できたんですね」

「いーや、それがまたすげえでかいマンションなの。何戸あるんだっけ？」

「四百五十八戸のビッグコミュニティです」

「うわ、すごい」

「無理だろ？　エントランスに入っていったのは確かだけど、こいつが何号室の誰かなんてわかるわけねえ。だからもう、その次の週は待ち伏せすることにして、夜中の一時とかにマンションのエントランス付近で待ってたんだよ。こいつがおばけみたいにふわ～っと帰ってくるのを」

「それって、お一人でですか？　正体不明のゴミ捨て男と……あ、大也くんごめん、でもまあその時はそうだから……そんな結構やばそうなのと一対一で対峙するなんて、怖くないですか？」

「そりゃ怖いよ、あたしだって舞台を下りればただの乙女だしさ。だからバット持ってったよ。グリップにはちゃんと滑り止めのテープ巻いて、ほら、血とか出たらヌルヌルするじゃん？　あとレジ袋に三個空き瓶入れてぶら下げてった。それ振り回せば武器になるし、割れて突き出りゃ殺傷力もまあまああんだろって」

　夜道で出会うことを想像したら、ジャンプを読みながらデカビタを飲んでいる少年よりは、武装した蘭の方が怖さで勝る気がする。おまわりさんが止めるとしたら、蘭だろう。あの公演の夜、摑み合う南野と樋尾の真ん中に上空からミサイルみたいに突っ込んでいった姿も思い出す。でもまあ、

「乙女ですしね……」

「そうそう、乙女だから。でもその夜に限って、こいつ現れねえんだよ。それまでは皆勤だったくせに、いくら待っても姿を見せねえ。これおかしい、絶対変、とか思って、前に姿を見かけたことがある辺りを捜索してみたの。そしたらこいつ、血だらけで側溝にはまって気絶してたの」

「えっ⁉」

　衝撃の展開だった。富士は絶句するが、そうなんすよ、と大也は軽く頷いている。

「俺、夜道で足を踏み外して、蓋が開いてた側溝に頭から落ちちゃったんです。かなり血も出て、顔がどろっと生あったかくて、そうなると身体がまじで全然動かないんですよ。人通りなんかほぼない裏道だし、真冬だったし、微妙に水深も五センチぐらいあって、あのまま蘭さんに発見されてなかったら朝までに死んでたと思うんです」

「だよな。あたしもさすがにめっちゃびびって、速攻救急車呼んでさ」

搬送された大也は、しかしすぐに回復したらしい。なにしろ十代だ。

そして数日後、これまでの不法投棄の謝罪も兼ねて、大也は母親とともに東郷家にやってきた。事情を聞いた蘭の母は、大也の母と意気投合し、意外なことを言い出したという。

「うちの母親もお花畑だからさ、『あなた、大也くんの面倒を見てあげなさいよ』とか、『お勉強も見てあげなさいよ』とか言うわけ。あたしも高校行ってないから、似た者同士で気持ちがわかるとか思ったんだろうね」

「そうなんですか？　あれ、でも確か南野さんとは大学で知り合ったんでは？」

「高卒認定試験。あたしは高校に上がる歳でチューリッヒ行ったから」

「え、それって留学で？」

「バレエ。記念のつもりで出たコンクールで、なぜかスカラシップ獲れたんだよ。あたしもびっくり、周りもびっくり」

「すごい！　向こうってドイツ語ですよね」

「全然すごくねえよ。ただの怖いもの知らず、言葉なんか付け焼刃もいいとこ。準備不足のまま、とりあえずラッキー、すっげえチャンス、行きゃなんとかなんだろ、ってノリで行ったものの、結局三か月で詰んだ。コミュニケーションもまともに取れない外国で、ぼっきりメンタルへし折られて、身体も壊れてドクターストップ。退学&強制送還だよ。飛行機降りる時は車椅子で成田から病院直行、母国の土も踏めないまま即入院。なんか全然帰れねえんだよ、家に」

早口で冗談めかして語る蘭の髪に、春風に乗って飛ばされてきた桜の花びらがはりつく。無意識に息を詰め、富士はそれがまた飛んでいくのを見送る。こんな通りがかりの道端で、サドルに跨ったままで、蘭は己の人生が一変した時のことを話している。将来へ続く道がぼっきりと折れて、断ち落とされた、その後のことを話そうとしている。

「大変でしたね……」

月並みな言葉しか出てこないが、蘭は「まーね」といつもの調子だった。

「そこでバレエももういいや、と思って、大学行くことにして、通ってた予備校がモツと一緒だったんだよ。あいつでかいから目立つじゃん。で、受かって入学式に出て見りゃいるじゃん。地元民発見、と思って、つい話しかけたりして、気が付きゃこうだよ」

ハンドルを離して両手を広げ、蘭は操り人形みたいな嘘くさい笑顔を作ってみせる。南野と出会って、大学四年間を演劇に捧げ、劇団を旗揚げし、蘭は今、クロスバイクに跨ったままで富士を轢いたり話したりしている。

「まあでもよそんちのガキの面倒なんか見てらんねえじゃん。大也のことはしばらく放っておいたんだけど、ふと思いついて公演のときに呼んでやったんだよ。そしたら、ね」

「はい。さっき言ったみたいに俺、一発ではまっちゃって。公演の直後に、俺もこの劇団に入れて下さい！　って頭下げたんです」

「その隣でこいつのママがこいつの倍速で頭下げてんの。『うちの子をどうか！　やっとお日様を怖がらなくなったんです！』だって」

「大也くん、お母さん同伴だったんだ」

「十代だったんで。ていうか、なんかすいません龍岡さん、道端でだらだら語っちゃいましたけど、どこか行くところだったんじゃないすか」

　富士は慌てて首を横に振る。

「いやいや、話題振ったのは私の方だから」

「重いですよね、急に。不登校とかそんな話。あんま気にしないで下さい。俺はただの落ちこぼれで、蘭さんにひっついてるだけなんで、って言いたかっただけです」

「そんなこと思わないよ。私の弟と妹、双子なんだけど、やっぱり中学で学校に行けなくなっちゃったから」

「え……そうなんすか。もしや、いじめとか？」

「きっかけは、担任の先生と決定的に合わなかったことみたい。いつも騒ぎを起こす問題児、みたいにされちゃって、周りからも浮いちゃって。最初は妹が行けなくなって、そのうちに弟も自然と。あの時は心配だったけど、でも今は海外でのびのびやってるよ」

よかったじゃん、と呟いたのは蘭。

「合わないところにいるってのは、とにかく絶望しかないもんね。ガキなら特にね。あんたんちの双子、脱出できて救われたね」

「はい。ほんと、そう思います」

そのとき、蘭がほんの一瞬だけ笑いかけてくれた気がした。富士に向けられた、初めての表情だった。でもすぐにふいっと逸らされ、大也に向かって顎をしゃくる。「そろそろ行くよ」大也はそれを聞き、素直にペダルに足をかける。なんだかんだで、蘭はちゃんと大也の面倒を見ているのだ。やっぱり優しい。蘭は、本当に優しい。

「お二人とも、気をつけて下さいね。私は今から樋尾さんちに突撃します」

富士がそう言って手を振ると、しかし蘭はいきなり動きを止めた。

「やっぱ先行ってろ」

大也だけを行かせて、方向転換。富士の前に立ち塞がるようにクロスバイクを斜めに停め、

「樋尾んち行って、なにすんの」

さっきまでとは打って変わった硬い表情で、蘭は富士の行く手を阻む。

「なにって……通帳や現金を回収してくるんです。一昨日のミーティングでそういう話になったじゃないですか」

「忘れろ。余計なことすんな」

「でも、」

「口答えすんじゃねえ。とにかくやめな。あんたにできることなんかどうせなんにもない」

「……でも、劇団のものは返してもらわないと。樋尾さんだって、実はお困りなんじゃ」

「お困り？　なんでよ。あいつはあたしらを見捨てたんだよ」

「このままにはしておけませんよ。支払いや返金はきっちりしないと、これは信用と責任の問題です。踏み倒しなんかしたら劇団の今後にも関わってきますし、次の公演の話も進められません」

「だから、言ってるじゃん。今後とか次とかあたしらにはもうないんだってば」

「諦めてるんですか？　……樋尾さんがいないから？」

「そうだよ」

目を細め、蘭が繰り出す言葉には淀みがない。

「はっきり言っちゃえば、あたしらはいまやただの燃えカスなの。かつては劇団だった、その残骸。この先はどこまでいっても破滅の未来しかないわけ」

「そんなことないですよ！」

「あるんだよ、おばかさん」

呆れたみたいに富士を見る、冷たい視線。

「二回連続公演飛ばして、金は尽きた。次の公演なんかもう打てるわけがない。しかも今月中になんて、どう考えても絶対に無理。不可能。今さらこんなタイミングで、樋尾に代わる新しい舞台監督なんか見つかるわけもない」

その迷いのない声に、富士は不穏なものを感じた。まるでなにかの時のために、用意してある言い訳のようにも思える。

「蘭さん、もしかして……バリスキを辞めるつもりなんですか」

「辞めはしない」

その言葉に一瞬ほっとしかけるが、

「消えるんだよ。劇団ごと」

すぐにまた心を抉られる。消える、って。

「あたしらは、自然と消えていく。公演を打てなくなって、そのうち話題にも出なくなって、誰も思い出さなくなって、それっきり。これまでに一体いくつの劇団がそうやって消えていったと思う？　数え切れないし、そんなもんだ。こっちだっていちいち覚えてもいない。ていうか、みんなそうなんだよ。ほとんどみんな、気が付けば消えてて、あたしらだってそこになにかがあったってことすら忘れてる。で、今度はこっちがそうなるだけ。忘れられる方になるってだけ」

蘭はそう言うが、富士は受け入れられない。うまく言い返す言葉を見つけられないまま、何度も必死に首を横に振る。こんな路上の立ち話で、「そうなんですね、消えるんですね」なんて、あっさり受け入れられるわけがない。こんなにも生きていたいのに。こんなにも生きようとしているのに。

「……蘭さんは、本当にそれでいいんですか……!?」

なんとか声を絞り出すが、

「いいもクソも、結局は自分らが招いたことなんだよ。納得するしかねぇよ」

「大也くんの居場所でもあるんですよ!?」

「あいつだって団員なんだから、こうなった責任は負うべきだろ。ただ、あんたはそうじゃない」

富士を見やる蘭の視線は揺れもしない。

「あんたはなんにも悪くないよ。こんな状況になってから、のこのこやってきたんだもん。なのに金とか時間とかまともな生活とかまともな感覚とか、とにかくいろんなもんを失おうとしてる。なにも得られないままさ。こっちこそ何度でも訊きたいよ。本当にそれでいいのかよ? 本当にそれで、大丈夫なのかよ?」

「私は大丈夫です! さっきも言ったとおり、好きで飛び込んだ世界ですから!」

「……ふわっふわした夢を、見てんだろ」

吊り上がる蘭の目の苛烈さを、ふと過った新しい色が翳らせる。それは恐らく——純粋な同情の色。

「あたしも知ってるよ、そういうの。今のあんたは、ただ毎日を必死にひた走ってるだけなんだよね。前だけを見て、文字通り夢中で」

そんな目で富士が頷くのを見つめながら、「でも、夢から覚める時は必ず来る」蘭は言い切る。否やを唱える隙などくれない。

「あたしは、あんたが現実に戻った時のために、夢の中で失うものの量をできるだけ減らしといてやりたいの。おせっかいかもしれないけど、そういう打ちのめされ方を知ってるから、みすみす失おうとしてる奴をほっとけない。あたしは『自分の場所』じゃないところで、そこにいることの間違いや失敗を認められなかった。全部ふわふわした夢で包んで、隠して見ないようにしてた。そうやって意地になって、無理してどんどんドツボにはまって、やっとの思いで逃げ帰ってきた時には、もう……どれほどたくさんのものを失ってたことか。自分のダメさを、どれほど責めたか。虚しいなんてもんじゃないよ。後悔とか自己嫌悪とか、そんな言葉じゃ言い表せない」

言い募りながら、蘭の視線はいつしか富士の姿を突き抜ける。立ち竦む富士の背後に、かつての自分の姿を見ているのかもしれない。遠い異国の地で力尽き、頽れる、無力な女の子の姿を。

「――そんな目にあったことを、あたしは無意味にはしたくない。だからあんたには、まだなにも失わないうちに、傷を負わないうちに、とっとと帰れって言いたいの。ついてくんな、って」

その優しさも、痛みも、本気なのもわかる。蘭の気持ちはわかる。でも、受け入れるわけにはいかない。わかりました、なんて言えない。絶対にまだ引けない。ここで引くならまた前と同じだ。置き去りにされて追いかけもせず、ただ忘れられるのを待っているだけの自分に逆戻りだ。そんなのいやだ。

「私は……ただ、ここにいたいんです。諦めたくありません」

「あんたには、まともな世界に居場所があんだろ」

　しかし蘭も引いてはくれない。

「それがどれだけ恵まれてることか、あんたにはわからない？　このあたしを見なよ。ボロボロになって命からがら逃げ帰って、バレエの世界とも縁を切ったのに、それでもまだ立てる舞台を探してる。モツを見なよ。あいつがスーツ着て会社員とか勤まると思う？　誰かと恋愛して結婚してとかできると思う？　カニを見なよ。カニだよ？」

「……蟹江さんには、ちゃんと打鍵奴隷としての人生が……」

「奴隷だろ？　まともかよそれ」

「でも、……でも私にも、他に居場所なんかありません。私はバリスキにいたいんです。役に立ちたいし、劇団を蘇らせたい。そして蘭さんが舞台に立っている姿をまた見たいんです」

「――とにかく、あたしは言いたいことは言ったから」

　蘭はふっと目を逸らし、クロスバイクの向きを変えた。そのままペダルを思い切り踏み込んで、身軽に立ち漕ぎし、走って行ってしまう。富士は遠ざかるその背に必死に声をかけた。

「蘭さん！　今夜、南野さんちに来てくれますか⁉」

「樋尾が来るなら考えとくよ！」

振り返ってそれだけ言い、蘭は吹き抜ける風の中を去っていった。

高円寺駅の南口を出て、富士は一人、樋尾のアパートへ向かう。

ドアを開け放した喫茶店から漂ってくる煙草のにおいの中を歩きながら、蘭が別れ際に放った言葉が頭から消えない。

樋尾が来るなら、と蘭は言った。

つまり、樋尾を見つけられなければ、そして劇団に連れ戻さなければ、蘭の気持ちが翻ることはないのだ。蘭はとっくに諦めていて、劇団の活動にも見切りをつけている。このまま消えていくことを受け入れてしまっている。富士がどれだけ必死に自分の思いを伝えたところで、そんなものにはなんの力もない。富士の存在なんかでは、蘭の気持ちは変えられない。

そりゃそうだろう、と自分でも思う。劇団がこうなってから急に現れ、これまでのこともただ話に聞くばかり。なにができるわけでもない。なにをしてきたわけでもない。説得力なんかあるわけがない。今、なにかしてみせなければ——樋尾を連れ戻せなければ、信頼なんかしてもらえない。

昨日と同じ道を歩きながら、昨日よりもずっと重いものを背負っている気がする。南野。

蟹江。蘭。大也。みんなの顔を思い浮かべながら、彼らを乗せた舟が沈んでいくところを想像してしまう。舟は波に打ち砕かれ、パーツをばらばらに撒き散らしながら、海の深みに飲み込まれていく。海底に沈んだ欠片は遠くへ流され、どこかの浜に散り散りに辿り着き、砂となって風に飛ばされる。そうやって無になる。なかったことになる。かつてそんな舟があったことすら、忘れ去られて、消えていく。

その舟のことを知っているのは、自分しかいない。沈みゆくその姿を見ているのは自分だけ。

一緒に沈むこともできるだろう。それも多分、つまらなくはない。彼らと一緒なら、その過程さえもきっと孤独ではない。

でも、

（……まだ、終わりじゃない。私はそれを選ばない）

富士は諦めてはいない。足はまだ前に進んでいる。

こうして進む先で、樋尾を見つければいいのだ。連れ戻せばいいのだ。それができれば劇団は生き残れる。蘭だってわかってくれる。

確かに今、自分はふわふわした夢を見ているとも。でも、ただ見ているだけじゃない。ずっとこうしていたいと願っているわけでもない。自分は夢を、この手で掴んで、現実の世界に引き下ろしたいのだ。そのチャンスを窺っているのだ。人は夢からは必ず覚める。そんなことはもうとっくに知ってる。だから、こうやって歩いている。こうやって考えている。現実的で具体的な力をもって、この舟を、劇団を、死の淵から引き揚げる方法を探している。頭と身体、手、足、目、口、自分が持てるすべてを使い尽して、新しい現実を創り出そうとしている。そうしたいのだ。自分にはそれができるということを、証明したいのだ。

やがて樋尾が住むアパートに着いた。エントランスホールに入っていく。エレベーターのボタンを押し、三階に上がる。樋尾の部屋のチャイムを鳴らし、ドアを何度かノックする。

「樋尾さん。すいません、龍岡です」

部屋の中から返事はない。耳をそばだてるが、物音もしない。辺りを見回し、誰もいないのを確かめてから、須藤が昨日したように新聞受けから覗いてもみる。しかし玄関の床のタイルしか見えず、室内の様子はわからない。

昨日残していったポストイットは消えていた。帰宅して読んだのだろうか。それとも風に吹き飛ばされて、街のどこかでゴミになっているのか。とにかく、メールには返事がない。樋尾からはなんの連絡もない。

そろそろ正午になる頃だった。今日もまた、留守なのだろうか。もしくは居留守か。昼時だし、外出していてもおかしくない。仕事なのかもしれない。

またバイト先の店に行ってみてもいいが、そのときふと思ってしまう。そもそも、この部屋に樋尾が今も住んでいるという確証はどこにもない。この住所を教えてくれたのは蟹江だが、劇団の関係者にはなにも告げずに引っ越した可能性もゼロではない。いや、空室ならドアノブに書類一式がぶら下げられていたりするか。でも退去したばかりならまだ清掃も入っていないのかも。間を空けずに次の住人が入居したのかも。

だとしたら――どうしよう。手詰まり感が富士の焦燥をさらに煽る。再び何度か強めにノックするが、やはり反応はない。ドアの前から電話もかける。鳴りっぱなしで、留守電になってしまう。

（もしかしてこの流れ、ご実家を急襲しなきゃいけないのかな）

樋尾の実家は、蟹江の情報によると浜松。つまり新幹線での小旅行になる。なんなら須藤も召喚しようか。奴なら来る。うきうきで来る。こんなに強く確信できることもなかなか他にはない気がする。

その時、エレベーターホールの方から足音がした。はっとして振り向くと、中学生ぐらいの男子がこっちへ歩いて来る。制服でスポーツバッグを担ぎ、手には水筒。春休み中の部活帰りなのだろうか。富士が会釈する脇をそっけなく目を逸らして通り過ぎ、隣の部屋のドアの前で鍵を取りだそうとしている。そこは昨日、ドアの隙間から様子を窺っていた女性の部屋だった。息子か。

思い切って、声をかけてみることにする。

「あの、すいません。ちょっと訊きたいことがあるんですけど」

中学生は戸惑った表情を浮かべつつ、富士の方を見た。

「この部屋に、樋尾さんという方はまだ住んでますか？」

「……わかりません」

「二十代後半の、背の高い男の人なんだけど」

「……さあ……」

　ドアのすぐ前で話す声は、もしも居留守で中にいるなら全部聞こえているだろう。そう思ったとき、ふと閃く。ここは公共の場だからとそれまで低く抑えていた声を、

「私！　その樋尾さんという方にお金を預けてるんだけど！　返してもらえないの！」

できるだけ大きく張り上げる。富士の声は廊下中に響き渡り、この階の各居室内までくっきり明瞭に届いているはず。聞かせているのだ。もしも居留守なら、そこにいるなら、全部聞いていればいい。

「連絡もとれないし、困ってるの！　だから、警察を呼ぶことにする！」

　中学生には当然、「はあ……？」富士の意図など伝わりようもない。鍵でドアを開けるなり、そそくさと中へ入っていく。やれることはやった。

　エレベーターで下に降りていきながら、富士はほんの数か月前の正月のことをありありと思い出していた。婚約者に捨てられ、実家に集結していた家族の顔も見たくなくて、富士は久々に隠れ家に閉じこもった。なんならそのまま凍死したって構わないぐらいの心境だった。富士を心配した家族からはスマホにしつこく連絡が来ていたが無視した。でもやがて、『警察に、捜索を、頼んだからね。』と母からメールが来て、さすがに驚いて隠れ家

を飛び出した。すぐにそれが嘘だったとわかったが、あの時はとにかく本当に慌てた。傷心の上、国家権力に山狩りなんてされてはたまらない。

　もしも樋尾が居留守を使っていて、さっきの声が聞こえていたなら、きっと同じように焦るはず。そしてなんらかのリアクションがあるはず。本当に出かけているか、引っ越していたならまあ仕方がない。その場合は、バイト先で待ち伏せする。もしくは浜松に行く。ただそれだけのことだ。

　一階に着き、エントランスを出る前にしばらく足を止める。もしも動きがあるとしたら、多分それはすぐに——

「ちょっと待って下さい！」

　——かかった！　富士はひそかに片手を握り締める。小さくガッツポーズ。隣の部屋の中学生が、富士を追いかけて階段を駆け下りてくる。さっきまでのそっけなさはどこへやら、

「今うちのお母さんに聞いたんですけど、隣の人は旅行に行ったそうです！　なんか遠い外国で、しばらく戻らないって！　ていうか戻るかどうかも定かじゃないって！　これは本当のことです！」

　やたら饒舌にペラペラ喋ってくれる。ご丁寧なことに、その胸ポケットには、さっきまではなかったはずの折り畳んだ千円札が透けている。

「で、あと、なんだっけ……そうだ、最近このあたりも物騒だから、住人じゃない人を建

物内で見かけたら、こっちこそ即通報するって！」

「お母さんがそう言ってた？」

「あ？　えっと、そう！　お母さんが言ってた！」

頷きながら中学生は踵を返し、すぐにまた階段を駆け上がっていく。ボロを出さないうちに切り上げたのは上出来だが、買収されたのはあまりにも丸わかりだった。

樋尾は、やっぱり部屋にいたのだ。話を全部聞いていて、富士が去るなり部屋から飛び出し、隣の中学生を呼び出して、札を握らせてああ言うように指示した。それがバレないと思ったのだろうか。富士が信じて納得すると思ったのだろうか。それとも、おまえのことも通報する、という威嚇が効くと思ったのだろうか。

なんにせよ、これは勝ちに数えていいと思う。得る物があったのはこっちの方だ。樋尾は、確かにこの部屋にまだ住んでいる。居留守を使って、今も室内に身を潜めている。とにかくそのことは確かめられた。これは小さいが、それでも初めての、現実的かつ具体的な一歩だ。

アルバイト生活の一人暮らしで、そう何日も籠城できるわけはない。だから樋尾が姿を見せるまでエントランス前にしつこく張り込んで粘る、という選択肢もあった。

しかし富士は、そうはしなかった。通報されるのを本気で恐れたわけではなく、樋尾という人物のことをすこしは信用してみようと思ったのだ。

　彼を知る者は皆、決して彼を悪くは言わない。それが本当ならば、こんなふうに事態が膠着してしまった以上、もはや姑息に逃げ回ったりはせずにこちらに連絡をくれるのではないだろうか。もし本当に、樋尾が皆の言うようにまともな人物であるならば。これまでの五年間、バリスキの活動を実質的に一人で支え、南野たちの手綱をとってきたのが偽りの姿ではないのならば。

　富士はそっちに賭けることにして、南野荘に帰ってきた。

　部屋に入り、パソコンを立ち上げると、メールの返信が一通来ている。さっそく樋尾か！　と飛びつくが、そうではなかった。送信者は、元冬メンで、バリスキ公式ＨＰの管理者で、今はコヨーテ・ロードキルのＨＰを管理している女性だ。

　朝、富士はコヨーテ・ロードキルのサイトにあったアドレス宛にメールを送っていた。できるだけ丁寧に、バリスキのＨＰをこちらで管理できるように管理パスワードを教えてもらえないか、と頼んだつもりだ。そして、トップページからそちらのサイトに飛ばすのもやめてもらえないか、と。

　返信は数行だった。『バリスキのＨＰはそもそも私が個人的な趣味で運営していたに過ぎません』『その証拠になんの対価ももらったことはありません』『だからそれをどうしようとこちらの勝手だし文句を言われる筋合いなどありません』『なにかを教えたりする筋合いも一切ありません』『以後ご連絡はお断りします』とのことだった。ちなみに件名は、

Re：突然のご連絡で申し訳ありません、ではなく、『なんのつもりか知りませんが』だ。もうその字の並びが怖い。文字の隙間から毒の煙が噴き出しているような気さえする。

（やばい。めちゃめちゃ怒らせたかも……）

富士は返信の文面を見つめながら頭を抱えた。お昼に食べようと思って買ってきたおにぎりも脇に置き、とにかくこのことを南野に報告しなければ、と重い気分でスマホを掴む。が、スマホには先に南野からのＬＩＮＥが届いていた。慌てて開いて見ると、『俺だ！』から始まる怒濤の連投。

『俺のTwitterを見た奴から何件か連絡があったんだが』『みんな、すでに返金は済んでいる、と言っている』『驚いて、支払いが済んでいないはずの方面にも何件か連絡をとってみたが、そっちも精算済みらしい』『いつも通りに期日までに振込があったと』そして、コックコートにエプロンをつけた南野のセルフィーが四枚。山と積んだ豆パンをバックに、いちいち考え込むような表情をしているのがうざったいと思いつつ、『樋尾さんが支払いをして下さったんでしょうか？』と返す。しばらく待つが、なかなか既読にはならない。接客中で手が離せないのだろう。

一体どういうことなのかわからないが、とにかく帳簿を確かめて、すべての未払い先に連絡してみなければ。が、帳簿が見当たらない。そういえば昨夜、南野に「改めてちゃんと確認して下さい」と言って、母屋のリビングに置いてきたのだ。しょうがない、合鍵を使って取りに行って、そうだ、なんならその足で未払い先に直接事情を聞きに行こう。さっき置いたばかりのバッグをまた摑み、富士は玄関から再び駆け出す。

階段を下りながら、そのとき人影が一つ、前の道を急ぎ足で去っていくのが目に入った。長身の男で、黒いキャップに黒い服。（あれ？）妙に気になるが、そう思っている間にも後ろ姿は遠ざかっていく。（今のって……え？　なんだろう、なんか、でも……あれ？）変な胸騒ぎがしつつも、どうするべきなのかわからないまま南野家の裏口に着いてしまう。そして、すぐに違和感に気付く。鉢植えの位置が変わっている。朝、南野に頼まれて水やりをしたからわかる。近づいてみると、見覚えのない物がそこにあった。玄関ドアと鉢植えの隙間に、紙袋が一つ置かれているのだ。さっきまでこんなものはなかったはず。帰宅した時に、南野も帰ってはいないかと覗いたから覚えている。あれから今までのほんの数分間に、誰かが鉢植えをずらして、この紙袋を置いていったのだ。

中を確かめるなり胸に抱え、「……っ！」富士は駆け出す。

やっぱりあれは――さっきの人影は、樋尾だったのだ。樋尾が歩き去った方角へ追いかけていきながら、大声で呼びもする。

「樋尾さん！」

引っ摑んだ紙袋の中には、劇団名義の通帳と印鑑、ファイルされた領収証、『見上げてごらん』の台本が入っていた。片手でめくった通帳の残高はゼロ。「樋尾さん！　待って下さい！」スカートの裾を翻し、富士は必死に全力で走る。こんなに本気で走るのは高校の体育以来、いや、体育でもここまで頑張りはしなかった。前方に黒い服の背中が見える。

声に振り返った顔にはマスク。樋尾も追われていることに気付いて猛然と走り出す。ストライドが全然違ってとにかく速い。鈍足の富士ではとてもではないが追いつけない。距離はみるみる開いていく。息が上がって苦しいし、喉はぜえぜえ、心臓は爆発しそう。腕も足もバラバラになりそう。というか、呼びかけたりせずに忍び寄ればよかったのだ。ばかだ、しくじった、でも今さら遅い。樋尾はぐんぐん走っていってしまう。自宅が割れている以上、のこのこ戻りはしないだろう。このままどこかに姿をくらますはずだ。それで縁切りのつもりなのだ。だから見つかる危険を冒してまで劇団の荷物を置いていったのだ。ていうかそんなの、

(宅配で送れよ!?)

追い詰められてとっさにしくじるのは自分だけじゃなかったか。それでもこのまま逃げ切れるなら樋尾にはノーカウント。ほとんど泣きそうになりながら、富士は必死に樋尾の背中を追う。

「私、絶対諦めませんよ!」

このまま逃げられてしまったら終わりだ。支払いが済んだだけじゃだめなのだ。樋尾がいなければだめなのだ。自分がいたって、どれほど強い想いがあったって、樋尾の穴は樋尾にしか埋められない。樋尾がいなければ動き出せない。それはもう思い知っている。

大通りに出ればタクシーはすぐに捕まるだろう。自分ならそれに乗って逃げ切る。路地から大通りに出る曲がり角はもうすぐそこ、樋尾の背は今にもその先に消えていこうとし

ている。

（こうなったらもう最後の手段！　『あれ』しかない！）

富士は社会性のすべてをかなぐり捨てて、「わあ！」全力で大きく叫んだ。この声に気付け。立ち止まれ。振り返れ。そうしながら持っていた荷物のすべて、自分のバッグも樋尾が置いていった紙袋もすべて、力いっぱい放り投げる。財布や鍵、ポーチ、あらゆるものが宙を舞う中を、ダッシュの勢いのまま前方に身を投げる。偶然靴も脱げてしまうがちょうどいい。道路にうつぶせに倒れ伏したこの姿は、つまずいて転んだかのように見えるはず。見えるというか、普通に手の平や膝やあちこちが痛いが、普通に転んだのと全然変わらないが、泣きたいが、でも、

（……動かない。顔を上げない。向こうを見ない……）

倒れたままで息を詰める。顔を伏せたままで樋尾という人物を信じる。自分の後を追って走ってきた女が悲鳴を上げながら転倒し、動かなくなった。樋尾は、それを見捨てていけるような人ではないはず。蘭は、自分たちは見捨てられた、と言った。でも、簡単にそんなことができる人ではないはず。大破して沈みゆく舟を、自分だって乗っていた舟を、そのまま背後に残していけるような人ではないはず。そんな人なら、一人でなにもかも抱え込み、黙って支払いを済ませたりもしない。捜されているのがわかっていながら、荷物を返すためにのこのこ姿を現したりしない。五年間もバリスキの守護神なんかやっていない。だから信じる。

「……おい」

「…………」

「おい。大丈夫か？」

肩にそっと触れてきた手を、富士は素早く摑んだ。反射的に逃げようとしたその袖口を、思いっきり握り締める。やっぱりそうだ。樋尾は立ち止まり、振り返る人だった。戻ってくる人だった。この手は離さない。なにがあろうと、絶対に。

たじろぐ気配はすぐ傍にある。富士は顔を上げつつ、

「すいません。私はよくわからないんですけど――」

こんな時だというのに、つい笑ってしまいそうになる。アパートでの陽動作戦といい、今といい、こんなにうまくいくなんて。

「――マリーシアって言うらしいです。こういうの」

驚いたように身を引こうとする樋尾の袖口をしっかりと摑んだまま、富士は兄と弟の声を思い出していた。出たよ、マリーシア！　そう言って男二人はよく笑っていた。一番下の妹が、親の気を引くために腹痛のふりをしてうずくまったり、泣き真似をしたり、足をくじいたふりをしたり、今まさに富士がしたように転んだふりをするたびに。

「樋尾さん、ですよね。やっとお会いできました。龍岡です」

膝をついた姿勢で、樋尾は呆れたみたいにマスクを顎まで下ろす。「策士だな……」低い声で短く呟き、富士を見るその面差しは――うわ、と思わず本気の声が出た。

「どうしたんですか!?　それ、ひどい……！」

かっこいいとかどうとかの前に、あちこち腫(は)れて顎のあたりには青痣(あおあざ)、唇の端にはまだ痛そうな傷。片目の下は内出血で黒くなり、黄色く変色した痣もあり、明らかにひどい怪我をしている。

「そっちだってひどいだろ。見てみろよ、自分の手」

言われて手の平を見ると、ひどい擦り傷になって血が滲(にじ)んでいる。見てしまったらたちまち痛いが、でもこの手は離せない。樋尾を逃がすわけにはいかない。そんな富士の葛藤(かっとう)の声が聞こえたみたいに、

「もういい、降参だ。逃げても無駄っぽいからな。……諦めないんだろ？」

「はい。絶対に」

ため息をつきながら、樋尾は言う。「そこにコンビニあるから、まず手を洗え。話はそれからだ」


樋尾一真(かずま)は、富士がコンビニのトイレの洗面台で手を洗っている間に、消毒液と大きな絆創膏(ばんそうこう)を買ってくれていた。

「すいません、なにからなにまで……あいた！」

「沁(し)みるだろ。当たり前だ、こんなことして」

両手の擦り傷にさっそくその消毒液を全開の勢いでバシュ！　バシュ！　とかけてもくれる。若干、なんらかの意図を感じないでもない荒っぽい吹きかけ方ではあった。それでも手当をしてもらっておいて、文句を言える筋合いでもない。富士がティッシュで手を拭くと、樋尾は絆創膏まで貼ってくれる。でもそうしてくれる樋尾の方も、手指の関節のあちこちが痛そうに赤みを帯び、ところどころ擦れたような傷になっている。

顔といい、どうしたのだろうか。気になるが、訊ねていいのかどうかさすがに距離感を測りかねる。

「それは自分でなんとかしろよ」

樋尾は富士の膝のあたりを見ながら言った。え、と見下ろして、初めて気が付く。タイツの膝が破れ、擦り傷から血が滲んでいる。

消毒液をティッシュに出して膝の傷を拭いていると、樋尾はすたすたと富士を残してイートインの席の方へ行ってしまった。不安になって目で追うが、

「あそこでいいか」

顎をしゃくって見せる方には、誰もいないカウンター席。

「なんか飲むだろ。なににする」

「あ、えっと……」

なんでもいいです、と言おうとするが、やっぱりなんでもよくはない。

「……一番、ややこしげなヤツをお願いします。できるだけ面倒な感じの、それでいて一

番巨大なのを」

「なんだそれ」

眉根を寄せつつ、樋尾はドリンクコーナーへ向かう。富士はリアルに血と汗を流して、あの男をやっと捕まえたのだ。せっかくのこの機会を無駄にするわけにはいかない。じっくりと話をするためには、できるだけたくさんの時間を稼ぎたい。膝に絆創膏を貼り、破れたタイツのままで富士も席に向かう。

樋尾は先に椅子に座っていた。なにも言わないまま、隣の椅子を音を立てて引く。ここに座れ、という意味だろう。

樋尾の前にはアイスコーヒーのプラカップ。そしてその隣には、

「……よくこんなややこしいヤツありましたね」

「そっちの要望だろ」

チョコバナナミント味のフローズンにソフトクリームがのっていて、そこにコーヒーマシンのスチームミルクを注いでしばらく揉め、とカップには書いてある。ミルクはすでに樋尾が注いでくれていたから、富士はしばらく無心でカップを揉む。

「よくかき混ぜろ。そう書いてあるから」

「あ、はい」

言われるがままに太いストローでかき混ぜる。そろそろ吸えそうな気がして吸ってみると、意表をついて、突然タピオカが喉に飛び込んでくる。うっ、と噎せかけるその横顔に、

樋尾の視線を感じる。じっと見られているような……なんだろう。なんでそんな突き刺すみたいに……。

「あ。そ、そっか、すいません。いくらでした?」

「いいよ」

「いえいえ、こんなのまで樋尾さんに自腹を切っていただくわけにはいきませんから。今回、帳簿に記載されている未払い分だけでも十七万円必要だったのに、口座にはそもそも二千円ちょっとしか残ってませんでしたし」

「……いつ見たんだよ」

「ついさっきです。樋尾さんが飲み物を買って下さっている隙に通帳を見て、最近の取引については確認しました」

「未払い金の額なんてどうして知ってる」

「帳簿もすでに確認しましたから。『見上げてごらん』にかかった実際の金額がそもそも帳簿と全然違うこともわかってますよ」

笑うとも呆れるともつかない目をして、樋尾はしばし黙り込む。そうして一口、自分のアイスコーヒーを飲む。カウンターは奥行が狭く、普通に座っては長い手足が邪魔なのだろう。身体を横にして富士の方を向き、片肘(かたひじ)をついて、視線を手元に落とす。店の間口は狭く、席は近過ぎて、体温まで感じられそうな気がする。

にわかに緊張してしまい、富士も自分の妙なドリンクを覗き込む振りをする。そうしながらこっそりと、目だけで樋尾を盗み見る。

　着古した黒のパーカーにブラックデニムを合わせただけの恰好が、やたらと板についた男だった。窓から射す白い光に、すこし俯いた横顔のラインが照らされている。物憂げに伏せた目元は瑞々しく、すごく冷たくて、そっけない。こんな時だというのについ思ってしまうのは、（……モテるんだろうな）と。それもすっごく、めちゃくちゃなレベルで。

　樋尾が纏う独特の雰囲気は、実物を前にしなければわからない類のものだった。たとえるなら香りや温度、オーラみたいなもので、スマホのカメラなどでは到底捉え切ることはできない。もはや引力、とでも呼ぶべきなのかもしれない。

「なに」

　急に目が合い、たじろいだ。

「あ、……代金を」

「……四百二十円」

　財布の中にはちょうどぴったり小銭があった。手渡すと、樋尾はそれを無造作に尻ポケットに突っ込む。そしてまた沈黙。

　富士は気まずく半解凍状態のタピオカを吸い込み、飲み込む。話したいことはもちろんあるのだが、うまい切り出し方がわからない。とりあえず自己紹介から、だろうか。

「あの……ええと、改めまして、龍岡富士です。ご挨拶が遅れて申し訳ありません。つい先日、南野さんと蟹江さんにお誘いいただいて、バーバリアン・スキルに加入しました」

頭を下げてみる。ちらっと樋尾はそんな富士を見やる。

「役者？」

「いえ、スタッフとして皆さんを支えていければ、と」

富士の答えに対して、特に反応はなかった。すべての興味を失ったみたいなクールさで目を逸らされて、話は特に広がらない。樋尾のアイスコーヒーはすでに半分以上も減ってしまっている。

「その……痛そうですね。ここ とか」

富士が自分の顔の目の辺りを指さしてみると、樋尾は再び視線をくれた。

「モッにやられたんだよ。もう結構前だけど」

「え、南野さんがなぜ……って、もしかして『見上げてごらん』の初日、中断した後の喧嘩ですか」

「あそこにいたのかよ」

「はい、見てました。でもまさかそんなにひどいことになっていたとは……」

「歩く戦車みたいなもんだろ、あいつ」

自嘲するみたいにそう言って、樋尾はアイスコーヒーのカップを揺する。氷が鳴る。

「あんなのにドカドカ殴られて無事で済むわけねえ」

「確かに……でも、そもそもどうして喧嘩になってしまったんですか。歩く戦車なんかと」

「あの馬鹿は、あんな状況でまだ芝居を続けるつもりでいやがったんだよ。幕を下ろした俺に殴り掛かってきて、やらせろ、続けさせせろ、まだ終わっちゃいない、とさ。で、俺もブチ切れた。ま、おあいこだよな。あいつもひどい顔してんだろ？」

「いやー……」

富士はちょっと口ごもる。「言いにくいんですが……南野さん、無傷です」

「まじかよ」

「あの方は特殊ですから」

「……まあ、そうだな。あいつは特殊か」

嘆息しつつ、樋尾は低く、

「ただそれでも、役者のツラを、公演中に殴ったって事実に変わりはねえな」

まるで自分自身に言い聞かせるような声音で続けた。

「だからってわけじゃないが——俺はもう、演劇をやめる。つか、やめた」

そう言う顔を見返しつつ、しかし富士は驚きはしない。そういうことを言い出すんじゃないかと思っていた。

「とっととそうしてりゃよかったんだよな。去年のうちに。そういうわけで、これで全部終わりだ、って、モッたちにも伝えてくれ」

はい、とはもちろん言わない。

「……そんなこと、仰らないで下さい。樋尾さんの存在は唯一無二です。バリスキには樋尾さんが必要なんです。いくら南野さんと喧嘩したからって、怒っていらっしゃるからって、一時の感情で決めてしまっては……」

「そういうことじゃねえ」

富士の言葉を遮って、樋尾は突き刺すように鋭く見つめ返してくる。その氷点下の眼差しに、思わず怯んでしまいそうになる。

「去年からずっと考えてたことだ。メンバーが抜けて、冬公演が飛んだ時からな。そこから先が厳しくなるのはわかってたし、演劇で食っていくのも諦めて、別の道を探すつもりだったんだよ、俺は。だから、三月の『見上げてごらん』が俺には最後の舞台になるはずだった。最後らしく、夢の終わりらしく、悔いなくやりたかった。どんな無理をしてでもいい芝居にしたかった。なのに……あの野郎に壊されたんだ。最低だよ、あの野郎は」

あの野郎、というのは、当然南野のことだろう。

「大事なことを疎かにして、てめえの領域ばっかり優先しやがって、賞がどうとかメンツがどうとかそんなことで完全に判断力ぶっ飛ばしやがって、ケチるべきじゃないところをケチりやがって、抑えるべきところは抑えられず、てめえの無茶苦茶を強引に通しやがって……その結果があれだよ。あの、ザマだ……！」

アイスコーヒーのカップを摑み、樋尾はストローを前歯できつく嚙む。

「まあ……あの劇場は、ないですよね」

「そうだろ⁉ なんだよあれ……⁉ あんなの、あいつはどこで見つけてきたんだよ⁉ ありえねえだろ⁉ お化け屋敷でもやるつもりかよ⁉」

「ですよね……廃墟でしたもんね、ほぼ」

「ほぼどころか、完全に、だろうが！　それに人件費！　これまで散々世話になった人たちに、どんだけ迷惑かけりゃ気がすむんだよ⁉　強引に頼み込んで、無理矢理な負担かけて、だまし討ちみたいに協力させて！　いつか恩返しするなんて空手形乱発しやがって！　ふざけんなよ！　こんな時だから、って甘やかされりゃそれを上回る付け上がり方をしやがって、人の好意を利用して！　あんなやり方したらそれから劇団がどんな目で見られるか、全然わかってねえんだよあいつは！　てめえで未来を潰すような真似してどうすんだよ⁉」

「……だから、本来は外部の方々に支払うべきだった適正な金額を、樋尾さんが個人的に負担されたんですか？」

「そうだよ！　身内ならともかく、他所（よそ）のスタッフに迷惑かけるわけにいかねえだろ！　んなことしたら俺の看板にだって傷がつくんだ！　持ちつ持たれつのこの世界で、あの舞監には今後協力できねえなんて話になったら一巻の終わりなんだよ！」

　昂（たか）ぶる樋尾の声を聞きつつ、富士はひそかに息を詰めた。胸の鼓動が強くなる。俺の看板とか、今後とか、それを気にしているのなら、やっぱり全然終わりじゃないのだ。樋尾もまだ、本当のところは、終わりになんかできはしないのだ。

「なのに……くそ！　モッだけじゃねえ、東郷もだよ！　蟹江も！　あいつらだって結局はモツの言うがまま、やりたい放題やりやがって！　なんなんだよあいつら本当に！　誰せる。

一人、まじで誰一人、現実が見えてる奴がいねえ……！」

「樋尾さん以外は、ですよね」

抱えていた頭を跳ね起こし、樋尾は富士の目を見た。富士はその目を見返し、頷いてみ

「わかってます」

これまで樋尾が劇団のために、どれだけの負担を自らに強いてきたか。金もそうだがそれだけではなく、精神力とか体力、時間、生活そのものを犠牲にして、どれだけ自分自身を捧げてきたか。どれだけ必死に劇団のエンジンを動かし続けてきたか。その証拠が今のバリスキの有り様なんだろう。樋尾一人が抜けたら、あれだけの才能の持ち主たちが揃っているにもかかわらず、誰もなにもできないのだ。誰も次の一歩を踏み出せず、ただおろおろと立ち竦むばかり。彼らはそれだけ、樋尾という存在に依存してきたのだ。

樋尾は低く、「そもそも……」さらに言い募る。

「……そもそも！　冬メンがいなくなったのだって、」

「南野さんが、夏メンとの扱いに差をつけたのが原因ですよね」

樋尾は富士をまっすぐに見たまま、目を瞬く。口を噤む。静かに息を整えようとしているのがわかる。

「帳簿を見て、そう思ったんです。予算を決定する権限を、南野さん一人が握り過ぎていたんじゃないか、って。結果、創設メンバーである夏メンばかりが優遇される形になって、

冬公演の利益を一方的に食い潰すことになってしまった。劇団員の顔ぶれが変わって、劇団としての在り方もどんどん変わっていくのに、南野さんは……夏メンは、なにも変わろうとしなかった。それまで築き上げてきた自分たちの在り方にこだわって、変わりゆく流れに抵抗し続けた。その割を食わされてきた冬メンが、あんな形で不満を爆発させたとしても、私はそれをただ責めることはできないと思います」

「……そうだよ」

なぜかすこし悔しげに、樋尾は声を絞り出した。

「それをまんま、俺は、あいつに言った。言い続けてきた。このままじゃやばくねえか、って。これじゃ納得させらんねえぞ、って。考えろって。でもあいつは理解してくれなかった。すこしも変わろうとしなかった」

目元の辺りを乱暴な手つきで擦り、窓の向こうに視線を投げる。

「多分あいつは……あいつらは、変わる流れに抵抗し続けることそのものに、意味を見出してたんだろうよ。ただ愛する演劇の世界に居続けて、進んでいく時の流れや人生の流れ、生きてりゃ当然の自然な変化にひたすら背を向け続けて、純粋でいられりゃいいと、舞台に没頭してられりゃいいと、変わらずにいることでそういう無垢な価値観を、自分自身を表現したいんだろうよ。でも現実には無理な話だろ。変わるときはなんだって変わる、季節だって天気だって法律だって国境だって。それを受け入れられねえから、結局こんなことになってんだよ。たくさんの人の期待や応援を裏切って、作り上げてきたものは崩れ落ちて、仲間同士で傷つけ合って……くそ、下らねえな」

その横顔はかすかに紅潮して、声が掠れる。アイスコーヒーの氷は解けて、カップからカウンターに水滴が落ちる。

「……それでも、『見上げてごらん』は、やろうと思ったんだ。俺はまだ、モツの側に立ちたかった。モツはなにも、冬メンを利用してたわけじゃねえ。ただ、みんな一心同体の仲間だって信じてただけだ。比べたりとか競ったりとか、どっちが損か得かとか、奪うとか奪われるとか、あいつはまじで、少しも考えちゃいなかった。そういう奴なんだ」

「なんとなくですが、わかります」

夏メンより冬メンの方が動員がどうで、とか、だとしたら自分の劇団での立場はどうで、とか、南野は一切気にしなかったに違いない。舞台の上でなにをどう輝かせるか、それしか見ていなかったに違いない。たった数日の付き合いだが、富士にも容易に想像はつく。

「そういう奴だから、俺もそのままあいつを置き去りになんかできなかった。が、」

一度目を閉じ、

「……限界だ。もうさすがに」

樋尾は深呼吸をしてから、富士を見る。

「俺は、今度こそ、あいつを見限った。バーバリアン・スキルもこれで終わりだ」

光を透かす瞳に捕らえられる。でも、富士もその瞳を強く見返す。

「本心ではないですよね。それ」

「……なに？」

　まっすぐ対峙し、つんのめるように言い募る。

「樋尾さんは、最後の舞台があれでいいんですか？　ボロボロの劇場で異臭騒ぎ、喧嘩まで起こして公演中止、本当にあれで納得できますか？　あの続きはもういいんですか？　最後までやらなくて、いいんですか？　舞台監督として、樋尾さんが納得できているならそれでもいいです。ただ、私は全然納得してません。観客として、最後まで観たいと思ってます。そしてバリスキの一員として、最後までやり切りたいと思ってます。私は『見上げてごらん』をやるために劇団に入ったんです。だからどうか、」

　そこまで言ってから、大きく頭を下げてみせる。樋尾の膝に鼻先がつきそうになるほど思いっきり深く。そして、

「お願いします。樋尾さん、戻ってきて下さい」

　つい昨日、自ら越権行為としたことをそのまま言ってしまう。でも今はこう言うしかない。樋尾を失えないのだ。どうしても。

「『見上げてごらん』の舞台監督は、樋尾さん以外にいません。ＮＧＳ賞だって、まだ諦めてません」

「……頭、上げろ。目立つだろうが」

　つむじの辺りを、指一本でぐいっと押し上げられる。見ると、樋尾は呆れたように窓の外に視線を投げている。

「俺が戻ったって、どうせあいつらはなにも変わらねえ。何度やったって同じことだ。また同じように躓いて、同じようにコケるだけ。結果はどうせ変わらないんだよ」

「変わります」

「なんで言い切れる？」

「私がいるからです」

虚を衝かれたように富士を見て、「……は？」樋尾の顔には笑みが広がる。思わず漏れた、そんな感じの、引き攣るみたいな笑い顔だった。

「どういう自信だよ、それ。おまえがバリスキにいて、それでなにがどうなるんだよ。教えてくれよ、一体なにが変わるって？　一体なにができるって？」

「少なくとも、樋尾さんにとっては未知のことが起きますよ。それは確かです。私がいるバリスキを樋尾さんは知らないんですから。初めての変化が、必ず起きます。ていうか私が起こします」

「そもそもおまえ、なんなんだ？　どうしてバリスキに入ったんだ？」

「私は演劇のことはなにも知りません。舞台のことも、お芝居のことも、まったく知りません。ただのド素人です。たまたまバリスキに出会って、夢中になってしまっただけの者です」

「……だろうな。ま、好きにしろよ。俺にはもう関係ねえ」

樋尾は一気にアイスコーヒーを飲み切り、立ち上がる。慌てて同じく立ち上がろうとする富士を制するように、冷たい一瞥を向けてくる。

「もういいだろ。話は済んだ。返すべきものは返したし、支払いは全部済ませた。俺が勝手にやったことだ。後から請求したりもしねえよ」

「いえ、話はまだ済んでません」

「済んだんだよ。いくら追いかけてきたって、うちまで来たって、俺が劇団に戻ることはない。……ま、俺も悪かったんだよな。変に逃げ回ったりしないで、とっととこうやって堂々と、これで終わりって区切りつけりゃよかったな。じゃあな」

「樋尾さん、待って下さい！」

飲み切れなかった妙なドリンクを片手に、富士も樋尾の後を追って店を出る。

「堂々とできなかったのは、引き戻されるのが怖かったからですよね⁉　まだ終わってないって、終わりになんかできないって、誰よりもご自分が一番わかってるからですよね⁉　呼ばれたらまだ応えたくて、それを打ち消すことはどうしてもできなくて、苦しいんですよね⁉」

樋尾はもう振り返りもしない。富士の声を完全に無視して、駅の方に向かって歩き出す。

「樋尾さん！　今夜、みんなで南野さんの家に集まるんです！　次の公演のことを相談するんです！　ＮＧＳ賞を獲るためには、もう動き出さなきゃ間に合わないんです！　お願いします、樋尾さんも来て下さい！」

樋尾の歩く速度は変わらない。

（どうしよう、樋尾さんが行っちゃう……！）

でも、待ってと言って待ってもらったところで、樋尾の気持ちが変わらなければなんの意味もないのだ。前に立ちはだかって、物理的に押し返したって同じこと。

一体どうすれば樋尾が劇団に戻る気になるか、富士はその背を追いかけながら必死に考える。もしも自分だったら？　もう戻らないと決めた劇団に、なにがあれば戻る気になる？　なにを言われたら、考えが変わる？

しかし劇団のことはそもそもよくわからない。具体的なイメージが浮かばない。でもたとえば――そうだ。きょうだい五人で、旅行の計画を立てていたとする。上の双子も下の双子ももちろん好き勝手なことを言うばかりで、話をまとめる役は例の如くすべて富士に押し付けられる。振り回されて疲れ果てて、やがてうんざりしてくる。もうやめよう、と富士が言って、旅行の計画は取り止めになる。

そこに、他人が一人やってきて、『そう言わずに旅行して下さいよ～！』とか口を挟んでくるのだ。どんなことを言われたら、旅行の計画を立て直そうという気になるだろうか。

『自分が全部おごりますから～！』

いや、おごってもらったってまとめ役の面倒がなくなるわけではない。

『なんでも言うことを聞きますから～！』

奴隷が欲しいわけじゃない。ただ双子たちのわがままに疲れ果てたのだ。

『謝ります！　ごめんなさ～い！』

意味が分からない。関係ない人に謝られても、リアクションに困るだけ。

『自分も行きます～！』

来ないでほしい。そんな旅行ならさらにもっといやだ。

『じゃあ、あなたは来なくていいです～！』

え？　……というと？

『自分、他人ですけど、上下の双子を連れていきます～！　適当なプランでわけわかんないところを連れ回して、危険な目に遭わせまくった挙句に有り金奪ってどっかの国の路上に裸で放り出します～！　だって自分には双子たちなんてどうでもいい存在なんで～！』

（待って！　なに言ってんのあんた！　それなら行くよ！　行くからやめて！　私の大事なきょうだいたちにそんなことさせない！　怖すぎるでしょそんな……あ!?）

これだ――わかった。見つけた。考えを変える方法。

「樋尾さん！」

富士は走って樋尾を追いかけ、なんとか前に回り込む。

「いい加減しつこいな、だからもう、」

「もういいです！」

噛みつくように言い返し、できる限りのいい笑顔も向けてやる。

「わかりました、樋尾さんはもういいです！　私が舞台監督やります！」

樋尾の顔色が一瞬にして変わる。

「……は？」

「経験なんかもちろんゼロですけど、挑戦してみます！　宙吊りとか、舞台をグルグル回転させるのとか、あとそうだ、あれやりたいんです！　マッドマックスの、長ーい棒の尖端に掴まって揺れるやつ！　何メートルも上空から地面に命綱なしで叩きつけられるやつ！　舞台監督の権限で、必ずやらせてみせます！」

「いきなりなにを……」

食いついてこい。食いついてこい。念じながら富士は「私の舞台ですから任せて下さい！」言い切り、樋尾の目の前で胸をドンと叩いてみせる。食いついてこい！

「費用はまた消費者金融から借りればいいんですもんね！　きっとじゃんじゃんお客さん入って、すぐにじゃんじゃん儲かりますよ！　ていうかチケット代でぼったくります！　外タレのライブなんか一万円とか普通ですもんね！」

「……勝手にしろ！」

「勝手にしますよ！」

樋尾は富士を睨み付け、しかしそのまま振り切るように追い抜いて歩き出す。でもとどめはまだこれからだ。

「ところで樋尾さん！　通帳と一緒に入っていたこれですけど、もういらないですよね！」

振り返るのを確認してから、バッグから『見上げてごらん』の台本を取り出す。力を入れて、両手で思い切り、ページを左右に引き裂く。束ねた紙は結構固くて、綺麗に二つには破れない。何度もむしるようにして、それをやっと紙クズにする。そして思いっきり、自分の頭上に投げ放つ。紙吹雪のように綺麗に舞いはしない。頭に、肩に、足元に、かつて台本だった紙片はゴミのようにただ散らばる。

樋尾が、富士を見ていた。

富士も見返し、数秒。もう、これ以上の言葉は必要ない。きっとお互いに、言いたいことは言い尽したはず。

樋尾が先に、富士に背を向けた。

（もしも……）

そのまま歩いて去っていく。

（舞台の神様とかがいるのなら、私は地獄行き……）

富士はそのまましばらく動かずに、樋尾の後ろ姿が見えなくなるのを待った。

充分待ってからおもむろにしゃがみこみ、自分が破いた台本の残骸をかき集める。通る人にジロジロ見られながら植え込みの中にも手を伸ばし、一片残らず回収する。

樋尾は、自分の台本が破られたと思っただろう。そう思わせたのだ。でもこれは、富士が蟹江にコピーさせてもらった台本だった。バッグに入れて持ち歩いていたもので、樋尾の台本はちゃんと紙袋に入ったままになっている。

地獄行きだろうがなんだろうが、今確かなのはたった一つ。

——樋尾は、絶対に食いついた。

「富士さーん。いる？」

「入ってください」

鍵をかけていないドアを開き、蟹江はにこやかな顔で現れた。「夕飯なににするか相談しようよ」原稿の進行が順調なのか上機嫌で、しかし富士の手元を見るなり驚いたように目を見開く。

「どうしたの、それ」

「ちょっといろいろありまして。お気になさらず」

富士は大麻柄の座布団に座り込み、自分の手でビリビリに破った台本をパズルのようにはぎ合わせていた。セロハンテープを駆使して、なんとか元の姿に戻すつもりだ。

「それがそうなるいろいろって……ていうか、もう一回僕のをコピーした方が話早いような気がするけど」

「ありがとうございます。でも今はそれよりも」

蟹江の顔を見上げ、富士ははっきりと口にした。

「樋尾さん、帰ってきますよ」

え、と蟹江は眉を寄せ、玄関先でしばし棒立ちになる。そのまま目を何度か瞬かせる。

「いや、でも、そんなの……無理でしょ。今まで連絡もとれなかったのに、そんなわけない」

「あるんです」

　富士の中の確信は、もはやすこしも揺るぎはしない。樋尾は食いついた。絶対に帰ってくる。

「今夜は蘭さんと大也くんにも声をかけましたから、メンバー全員が揃うはずです。次の公演のこと、ちゃんと話し合いましょう」

「いやいや待ってよ、話が見えないんだけど。つまり、樋尾さんに会えたってこと？」

「はい。通帳と印鑑は無事に取り返しました。そして樋尾さんは今頃、まだ自分がバリスキにいなければいけない理由を思い出して下さってると思います」

「……富士さん、なにしたの」

「やるべきことをしたまでですよ。蟹江さんは、私を信じて下さってるんですよね？　前に、そう言いましたよね？」

「まあ、そうだけど」

「じゃあ信じていて下さい。なにも心配いりません。大丈夫です」

　富士を見ながら、蟹江はそれでも不安そうにボタンダウンの襟をいじる。落ち着きのない指先が、小さなボタンをカチカチと摘まむ。その頼りない様子はこどものようで、富士は思わず微笑んでしまった。

「大丈夫ですから、本当に。とりあえず、今夜はカレーがいいかなと思ってます。南野さんには材料を買ってきていただけるように連絡しました。ただ、いかんせん手がこれなので」

絆創膏を貼った両手を見せると、蟹江は「ええ……!?」さらに複雑そうな表情になる。

「問題ありません、ちょっとした擦り傷です。でも、ごはんは蟹江さんか南野さんに作っていただくことになります。いいですか？」

「いや、そんなの全然いいけど、いいんだけどさ……！　なんなの、本当に!?」

＊＊＊

キッチンに立った南野は、妙に張り切って鍋に付ききっきりになっていた。豆板醤も持っていたし、料理するのは好きなのかもしれない。

「で、どこに樋尾がいるわけ？　あたしの目には見えないんだけど」

「そのうちいらっしゃるはずです」

テーブルを拭く富士を見上げ、「そのうち、ねえ」蘭はなにも手伝わないまま、呆れたみたいに鼻先で笑う。窓の外は日が暮れて、町はちょうど夕飯時。大也と蟹江は台所の収納庫を開き、人数分の食器を探している。

今夜は樋尾さんが来ます、と富士が連絡すると、蘭は『なわけねえだろ』とだけそっけなく返信してきたが、ちなみにカレーです、とさらに送ると、その十五分後には大也とともに南野家のリビングに現れた。カレー！　と、叫びながら。

しかしそれから二十分、カレーはまだ仕上がらず、樋尾の姿もない。

「『樋尾さんは皆さんの心の中にいます』とか言い出したら、まじでぶっ飛ばすからね」

「言いませんよそんなこと。リアルに来ます。すこしは信用して下さい」

「信じる理由がねえだろうが。つかそもそもモツだってそんなの信じてねえだろ」

「南野さんは信じて下さってますよ」

「ほんとかよ？」

「ほんとです。樋尾さんが来ます、と伝えたら、うんわかった、って感じでした」

「感じ、ってなに。正確にはなんて言ったわけ」

「『うん？　ふん？』ヴィィィ～ン!!　って」

「なにそれ」

「南野さん、ちょうど野菜をフードプロセッサーにかけてたところで」

「じゃあ聞こえてねえんだろうが」

「そうですかね。なんにせよ、南野さんは私の言うことなら信じて下さるはずです」

「その自信はなに？　どっからくんの？」

「なんだかそういうシステムなので」

「こっわ」

蘭は行儀悪く椅子に足を上げて座り込み、ふてくされたように前髪を鼻先に伸ばして捩(ねじ)

っている。

「とにかく、あたしは信じてないから。あんたのことなんか一切」

「そう言いつつ、こうしてちゃんと来て下さってるじゃないですか」

「だってカレーなんだろ？　じゃあ来るだろうがよ。あたしカレー食いたいもん」

「メニューがカレーなのは信じて下さったんですか？　樋尾さんが来るとは信じてないのに？」

「うるせえな。とにかく樋尾は来ねえんだよ」

「来ますってば」

「来ねえ。賭けてもいい」

「私だって賭けてもいいです。もし樋尾さんが来なかったら、」

「劇団なんか辞めて実家に帰る？」

う、と一瞬黙り込みそうになり、しかし、

「……いいですよ、別に。それでも構いません」

富士は意地で胸を張る。全然大丈夫だ。問題ない。樋尾は絶対に来る。はず。……だ。

「ってことは、これがあんたの送別会か。ま、カレーでバイバイってのも乙なもんだよな。乙カレー」

「……もし樋尾さんが来たら、蘭さんは私になにかくれるんですか」

「んなのなんだっていいよ。なーんでもあげる。一億円あげる。いや、十億円あげる。あんたの顔よりでかい宝石とか、タワーマンション一棟とかさ。なんでもやるよ。なんなら星を丸ごととか」

「それ、忘れないで下さいね？　私、覚えてますからね？」

「ぜーんぜんいいけどぉ。つか、そっちこそ忘れんなよ」

蘭のせせら笑いを遮るように、「おおおぉ……っ！」キッチンの南野が突然声を張り上げる。レードルを片手にテーブルの前に飛び出してきて、

「なんてこった！」

天井をふり仰ぎ、巨体を震わせる。その両目はかすかに潤んでさえいる。

「どうしたんですか？　なにか材料入れ忘れました？」

「この俺様ときたらうっかりカレー界の歴史を俺色に塗り替えちまった！　俺様のガラムマサラ——俺さマサラで、聖なるガンジスも煮えたぎるぞ！」

蘭はちらっと南野を見ただけで、黙ってテレビの音量を上げる。付き合いの長さを感じさせる、手慣れた無視の仕方だった。

「ええと、要するに……カレーが出来て、味見をしたらおいしかったんですね？」

「おいしいどころの騒ぎじゃねえ！　鍋の中身はもはや災害……いやさ、新たなる天地創造！　見よ、地の割れ目より噴き出す俺のカレー、天の裂け目からも俺のカレー！　ふっ、すべての命よ今こそ俺色に染まれ——この神秘なるターメリックイエローに、な！」

「蟹江さーん、お皿ありました？　大也くん、スプーン出してくれます？　あ、すいませ

ん、蘭さん、飲み物をお願いします」

これうまいね。ほんと普通にうまい。口々に言い交しながら、意外なほど和やかに夕飯のひとときは過ぎていった。

大鍋のカレーはどんどんおかわりされて、見る間に嵩が減っていく。カレーは本当に、普通にうまい。丁寧に炒められた飴色玉ねぎとたっぷりの野菜がいいコクを出している。作った当人の南野も三度目のおかわりに立ち、ごはんとルーをたっぷりと皿に盛りつけて席に戻ってきた。

「ごはん、まだありました？」

「あと二杯分ぐらいだな」

富士の問いに答えつつ、南野はカレーをすごい勢いで口に運ぶ。一口がでかいし、飲み込むのが早い。大也は南野の正面に陣取り、目を輝かせながらその食いっぷりに見入っている。

「みなさん、まだ食べますよね」

食べる！　と蘭が手を挙げ、蟹江も口を動かしながらスプーンを高く上げる。大也も同じくモグモグと頷いてみせる。

「私ももうちょっと食べたいし……ごはん、足りるかな」

「なーに、案ずるな」

傍らのバランスボールに座っている富士を見やり、南野は余裕の笑みで胸を反らした。

「冷凍した飯のストックがあるから、いざとなればそれを出すまでよ。遠慮せずにどんどん食え」

「よかった、じゃあ安心ですね」

「おうよ」

「安心できないのは劇団の財政だけですね」

「む？」

「劇団の口座の残高は現在ゼロ円ですから」

「……なんだ、いきなり」

口に入れようとしていたスプーンの動きを止めたまま、南野は怪訝そうに再び富士を見る。

「私たちは一文無しなんです。今」

うんざりしたように蘭が呻く。「カレー食ってる時に金の話なんかすんなよ」

が、富士は話をやめる気はない。カレーを食べている間は、蘭だってどこにも逃げはしないだろう。

「せっかくこうして集まっているので、いろいろ教えていただきたくて。次の公演を今月中に実現するとして、具体的にはどうやって資金を調達すればいいんでしょうか」

蟹江は水を飲み、「まあ……それぞれ出せる分を負担する、しかないけど」富士の質問に答えてくれる。しかしその声はどこか自信なげだ。その理由は富士にもわかってしまう。出せる分もなにも、だ。

「みなさん、前回の公演ですでに貯金は出し尽くした感じなんですよね」

「まーね。またどっかから借りるしかねえな」

「おまえはもう借りるな、東郷。これまでの分の返済も終わってねえだろうが」

「僕は先月末に印税の振込があったから、二十万ぐらいは入れられると思う」

「俺もうちの親にまた借りられるか訊いてみます。俺が演劇をやってるのはすごい応援してくれてるんで、結構いけるかもしれません」

「私はとりあえず貯金がさ……っ」

んじゅうまんえんぐらい、と富士は言いたかったのだが、いきなり足を誰かに踏まれた。驚いてテーブルの下を覗くと、犯人は角を挟んで座った蟹江だった。目が合って、偶然の事故ではなかったのがわかる。なにするんですか、と言おうとするが、「しっ」小さくそれを制される。意味がわからないが、とりあえず蟹江は置いておいてさらに言葉の先を続けようとして、

「私の親も案外協力的なので、借り……っ」

また踏まれた。さすがにイラッときて今度こそ文句を言おうとするが、その切っ掛けに

横入りするように、

「とはいえ、いくら要るかは劇場次第ってところがあるし。先に決めなきゃいけないことはまだたくさんあるよね」

蟹江は突然場を仕切り出す。

「とにかく確定してるのは、四月三十日までに初日を迎える、六ステージ以上の公演をやらなければならない、ってこと。つまり、僕らは最短でも四日間は劇場を押さえないといけない。前回の件で充分懲りたし、今度はまともなところをね。まあ連休も始まるから、今の時点で四日間空いてるところって、すでに相当限られてると思うけど」

「まともなところ、っていうのがポイントだよな」

蘭がスプーンを咥えながら、思案するように宙を睨む。こうして一応話が先に進んでいくのなら、蟹江の謎の行動にも今は目をつぶるべきかもしれない。

「あたしらのライバルも都内なら、その辺の日程で狙ってくるだろうし」

「ライバルというと、NGS賞にノミネートされた他の劇団ってことですか？」

そう、と質問に答えてくれたのは蟹江。

「僕ら向きの小さい劇場のいいとこは、もう空いてないかもね」

「そっか……ちなみに劇場って、いつもどうやって決めてるんですか？」

「僕らの場合は、だいたいは、まずお気に入りの劇場の空きを調べるところから公演の準備が始まるんだけど、今みたいにあてがない時は検索サイト見るかな。そのまんま、劇場、検索、って入れてみて」

富士はスマホを取り出し、蟹江の言う通りに打ち込んでいく。「そのまんま、劇場、検索……」「そのまんま、はいらない」「あ、はい……あった」シンプルなデザインの劇場検索サイトがすぐに出てくる。日付とエリアを指定すれば、出てきた結果を客席数でソートできるようだ。最寄り駅や客席数、フリーワードでの検索もできる。

試しに、四月末までの四日間を都内で検索してみる。

「え、すっごいたくさんありますよ。キャパをたとえば百席以下にしても……ほら。二十件以上あります」

南野が検索結果を覗き込んできて、勝手に指で下へスクロールしていく。「都内全域じゃ範囲が広すぎるだろうが。ここは高い。ここはすげえ高い。遠い。キャパでかすぎ。山奥すぎて誰も来ねえ。ここも高い。ここは……安いな。が、機材がなんもねえ。それさえなんとかできりゃ……」

蟹江も富士のスマホを覗き込んできて、いやあ、と顔をしかめる。

「変なところはもうやめよう。極端に安いところはやっぱそれなりの理由があるんだよ。機材だってレンタルするならまたそれで金がかかるんだし」

「まあな。とはいえ、いいところはもう空いてねえ」

「いいところって、どういうところなんですか？　たとえば今回の『見上げてごらん』だったらここでやりたい、みたいな、具体的な希望ってあったりします？」

「一番は花劇スフィアだな。あと、シアターオーワンもいい。すみだアートホールあたりでも」

「はあ？　なに言ってんの、ぶっちぎりで花劇一択でしょ」

　蘭が身を乗り出して南野に言う。

「あそこならぴったりだもん。『見上げて』はダンス多いから絶対映えるだろうね。音響もいいし、機材も新しいの揃ってるし、駅からも近い。あそこほんと好き。ほんといいよ」

　蟹江が富士に説明してくれる。

「花劇スフィアは今まで何度もお世話になってるところで、こっちも劇場のことはだいたいわかってるし、支配人さんもいい方で、ずっとバリスキを応援してくれてるんだよ。しかも設備も立地もいいわりに、値段がそんなに高くなくて」

「そうなんですか。じゃあ、そこ借りられたらよかったですよね」

「そうだね。でもまあ当然の如く人気あるから、何か月も先までずっと埋まってるはずだよ」

　富士は参考までに、スマホで花劇スフィアを検索してみる。サイトはすぐに出てきた。写真を見ると、確かに外観からして綺麗だ。まだ新しい建物で、階段状に傾斜をつけたゆとりある客席シートが弧を描いて舞台と相対している。劇場付属の機材についても詳細なページがあり、富士にはその良し悪しなどはわからないが、とにかく種類と数の多さは一目瞭然（いちもくりょうぜん）。キャパは六十席ほどで、必要なら追加のベンチシートも入れられるらしい。前回の劇場も五十から六十ぐらいの椅子が並べられていたと思うが、空間のゆとり、天井の高さ、雰囲気、とにかくなにもかもが全然違う。

(ここなら見る方にとっても負担がないよね。いいな、ここ)

空いてないのは承知の上で、富士はそれでもとりあえず、サイトの「予約はこちらから」と書かれているリンクを踏んでみる。今月分のカレンダーページが現れて、ほぼすべての日に赤字で予約が入っているのがわかる。本当に人気なんだ、と思いつつ目を走らせ、

「……あ！　空いてますよ⁉　ほら、うそ、やった！　ここでできます！」

富士は声を上げてしまった。四月三十日からその週末まで、まさに狙っている日付の付近がすっぽりと空いているのだ。なに⁉　と南野も、他のメンバーも覗き込んでくる。が、すぐに、

「なんだ、驚かせやがって」

小さな矢印ボタンを押して五月のカレンダーに移動すると、勘違いしたことがすぐにわかった。四月のカレンダーではあくまで四月分の予約しか確認できず、五月頭の数日間は薄いグレーで日付が表示されているだけなのだ。五月の第一週は、ちゃんと確かめてみれば、一日しか空いておらず、それ以降はびっしりと予約が入っている。四月三十日と五月一日の二日間のみが、たまたまスポット的に空いているようだった。

「すいません、勘違いしちゃいました……。まあでも、この二日間は本当に空いてるんですね」

「キャンセルかなにかだろうな。なんにせよ、二日間じゃ俺らには関係ねえ」

「でもこの劇場、本当によさそうですね。ここ使えたらいいのにな。使用時間は10:00から22:00……一日十二時間借りられるんだ」

結構長いな、と思う。そしてふと閃く。

「あの、今思ったんですけど、『見上げてごらん』って九十分ですよね。十二時間も劇場を使えるなら、余裕で三回ぐらいできちゃいませんか？　それを二日で、六公演」

即座に「無理無理」と蟹江が笑う。

「仕込みとかバラシ……要するに、準備と後片付けね。照明とかセットとか。あと場当たりに、ゲネっていう当日のリハーサルもあるし、単純に時間内に舞台を何回やれるかって話じゃないんだよ。四日間借りても実はかなりギチギチ、昼公演は14:00から15:30、夜公演は19:00から20:30の一日二公演としても、一日目は夜まで仕込みやって、四日目の昼が終わったらバラシだし」

「なるほど……。あ、でも、その仕込み？　を大急ぎでやって、昼と夜の間にもう一公演入れられたら、二日間で六ステージできません？　たとえば……12:00から13:30、ええと、14:30から16:00、17:00から18:30……の三公演を二日続ける感じで。で、その後、バラシっていうのを大急ぎ」

「どうやったって無理だ、それは。物理的にな」

南野が次のおかわりのカレーを山盛りにして持ってきながら首を振る。どれだけ食べるのだろうか。いや、そんなことは今はどうでもいいか。

「仕込み、場当たり、ゲネだけで半日はどうしてもかかる。バラシだって数時間がかりの作業だ。一回やったらその片付けと、次の回の準備もある。観に来た客との歓談のひとときだって重要だ。はっ——重要といえば！　しまった、俺様としたことが！　福神漬けを買ってきたのに出すの忘れてるぞ！」

席を蹴って立ち上がり、南野は冷蔵庫に走る。死刑だな、と蘭がそれを冷たく見やり、大也は二杯目のカレーをまた頬張り始める。蟹江はさっき富士の足を踏んだことなど忘れたように、「福神漬けは大事だよな」とのん気に南野の背中を見ている。そして富士を見て、「富士さんもまだ食べるでしょ？　らっきょうとかもあったらよかったよね」などと笑いかける。いいとも。足を踏んだ件は後回しでも。今大事なのはそれじゃない。

「……それより、もう一度時間について見直しませんか？　固定観念に囚われずに。花劇スフィアがちょうどこの二日間空いてるのって、なにか天啓のような気がするんです」

「でも二日じゃどうしようもないから。あんまり拘らず、そこは諦めて、他をあたってみようよ」

「その、他、が見当たらないじゃないですか。高かったり遠かったり空いてなかったりボロかったり。このままじゃいつまで経ってもなにも決められませんよ」

蘭が急に「そうだ！　東京じゃなくてもよくない!?　あたしいいこと言った！」モグモグしながら声を張り上げる。「俺たちの客はほぼ都内だぞ」「そこをあえての地方進出で客層拡大！　この機会にさ！」「えー、こんなバタバタで考えなしにそんなことしても」「ねえ関西は⁉　つか大阪！」「ていうか賞の選考期間って、もうちょっと延びませんかね」「無理無理！　他の劇団もいるんだから」「最近大阪カレーっていうのがあるんだって！」「おまえは結局メシ目当てかよ」「頼むだけ頼んでもよくないすか」「待て！　わかったぞ！　ストリートだ！」「なに言ってんだよバカ！」「ストリートで注目を浴びる俺！　やんやの喝采を浴びる俺！　おお、これだ！」「でもそれって規定から外れない？」「外れねえよ！　いざ飛び出さん！」「はっ、沖縄は⁉　映画祭とかやってるし、カルチャー的なものを求められてるんじゃ⁉」「ねえちょっと落ち着いて、普通にいこうよ、僕らは舞台の質を高めることに集中しつつ、とりあえずしばし機会を窺って……」「ああ！　舞台の質は大事だな！」「だな！」「ああ！」「だな！」「離島もいいよね⁉」「とにかく電話だけでも」

——この感じ。

好きなことを勝手に言い合う四人を眺めながら、富士はふとこの状況に既視感を覚える。

さっき、樋尾を食いつかせるために、きょうだいで旅行の計画を立てる場面を想像した。あれはあくまで想像だったが、今ありありと思い出されるのは、実際に過去にあった状況だ。

忘れもしない、小学五年の夏休み。両親は多忙な中、小旅行にこどもたちを連れていくことを思い付き、そして富士にこう言った。

『みんなの意見を聞いて、行先を決めておいてね』

『富士ならうまく話をまとめられるよな』

で、大騒ぎが始まった。

カオスは覚悟していたが、「みんなで順番に行きたい場所の意見を出してほしいんだけど」と富士が言うやいなや、ハワイ！　すし一丁！　原宿！　ハムスター！　ディズニー！　虫！　沖縄！　なおとくんち！　廻鮮魚廣水産！　でかい虫！　函館！　おばけ屋敷！　うさちゃん！　ロンドン！　おはなやさん！　カジノ！　北極！　超でかい虫！

――そもそもきょうだいたちの年齢に大きな差がある。だからみんなの意見を一々まともに取り上げて審議しようなんて、最初から無理な話だったのだ。

で、海になった。

はい！　と手を挙げ、言ったのは富士だ。「海にしよう！」

誰も提案しなかったことだが、反対の声は上がらなかった。みんな勝手なことをここぞとばかりに張り合って主張しつつ、心のどこかでわかってはいたのだろう。意見がぴったり合うことなんて永遠にない、と。そこにポンと出された富士の提案は、もっとも現実的で、具体的だった。

カオスを整理するには、つまり。

(今、もっとも現実的で、具体的なことを私が提案できればいいんだ……)

富士は一人席を立ち、しばし思案を巡らせる。一つ閃くことがあって、冷蔵庫にマグネットで張り付けられているホワイトボードを手に戻る。まだわいわい言い合うメンバーたちに向けて「はい！」手を挙げる。

なに、なんだよ、と目が向けられる中、声を発する。

「六十分に、しませんか」

「なにを？」

訊ねてきた蟹江に言う。「公演を、です」

「つまり……新作ってこと？　そんなの時間がなさすぎ、絶対無理に決まってるでしょ。

富士さん、なに言い出すの」

「新作じゃなくて、『見上げてごらん』を六十分にするんです」

「え!?　いや、無理無理、それもできないよ！　そもそもすでに出来上がってる芝居だからこそこんなスケジュールでもやれるかな、って話なのに、今になってそんな変更できるわけない！」

「まあ聞いて下さい」

富士はカレーの皿を一旦脇に避け、ホワイトボードをテーブルに置く。みんなから見やすいように、太いマジックで自分の考えを書いていく。

一日目。
10:00に劇場に入る。

16:00まで仕込み、場当たり、ゲネ。
16:30～17:30に第一回。
19:00～20:00に第二回。

二日目。
11:00～12:00に第三回。
昼休み。
14:00～15:00に第四回。
16:30～17:30に第五回。
19:00～20:00に第六回。
そして、22:00までにバラシ、撤収。

「うん、いけますね！」

一人悦に入る富士だったが、蟹江は「いけてないから……！」頭を抱えて低く呻いた。

「九十分を六十分にするのって、すごい大変なことなんだよ!? 三分の二にするんだよ!?」

蘭も珍しく蟹江に同調する。

「んなことしたらストーリー変わっちゃうじゃん。稽古だってやり直しじゃ時間もかかるし、それにまた金がかかる。第一、これじゃ余裕なさすぎだって」

「でも最後に舞台上に残ってるのって、教室のセットですよね。あとは紙吹雪の残骸ぐらいか」

台本はもらったその日にも読んだし、それからも時間があるたびに読んだ。さっきテープで貼り直しながらもまた読んだ。富士の頭の中には、ストーリーやセリフだけではなく、使用される特殊効果からどこでセットが変わるかも含めた蟹江の演出プランがすでにしっかり叩き込まれている。

「最初に幕が上がるときも、教室のセットですよね。とすると、机と窓の背景はそのまま置いてあればいいし、床の材質によりけりかもしれませんけど、紙吹雪の掃除なんかはすぐですし。そんなに余裕ないですかね」

また蘭が、「客の入れ替えがあるだろ」と。

「そこはもう、ご協力をお願いする感じでサクサクと。ていうか、そうだ。脚本も別に変えたりせず、めちゃめちゃ早口&ペースアップでいけるんじゃ？　あっ……」

まだ食べるつもりだったカレーの皿を、目の前でさっと取り上げられる。南野が奪ったのだ。

「富士よ。おまえは、俺を、怒らせた」

「南野さんも反対なんですか？　でも現実的かつ具体的な提案ですよ。花劇スフィアの二日間で六公演できれば、劇場代だってよそで四日間やるよりも結果的に安くなる可能性が高いですし」

「馬鹿め！　カレーの王がおまえのカレーを永遠に禁ずる！　俺が与えしウコンの聖衣を脱ぎやがれ！」

「そんなの着てません」

「常識ってもんで考えろ！　すでに完成してる芝居を、いきなりそこまで変えられるわけがねえだろ！」

「演劇の常識なんて私にはわかりませんよ。だったら教えて下さい。なぜ無理だって決めつけるんですか？　試しもしないで、検討すらしないで。今あるものを変えたくなくて、変えないことに執着しているだけなのでは？　このまま変わらないでいたら、劇団はもうドン詰まりですよ。南野さんにも、そろそろその辺はわかっていただかないと」

「なに!?　わかってないのはおまえだ！」

「南野さんですよ！」

「おまえだ！」

「南野さんですよ！」

「おまえだ！」

「南野さんですよ！」

「おまえだ！　ええい、なんだこれは!?　くそっ、俺様をループの罠にはめやがったな!?」

　どうどう、とお互い一歩も譲らない富士と南野の間に、蟹江が割り込んでくる。

「富士さんは台本読んだだけだもんね。それじゃ、やっぱり実際のところはわからないよ。

その目でちゃんと見れば、削る余地なんかないってわかるはず。だから、南野。見せてあげようよ。今」

「む？　……なるほど。そういうことか。東郷、いけるか」

「あいよ。大也もオッケー」

当の大也は「なんすか？」きょとんとして蘭の方を見返している。きょとんとしているのは富士も同じだ。南野がカレーの皿を返してくれながら言う。

「いいか富士。完成した芝居はもはや変えようがないということを、おまえにわからせてやる。だから十分間、このリビングから出てろ。十分後に開場だ」

「一体なにを……あ、ちょっと、押さないで下さい」

でかい身体でカレーとスプーンを持った富士をぐいぐい廊下に押し出して、

「『見上げてごらん』しょぼいエディション——カミングスーン！」

南野はバタンとドアを閉めた。暖簾が挟まって隙間から飛び出している。意味がわからないまま、とりあえず富士は廊下に積まれた衣装ケースの一つに座り込み、カレーを再び食べ始める。

（ていうか、ていうか、ていうか……あれ？　おかしいな）

そういえば樋尾の姿は、いまだない。まさか、これが本当に乙カレーに——いやいやいや。そんなわけない。絶対ない。悪いことは考えたくもなくて、リビングから追い出された富士は、冷めてもまだおいしいカレーをひたすら口に運び続けるしかない。

＊＊＊

十分が経ち、富士はリビングに戻った。

カーテンが引かれ、テレビが消された室内には、さっきまではなかったスペースが空けられている。テーブルとソファセットの位置が壁際にずらされてできたスペースの真正面には、ポツンと座布団が一つ。

四人はキッチンにいるらしい。カウンターの向こうに、南野のボリュームヘアが見えている。蟹江だけが出てきて、

「はい、じゃあそろそろ、始めていきたいと思います。えーと、どうぞ。特等席におかけになって下さい」

「……あ、はい……」

「今夜は特別バージョンということで、いつもよりいろいろと控え目にはなっておりますが、基本的には劇場での公演と同じ流れでお見せできるはずです」

これは——そうか。前説か。

富士は空になったカレー皿を脇に置き、膝を抱えて座ったポーズで、すこし唖然と蟹江を見た。

前説があるということは、今からここで『見上げてごらん』が上演されるのだ。あんなにも見たいと夢見たつづきが、今、ここで。リビングで。自分だけのために。最前列の真

正面という特等席で。

（まるまる九十分？　……いや、でも……ほんとに？　ここで？）

戸惑う富士の耳に、その時、キッチンの方からガラスが割れたような音が届く。シンクの中に重ねてあった皿が落ちて割れたのかもしれない。慌てて立ち上がりかけるが、

「どうかそのままで。今のは、恒例のプチ破壊——僕らバリスキの公演前には、なにかが壊れるというジンクスがあるんです。壊れなかったのはこれまでに一度、いや、二度だけ。去年の冬公演と、先日の突発公演のみ。つまり今回は壊れてよかった。うん、ほんとに」

素に戻りかけ、蟹江は改めて一礼。顔を上げた時にはもう、劇団員の蟹江の顔になっている。

「というわけで、えー、いつもどおりにやっていきますね。もういいよ、と思われるかもしれませんが、お付き合い下さい。……さて！　バーバリアン・スキルには、観劇する際のお約束があります！　まず一つ！　おもしろかったら、笑って下さい。二つ！　悲しかったら、泣いて下さい。三つ！　つまらなかったら、怒って下さい」

さっきまでの普段着で、さっきまでの靴下で、蟹江は富士に向かって大きく身体を傾けてくる。

「龍岡富士さん、いいですかー？」

「……え、ええと……」

耳に手をかざし、返事を待っている。

「龍岡富士さーん！　いいですかー？」

「……はい、いい、です……」

聞こえない、というように首を振り、まだ待っている。

「富士さーん!?　いいですかー!?」

富士を見ている。大声で返事するまで、多分このやりとりはずっと続く。ええい、とそこでなにか吹っ切れた。富士は一声、

「いいでーす！」

大きく返す。たちまち蟹江はパッと明るい笑顔になり、

「ありがとうございます！　それでは、ここから、一緒に行きましょう」

片手を広げて高く上げる。本来なら場内が暗くなり、あの手のあたりにだけスポットライトが当たって、吸い込まれるような不思議な感覚とともにステージに意識を引き込まれるはずのところだ。でもいかんせん、ここは南野家のリビング。不愛想なシーリングライトは煌々とついたままだし、音楽も効果音もなにもない。ぴたりと動かない蟹江を見ながら、少々反応に迷ってしまう。とりあえず拍手をしてみるが、そのとき。

リビングの照明が、すこしずつ、暗くなっていく。

驚いて振り向くと、いつ入ってきたのか樋尾が壁面の調光スイッチをゆっくりと下ろしていくところだった。

樋尾さん——思わず声が出そうになり、しかし、富士はその口を押さえた。樋尾が口許

に指を立てている。足音を殺し、こちらに歩いてくる。

床に膝をつき、背中のバックパックからノートPCを取り出し、さらに小さなポータブルスピーカーを取り出す。それを無言のまま富士の両脇に配置し、膝に抱えたPCを開いて立ち上げ、淀みない動作でキーを叩く。

富士の両脇のスピーカーから、ボーカルの入っていない曲が流れ始めた。蟹江はまだ手を上げたポーズのまま顔を伏せて動かない。樋尾はスマホの背面を蟹江に向け、ライトをつける。変に白っぽい人工的な光が、蟹江の姿を暗がりに照らし出す。

やがて曲の音量が絞られていき、段々と聞こえなくなっていき、そしてキッチンからは風の音が聞こえてくる。甲高く、低く、長く、強く、弱く。途切れなく重ねられる風の音は、やがて音楽を完全にかき消してしまう。

そして、

「んあ――――――っ」

こうやって始まるのはわかっていたのに。それでも富士は思わず声を上げて笑ってしまった。これには弱いのだ。嘆きの中坊の、この表情。この声とこの立ち方、歩き方。ライトに照らされた蟹江は、前回劇場で見た時に比べたら声も動きもはるかに抑えてはいたが、やっぱりどうしようもなくツボだ。右へ左へ目で追うたびに、腹の底から笑いが湧き上がってくる。首を振りながらの「もういやだよお、こんなの絶対いやだよお」で、完全に笑いっぱなしになってしまう。感情の栓がいきなりぶっ壊れてしまったみたいに、笑いながらなぜだか涙も滲みそうになる。

風の音は止まない。途切れない風が、凍てつく風が、この教室の窓の外を吹き荒れている。

誰もが、樋尾の存在に気付いているはずだった。嘆きの中坊を演じる蟹江も、キッチンに身を隠して風となり、声を重ね続ける他のメンバーたちも。

スマホの光は、嘆きながらひょこひょこと動き回る蟹江の姿を追い続ける。そうしながら、樋尾は器用に後ろ歩き、また壁面の調光パネルに向かう。そこに指をかけてスタンバイしながら、次のタイミングを待つ。

爪先だって反り返った蟹江が、「僕、寒すぎ――っ」音量を抑えながらも長く叫んだのがきっかけだった。フラッシュ。スマホのカメラで作った雷の閃光が闇に瞬く。嵐だ。雪の嵐。白く凍りついた氷原に、破滅の予兆が襲いかかる。スピーカーからは音楽がまた流れ、樋尾は照明のスイッチを大きく上下に動かす。明るく暗く、意思を持って脈打つようなシーリングライトの光。

風の音が強くなり、それは重なりながらやがて叫びのようになり、樋尾が床に座り込む。両手で床をドラムか太鼓のようにリズミカルに叩きつけ、その音とともに、

（……来る！）

富士は息を呑んだ。

全部見えてるのに、馬鹿だろうか。

キッチンから這うような姿勢で南野と蘭と大也が現れ、入れ違いに蟹江も低い姿勢でキッチンへはける。音は樋尾が床を叩いているだけで、音楽は小さなスピーカーから。照明はリビングのライトの強弱をいじるのと、スマホの白々しい光のみ。

全部見えてるのに、全部わかってるのに、だけど馬鹿だから、彼らの姿がすっくと三本の柱のようにステージに現れた時、富士は本気で仰け反ってしまった。本気で悲鳴をこらえ、身体を震わせてしまった。

大きな男と細身の男、そして女。

凍りつく荒野に現れた三人の原始人が、ぴたりと動きを止めて遠くを見ている。狙う標的をその目で捉える。なにを見ているかはこちらには教えてくれないまま、一気に跳躍し、世界の境界線を越える。

声が出た。わあ、とも、きゃあ、ともつかない、腹の底からの叫び声が出た。

叫びながらどうして泣いているのかは富士自身にもわからない。わからないまままた叫ぶ。

伸ばされた指が宙を切る音。意志ある爪先が床を擦り、服が風を孕む。動きは最小限、ジャンプもしたフリだけ。それでも富士の目の前には、嵐が襲来する氷原が広がっている。世界を白く塗り込めるブリザードの中、原始人たちは連携しながら、猛烈なアタックを開始している。

雷鳴は樋尾が「ドドーン！」とか、「ガラガラガラ！」とか叫ぶだけだし、手で床を叩くのに限界を感じたのかその場で必死に足踏みまでしているし、合間合間にティッシュをむしって、踊る三人の方に必死に撒き散らしたりもしている。スマホのライトをぐるぐる回してみたりもしている。

ここはリビングだし、みんな服もそのままだし、なんならカレーの匂いもしている。

でも、魂は、舞台にあるのだ。

南野も蘭も蟹江も大也も、樋尾も、誰も、ここにはいない。魂は全部、舞台にあるのだ。

そして富士は、今、舞台を観ている。

魂を見ている。

集った魂が炎上する、その熱と光に呼び寄せられて、馬鹿みたいに酔い痴れている。やがてこの身も燃え始める。

台本にあった暗転が、覚えていた通りのタイミングで来た。三人がキッチンに足音を殺して身を隠し、蟹江が再び現れて、スポットライト——スマホのだが。

富士は、いつしか彼らの物語にのめりこんでいた。ここがどことか、あれは誰とか、自分は何とか、もうなにも感じない。今生きている現実は、目の前にしかない。

氷原の原始人は、夫婦と若者。

獲物の巨大マンモスを追って、三人は狩りをしている。氷原には年に一度の禍々しい死の嵐。それでも獲物を獲らなければ、全滅の未来しか彼らにはない。若者はひそかに妻に横恋慕しているが、相手にされず、この狩りで力を見せつけるつもりだ。

そして中坊は、教室にいる。

笑えるぐらいになにもかもがうまくいかず、嫌われてのけ者にされ、いじめられるばかりの日々。

観客からすれば、最初のうちは、この舞台で演じられているのは中坊の心象風景そのものにしか見えない。原始人のパートは、つまり中坊の荒涼とした心の内。荒れ狂う彼の感情を、荒れ狂う氷原に置き換えて表現した作り事の世界なのだ、と。

しかし原始人の狩りが進むにつれ、教室と氷原は実際に同じ時、同じ場に存在していることがわかる。交互に見せられる二つの世界は、原始人が放つ矢によって繋がれる。マンモスが矢で射られるたび、教室は揺れ、中坊は慌て、驚き、怯える。「宇宙人の襲来だ！」などと言い出し、一人狂奔することになる。

相次ぐ原始人の攻撃に、中坊の世界は蹂躙される。助けの来ない教室で、実際にはなにが起きているのか理解はできず、為す術もない。理不尽にして徹底的な破壊は、無慈悲な神の存在をも想起させる。しかし中坊はしぶとく、それでも生き続ける。

実は中坊は菌やウイルスレベルの生命体で、彼の世界＝彼の生きる星は、マンモスの体内のコロニーだった。彼らにとっての宇宙とは、マンモスの体内。マンモスが狩られ、倒されても、腐食することのない凍土にある以上、まだその宇宙も滅びはしない。

一方原始人の妻と若者は、力尽きて氷原に倒れる。夫だけが生き残り、最後の火種で妻と若者の亡骸を燃やす。彼らの文化では、荼毘に付さなければ死者に安らぎは訪れない。

しかし夫も怪我を負っており、もはやこの嵐の中を帰還することはできないと悟る。己の死を予感し、倒したが食べることもできなかったマンモスとともに、自らもその火の中で命を絶つ。ついに無数の宇宙を、中坊がいた世界をも飲み込みながら、炎は赤く燃え上がる。

暗転後、また舞台は明るくなる。さっきまでいた中坊と変わらぬ様子の中坊が再び教室に現れ、そして「いやだよお！」と嘆き始める。しかしさっきまでとは違い、今は二十一世紀、だとか、僕の住むこの日本では、とか、この中坊は現実の社会を生きる普通の人間であることが強調される。しかし突然その教室が激しく揺れる。「宇宙人の襲来だ！」と叫びながら中坊が窓の外を見上げると、空は今まで見たこともないような赤に染まっていて――終わり。というのが、『見上げてごらん』のストーリーだ。

台本を読んだから、富士はすでに展開を知っていた。

それでも本気で大笑いし、涙を流し、怖がって、悲鳴を上げ、中坊を救いたくて、汗ばむ手を組み、指が痛くなるまで握り締めた。ただただ面白くて、舞台に見入った。繰り広げられる展開に身体がいちいち反応し、汗にまみれ、喉が渇き、後ろに転げて、必死に叫んだ。

そんな自分のことを、本当に馬鹿だな、としみじみ思う。

でもそう思いながら、気が付くこともある。

どうしてバリスキだったのか。どうしてバリスキにこんなにも心を摑まれ、こんなにもバリスキを愛してしまい、こんなにもバリスキにいたいと願ってしまうのか。劇団なら他にもある。もっと人気があるのも、もっと面白いのも、今のバリスキよりよほど条件のいい劇団はいくらでもある。

でも、富士が魂を捧げたいと思ったのは、バリスキだった。

バーバリアン・スキルの舞台だけが、富士の心を満たしてくれる。富士の心の欠けた部分に——最も欲していた部分に、最もなければならなかったものを、バーバリアン・スキルだけが惜しみなく注いでくれる。

それは、自分の中身をさらけ出すことだ。

勇気をもって、自分を表現することだ。

なにも言えずに須藤を行かせてしまった過去。なにも言えずに婚約者に捨てられた過去。なにも言えずに飲み会の席で攻撃されるがままだった過去。それらはすべて、富士の心の欠けた部分が招いたことだった。自分を押し込め、どうせ無力だと決めつけ、望みからは目を逸らし、失っても追えず、置き去りにされたまま、富士はただずっと隠れていた。自由に生きたがる自分がいるのを知りながら、膝を抱えて目を閉じていた。耳を澄まし、ただ、待っていた。隠れたその舟が沈んでしまえば、消えていくだけの命だった。

でもあの夜、富士の目の前に現れたバーバリアン・スキルの連中は、演劇をやりたい、すべてを演劇に捧げたい、そんな欲望を剝き出しにして隠すことすらしなかった。怖いぐらいに剝き出しの魂で、心も肉体もすべてを舞台に放り出し、燃やし尽くして、真正面から挑んできた。こんな奴らが、彼らの他にいるだろうか？　こんなにも素朴で純粋で野蛮な奴らが、この世の他のどこにいる？

いるわけない。

ただ燃え上がる、それはまさしく——野蛮人の技術。

それを見つけたから、立ち上がったのだ。エネルギーを注がれて、この魂に火をつけられて、富士は夢中で駆け出したのだ。役に立つ、とか、信じてる、とか、そんな言葉を胸に抱えて、いつしか富士も、怖がることを忘れてしまった。

呼ぶ声は今、生きたい、生きたいと響き合っている。自分はだから、ここにいる。バリスキの舟に乗りこんで、沈まないよう戦っている。

一瞬でもタイミングがずれていれば、自分はバリスキに出会えていなかった。取り返しのつかない生ものの一瞬を、ギリギリのところで摑んだのだ。

樋尾はどこかから団扇（うちわ）を見つけ出し、片手で煽りながら千切ったティッシュを舞台に向けて飛ばしている。

もはや音もない吹雪の中、妻と若者は折り重なり、命の終わりを迎えようとしている。ここにいて、目を開き、耳を向け、感じていなければ、この涙が落ちることはなかった。二度と再生できない今を、富士は全力で感じていたかった。すべての感覚器とすべての毛穴、すべての細胞で今を飲み込む。必死に飲み込む。

これが演劇なのか。

取り返しのつかない生ものの一瞬を摑む。目で、耳で、肌で摑む。感じて心を震わせる。心の在り処を、内側に感じる。ここにいなければ出会えなかった瞬間たちが、目の前で生まれ、そして、目の前で死んでゆく。

それを全力で感じるのが、演劇なのか。

今、生きている時のすべてが、流れて二度と取り戻せないすべての瞬間が、富士には演劇になっていく。

＊＊＊

一同横並びで一礼。九十分ぴったりで終わったのは、さすがと言うべきなのだろう。

エンディングまで観終わって、富士にはもはや感想を口にする余裕なんか残っていなかった。悲しいとかそういうことではなく、興奮し切って昂ぶった神経が、滂沱の涙をひたすら流させるばかり。思考は麻痺して、口を開けば嗚咽しか出てこない。

そしてそんな富士に構いもせず、

「……樋尾さん……！」

まず蟹江が樋尾にすがりついた。「うるせえ、暑い」PCを膝に抱えたまま樋尾はそれを押しのけようとするが、「……樋尾……っ！」蘭もその逆側から同じようにしがみつく。

「よせ、うざったい」身を捩る樋尾の真正面には南野。

「樋尾よ——その顔、誰にやられた？」

「……まじかよ」

「言え！　この俺が仇をとってやる！」

おめえだよおめえ！　お、め、え！　と、富士は言ってやりたかった。握った拳を義憤に震わせている南野の前に飛び出して、指さしながら全力のしゃくれ顔で。

でもそうしなかったのは、南野も樋尾にしがみついたから。あの南野が、それ以上は言葉も失って、ただ樋尾の帰還を喜んでいたから。

「いいから、本気でやめろ。全員離れろ。でなきゃまた出ていく」

樋尾の言葉に三人はサッと離れる。見かわし、嬉しげにちょっとその目元を濡らしていたりして、樋尾の傍から離れずにいる。大也も気が付けば富士のすぐ横に立っていて、

「いい光景すね」などと言いつつ、そんな様子を潤んだ目で見つめている。

確かにいい光景だった。九十分の別世界は大興奮の演劇体験を富士に与えてくれたし、樋尾はこうして戻ってきてくれた。南野も蟹江も蘭も大也も、みんな嬉しそうに顔を紅潮させ、守護神・樋尾の帰還を喜んでいる。

いい光景だが——しかし、なんだそれ、と、心のどこかで思いもする。

気が付けば涙も止まり、息も静まり、富士はこの場で恐らく一人だけ、急速に醒めていった。

樋尾が帰ってきて、嬉しいのはわかる。でも、あの人は別に自らの意志で劇団に戻ったわけではない。人質をとられて脅されるような形で戻ってきたのだ。そう仕向けたのは、

自分。なのになんだかその辺りの事情がまるで伝わっていないような……なんて、我ながら器が小さいか。樋尾は戻ってきた。みんな嬉しい。自分も嬉しい。ならそれでいい。ひとまず鼻をかみ、首を振って考えを改めようとする。そんな富士を、樋尾が見ているのに気付く。

「……あ、どうも」

小さいことを思ってしまったのを見抜かれたような気がして、富士は慌てて会釈した。

「なんでこんなことになったんだよ。いきなりこんなとこで」

「すいません、ちょっとここまでいろいろありまして……ていうか、そうだ」

椅子の背にかけていた自分のバッグから、樋尾の台本を取り出す。恭しく両手で渡す。

「これ、お返ししますね。まだいりますもんね」

樋尾はちょっと目を見開き、富士の顔を見返してくる。「破った台本は、私のです。樋尾さんにはまだ必要だってわかってましたから」

「……そういうことかよ。また、騙(だま)されたんだな。俺は」

「はい、そういうことです。というわけで」

富士は五人に向かって「さあ！」大きく両手を上げ、広げてみせた。

「六十分にしましょう！」

「馬鹿か!?」

ＵＦＯキャッチャーみたいに上空から巨大な手に頭を摑まれ、ぐりっと強引に顔の向きを変えさせられる。首を捻った背後で南野が吼える。

「おまえは今、なにを見てたんだ!? 俺たちはなんだ!? 道化か!?」

「いえいえ、素晴らしかったです。最高でした。でもそれはそれ、これはこれです。六十分にする必要があるんだから、そうしましょう」

「空気が読めんのか！ いい芝居やって、樋尾が戻ってきて、今は一同感動のシーンだろうが！ そしておまえは俺様の芝居の前に胸を打たれ、漏らしそうなほど打ちひしがれ、ぼろっぼろのしわっしわになって自分の考えなしの言動を反省するべきところだろう！」

「すいません、空気は読めないっていうか読みません。花劇スフィアで二日間、六公演。今、決めるべきだと思います。そして動き出すんです。こんなにすばらしい舞台を、このまま誰にも観せられないなんてことがあってはいけません」

蟹江も富士の目の前で声を張り上げる。

「こんなにすばらしい、って言うけど、わかってる!? 富士さんは今、それを台無しにしろって言ってるんだよ!?」

「台無しにしろなんて言ってませんよ。六十分にしろと言ってるんです」

「待て、話が見えねえ」

口を挟む樋尾にほとんど縋り付きつつ、蟹江が告げ口するみたいに喚く。

「富士さんは、『見上げてごらん』を六十分にしろって言うんだよ！ だから今、それは無理だってわかってもらうためにここでやってみせたんだ！ 頭からラストまで！」

「六十分ってのはどこから出てきた？」

「NGS賞の審査に間に合わせるためにそうしろって！　花劇スフィアが期限直前にちょうど二日間空いてるから、そこに六ステぶっこめと！　そのために三分の二に短縮しろと！　そりゃ確かに花劇はいいよ、やり慣れてるしアクセスもいい、あそこでできたら最高だよ！　二日間に収められれば小屋代も浮くし、賞の審査にもばっちり間に合う！　他の小屋を探そうと思っても金はないし前回のことはトラウマだし、迷って探して選んでなんてやってる時間はもうないのもわかってる！　けどさ！」

「花劇スフィアか。あそこなら……そうだな。いいな」

「でも、賞のために作品を改変するなんて表現者としては本末転倒だ！　表現の本質をも歪めかねない！　今の形が僕にとっては最高レベルでの完成なんだよ！　これを壊すなんてありえない！」

だろ⁉　と突き付けられた指は富士の鼻先に。それを避けつつ、言い返す。

「その『表現の本質』なるものは、六十分に縮めたら失われるものなんですか？」

蟹江は「そうだよ！」と、叩きつけるようにさらに返してくる。

「見てわからなかった⁉　『見上げてごらん』は、すでに完璧なんだ！　それに僕らはそもそも賞を獲りたくて演劇をやってるんじゃない！　そんなのはまったく本質的な部分じゃない！」

「でも、NGS賞はまだ諦めてないって言いましたよね」

「言ったよ！　そりゃ欲しいよ！　結果としてついてくるならもちろん嬉しいし、劇団の今の状況や今後の活動を考えればどれほどのチャンスかもわかってる！　ここで諦めたくなんかない！　だけど、賞のためにやりたい表現をねじ曲げる、完成度を下げる、っていうのは絶対に違うから！　そんなことをしてしまったら、僕らは表現者として終わりだ！」

「でも、賞に『出さない』、と、『出せない』、の違いってありますよね」

蟹江の言い分もわからないではないが、富士は一歩も引く気はない。

「このまま賞を諦めるとします。時間がないし、お金もないし、準備できなかったから、と。それはつまり、冬メンが抜けたせいってことになりますよね。バリスキは冬メンを失って、公演を二回飛ばしてしまった。そして賞にもエントリーできなかった。ということは、冬メンがいなければ劇団として成り立っていなかったってことです。最初に南野さん、蘭さん、樋尾さん、蟹江さんで立ち上げたバリスキなんか、もはや残ってはいなかったってことです。そうなりますよね」

「はい⁉　なんで⁉　そんなわけないだろ⁉」

「でも、端からはそう見えますよ。違うんですか？　違うなら、じゃあ、最初にあったはずのバリスキは、今はどこに行ってしまったんですか？　本当にここに、まだあるんですか？　あるならあるって、声を上げないといけないんじゃないですか？　バリスキはここにいるって狼煙（のろし）を上げて、存在を証明したい、だから賞が欲しい、そういうお話だったのでは？　それをしないなら——できないと認めるのなら、つまりバリスキはもう終わってるんです」

「違うって！　富士さんだってわかってるだろ⁉　僕らはまだ終わってない！」

「だったらやりましょう」

畳みかけ、蟹江に笑ってみせる。大丈夫です。安心して下さい。信じていて下さい。

「賞を獲ればいいんですよ。そうやって、バーバリアン・スキルは終わってないって、叩きつけてやるんです」

「でも、でもさ……！」

「生き残りたいんですよね？　そのために作品を変えるのはやっぱり、」

絶対に嫌です。もっともっと生きていたい。だから変えるんです。そのために壊すんです。

生き残るために、新しいことを試すんです」

でも！　とまだ言い募ろうとする蟹江の言葉を遮るように、

「俺は龍岡に賛成だな」

樋尾が低く呟いた。

その途端、蟹江は弾かれたように樋尾を振り返る。南野も蘭も、大也も。そして富士も、樋尾を見る。樋尾はテーブルの上に置かれていたホワイトボードを眺めながら続ける。

「いいじゃん。花劇スフィアなら文句なんかあるわけねえ。しかも祝日なら昼間の動員も見込める。あそこで二日間六ステでNGS賞にトライする価値は十分ある」

「そんな……樋尾さんまでそんなこと言うんですか⁉　それが簡単なことじゃないのはわ

かりますよね⁉」

「わかるけど、おまえならできるだろ？　蟹江」

クールな両目が、蟹江を見つめてわずかに細められる。

「もしかして、できないのか？　まさか、そんなわけねえよな」

「まあ、……できますけど」

「ならOKだな」

「はい……」

たったそれだけ。ここまで抵抗したわりに、やたらあっさりと蟹江は頷く。樋尾の引力めいたオーラの圏内に囚われて、言い返す気も失せたのだろうか。そして蟹江が頷けば、

「そう言われると、なんだか六十分案も悪くない気がしてきたな。どうだ、東郷」

「あたしもなんかいけそうな気がしてきた」

南野と蘭も手の平返し。大也も笑顔で頷いている。さっき自分が発案した時とあまりにも態度が違う気がするが、まあ、そこに拘っても意味はない。長い時間をかけて築かれた、樋尾との間の信頼関係というのもあるのだろう。

「ただ、難点もあるな。仕込みとバラシの時間がなさすぎ、これじゃどうやったって間に合わねえ」

「そうなんですか？」

樋尾は富士が書いたホワイトボードを見つめて眉を寄せる。

「ああ。特にバラシ……どうすっかな。最後はドーン！　って、ドリフできりゃ解決だけど」

「ドリフ……？」

「見たことないのかよ」

「志村……？」

「そうだよ。知ってんじゃねえか」

「いかりや一家の茶の間が巨大水槽の中にあって、みんな酸素ボンベを背負って水中生活をしていて、なにか飲んだり食べたりするたびに浮上しては噎せて大騒ぎ、っていう、あの……？」

「それは俺が知らねえよ。セットが一気に潰れて崩れ落ちてくる、っていうお約束のオチのこと」

「それはどうしてできないんですか？」

「ばか、できるかよ。あれはコント、実際にやったらただの大事故だ。まあ、でも、そうだな……現実問題、使用時間の延長を許可してもらえばなんとかいけるかも。入りと出、両方何時間かずつ」

「その許可はどうやってとるんですか？」

　樋尾は富士とのやりとりに疲れたのか、答える代わりにスマホを取り出し、どこかに電話をかける。「ご無沙汰してます」などと話しながらそのままリビングから出て行ってしまう。ややあって戻ってきて、「モツ、今から出られるか？」と。

「む？」

「吉野さん、今ちょうどルーメンズの人たちと吉祥寺で飲んでるらしい。話聞いてくれるらしいから行くぞ」

「よし、わかった」

南野は頷くなり猛然と二階に駆け上がっていく。富士はまったく話についていけていない。

「あの、蟹江さん。今のって一体どういう……？」

「樋尾さんは吉野さんに電話かけてたんだと思うよ。吉野さんって、花劇の支配人ね。で、飲み会に乗じて相談しに行く、って話。樋尾さんと南野は気に入られてるし、いろいろ融通してくれるんじゃないかな。ルーメンズさんもいるならさらに都合いい。舞台公演の制作とか宣伝の外注集団だし」

「まじで動くな。これ」

蟹江と蘭は真顔で何度も頷き合っている。南野は上着をとって降りて来て、そのまま樋尾とともに玄関に向かう。「あの！」その背を呼び止める。

「お風呂、また借りていいですか？　お湯溜めませんから」

「構わんぞ！」

「あと洗濯物、今の今まで存在を忘れてて洗濯機の中に放置しちゃったんですが……南野

「シワシワになってたら水だけの高速モードで洗い直し、乾太くんを使え！」

「わかりました。あ、カレーの残りはどうすればいいですか？」

「タッパに移して冷凍しろ。じゃあ行ってくる！　遅くなるから戸締りして先に寝てろ！」

「後片付けはしておきますね！　いってらっしゃい！」

夫婦かよ……と蘭が呻く声が聞こえる。振り向くと、すごい目で富士を見ている蘭の背後、蟹江も蟹江で頭を抱えて、今さら床に崩れ落ちている。

「六十分か……。ろくじゅっぷん、かあ……」

5

明け方近くに樋尾から送られていた連続メッセージを、富士は朝の七時過ぎ、寝起きの寝袋の中で見た。

最初に、決定事項、とある。バーバリアン・スキルは、花劇スフィアにて、四月三十日と五月一日の二日間『見上げてごらん』を計六回上演する。

花劇スフィアへの入り時間は、四月三十日の七時。撤収は、五月一日の二十五時。特別に時間延長を許可してもらったので、絶対厳守のこと。

搬入搬出のレンタカーは樋尾が手配する。

稽古については蟹江の作業の進み具合により後日また相談。

外注スタッフについては樋尾が南野と相談の上、手配する。

問題は金。とにかく金。衣装や大道具小道具がすでに揃っていることを考慮しても、やはり最低でも七十万円から八十万円は必要、現時点で——とのことだった。

（……みんな、お金関係はきついだろうな）

重い気分で身を起こし、目を擦りながら寝袋から這い出す。紺色のカーテンを開けると、今日は生憎の曇り空だ。黒っぽい雲からは今にも雨粒が落ちてきそうに見える。

蟹江は昨日、二十万円は出せると言っていた。南野や蘭、大也は、親に借りられるかどうかというところだろう。正直、当てにできるかどうか微妙に思える。樋尾もわからない。前回の分の自腹ですでに相当な額を出しているだろうし、もう余裕なんてないかもしれない。

富士の貯金は三十万円あった。これを全部出して、蟹江の分と合わせれば五十万円。あとは三十万円か。悩みはしなかった。頼るべきは、実家。

富士はこれまで、両親に借金を頼んだことはない。学費と生活費はもちろん出してもらったが、それ以外のこと、たとえば趣味の工具や隠れ家の材料の購入などは、毎月の小遣いやお年玉で賄ってきた。たまにはお願いしてもいいような気がする。それに両親はありがたいことに、富士の劇団の活動を理解してくれている。困ったことがあったら助けたいとも思ってくれている。かつてゼミの連中には、あんたはどうせ親の金パワーでどうにでもなる、などと言われた。あの時は言葉を失ったが、今ならはっきりと言い返せそうだ。そうならラッキーだけどなにか。自分は親の金パワーで、なれるものなら劇団のＡＴＭになりたいけどなにか。

こんな考えが、情けないのはわかっている。世間的には褒められたものでもないことも。でも、今は緊急事態なのだ。使えるものなら親でもなんでも使いたい。劇団のためなら、公演のためなら、情けなかろうが世間がなんと言おうが、体裁なんかどうだっていい。他のメンバーはこれまでに散々身銭を切ってきたのだ。借金だって重ねてきている。南野に至っては相続権まで失っている。自分だって、仲間として、ちゃんと現実的かつ具体的な力を――つまり金を、供出したい。

気合いを入れつつ立ち上がり、とりあえずサンダルをつっかけた。トイレのために部屋の外に出る。天気の悪さを憂えつつ何気なく空を見やるが、

「うわっ！」

視界の外からぬっと現れた巨大な人影に驚いてしまった。シャワールームから出現したらしい。このサイズ感はもちろん南野だ。

「ほお、富士よ。おまえの朝の挨拶（あいさつ）は、うわっ！　なのか。お母さんうわっ！　お父さんうわっ！　先生うわーっでございます！　そんなふうに育ったのか。型破りな奴め――嫌いではないぞ」

「すいません、普通にびっくりしただけです……おはようございます」

「おはよう！　爽やかな朝だな」

「……しけた曇天なんですが」

「空に俺様がいるかぎり、この世の光は翳りはせん！　オー・俺・ミオ！」

「はいはい。ところでここでなにしてるんですか？　その恰好は……」

「見ての通りよ」

　南野は頭に女子のようにタオルを巻き、バスローブを着てサンダル履き。小脇に抱えた透明のビニールポーチには、トラベルサイズのボトルが二つ。恐らくはヘアケアとボディソープ。つまり、どう見ても風呂上がりのスタイル。

「ここでシャワー浴びたんですか？」

「ああ。昨日の夜も、おまえがうちの風呂場を掃除しておいてくれただろう？　せっかく綺麗に乾いてるのに朝風呂で濡らしたくはなくてな」

　しかしここは南野荘の外廊下だ。「まさか……母屋からその恰好で来て、その恰好で帰るんですか……？」いくら近いとはいえ、数十秒の距離とはいえ、敷地の外は住宅街。近隣住民が日常的に使う公共の道路のすぐ真上。

「ふっ、案ずるな。めちゃめちゃ早足で移動するから、常人には残像すら見えんだろう」

　その場で南野は軽く足を動かしてみせる。重ねただけのバスローブの前が当然激しくヒラヒラとはだけ、中身が今にも朝の外気に曝露されそうになる。

「……その下、なにも穿いてないんですよね」

「はっは！　そんなもの穿くか！　逆に問うが、なぜ穿くんだ⁉　おまえは穿くのか⁉」

穿きますよ！　と怒鳴りたくなるが、実はそんなに余裕はない。トイレに行きたいのだ。

「とりあえず、また後ほど」

廊下を塞ぐ南野の巨体の脇をそのまますり抜けようとするが、「待てい！」通せんぼされてしまう。

「危うく忘れるところだったが、おまえに用事があったんだ。俺は今日、九時半に樋尾と溜池山王にあるルーメンズの事務所に行かなければならん。急遽打ち合わせになってな」

「すいません、手短にお願いします。実は今、すごくトイレに行きたいので……」

「なら端的に言うが、おまえに頼みごとだ」

「打ち合わせに私も同行しろと？」

「いや、おまえは十時にパパの店に行って俺の代わりに働いてこい。話は通しておく。以上だ」

南野は身を翻し、本当にバスローブで去っていった。富士はダッシュでトイレに飛び込む。ようやく用を済ませ、手を洗い、自分の部屋に戻る。サンダルを脱いで、歯ブラシを口にくわえる。何度かゴシゴシと動かしたところで、やっとはっきり目が覚め、我に返る。

（あれ……？　南野さん、なんて言ってた……？）

今日、パパの店で、南野さんの代わりに働く……？　私が……？　場所も、知らないのに……？

パパの店は、吉祥寺駅から徒歩十分ほどのところにあるらしい。歯磨きを済ませて慌てて母屋に向かい、ドライヤー中の南野から聞き出すことができた。

そのまま流れで昨夜のカレーを冷凍ごはんで二人して食べ、部屋に戻るともう八時半近い。南野はまだバスローブ姿で洗い物などしていたが、間に合うのだろうか。まあでも化粧をするわけじゃなし、男の身支度にそう時間はかからないか、と考えてふと気付く。そういえば、自分こそ顔もまだ洗っていなかった。つまり寝起きのテカテカ顔を、ずっと南野に晒していたということ。少々ショックを受けるが、とはいえ南野だ。己を太陽と信じて疑わない男が、富士の顔のテカり程度のことに気を留めるとも思えない。すぐに気を取り直してシンクで顔を洗い、スキンケアしながらスマホで時間を確かめる。十時にパパの店に行くなら、遅くとも九時二十分には部屋を出なければ。

着替えようとしたちょうどその時、ノックの音が響く。「富士さーん」蟹江だった。ちょっと迷いつつ、着替えるのをやめて「どうぞ」と返す。時間に余裕はないが、公演に関する話かもしれない。

「おはよう、今いい？」

「はい、おはようございます。今日は早いですね」

「台本をね、またコピーしたいかと思って。まあこれからだいぶ手を加えることになるけど、とりあえず九十分バージョンを」

「そういえばそうでした。助かります」

だが蟹江の手にはなにもなく、「おっと！」と目を見開く。「馬鹿だな、なにしに来たんだろう。持ってくるつもりだったのに、部屋に置いてきてる。ごめん、ちょっと来てくれる？」

そう言いながら、すでに蟹江は廊下に出ている。「いいですけど……」貸してもらう側なのだから、多少面倒でも来いと言われれば行くべきだろう。富士もサンダルをつっかけ、どうせ隣の隣だからと鍵（かぎ）もかけずについていく。

部屋に入ると、「上がって上がって」と蟹江が手招きする。誘われるままに上がり込み、「そこに座ってて」言われるがままに畳に座る。蟹江は机の上の紙束を今になってガサガサとまとめ始め、富士はやっぱり時間が心配になる。

「台本、後ででもいいですよ。データで頂ければそれでも。私ちょっと、この後に予定があって」

「そうなの？　予定って？」

「パパの店で南野さんの代打です。南野さん、今日は溜池山王で打ち合わせらしくて」

「ってことはルーメンズか。とりあえず富士さん、よかったね、仕事決まって。徒歩でウーバーイーツよりはパパの店の方が絶対いいでしょ」

「いいえ、あくまで今日限りのことだと思いますよ。バイトはちゃんと探したいんですよね、公演のお金も出さないとだし。ていうか」

不意にめらっと蟹江にむかつく。思い出してしまった。昨日の夜、こいつにいきなり足を踏まれたことを。

「昨日のあれ、なんだったんですか？　急に私の足、踏んできましたよね」

「ああ、ごめん。これ、台本」

台本を再び借り受けつつ、富士は蟹江を不信感いっぱいの目で見てしまう。ああ、ごめん、って。

「それだけですか？　ちゃんと説明して下さい。なんであんなことしたんですか」

「あれはただ、ほら……ンフ、だって、富士さんが自分の全貯金を差し出すって言い出しそうな予感があったから。それに、親からも借りる、とか言おうとしてたでしょ？」

「そりゃ言いますよ。だってお金、足りないじゃないですか。私だってバリスキのメンバーなんですから、当然出せる分は出します」

いやー、と蟹江も腰を下ろし、大きくゆっくりと首を横に振る。

「それは、させられないよ」

「なんでですか」

「富士さんは加入してからたった数日だし、そんな人にいきなり何十万円も出させられないって。まだお試し期間みたいなものでしょ」

この発言は聞き捨てならなかった。ムッとしながら富士は言い返す。

「お試し期間なんかじゃありません。とっくに心身捧（ささ）げる覚悟はできてます」

そうでなければ、誰があんなストーカーみたいな真似をするか。誰が自ら道路にダイブして手にも膝（ひざ）にもケガなんかするか。自分が本気でやると決めたからこそ、樋尾だってああして戻ってきたのに。

「いやいや、まだクーリングオフ期間内だからさ」

「そんなのしませんってば」

「三十万円って、富士さんの全財産なんだろ？　実害を負うにはまだ早いよ。頑張ってくれてるのはわかってる。でも、そんなことはさせられない」

「大也くんだって何度か出してるじゃないですか」

「一万円とか二万円の話だから。それに大也は実家だし」

「そう言う蟹江さんは旗揚げの時、実家暮らしでもなく、まだ学生だったのに、借金まで負ってますよね？」

「あれは完全に世間知らずゆえの暴走。ただの判断ミス。本当にやばいことしたなって、今でもゾッとする」

「私は判断能力のある立派な大人です」

「いや、今の富士さんはノーマルな状態じゃない。よく言うじゃない、落ち込んでる時に大きな決断はするな、って。まさに僕が言いたいことがそれ」

「落ち込んでなんかいませんよ」

「つらいことがあったばかりでしょ。富士さんは今、正常な判断力を失ってるんだよ。だから僕は富士さんのために、今日の夜にここから消えたくなったとして、明日にはいなくなれるっていう『自由』の部分を残しておきたい。もし全財産を差し出してしまっていたら、そういう決断も鈍るだろうし」

蟹江がまるで蘭のようなことを言い出すのに、富士は軽く衝撃を受けた。

「でも……そもそも、蟹江さんが誘って下さったんじゃないですか！」

「あの時はまだ事情を知らなかったから」

「でも、私には力があるって、そう言って下さったじゃないですか！　お断りしたのに、でも私には力があると信じてるって、だから証明してみろって！　蟹江さんの言葉を真に受けて、私は劇団に入ったんですよ！　それとも個人的な事情の有無で、人間の能力って削減されるんですか⁉　捨てられ女の私にはやっぱり期待したような能力はない、もう必要ない、そういうことですか⁉」

「なに言ってるの、そういう意味じゃないよ。富士さんの存在は劇団に必要だって今も信じてる」

「本当にそう思っているなら、私のお金も受け取って下さい！　たいした額じゃないですが、それでも私の力の一つです！　みんなと同じように扱って下さい！」

「いや、それはできない」

「なんで今さらそんなふうに一線を引くんですか⁉」

「まあまあ、そう焦らず」

「焦りますよ！　だって早くお金を用意しなくちゃ、」

「状況は良くなってるから」

自然と前のめりになる富士の肩を紳士的な仕草でそっと押し戻し、蟹江は穏やかな口調で続ける。

「僕は二十万円ぐらいは出せるって言ったけど、その額を増やせそうなんだ。ノベルスの仕事で前借させてもらえることになって」

「……そうなんですか？」

「うん。さっき編プロの先輩にかけあってみたら、ＯＫが出たんだよ。来月と来々月に四冊仕上げられるなら二十万円前貸する、って」

「それってつまり……今ある仕事を急げ、っていう？」

「いや、今ある仕事、プラス四冊っていう」

「でも今すでに一か月に一冊以上のペースでやってて、プラス四冊……？　それって、可能なんですか？」

「正直、我ながら未体験ゾーン」

「これから『見上げてごらん』の書き直しもあるんですよ」

「ンフ、誰かさんのおかげでそうなったよね。ただやっぱり僕の本分は演劇で、脚本だから。バリスキの芝居を書いて、舞台を作るのが唯一無二の生きる意味だから。その領域で生きていくためになら、多分、結構無茶できると思う。スピード命のダケンド根性で乗り切ってみせるよ」

そう言って蟹江は笑う。が、

「……じゃあ四十万円を蟹江さんが出すとして、それでもまだ四十万円足りません。みなさん、もう余裕はないですよね。私が三十万円出して、親から十万円借りられれば、それで費用は事足りますよ」

「そうなんだけどね」

「ならそれでいいじゃないですか。どうして事態をややこしくするようなことを言うんですか？　私はただ、みなさんと同じ立場でいたいんです。みなさんが出すなら、私も出したい。バリスキの正式な一員として認めて欲しいんです」

「僕はね、富士さんに本当に劇団にいて欲しいからこそ、今はまだお金を出させたりしたくないんだよ。加入から日が浅いのは事実だし、お金ってやっぱり問題になりがちだし、実際あらゆる揉め事の火種になる。これから先もずっといて欲しいからこそ、変な火種は作りたくない。それに、富士さんをこんな状態の劇団に誘ったのは純粋に人材として魅力があったからで、絶対にお金目当てなんかじゃない。こんな時だからこそ、金の問題がある今だからこそ、富士さんのお金は受け取れないんだよ。それをわかってほしいけど……」

「お気遣いいただいているのはわかりました。でも、今は四の五の言っている場合ではないんです。とにかく出させて下さい。この気持ちは変わりません」

「そっか……。あったー!?」

急に蟹江が声を張り上げて叫ぶ。意味がわからず、富士はその場で固まってしまう。壁の向こうから誰かが『ありましたー』と叫び返すのが聞こえる。

「やってー！」

『はーい』

そして、再び静寂。蟹江の表情はどこか清々として見える。

「……あの、今のは一体……？」

「ところで富士さんって、あれだけの荷物で引っ越してきて、貴重品のセキュリティとか気にならない？　通帳とか印鑑とかは大丈夫？」

「え？　まあ、その辺のものは実家に置いてあるので」

「だよね。だと思った」

「昨今なにかと物騒ですから。カードとか最低限のものだけを財布に入れて……あ？　あ、あ……っ！」

嫌な予感が湧き上がり、富士は転がるように駆け出す。サンダルも履かずに靴下で自分の部屋までダッシュで戻り、

「あ。どうも」

「うちでなにしてるの!?」

――妙に気の抜けたような返事の声は、この部屋の方からした気がしたのだ。大也の声

のような気もした。果たして、それは正解だった。大也がいる。富士の部屋で、富士のバッグから富士の財布を取り出し、片手には半分になった銀行のカードを持っている。そしてもう片手にハサミ。足元には、切り刻まれたカードの欠片。

「う、嘘でしょ⁉　それ私の……⁉」

「すいません。蟹江さんがやれって言うから」

やれと言われたからって、人の部屋に無断で入り、荷物を漁って、財布から銀行のキャッシュカードを抜き取り、切り刻むヤツがどこにいる？　ここにいた。

「それがなかったらお金引き出せないんだよ⁉」

「ですよね」

「ですよねじゃないよ！　実行犯でしょ⁉　どうするのこれ……！」

「ごめんなさい」

「あ、ちょっと！　……あれ⁉」

気が付けば大也の姿は目の前から消えている。ステルス性能をいかんなく発揮して、そそくさと部屋から逃げていったのだ。取り残され、そのまま膝から崩れ落ちそうになる。しかし気合いですぐに立ち直る。あまりの所業にショックを受けたが、こんなもの実はどうにでもなる。再発行の手続きをとればいい。ただそれだけのことだ。

さっそくスマホで番号を調べ、銀行に電話をかけ、オペレーターに繋いでもらう。「キャッシュカードを破損してしまったんですが」

再発行など、きっと今日中にできるはず。富士はそうタカをくくっていたが、

「え？　通帳と印鑑？　手元にはありません。実家に置いてあるので」

「身分証明書……運転免許証も実家です。都内では絶対に運転しないよう親に言われていて……パスポートも、はい。実家に。マイナンバーカードは作ってないです。保険証はありますけど……あ、なるほど。写真が必要なんですね。学生証なら……あ、そうか。すいません、もうないです」

「え？　あ、ではその照会状をお送りいただいて……こっちには送っていただけない？　登録住所は実家なんですが遠くて……はい。はい。……はい……じゃあ、それで……。わかりました」

話は、思ったほど簡単ではなかった。

たまたまこの銀行の手続きがこうなのか、それともどこもこうなのか、とにかく照会状なるものが数日中に登録住所である実家に届き、すべてはそれを窓口に出してからの話になるという。どっと疲れつつ、最後の気力を振り絞り、母親に電話をかける。その照会状が届いたらこっちに転送してもらい、ついでに身分証明書も送ってもらわなければならない。というか、通帳と印鑑を送ってもらえれば結局一番話は早いのか。しかし電話は留守電になってしまう。もう会社かな、と時間を確認して、

「……まずい！」

富士は慌ててスマホを置いた。気が付けば九時を回っている。着替えて支度をしてパパ

の店に向かわなければ。着替えようと服に手をかけ、ドアが開きっぱなしなのに気が付く。閉じようとしたその時、ちょうど階段を下りていく蟹江の姿が見えた。蟹江もこっちに気が付き、ンフ、と含み笑いで通りに出ていく。どこか外で原稿執筆か、脚本の変更作業をするつもりなのだろう。

その背をしばし見送って、おのれ……などと、他人に対して初めて思ってしまう。蟹江はこの部屋を訪れた時から、自分を罠にかけるつもりだったのだ。なんだかんだと釈明しつつ時間を稼いで、大也をスタンバイさせて最初からこうするつもりでいやがったのだ。この真剣な想いを理解しようともせずに。

おのれ……！　蟹江……！

財布の中には現金が五千円ほど、Ｓｕｉｃａにも四千円ほどチャージしてあり、とりあえず吉祥寺までは問題なく行くことができた。

いわゆる町のパン屋さんを想像していたのだが、パパの店はカフェも併設された大きな店で、焼き上がりの時間には表の通りまで行列が延びる人気店らしい。

富士が任されたのは、レジやカフェのホールと行列整理の仕事だった。南野の両親は親切にしてくれた。休憩中には好きなパンをいくつでも食べられたし、暑くないか寒くないかと終始富士を気にかけてくれた。南野の兄が、富士のことを随分良く言ってくれていたようだ。

「正午のこと、どうかよろしく頼みますよ」

「南野荘は不便でしょう。本当にごめんなさいね」

「正午はとにかく丈夫な男ですから。母さん、ほら、あれだけだな。視力が悪いんだよなあいつは」

「そうね。そのせいで球技は全部ダメだったわね。私もそうだから、きっと遺伝したのね。本当に本当にごめんなさいね」

いえいえ、私に謝られても——そう思いつつ、頂いたパンは本当においしかった。形だけ、と履歴書の用紙を手渡され、指示された最低限の欄だけを埋めると、「明日も同じ時間でいいかしら」と。どうやら代打は今日だけではなく、今後しばらく続くらしい。時給は千円とのことで、文句はまったくない。

豆パンは本当に謎の人気だった。十個入りのセットを作ると、ほぼ奪い合いの勢いで、片っ端から売れていく。ひっきりなしに来る客を捌くのは物理的にも精神的にもかなり忙しく、バイトの間は劇団のことも考えられず、蟹江への怒りも思い出すことはなかった。

やがて夕方の六時を回り、富士は帰途についた。南野からはやきそばの麺を十玉買うように指令がきていて、阿佐ケ谷についてからスーパーに寄った。

駅前の喧噪を抜け出し、暗くなった大通りを歩くうち、蟹江への怒りはまたメラメラとは。

再燃してくる。大也がただの鉄砲玉なのはわかっている。蟹江だ、やっぱり。むかつくのは。

（あれだけ信じろとか言っておいて、信じた挙句がこの仕打ち……）

蟹江を信じて飛び込んだのに、こんなやり方で一線を引く。蟹江はこう思っているのだ。今の富士はまともじゃない。どうせすぐに辞めるだろう、と。

（要するに、私のことなんか本当は全然信じてない。樋尾さんを呼び戻したことも、次の公演のための提案をしたことも、蟹江さんは全然評価してくれてない）

虚しいし、悲しいし、むかつく。それにあんな態度を取るのなら、そもそもなんで誘ったりしたのか。なんであんなふうにいきなり現れて、富士の心を摑むようなことを言ったのか。本当にお金が目当てじゃないなら、なおさらなぜ。引き込むだけ引き込んでおいて、なぜ、ここでこんなふうに止めたがるのか。婚約破棄されたことなど、やっぱり言わなければよかったのか。

それとももしかして、樋尾が戻ったから富士は用済みになったとか。だとしたら皮肉だ。樋尾を呼び戻すためにあれだけ必死になって、やっとミッションを完了したと思ったら、そのせいで自分の居場所を失おうとしているなんて。

（……もし、仮にそうだったとしても、黙って引っ込んだりなんかしない。絶対）

南野家に裏から上がると、「おかえり！　どうだった？」ソファに座った南野が振り返る。Tシャツに富士から奪ったスヌード——南野に言わせれば手編みの腹巻を装着し、ハーフパンツという姿はすでに定番だ。訊いてきたのはパパの店のことだろう。

「すごくよくしていただきました。みなさん、本当にご親切で」

「よし。ならばこれからも頼むぞ。俺はしばらく店には出られん」

「それはいいんですけど、できたら私もなにか公演のお手伝いを……」

キッチンで水を出す音がして、顔を向けると蟹江がいた。「おかえり」などと言いつつ、まな板を洗っている。今日は蟹江が料理を担当するらしい。笑顔は向けられない。

「やきそば、買ってきてくれた？」

「はい。……用があるので部屋に戻ります。できたら呼んで下さい」

「今朝のことはごめんってば」

「別にいいです。キャッシュカードの再発行なんて、手続きさえすればすぐですから」

「その手続きより先に、お金のことはどうにかするから」

「どうにかなんて、できるんですか？」

富士は蟹江の答えを待たず、そのまま南野家のリビングを出た。南野荘の自分の部屋に戻り、手洗いうがい。そのあとにやることはすでに決まっている。

バイトの休憩時間のうちに、母親にはメールを送ってあった。内容は、劇団の活動のためにお金が必要なこと。貯金の三十万円を出すつもりだが、キャッシュカードを破損してしまい、銀行から再発行手続きのための書類が届くから通帳印鑑とともに郵送してほしいこと。ついでに十万円ほど貸してほしいこと。帰りの電車の中で母親から着信があり、

「今電車だから帰ったら折り返す」とだけ再びメールした。

まあ、小言ぐらいはあるのかもしれない。少なくはないお金を貸してもらうのだから、それぐらいは甘んじて受けるしかない。そう思いつつ、スマホで電話をかける。母親はコール一度ですぐに出て、

「あ、お母さん？　富士だ」

けど——までは言わせてもらえなかった。

『あんた一体なに考えてるの⁉　あんたを信じたお母さんがバカだった！　ほんの何日か自由にさせたら三十万だ⁉　四十万だ⁉　まったく、おかしな輩につけこまれて、あっさり騙されて！　赤子の手をひねるようってこういうことを言うんでしょうが！』

「……ま、待って、あの……」

『あんたまさかうちの会社のこと話したんじゃないの⁉　話したんだね⁉　この、大馬鹿が！　まさかもういくらか搾り取られてるんじゃないだろうね⁉　変な神様だの、変な水だの、変なエステだの鍋だの補正下着だの！　なんとか通貨だのなんとかペイだの！　オレオレだのなんだの！』

「……え、全然違う！　ただ……」

『言い訳は聞きたくない！　とにかく帰ってきなさい！　話はそれから！　おかしな連中とは縁を切って、今すぐそこから出なさい！　東京発の新幹線はまだ何本もあるから！』

「帰らないよ！　ここにいたいし、まだやることが、」

『こんの、特大馬鹿！　ならもう帰ってこなくていい！』

「いやいや、ていうかとにかく書類をね、銀行の」

『うるさい！　おかしな団体と縁が切れるまで、あんたにはうちの敷居は跨がせないからね！　双子たちにも伝えておくから！』

「あっ、ちょっと！」

　──通話は切れた。

　慌ててかけ直すが、もう繋がらない。父親にもかけるが同じだ。きっと今頃、上下の双子にも伝達されている。富士と連絡を取り合うな、金を貸すな、と。上の双子はタツオカフーズに勤めている立場上、親の意向に逆らってまでは助けてくれない。下の双子は……まあ連絡ぐらいはできたとしても、海外で寮暮らしの高校生に借金なんか頼めない。祖父母ならまだいけるかも、と電話をしてみるが、

「もしもし、おばあちゃん？　富士だけど」

「もしもし、おじいちゃん？　富士だけど」

「もしもし、おばあちゃん？　富士だけど」

　恐るべきことに、すでに根回しは済んでいた。

　ごめんねえ、力になれなくて……判で押したように同じことを言われる。この素早さだ。富士が電話をする前から、両親はすでに動いていたとしか思えない。

　スマホを手にしたまま、脱力して大麻柄の座布団にへたり込む。

目論見は大外れだ。甘く考えていた金策の当てが、見る間にすべて瓦解していく。このままではキャッシュカードの再発行もできないし、借金も当然ながら無理。劇団を辞めるまでは、実家に帰ることすらできなくなってしまった。帰らない、と、帰れない、では、もちろん全然重みが違う。

こんな状況を知ってか知らずか、

「いでよ富士！　今宵はカレーやきそばだ！」

窓の外から南野の声が、やたらのんきに響き渡る。

今夜は蘭はダンススクールの講師の仕事、樋尾もレストランの仕事で、南野家の食卓に揃ったのは富士、南野、蟹江、大也という面子だった。

大也……思わず、富士はその顔をじっとりと見つめてしまう。こいつにもうちょっとまともな判断ができていたなら、蟹江の策になど落ちずにすんだのに。テーブルに水のペットボトルを置く手にも、ドン！　と無暗に力が入る。

各自に盛り付けられた蟹江作のやきそばは、こんなことさえなければ賛辞に値する出来だった。残りのカレーをぶちこんだといういかにも男の料理らしいボリュームで、ニンジンやピーマンの彩りもいい。豚肉から染み出したたっぷりの油が麺に絡みつき、それがまた食欲を激しくそそる。

いただきます！　と南野が手を合わせるが、「いただきます……」「あ、いただき、ます……」「…………」後の声は揃わない。富士がいまだ発する怒気に、蟹江も大也も見てわかるほど萎縮（いしゅく）している。萎縮するぐらいなら最初からやるなと言いたいが。

「えっと……味は、どうかな？　ちょっと麺、焦がしちゃったかも……」

おずおずと蟹江が訊（たず）ねてくる。やきそばはおいしい。焦げなんかまったく気にならない。むしろ香ばしくておいしさが増しているぐらいだ。いくらでも入る。頬張った口の中がとにかく幸せ。でも今はそういう話はしたくない。

「…………」

無言でただそのツラを見る。

「あ、……えーと……」

「…………」

「……いや、ほんと……ごめん」

「…………」

むかつくが、やきそばはおいしいから食べるのも止められない。口の幅いっぱいに麺を吸い込みながら、富士はひたすら蟹江を見続ける。こいつが余計なことをしたせいで、公演費どころか生活費までピンチなのだ。大也のツラも見る。こいつらさえおかしな真似をしなければ、すべて丸く収まったのに。

そんな緊張感に耐えられなくなったのか、「うっ……」大也が箸を持ったまま涙をボロッと流し、モグモグしながらも嗚咽を漏らし始める。

「あっ、泣いてる……大也が泣いてるよ？　ねえ、富士さん……」

知ったこっちゃねえ！　と叫びたい。

「カニ、おかわりは無論あるんだろうな！　妙なことだがこのやきそば、俺の体内に無限に吸い込まれていきやがる！　麺という麺が俺に飲まれたいと食道に殺到してきやがって――む!?　なんだこの雰囲気は……!?」

泣く大也。焦る蟹江。黙り込む富士。さすがの南野も箸を止める。

「いや実は、今朝ちょっと僕が……大也に頼んで、富士さんのキャッシュカードを切り刻ませて……」

「なに？」

蟹江が自分のしたことを南野に説明している間、大也は赤い目をして弱々しく俯き、富士の方をちらちらと窺ってくる。でもその顔の下半分は大口開けて結構しっかり、全力でやきそばを頬張っている。当然ガン無視だ。

「……だから、富士さんのお金は絶対に受け取れない、と僕は思って……」

「ばかめ。勝手なことを」

気まずげな蟹江の表情を見やり、南野は呆れたように呻く。

「金には名前なんか書いてねえ。俺は誰の金でもウェルカムだ」

「南野がそう言うのはわかってたからこそ、先手を打ったんだよ」

口に含んだやきそばを飲み込み、きっ、と富士は蟹江を睨んだ。

「その結果、被害甚大です。実家を通さなければカードの再発行もできないのに、母にはめちゃくちゃ叱られてしまいました。私の貯金はもう引き出せないし、親に借金なんて絶対に絶対に無理です。どうしてこんなこと……ああ、もう！　南野さん、冷凍ごはんいいですか⁉」

「ああいいぞ。炭水化物でハピネスチャージしろ。俺のも頼む」

「ごはん欲しい人⁉」

蟹江と大也も申し訳なさそうに小さく手を挙げ、富士は怒りながらキッチンへ向かう。冷凍ごはんを四つレンジに放り込み、立ったままいらいらと解凍を待ち、出来上がった熱々ごはんを茶碗に出す精神的余裕もない。ラップに包まれたごはんを服の袖で持ってテーブルまで運び、それぞれのやきそばの皿に空けて転がす。やきそばで巻くようにしてごはんを食べるとこれがまたうまくて、腹が立つ。

「まあ、こうなってしまったからには腹をくくるしかねえな」

ごはんのかたまりをほぐしつつ、南野は余裕の笑みを富士に向けた。こんな状況でもこの落ち着きぶり、さすがは主宰の貫禄というところなのだろうか。

「なーに、大人が六人も揃ってるんだ。あと四十万円程度の金は、きっとすぐに集まるだろう。この俺様がそう言うんだから間違いねえ。信じて時が満ちるのを待てば、いつか必ずーー」

箸を握っていない左手を顔の前でカッと開き、グッと握る。

「ーーどうにかなる！」

＊＊＊

どうにもならないまま、日にちばかりが過ぎていった。

皆、無策だったわけではない。

蟹江は前借の額をさらに増やしてもらえるよう仕事先に掛け合ったが、断られてしまったらしい。樋尾と蘭は貯金などもうなく、さらに借金を重ねようとしたが、これまでの返済も滞っていて新たな借入はできなかった。大也もすでに貯金は尽きていたが、親から借りた三万円を劇団の口座に入れた。南野は今月末に入るはずの給料を親に前借することができて、十七万円を用意した。

状況は一応、よくはなっている。それでもまだ二十万円足りない。金銭問題の解決は遠い。

富士は誰にも言わず、消費者金融で二十万円の融資を受けようとした。無職の身だが、それぐらいの額ならいけるかも、と思ったのだ。学生の蟹江でも借りられたのだから、自分だって、と。

しかし、勇気を出して問い合わせてみたものの、身分証明には保険証では足りず、住民票か公共料金の領収書、もしくは納税証明書が必要だという。領収証はすでに処分してしまって手元にないし、つい先日まで学生の身分で、自分では納税もしていない。住民票は実家のままで、それでは通らないらしい。ならばこの際と南野荘に住民票を移そうとしたが、それにも本人確認書類がいるのだという。保険証の他にもう一点、写真が貼付（ちょうふ）されたもの……富士はここで詰んだ。住民票も移せず、金も借りられない。運転免許証さえ持っていればなにも問題なかったのに。なぜ親の言うがまま、ろくに考えもせずに……。

いくら悔やんでも、過去は変えられない。

（あと二十万円）

ため息をつきながら、すっかり日が暮れた通りを歩いていく。

今日もパパの店からの帰り道、立ち仕事で張ったふくらはぎの感覚にももう慣れっこだ。バイトの方は順調だった。忙しくはあるが、南野の両親も他の店員もみな優しく、来月にはバイト代も期待できる。でも、お金が必要なのはあくまで今。

樋尾が提示した「最低でも七十万円から八十万円」とは、後払いできる分やチケット代の収入を見込んだ上で、それでも現時点で用意するべき金額だった。どうしても調達できないなら、今からでも引き返した方がいい、と樋尾は言った。先日の夕飯の席でのことだ。

大丈夫だ！　任せておけ！　南野は力強く胸を叩（たた）いてみせたが、でもその南野にしても、なにか考えがあるわけでは決してないのだ。ただ単に、金のことをちゃんと考え、見通しをたてることができないタイプの人間だというだけ。

あと、二十万円。一体どうすればいいのだろう。

（いっそ、こっそり実家に帰って、必要なものだけ取ってこようかな……）

誰もいない隙に侵入し、自分の部屋から通帳と印鑑、免許証などを持ち出してすぐに立ち去る。親にも気づかれないうちに。思いついた瞬間はいいアイディアのように思えたが、

（いや、だめか。誰もいない隙なんてないもんな）

自宅には常に家政婦さんがいて、留守の時間を作らないのも仕事のうちだった。

はあ……と、またため息。

公演の準備は、金の問題さえ除けば、一応いい感じに進んでいる。六十分に上演時間を縮めることをあれだけ渋っていた蟹江だったが、やると決めたらその後はほぼ外出もせずに部屋にこもり、夕飯すらも一緒には食べず、ひたすら脚本に手を入れ続けた。舞台のために最善を尽くす、それが蟹江の演劇ばかとしての矜持だった。

「説明をね、放棄することにした」

ある夜、蟹江はそう言った。わだかまりはまだ消えないが、怒り続けているのにも疲れて、富士は南野家で作った夕飯をお盆にのせて差し入れした。その時に、修正プランについて話してくれたのだ。

実は中坊は微細な生物で、彼らの宇宙とはマンモスの体内で……というストーリーの仕

掛けの部分を、九十分バージョンでは明確に示そうとして、多くのシーンやセリフを費やしている。それらをばっさり落として、蟹江曰く「美味しい部分」だけで芝居を埋め尽くすことにしたのだ、と。

「それでもう、感じるままに感じてもらう。正解はどうとか関係なく、今観たものがすべてで、今起きたことがすべてで、わけがわからないまま始まって終わったそれがまさに僕らの宇宙なんだ、ってことにする。伝えたいのはもうそれだけだよ。それでおもしろかったって言ってもらえたら、僕らの宇宙の外にあるなにかの視点を一瞬でも感じとってもらえたら……僕はもう、他にはなにもいらない」

そう言って笑う蟹江の目の下は、隈で真っ青になっていた。頰も数日の間にげっそり削げてしまったような気がする。きっとまともに寝ていないのだろう。

「ちなみに、奴隷仕事の方は……」

「それもやってる！　カフェインドーピングで切り抜けてみせる！　ンフ！」

玄関の三和土に置かれたゴミ袋には、エナジードリンクの空き缶が山ほど。

「できればすこしは寝て下さい。食器はドアの外に出しておいてもらえれば、あとで私が回収します」

「わかった、ありがとう！」

閉じるドアの隙間の闇に飲み込まれるように、蟹江の姿は消えていった。

それが数日前のことで、そして一昨日からはもう稽古に入っている。現時点で脚本の書き直しも七〜八割は終わっているらしい。

稽古場の選択肢はたいしてなく、ほぼ二択だ。近隣の貸しスタジオの広い部屋か、蘭の勤務先である代々木のダンススクールのフロアを営業外の時間に使用させてもらうか。どちらにせよ安くない料金が発生するし、時間は限られ、使用できる日も限られる。どちらもダメならあとは南野家のリビングか、もしくはすこし歩いたところにある公園か、だ。

本来ならば、もっと安価な稽古場をきちんと計画的に押さえて公演に臨むらしいが、そのためには半年前から予約を入れる必要があった。半年前に、まさかこんなスケジュールで稽古をする羽目になっていると予想できた者は誰もいない。

今夜も、富士以外のメンバーは稽古だった。昼の三時から夜の九時まで中野のスタジオにいるはずで、富士もバイトが終わり次第向かうことになっている。もちろんできれば最初から稽古に参加したいが、パパの店での仕事の本分は、あくまでも南野の代打。そうである以上、南野の稽古中は自分が店に出なければならない。というか、今のところ、富士が劇団のために期待されている役割は実質的にこれだけなのかもしれない。いや、もう一つあるか。夕飯の準備だ。

(部屋に戻ったら荷物を置いて、ご飯だけ炊いて、急いで私も中野に向かおう。おかずは……今夜はもうチャーハンでいいや。卵はあるし)

稽古場に自分がいても、なんの役にも立たない。それは一昨日と昨日の稽古に顔を出して、すでに理解できている。

蟹江は自分も動きながら、他のメンバーの動きも見て、その場で台本を書き換えたり、なくしたはずのセリフを復活させたりと忙しい。蘭と南野は何度も同じ動きを繰り返し、指先や爪先の向きから目線まで確かめ、変更された流れを確認する。大也はなんとかそんな二人についていこうと、髪を汗でびっしょり濡らして振り付けをさらい直す。樋尾になにか指示してもらえればなんでも手伝いたいと思っているが、樋尾は自分でなんでもやってしまう。せいぜい樋尾のパソコンでシーンごとの曲を出すことと、あとは「龍岡、お茶買ってきてくれ」ぐらいだ。

せめて邪魔にはならないように、富士は稽古場の隅に座り込んで、ひたすら目と耳を働かせるしかなかった。稽古の流れの中で変更されたり新たに決められた事項を、とにかく一つも洩らさないよう台本に丁寧に書き込んでいくのみ。その他にできることはない。

そして稽古自体は、本当に順調に進んでいる。この稽古の成果を見せられないなんてことが、あってはならないと心底思う。

でもそう思う一方で、ふと怖さを感じる時もある。

稽古は進む。どんどん進む。

時間も金もない中で、公演の日が近づいてくる。

現実が近づいてくる。

――その前に引き返せるポイントは、残り少ない日々の中にあといくつあるのだろうか。

これまでにあったいくつかは、すでに富士が突破してしまった。もしも、樋尾が姿を消したまま戻ってきていなければ。もしも、花劇スフィアが二日間空いているのに気づかなければ。もしも、六十分に短縮するなんて思いつかなければ。もしも、誰もその案をゴリ押ししていなければ。

（すくなくとも、NGS賞については諦めていたかもしれない。そうして次の公演まで力を溜めるっていう選択肢もあった。その口惜しさをバネにして、この先やっていくこともできたかも）

でも、富士は引かなかった。なにがなんでもこの公演でNGS賞にトライする、と、ひたすら強く主張した。そうでなければこの先なんかもうない、と。でも今思えば……引いてもよかったのかもしれない。とにかく樋尾は、戻ってきていたのだ。リアリストの樋尾を交えてみんなで改めて話し合えば、無理にNGS賞に合わせて公演を決行する以外にも、劇団を存続させる別の方法が見つかっていたのかもしれない。

そうさせなかったのは富士だ。

自分の提案を押し通すことに固執したのは、焦っていたせいだ。存在感を出したくて。自分が劇団にいる意味をわかってもらいたくて。どうにかして認めてほしくて。

樋尾が戻って際立ったのは、「役に立つ富士」ではなく、「部外者の富士」だった。誰にそう言われたわけでもない。自分が自分を、そう感じたのだ。そして焦り、不安になって、自分の提案をとにかく通そうと躍起になってしまった。劇団のためじゃなく、自分のために。

怖いと思うのは、こんな瞬間だ。

驚くほど冷たい夜の風に、一人歩く背中が震える。

あの時は、自分がなにをしているか、ちゃんとわかっていなかった。でも今、現にこうして稽古は進んでいる。金の当てもないままで。現実の重みは毎秒毎秒、肩にも足にものしかかる。歩いて進んでいくこの道の先に、なにか怖いものを見てしまう気がしている。待っているのは明るい未来なんかではなく、真っ暗闇の終わりが迫り来ているような気がしてしまう。

目を伏せ、思わず俯いた。

怖い、だなんて、今さら誰にも言えるわけがない。この道へみんなを強引に押し出したのは誰でもない。自分なのだ。

（私には力がある、どころじゃなくて……）

稽古場の壁際に片膝をついて座り、眉間にしわを寄せて考え込む蟹江の顔が浮かぶ。来い、こっちだ！　と初めての稽古場で部屋がわからなくてうろうろする富士を呼び止めてくれた南野の顔が、足音を一切立てずに夢中で踊る蘭の顔が、こめかみに滴る汗を袖で乱暴に拭う大也の顔が、そんなみんなを見る樋尾の顔が、脳裏に次々くっきりと浮かぶ。

——もしも、この公演もまた失敗に終わるなんてことになったら。

（……劇団を蘇らせるどころか、私が、とどめをさすようなことに……）

足が止まる。

もうすぐ七時だ。街はもう暗い。静まり返っている。金はない。

迷子になったような頼りない気分で、富士はぼんやりと辺りを見回す。いつも通っている道だ。その先の角を曲がれば南野荘はもうすぐそこ、あとたった数十メートル。ただそれだけの距離なのに、今夜はやたらと遠く感じる。もう二度と、あそこには帰りつけないんじゃないかと思うほどに。

重い足を、引きずるようにして再び動かした。前に進むだけでも今は怖い。この先にあるもの、起きることのすべてが、今は怖くてたまらない。でもこのことは誰にも言えない。誰かに分かち合ってもらうことなんかできない。もう戻れもしないのだ。自分一人で背負って、進まなければ。

のろのろと角を曲がり、南野荘の前に出た時、富士はその人の存在に気が付いた。

その人は、ゴッゴッゴリランド！　と落書きされたのを消し忘れたままのプレートを見つめていた。富士がバッグを取り落とした音に、驚いたように振り返った。

まさか、だ。

小松（こまつ）だった。

正月に富士を捨てた元婚約者、その人だ。

立ち竦（すく）み、富士はもう言葉も出ない。喘（あえ）ぐように、ただ必死に首を横に振る。何度も息を吸い直しながら、「ち、違うんです……」必死に絞り出す。

「ゴッゴッゴリランド！　は、正式名称じゃ、ないんです……」

こんな緊急事態だというのに、口で言うときにはどうしても『あの旋律』で再生してしまう、この刷り込み記憶が呪わしい。

小松はゴリランドには特に触れないまま、きゅっと表情を引き締め、一度深く頭を下げてみせた。


「……手すりには触らないで下さい。部屋はそこです」

階段を上がり、二階の部屋に案内しながら、まだ小松の顔をまともに見ることはできない。喋（しゃべ）るのも難しくて、苦しい息を必死に飲み込む。

とりあえず座布団を勧めると、しばらくその柄をじっと見つめ、小松は低く呟（つぶや）いた。

「いきなり押しかけて申し訳ありません。今さら顔を出せた義理じゃないのはわかってます」

「とにかく座って下さい。すいません、お茶とかもお出しできないんですが……お出ししたくないわけじゃなく、うちには今、物理的に存在していなくて……」

膝を折って、きちんと正座しつつ、小松は首を小さく振る。「こちらが勝手に訪ねてきたんですから」そう言いつつ、光量控えめな電燈（でんとう）に照らされる小さな部屋をそっと見回す。

「ここが、今の隠れ家ですか」

「はい。……びっくりしちゃいますよね、狭いし」

「でもすごく落ち着きますよ。不思議なほど。外観を見た時には、正直焦りましたが」

すこし顔を伏せて語る小松の声は、覚えていた声とすこしも変わらない。低く落ち着いた、大人の男の声。ゆっくりと話す、聞きやすい言葉。

ネクタイを外してポケットに入れ、小松は改めて頭を下げた。

「事情を知って、居ても立ってもいられず、とにかくここまで来てしまいました」

小松が言うには、両親は富士には頑固な態度をとりつつ、やっぱり本心ではとても心配していたらしい。

社内でも演劇ファンで知られている女性社員に、ここにある劇団って知ってる？　と、前に富士が知らせた南野荘の住所を突然見せてきたそうだ。この住所に関係がある劇団に娘が入って、何十万もの金を要求されているみたいなんだけど、と。もちろんそれで劇団のことなどわかるわけもなく、その女性社員は他の社員にも「なんだか大変そうなんだけど」と相談して回った。そうするうちにやがて噂は小松の耳にも届き、小松がその目で住所を確認したのが午後五時すぎ。

「心配でたまらず――気が付いたら新幹線に飛び乗っていて」

そして、ここまで来たのだと言う。

小松は自分の膝を摑みながら、正面に座った富士の顔を見た。まっすぐに問いかけてくる。

「お金を求められているというのは、本当なんですか？」

「いえ、そういうことではなく……」

すこし目を伏せ、富士は言葉を探す。

「……ただ、劇団に入ったので、その活動のためにみんなで出し合うっていう形で」

「何十万円という話でしたが」

「まあ、そうなんですけど……でも、強制というわけじゃないんです。私がそうしたいと思っているだけなんです。今回はとにかく時間がなくて、なりふり構っていられない事情がありまして……」

小松の表情は、富士が説明しようとすればするほど曇っていく。確かに怪しい話にしか聞こえないかもしれない。込み入った事情をこれ以上どう話せばいいのかわからず、富士はすこし唇を嚙んだ。

一方、小松の言葉に淀みはない。

「自分はもう、あなたを心配してどうこう言える立場じゃない。それはわかってます。でも、このまま放ってはおけません。あなたがなにか困っているんじゃないか、助けが必要な状況にあるんじゃないか、とにかく心配でたまらないんです」

その必死な目は、嘘をついているとは思えなかった。本当に心配してここまで来てくれたのだ。

ただ、不思議ではある。

「……どうして私のことを、そんなふうに心配して下さるんですか？　私とはもう、個人的な関係を結びたくないのでは？」

小松が顎に力を入れ、息を呑んだのが見てわかった。眉がかすかに寄り、視線が膝に落ちる。あまり話したくはなさそうな様子に見えるが、でも訊かずにはいられない。結婚するはずだった富士を切り捨て、それまでとなんら変わらぬ人生を今も順調に歩んでいるはずの小松が、なぜ富士の動向を気にしたりするのだろうか。

「結婚は、愛する人とするべきだ。そう思ったんです」

それは質問に対する答えではなかった。結婚を取りやめた理由を確かめたいのではなく、なぜ今になって自分を気に掛けたりするのか、それを訊きたいのだ。そう言おうと思うが、

「……あなたは、愛する人と、結婚するべきだ」

そう声を絞る小松の顔が、苦しげに歪むのを見てしまった。なにも言えなくなる。

「親が決めた相手などではなく、本当に心から愛する相手と幸せになってほしかった。それがたとえ、自分ではなくても」

——小松があの舟を探しに行ったのは、去年の十二月のことだったという。

富士がかつて小松に話した、こどもの頃の家族旅行で見つけた死んだ舟。あの舟の中に隠れた幼い富士の姿のイメージは、小松の脳裏にも強く焼き付いていた。小松にとって、富士はまさしくそのイメージのままの女の子だった。

「『いつか二人で探そうって約束しましたね。あの舟を、これから探しに行きませんか』

……そう言って、あなたをドライブに誘おうと思っていたんです。二人で、デートしたかった。できるだけ長く、一緒にいたかった」

婚約の意志が固まってなお、離れて生活する富士と小松は、二人きりで出かけたことがなかった。だから、実現すれば初めてのデートになったはず。いつか我が子にも語れるような、思い出に残る最高のデートにしたかったのだと小松は言う。そのために、先に一人で富士の思い出の地へ赴き、来る日に備えてちゃんと現場を見ておきたかったのだ、と。

富士が語った話から情報を拾い、あの夏に舟を見つけた場所を割り出すと、小松は貴重な休日を潰して一人、海へと出かけた。実際にどんな道のりになるのかも確かめておきたかったし、なによりもちゃんとその場所にまだ舟があるかを確かめておきたかった。

「遠出して、失敗して、がっかりされたくない。とにかくその一心で、段取りは完璧にしておきたかった。……あなたには、頼れる男だと思われたかった」

しかし、その場所に舟はもうなかった。

地元の人に訊ねたところ、確かに持ち主不明の舟が一艘、かつてはそこにあったらしい。恐らく海に流されたのだろうが、それがいつのことかは確かめようもないと言う。一帯の沿岸は震災で被害を受け、その前後にも台風や豪雨の災害があり、付近の海辺の様子はこの十年ほどの間に一変してしまったのだ、と。

「そう聞いて、すぐに思ったんです。この事実は、あなたには隠さなければ。大事にしていた思い出を守らなくては、と」

小松がまず考えたのは、偽物の舟をそれらしく置くこと。富士が言っていたような感じの朽ちた舟を用意し、その場に設置する。そしてあの舟がもうないことは、富士には知らせないでおく。

しかしすぐに無理があることに気付いた。あの舟を見たのは富士だけで、記憶の中の舟の姿など、富士以外には正確にはわかりようもない。再現のしようがない。

小松は途方に暮れた。

舟はもうない。そのことは隠したい。富士の思い出を守りたい。富士を、守りたい。

富士は世間のことをなにも知らないまま、自分の妻になるのだ。社会に居場所を築く間もないまま、逆風や大波に耐える力も持たないまま、他の未来や可能性を試すことすらしないまま。その胸に思い出だけを秘めて。そんな富士を、富士の思い出を、守ることができるのは自分だけ。富士が持っている大事なものは、何一つ壊させはしないし奪わせはしない。

そう己に酔うように思いながらも、では実際にどうすればいいのか――小松は静かな真昼の砂浜で一人、しばし悩んだ。偽物の舟を用意するのは無理だし、かといってこの広大な海のどこかからあの舟を見つけ出すのも無理だ。だったらいっそ、舟を探そうなんて言わない方がいいかもしれない。デートのプランも初めから練り直し。確かに以前、一緒に舟を探す約束はしてしまったが、はぐらかし続ければ富士もいつか忘れるかもしれない。なかったことに、なるかもしれない。

感じた。

その嵐の中を、今はもうここにはない小さな舟が、懸命に進んでいくのを小松は不意に
遥か彼方の沖合に、嵐が来ていた。風の音を聴いた。

遠い雷に青く照らされて光った。

「……その時、海が」

横殴りの風雨に耐え、何度も大波をかぶり、今にもバラバラに砕け散ってしまいそうに
なりながら、それでも舟は嵐の中をゆく。何度沈められてもまた海面に顔を出し、何度で
も息を吹き返す。決して負けず、決して諦めず、真正面から叩きつける波頭に舳先で挑み、
打ち砕いて進む。解き放たれ、自由になって、行きたいところを目指してどこまでも走る。
命を再び与えられたように。
でも、じゃあ——あの舟に隠れていた女の子は、今、どこにいるのだろう？
（あの舟で、海へ？　いや、でも、彼女はここに）
思って、小松は手を見た。自分の手を。
「守る、って……」
小松の声が揺れた。
「守るって、なんだろう？　本当ならどこにでも行けるはずのあなたを、どこにも行かな
いよう誰にもとられないようこの手の中に閉じ込めておくことか？　ここにいれば安全だ
と言い包めて、傷をつけず、汚さず、いつまでも大切に握り締めておくことか？　なんだ

それは、って。それが愛か、って。考えれば考えるほど、それは違うと思えた。あなたはまだ若い。あなたはまだなにも知らない。そのまま生きていけばいいなんて、自分には思えない。あなたはあなたの舟を――思い出の中ではない、この現実で、本物の舟を、人生を、見つけなくてはいけない。そして、あなたも行かなくては。嵐であろうとなんだろうと、ちゃんと旅立たなくては」

だから、と息を継ぎ、小松は一度目を閉じた。ぐっと再び顔を上げ、

「『ここ』に縛ってはいけないと思ったんです。あなたには、心から愛する人を……親が薦めたからとか、会社の都合とかではなくて、自分自身の人生の旅の中で出会うただ一人の相手を、ちゃんと見つけてほしかった。関係を断ちたかったわけじゃない。あなたと、人生を共にしたかった。どんな形で出会っても、きっとあなたを好きになってた。それは本当です。だからこそ、あなたを行かせなければならなかった。これからもまとわりついたりはしません。でも今、もしもなにか困った状況にあるなら、自分はどんなことをしてでも助けになります」

静かな、でも強い声。

確信に満ちたその言葉を、富士はすぐに飲み込むことはできない。何度か息をして、膝に置いた手を握りしめ、ようやく短く発する。

「私は……」

かすれてしまう声のまま、でもしっかりと。

「……小松さんと、結婚したかった。好きでした。本当に。心から」

え、と小松は目を見開く。衝撃を受けたように、何度かその目を瞬かせる。

口にしてみてわかったのは、この想いを口にしたのは初めてだということ。小松にも、両親にも、誰にも言ったことがなかった。婚約する意志を伝えた時でさえ、「そうしようかな」とか、「それでいいと思う」とか、そんな言い方しかしなかった。言わずにいたから、小松にもわからなかったのだ。自分はきっと、親に従うだけの無力な女の子にしか見えなかっただろう。

でも、そう思われても仕方がない。私は恋をしている、と、私はあなたが好きだ、と、私は結ばれる日が待ち遠しい、と、自分をさらけ出して気持ちを表現する力が自分には欠落していた。そんな野蛮人の技術を、かつての富士はまったく持ち合わせてはいなかった。そのせいで、これまでどれだけ失ってきたか。どれだけの自分を、置き去りにしてきたか。摑まなければこぼれ落ちる、前までの自分はそんなことすらわからずにいた。

でも、今なら言える。もう今さらだが、今だから言える。

「……あれから、何度も夢を見ました。小松さんが私を迎えに来て、すべてをやり直そうって言ってくれる夢です。正月に言ったことは噓だ、間違いだ、取り消しだ、だからやり直そう、って。私の手をとって、一緒にどこかへ連れていってくれるんです。一緒にいられるなら、どこでもよかった。でも夢は、いつもただの夢でしかなくて、目を開けばそこには誰もいなくて、」

小松が手の平を畳につけるのを見ながら、全部吐き出してしまう。

「……泣きました。すっごく、傷ついたんです」

「ごめん」

ゆっくりと、小松は頭を深く下げた。手をついて、スーツの背を丸め、富士の前で言葉を震わせる。

「本当に……自分勝手だった。勝手に悩んで、勝手に決めて、勝手にあなたを……この手を、離せばそれでいいと思ってしまった。謝ってももう遅いのはわかってます。でも、ごめんなさい。あなたを傷つけたかったわけじゃない。あなたの人生を狂わせたかったわけでもない。ただ、間違えた。あまりにもたくさんのミスを……本当に、本当に、申し訳ない……！」

何度も謝罪を繰り返し、やがてその顔を上げる。潤んで強く光る両目が、富士の目をまっすぐに見つめる。

「……今から、すべてをやり直しませんか」

正座した距離を保ったまま、近づきもせず、小松はただ声だけを強く立て直す。

「わかっています。だめにしたのは自分です。虫のいいことは言えません。これ以上は、お願いすることすらできる立場じゃない。今さらなにかを欲しがるなんて決して許されない。でも、あなたが明日、一緒に帰ってくれたら、今度こそ最初から……出会ったところから、新しくやり直せる。そう、思うんです」

富士は、息を詰めてその声を聞いていた。

胸が張り詰め、すべての時が止まったような気さえする。この部屋だけが世界の回転から取り残されて、ぴたりと静止しているような。

何度も夢に見たことが、今、こうして現実に起きているのだ。でもどうすればいいのかわからない。自分の気持ちがわからない。夢を見ては泣いていた頃とは、あまりにも遠いところに来てしまった。でもこんなに遠いところにまで、小松は自分を捜しに来てくれた。迎えに来てくれた。

「今……今は、私……ここに住んでいて、ここで劇団を……」

弱く震える声しか出ない。

「……それに、別に……ここから逃げたいとか、困ってるわけでもなくて……」

「なにも無理強いはしません。心配ではありますが、あなたの意志を尊重します」

小松は頷き、まだ戸惑いから立ち直れない富士の目を静かに覗き込んだ。

「一晩、待ちます。高円寺駅の真上のビジネスホテルに今夜は泊まります。明日は朝七時にチェックアウトするので、それまでにお返事を下さい。もしもあなたが戻ると決めてくれたなら、そうしたら――」

数十センチの距離にある手が、そっと富士の手に近づく。数秒間、宙で止まる。しかし、結局触れはしない。言葉の続きも言わないで、小松はそのまま立ち上がった。

「今夜はこれで帰ります」

「……駅まで送ります。遠いですし」

「いや、帰り道の方が心配だから。大通りに出てタクシーを拾います」

靴を履いて玄関を出ていく背中を追い、富士は廊下に出た。「あの、手すりは触らないように！」階段を下りていきながら、小松は振り返り、軽く頷いてみせた。

部屋に一人取り残され、富士はそのまま玄関先に声もなく佇んだ。

なにが起きたのか、いまだに理解しきれない。

（あの人と一緒に……高崎に、戻る？）

触れ合う手と手を、今度こそ離さずに、しっかりと強く握り合って。

（……そして、結婚する……？）

夢にまで見たことだった。何度も何度も夢に見て、でもやがて必ず目は覚めて、富士は
そのたびに涙を溢した。

それが今、現実になったのだ。

自分はあの頃とは変わった。やり直せたら、今度こそ本音で向かい合える。前よりもず
っと素直に、心の中も晒し合える。それをしないまま結婚しようとしていた方がおかしか
ったのだ。一度ああして壊れたからこそ、これから二人の関係は、より確かなものにきっ

となっていく。

（……いや、でも……バリスキは？　次の公演は？　もうあと二週間とすこししかないのに。お金だって集められてないのに）

そうだ、金。

結局八方塞がりのまま、残り二十万円を調達する方法はまだ見出せない。

というか、自分には結局、この問題を解決する能力などないのかもしれない。

金のことで役に立てないなら、こんな自分が劇団のためにできることなど、もはやなにもないのかもしれない。

パパの店の代打勤務も、稽古が終わって帰ってくる南野たちの夕飯作りも、自分でなければいけない理由はないのだ。たまたま自分がそこにいたから割り振られたが、そこにいたのが他の誰でもきっと成り立つ役目だった。

蟹江の声が、ふと耳の底に蘇る。

――今日の夜にここから消えたくなったとして、明日にはいなくなれるっていう『自由』の部分を残しておきたい。

彼は、そう言っていた。それが富士のためだ、と。

（今日の夜、私がここから消えたら……）

みんな驚くかもしれない。でも、実家に戻ります、と書置きでも残せば、それ以上心配はしないだろう。蘭や蟹江はむしろ安心する。代わりのバイトもきっと見つかる。夕飯だって、今までのようにそれぞれで食べればいい。

要するに、自分が今夜消えたとしても、バーバリアン・スキルにはなんの影響もないのだ。

自分がいても、いなくても、ここから先の運命に違いがあるとは思えない。

金は集まるかもしれない。集まらないかもしれない。公演は成功するかもしれない。失敗するかもしれない。バーバリアン・スキルは蘇るかもしれない。このまま消えていくのかもしれない。

どっちにせよ、自分にできることはなにもなくて、存在が結果に影響を及ぼすこともない。

そもそも実際の公演で役に立てることもないのだ。稽古に行ったって、ただ見ていることしかできず、みんなに置いていかれないよう必死に聞き取り、メモを取り、まとめ直した台本だって自分が読むためだけのもの。

(あ……そうだ、稽古……)

時刻はまだ夜の七時半を回ったところだった。稽古は今も続いている。でもうまく頭が働かない。軽いショック状態のまま、富士はとりあえずサンダルをつっかけて母屋に向かう。合鍵で中に入り、キッチン灯だけつけて、米を研いで炊飯器にセットする。鍋を出して煮干しパックを放り込み、豆腐とネギを冷蔵庫から取り出す。ごはんと味噌汁は、とにかく用意しようと思った。おかずはなにか買ってきてもらえばいいか。お惣菜でもなんでも……ぼんやりとしたまま、南野にＬＩＮＥを送る。

『ちょっと体調が悪くて、今夜は部屋で休みます。ごはんと味噌汁だけ作っておきますので、すいませんがおかずは買ってきて下さい。私はなにも食べられなそうです』

既読にはならない。スマホをどこかに置いたまま、稽古に集中しているのだろう。曲を流していればバイブの音もかき消されてしまう。

出来上がった味噌汁の鍋に蓋をし、コンロの火だけはしっかり消したのを確認して、富士は母屋を出た。南野荘の自分の部屋に戻り、そのまま寝袋に潜り込む。

手足を丸め、なにも見えない静寂の中で、何度も繰り返し考える。

（……今日の夜にここから消えて。あの人が差し出してくれた手をとって。そして、明日にはいなくなって……）

いずれみんな、南野も、蟹江も、蘭も、樋尾も、大也も、この部屋にいた誰かのことなど忘れてしまうだろう。初めからそんな誰かなどいなかったように、日々は続いていくのだろう。

自分はどうだろうか。自分も、彼らのことを忘れてしまうのだろうか。

やり直した幸せな生活の中で、こんな寝袋生活の日々も忘れて、初めからなかったことになって、その先の人生を生きていくのだろうか。何事もなかったみたいに。

果たしてそんなの可能なのだろうか。

今があるのは、今こうして生きているのは、あの夜が——振袖と袴で駆け出したあの夜があったからだ。あの夜を越えて、自分の中でなにかが終わって、そして始まった。それが簡単だったとは思わない。そうしてやっと摑んだ命を生き永らえながら、あの夜のことだけ抉り取り、なかったことになどできるのだろうか。

考えても、考えても、誰も答えてはくれない。

闇の中で、いつ目を閉じたのかは自分でもわからなかった。気付かないうちに眠りに落ちていたらしい。

ふと目が覚め、再び闇の中で目を開く。

まだ朝は来ていない。カーテンの向こうには夜の闇が広がっていて、辺りは静まり返っている。スマホを見るともう午前三時。

南野からは夜の十時過ぎに『大丈夫か』と返信が来ていた。そして、『一応おまえの分も買ってある』大量のパックの焼き鳥の写真。それをごはんにのせて焼き鳥丼にした写真。

寝袋から這い出し、母屋の方を見る。リビングの灯りは消えていて、寝室がある二階も暗い。こんな時間だし、南野は当然眠っているのだろう。

——消えるなら今だ。

まだ半分眠りの世界にいるような気がしながら、そう思う。

こっそりと荷物をまとめて、この部屋を出て、通りでタクシーを捕まえればいい。もしくは歩いたっていい。とにかくあの人が泊まっているホテルに向かう。ただそれだけで、さよならさえ告げずに終われる。去っていく自分を彼らはどんな顔で見送るんだろうなんて、そんなわかりようもないことも考えないで終われる。

でも、それでいいのか。本当に、それでいいのか。そんなことができるのか。

数時間の睡眠は特に答えをもたらしてくれたわけでもなく、富士は再び同じループに嵌り込む。息をすることさえ忘れ、瞬きすることさえも忘れ、一人静かに立ち竦む。

と、その時、ドアの外に誰かの気配を感じたような気がした。トン、トン、と階段を上がるか下るかするような、かすかな音。遠ざかるような、近づくような。風のいたずらか、ただの勘違いか、ネズミかなにかか。ミノタさんか。それか……あの人、か。

顔を見てしまえば、もう手を伸ばさずにいられない人が、そこにいるのか。

ドア一枚を隔てた向こうに、答えがあるのかもしれない。そこにあるなにかが、富士を導いてくれようとしているのかもしれない。

ドアを開いて音の正体を確かめようと思う。でも、身体が重くてうまく動かない。富士はその場にうずくまり、目を閉じて息を詰める。なにが正解かなんて、もう自分ではわからない。なにを望んでいるのか、なにがしたいのか、この暗闇ではいくら目を凝らしてもなにも見えない。

ドアを開くのは怖かった。

自分はなにを見つけ、どこへ駆け出してしまうのだろう。駆け出していった先で、結局欲しかったものが見つからなかったらどうしよう。失ったことを悔やむだけの未来が待っていたらどうしよう。

どうにか目を開き、立ち上がりはしたものの、足を踏み出すのにはまた少し時間がかかった。狭い部屋なのに、玄関までなかなかたどり着けない。でも、今このドアを開いてみなければ、ずっとこの暗闇の中で座り込んでいることになる。そのままずっとそうしていることなどできない。そんなのは生きているとは言えない。それはもう、わかっている。ちゃんとわかってる。

ドアノブを摑み、意を決して数センチ開いた。

澄んだ外気は妙にぬるく、湿気を孕んでむっとしている。そのままさらに大きくドアを開くが、誰もいない。真夜中だけが、そこにはただあった。静かで暗くて誰もが眠っている、人間のいない世界が広がっていた。

しかし、耳を澄ますと、やはりなにかの音が聞こえてくる。さっきの音とは違うような、カタカタと軽い音。そして、

(これって……声？　歌？　誰か、話してる……？)

サンダルをつっかけて廊下に出ると、少し先のドアの隙間からオレンジ色の光が漏れていた。蟹江の部屋のドアが、わざとなのかたまたまなのか、靴が挟まって少し開いているようだ。そして音と声は、そこから聞こえてきている。

蟹江はまだ起きているのだろうか。誰かといるのだろうか。

（これから消えてもいいですか？　って訊いたら、蟹江さんはなんて答えるんだろう）

そうしなよ、と笑うだろうか。富士さんにはどうせなにもできないんだから、と。

（ていうか、そもそも……私になにができるって思ったんですか？　本当に）

ぜひ、訊いてみたかった。自分を劇団に誘った日、蟹江はなにを期待していたのだろう。

あの夜、どうして富士を見つけたりしたんだろう。

（……一体、あなたはなにを『見つけた』んですか……？）

蟹江が見つけたというなにか。それは果たして、本当にあったのだろうか。結局なかったのだろうか。あったのに失われたのだろうか。もうあるとは、信じられなくなったのだろうか。

廊下を歩き出し、富士は蟹江の部屋のドアに手をかけた。開くのに力はいらない。

そしてそっと中を覗き込み、

『誰か！　先生！　みんな！　助けて下さい！』……『誰か！　先生、みんな！　助けて！』……ンフフ、まだ長い……『誰か！　助けて！』……はい。次……」

音と声の正体を見た。

なんだ、と思わず息をついてしまう。

（……人間の世界だ）

ドアの方に背を向け、蟹江は座椅子に座ってノートパソコンを叩いていた。ヘッドホンからパンクを激しく音漏れさせながら、書き直しているらしいセリフを繰り返し口にし、時々頭をガクガクと揺する。突然歌い出したりする。笑ったりもする。「あっはっは！……つか……えっ？　もー、なにこれ最悪なんですけど……はあ？」悪態もつく。そうしながらいきなりものすごい速度で猛然とまたキーボードを叩き、ふと止まり、猫背を通り越してそのまま背中が折れてしまうのではと思えるような姿勢でしばらく黙ってモニターを見つめ、また頭を揺らして歌い出す。

滑稽な姿、ではあった。見られたくない姿だろうとも思う。

でも、富士はその姿から目を離すことができなかった。

蟹江の背中が、楽しい！と叫んでいる。誰にともなく、楽しい！　楽しい！　ただそれだけを叫んでいる。そうやって今、全力で夢を追っている。自分が求める高みへと、ひたすらまっすぐ向かっていく。この夜を飛んでいく。彼にだけ見える、暁の光を目指して。

――演劇が、好きなのだ。

ただそれだけを生きている魂がそこにあった。好きだ！　楽しい！　ただそれだけを叫ぶ魂。ただそれだけの純粋な命。蟹江亮は、それだけなのだ。正しいも間違いもない、ただそれだけの魂で、たった一つの命を燃やして、今夜もこうして生きている。こんなにも眩しく、こんなにも羨ましく、こんなにも侵しがたく、こんなにも輝いて。そうやって、行く手の道をこんなにも明るく照らしてくれながら。見えない道の先へと導いてくれながら。

一人じゃない。富士は思った。一人なんかじゃない。一人なんかじゃ、なかった。

「…………」

言葉はなにも出ない。

富士は静かにドアを閉じ、足音を殺して廊下を戻った。玄関から飛び込むように部屋に入り、破裂しそうな胸を押さえる。内側から鼓動が強く打ち返してくる。すべてが脈動して静まらない。怖いほどだ。笑えてくるほどだ。泣きたくなるほど。身体が震え出すほど。

わかった。

ここに、それはある。

確かにある。

ないことになんか絶対にできない。そんなことができるわけがない。消えたりしない。自分が自分である限り、失われることなんて永遠にない。

闇の中、富士は胸に手を当てたまま、その目をぎゅっと強く閉じた。目が熱い。きっと今、この目の中には呼び覚まされた炎が燃え上がっているはず。大きく息を吸って吐く。時間が再び動き出す。世界がまた回転し始める。

――見つけた。

私もやっと、私を見つけた。

あの夜に駆け出した魂は、今もここで、爆発しそうに跳ねている。もう誰にも止めることなどできない。私も叫ぶ。これから叫ぶ。ここから叫ぶ。野蛮人になって、空へ叫ぶ。ここにいる、まだ生きてる、そう響き合わせ、どこまでも轟（とどろ）かせ、やがて私たちの声は光となって、この道のさらに先を眩く照らし出すのだ。

＊＊＊

朝が来るまでそのまま起きて待つつもりが、なぜか二度寝してしまった。気付いて跳ね起き、すっかり明るくなった窓の外を見て、富士は本当に一声叫んだ。

まずい、もうすぐ六時半、小松がチェックアウトするのは七時。シャワーも浴びていないし顔も昨日の夜から洗っていない。服すら着替えず寝袋に入ってしまったのでスカートもシャツも無残なシワシワ。でももうしょうがない。がっつり寝てしまった自分が悪い。

歯磨きとトイレだけは済ませ、断腸の思いでバッグを掴む。とにかく部屋から飛び出す。全力で朝の阿佐谷を走る。小松の連絡先は消してしまっていて、昨日は訊くのを忘れてしまって、寝坊したとも伝えられない。

小松は七時に高円寺を出れば、ギリギリ出社時間に間に合うのだろう。待たせるわけにはいかなかった。いつか樋尾を追いかけた時にも匹敵するダッシュで、富士はひたすら駅を目指す。なんならこの際タクシーに乗ってもいいとさえ思うが、こんな時に限って一台も通らない。

しかし夕飯も朝食も抜きのせいか、頭がフラフラし始める。慌てて自販機でロイヤルミルクティーを買い、口の中を火傷しそうになりながらグビグビ飲み干す。空き缶を捨てるや否や、再びダッシュ。今摂ったカロリーを燃やし尽すように、必死に手足を動かして地面を蹴る。足音に驚いたように振り返る人々を後ろから猛然と追い抜かす。きっとすごい形相になっているだろうが、今は構っていられない。

やっと駅に着き、一駅乗って高円寺。じれったい短いエスカレーターを降りるとちょうど七時。南口から飛び出していき、すぐに間抜けな間違いに気づき、全力疾走で駆け戻って北口を出ると、ホテルのエントランスはすぐ真横。

そこに小松は立っていた。

富士を待っていてくれたらしい。寝坊してしまいました、すいません、そう言いたいが、息が切れて言葉にならない。電車に乗っている間に呼吸は整えたつもりだったが、結局こうなってしまった。苦しくて、ババくさく身体を折って膝に手をつく。顔も上げられない。

「大丈夫？　どこかに座りますか？」

小松が心配そうに近づいてくるのが見えるが、

「……だい、……じょうぶ、……です……！　すいま、せん……！」

その綺麗な革靴が歩みを止める。富士が荷物を持っていないことに気が付いたのかもしれない。

必死に息をしながら、どうにか顔を上げる。よろめきながらにじり寄ると、小松は慌てたようにスーツの腕を差し伸べてくれる。

「顔色がなんだか……ここで待ってて。お水を買ってきます」

「いいんです……、いいんですほんと……」

「いや、でも」

「いいんです！　まじで！　とりあえず……！」

自販機を目で探す小松の肘にすがりつき、富士は情けない声を振り絞った。

「二十万円、貸して下さい！」

え、と硬い声。めげずに目を上げ、あからさまに戸惑っている小松の目を見る。

「わ、私たちは……バーバリアン・スキル、と、いいます……！　来月、賞を、すっごい賞を、獲る予定……なんです！　でもそのための資金が、足り、なくて……、だから貸して下さい……！　必ず返しますから……！　どうか、どうか……お願いします……！」

深々と頭を下げた拍子、くらっと目が回って足がもつれた。小松はとっさにまた支えてくれながら呟く。

「あなたは、舟を——」

聞きながら頷く。大きく三回頷いて返し、「はい！」ふらつきながらどうにか目を上げる。

「見つけたんです！」

そう答える、この目の炎を見て。この私を見て。燃え上がる魂を、ただそれだけの命を、私はあなたに見せたい。見てほしい。

（私は生きてる）

見て！

（私たちは、生きてる）

死んだ舟に隠れたのは十一年前。

舟はきっと、あの瞬間に蘇ったのだ。見つけて潜り込んだそのときから、あの舟は富士という命の器になった。

脈打つ心臓はエンジンで、真っ赤な熱い血が燃料。

再び海へ出る瞬間を待って、うずうずと爆発しそうに身を震わせ、ずっと唸りを上げていた。ひそかにエネルギーを貯め込んで、ひたすら機会を窺っていた。

本当に生きたい自分の人生を探して。きっと未来で出会うはずの自分を追いかけて。

富士は、飛び出すその時を待っていた。

本当は誰もがそうだ。誰もが、舟なのだ。

目を開き、顔を上げ、立ち上がり、飛び出したその時、舟は海へと解き放たれる。

どれだけ朽ち、どれだけ穴が開き、波に飲まれ、何度沈んだとしても、舟は決して死ぬことはない。私たちが生きている限り、心を燃やす炎がエネルギーを生み出す限り、何度でもまた息を吹き返す。何度でもまた蘇る。そして遠く、遥かどこまでも、私たちの命を運んでいく。舟は運命だ。

みんなで一つの舟に乗るなら、それもまたそういう運命。

私は今、バーバリアン・スキルという運命を生きている。運命に呼ばれて、今を生きている。

——言葉にはならなかった。

でも、

「そうか。わかった。貸します。二十万円」

頷き返してくれた小松の目は、明るい光で輝いて見えた。

「……ありがとうございます！　借用書も書きます！　利息もきっちり取って下さい！」

「そうします」

「必ず返しますから！」

「信じます。バーリア？　……キル？　を」

「バーバリアン・スキルです！　バリスキと呼んで下さい！」

小松がＡＴＭで引き出した二十万円を、富士はしっかりと両手で受け取った。深く頭を下げる。

迷いなんか、もうないはずだった。しかし、小松の片方の手の平が赤く炎症を起こしているのが見えてしまう。富士の視線に気付いて隠そうとするみたいに、小松はその手をポケットに突っ込む。

南野荘の手すりには、触れれば百発百中でかぶれる、魔除けの塗装——

（……あの時、やっぱり、来て……）

瞬間的にこみ上げそうになる想いに声を失った。

ドアを開くタイミングがすこしでもずれていたら、一体どうなっていたのだろうか。今とはまったく違う朝を迎えていたのだろうか。富士は、全然違う世界を生きることになっていたのだろうか。

でも、今はここにいる。

この運命を、ただ、生きていく。

改札に入っていく小松の背中を見えなくなるまで見送り、富士はくるりと身を翻した。あの人をもう、振り返ってはいけない。

肩にかけたバッグをしっかりと手で押さえながら、また走り出したくなるのを理性で抑える。これ以上走ったら、絶対に倒れる。でも身体はむずむずと暴れたがっていて、とても電車には乗れなかった。大股でひたすら歩き、思いっきり前へと進んでいく。

でもいつか、未来のとある日に、今日の選択を悔やんだりするのだろうか。この瞬間に戻れたなら違う運命を選んだのに、と、泣いたりするときが来るのだろうか。

絶対ない、とは言い切れない。

（……小松さんのこと、やっぱり好きだな。まだ）

今ここで立ち止まれば。今ここで振り返れば。今ここで、来た道を引き返せば。

ついそんなことを思ってしまいそうになり、（いや。いやいやいや、いや！）富士はとにかくスマホを取り出した。ＬＩＮＥを立ち上げ、須藤におはようとかなんでもいいから送ろうとする。でも指が滑って電話をかけてしまう。慌てて切る。こんな朝の時間、まだ寝ているかもしれないし、起きていてもきっと慌ただしくて……と、着信。さらに慌てる。

須藤がかけてきてくれた。

『龍岡さん？　今、電話くれた？』

「ごごめん、間違っちゃって……！　ほ、ほんと……ごめん。起こしちゃったよね？」

『そっか、なんだ。起きようとしてたところだし大丈夫だよ。ていうか……どうしたの？　なんかハアハア興奮してない？　犬みたい、っていうか、全体的に様子がおかしいけど』

「なんでもない！　ただ、なんというか、こう……人生を、間違えたかもしれない瞬間が今あって、焦っちゃっただけ」

『えっなにそれ、詳しく』

「いやいや……いや、まあまた今度、改めて。語り出したら三時間ぐらいかかると思うから」

結婚しようとした人がいて、捨てられて、でも本当は捨てられたわけじゃなくて、また結婚しようとして、でも捨てた。いや、捨てたわけじゃないが、とにかく自分はそっちを選べなかった。でもなんだかどうしようもなく胸がザワザワして……うん、三時間かかる。確実に。

『うそ、じゃあ次会うときにね。でも、え、ひょっとして暗い話になる？　だとしたらこっちもそのつもりで臨むけど。変なネタTシャツとか控えるし。ていうかそもそもそんなの持ってないけど』

「いやあ、まあ、暗いっていうか……ただなんていうか、自ら進んで地獄行きの道を選んじゃったのかも、みたいな」

『え、やばくない？　ちなみになんの地獄？』

「……演劇……」

少しの間も置かず、ケラケラと須藤は電話越しに笑った。そして、

『今さら⁉　遅くなーい⁉　こっちはとっくなんだけど！』

軽い調子で言い放つ。

『ていうかそれならとっとと底まで落ちてきてよ、一緒にこの地獄で一番かっこいい鬼探さなきゃ！　地獄だろうがなんだろうが、一緒なら全然楽しいでしょ！』

その言い草に、富士も思わず笑ってしまう。確かにそうかも。須藤とこうやって笑い合っていられるなら、地獄だって悪くないかも。道連れは友達。付き合えば付き合うほど結構しょうもないところも見えてきて、でもそれも多分お互い様の友達。じゃねー、また今度ねー、と電話を切って、口許にも目元にも笑みが残る。そういう友達。一緒なら悪くないかもどころじゃなく、最高かも。

肩を支えられているように、背中を押されているように、富士は前へと歩き続けた。汗をかいたのか、すこし服の中からにおいがする。シャワーも浴びていないし、当然だ。

南野がいつか言っていたことを不意に思い出す。夢のにおいを富士もいずれ発する、と、あれは今思えばまるで予言だ。夢を追いかけて、立ち止まる暇もなく、涙と失意と埃にまみれて、それでもなお走り続けて、こんなにおいになってしまった。声を上げて大笑いし

あ、やばい！）
（でも笑ってる場合じゃない、早く帰ってシャワー浴びなきゃ。バイトだってあるし……
たくなる。

パパの店でのバイトは今日も朝の十時から。九時十五分には支度を済ませて部屋を出たい。今はもう八時近い。ここから南野荘までまだ十五分ぐらいかかるし、それからシャワーして髪を洗って……うん、やばいやばい。ぎりぎりだ。

結局また走り出す。途中でバテて何度も信号待ちでふらつき、ぶっ倒れそうになりながらもどうにか南野荘へと帰りつく。階段を上がりかけ、その前に、そうだった。方向転換して母屋へ入っていって、

「む⁉ どうした、富士！ 元気そうっちゃ元気そうだが、死にそうっちゃ死にそうだぞ！」

のん気にコーヒーを飲んでいる南野の腹巻に、いやスヌードなんだが、まあいい腹巻に、小松に借りた二十万円をぐいっと押し込む。

「おまえ、これは——」

「最後の、二十万円です。これでやれます。公演、打てます！」

「なに⁉ でか——いや待て、なんだか犯罪のにおいがするぞ。ははーん……やりやがったな？」

「やってません！ たまたま会った高崎の知り合いに、借りることができたんです」

「よぉし！　でかした！　だがこうなることはわかっていたとも！　言っただろう、なんとかなる、とな！　まあカニの奴がまたぴーぴー騒ぐかもしれんが」

「騒がせておけばいいんです」

「その意気やよし！　しかしよくぞその額をポンとくれたもんだ。髙崎の衆は太っ腹だな」

「いやいや、返すんですよ、賞金で。獲れますよね？」

「当然だ！　なぜなら俺様は俺様だ！」

「昨日の焼き鳥は？」

「冷蔵庫だ！」

キッチンに飛び込み、レンジした焼き鳥をごはんにのせ、富士も焼き鳥丼にしてかきこむ。南野が送ってきた写真はかなりおいしそうだった。絶対同じようにして食べたかった。洗い物は「すいません、いいですか？」シンクに置いて南野に任せ、南野荘にとって返し、とにかくシャワーだ。早く身支度してバイトに行かなくては。バイトの代打など誰にでもできることかもしれないが、誰にも渡しはしないと決めた。どんな役目でも役目は役目、任されたからには全力でこなす。

回る世界に振り落とされないように、過ぎゆく時に置いていかれないように、この運命にしがみつかなければ。魚偏の手拭いを引っ掴み、シャンプーセットも引っ掴み、富士はまた部屋から弾丸のように飛び出していく。

日々はそうして過ぎていった。

＊＊＊

蟹江は、富士が二十万円を借りてきたことを知ると、騒ぐどころか顔色を真っ青にした。一体誰に、どうやって、としつこく訊ねてきたが、「返せばいいんですよ」と富士は笑って受け流した。

「NGS賞を獲って、賞金をもらえば、それで解決する話です。蟹江さんはそのことだけを考えて下さい。賞が獲れる脚本で、賞が獲れる演出で、賞が獲れる演技をする。ただそれだけのことですよ」

「そんな簡単そうに言うけどさ……!?」

「樋尾さんは、蟹江ならできる！　って言ってましたよ」

蘭は意外にも、「やるじゃん富士。思ってたよりずっと頑丈だわ」そう言って笑い、からかうように富士の鼻先を指で弾いてきた。名前をやっと、呼んでくれた。そのスカルのスカジャンの下からは、凄まじい湿布のにおいを発していた。連日の稽古で、蘭の身体はもうボロボロなのかもしれない。

ボロボロといえば、大也もそうだ。夕飯に現れる時は蘭以上に湿布まみれ、見かねた南野が「大丈夫かよ?」と心配するほど、疲れ果てた顔をしていた。茶碗と箸を持ったまま、食卓で寝落ちしてしまうこともあった。顔を伏せて眠りながらも、肩と指先と爪先だけで、振り付けを確かめるように踊り続けていた。喉の奥では唸り声のようにセリフを全員分、繰り返していた。

――この『見上げてごらん』では、俺も役に立ちたいんです。俺を鍛えて下さい。

大也が稽古場で蘭にそう詰め寄る姿を富士も見ていた。「いつまでも新人の下っ端じゃなくて、いたかどうかもわからない奴でもなくて、もちろん足手まといでもなくて、役者としてバリスキを支える柱の一つになりたいんです。もっとキラキラと、輝くものになりたいんです！」そう強く言い切った大也の気持ちは、富士にもよくわかった。

蘭は、「いい心がけだね」と、髪をかきあげて答えた。笑っているように見えた目は、しかし異様な熱を帯びてギラついてもいた。そして、「てめえで言い出したんだから、なにがあっても後悔すんなよ？」と。

樋尾は、外注スタッフを交えて打ち合わせに励む一方で、富士が怒らせたコヨーテ・ロードキルのＨＰ担当者に連絡を取ってくれた。樋尾が直接話したことで、先方の怒りも解けたらしい。これまでのバーバリアン・スキルのＨＰは４０４エラーとなり、コヨーテ・ロードキルのページに飛ばされることはなくなった。今はそれで十分だと思えた。サイトはまた一から作り直せばいいのだ。

そして南野は、本番を数日後に控えたある日、富士にもバイトを休むよう言い渡した。下された新たな役目は、大道具の改修。

花劇スフィアはステージが半円状に客席の方へせり出していて、その形状をより生かせるように、すでに出来上がっているいくつかのセットを直したいというのだ。たとえば、斜めの角度から見られても裏側の支柱が見えないようにする、とか。平面のパネルを分割して、ステージのせり出しに合わせて角度をつけて配置できるようにする、とか。

「カニに聞いたが、おまえは工具一式の使い手らしいな。三日間で仕上がるか？」

「やれというならやりますが、問題は場所です。電動工具を使うならスペースがないと」

南野はメンバー一同を朝から駆り出し、南野荘一階の荷物を一部、空き部屋の202へ移した。もちろん手作業でやるしかなく、一同は重い荷物を両手に抱え、何度も階段を行き来する羽目になった。元から置いてあった分と合わせて、荷物は202の窓も越えて天井近くまでぎっしり積み上げられた。

そうして空いた一階の102、103のスペースは、一続きの板張りフロアになっていた。劇団の大道具を置けるように、何年か前に壁を抜いたらしい。物を一つ動かすだけで目に見えるほどの埃が立ち上る。砂壁はあちこち剝がれ落ち、床板は怪しく変色して浮き上がり、照明は裸電球がぶら下がっているだけ。そこにビニールシートを敷けば、富士の作業場が突貫で出来上がった。最初に南野荘に来た時、南野は確かこの一階について、危険だから立ち入るな、と忠告してくれたはずだが——まあそのことはもう忘れるしかない。

防音のために雨戸をすべて閉め切ると、湿った空気がカビ臭く澱む。手許には、樋尾と蟹江の指示に従って引いた図面。南野の古着のジャージをぶかぶかに着て、髪を結び、靴を履き、ゴーグルとマスク。軍手もよし。恵比寿から運んできた、富士山シールの工具一式も準備よし。充電もできている。

（……久しぶり！）

右手に持った道具の重みに、顔が笑ってしまうのを止められない。

勝負は、どこまで静かに、そして素早く、近隣に迷惑をかけないように進められるかだ。

富士は図面をしばし見つめ、やがて作業に取り掛かった。一人の世界に、そのまま沈むように没頭していく。

6

四月三十日。

朝の七時ジャストに、バーバリアン・スキル一同は、花劇スフィアに機材の搬入を開始した。

今日はルーメンズの面々を始めとして外注スタッフの人数も多い。富士はまだ名前も知らない人々が、声を上げながら手慣れた様子で作業の指示を出していく。

樋尾の声かけで、クリーマーなど他の劇団からもたくさんの人員がこの時間から手伝いに入ってくれていた。樋尾さんが戻ったなら、と、前回の散々だった公演から引き続き参加してくれたスタッフもいる。須藤の姿もある。須藤は富士を見つけるなり「あ！」笑顔で駆け寄ってこようとして、しかし富士の背後を通り過ぎる樋尾を発見し「あっ⁉」、本能の赴くままにその後をついていこうとして、「須藤くんこっち持って！」「あ……」クリーマーの仲間に叱られて持ち場へ戻っていった。あとでね、と口の動きだけで言って、手を振り合う。

今日は仕込みから始まって、場当たり、ゲネ、そして本番が二回という嵐のようなスケジュールだ。楽しくおしゃべりする暇などまったくなさそうだが、たくさんの見知らぬスタッフの中に須藤がいるというだけで、富士はすこし安心できる。なにせ彼は地獄の道連れ。と、

「……まだ来ねえな。プチ破壊」

急に頭上から降ってきた声に驚いて顔を上げた。先頭切って忙しく立ち働いていたはずの南野が、いつの間にかすぐ傍らに立っている。

「プチ破壊って、前に言っていたジンクスのことですか？」

「ああ」

表面上は、いつもと変わらぬ傍若無人——いや、巨人。しかしわずかに目を眇（すが）め、壁にもたれて何度も髪をかきあげるその仕草には、いつもの根拠不明の自信と余裕が感じられない。あれだけいろいろ紆余曲折（うよきょくせつ）あった公演の初日をついに迎えたのだから、主宰としては落ち着いてなどいられるわけがないのかもしれないが、それにしても南野らしくない。

「その話が前に出た時、南野さんは『下らない』って言ってませんでしたっけ」

「下らないとも。下らないが……全然気にならないってわけでもねえ。どうだ、綺麗（きれい）なグ

ラデーションだろう。これぞ微妙な俺心だ」

公演の前になにかが壊れると、うまくいく。なにも壊れないままだと、失敗する。

なんの裏付けもないただのジンクスだが、これまでのバーバリアン・スキルの歴史においては、この法則が崩れたことはないらしい。そして今回の『見上げてごらん』のやり直し公演では、稽古開始から今に至るまで、誰もなにも壊していない。

「でも、なにもなければその方がいいのでは？」

「そりゃそうだが……やると決めて以降、ここまで妙に順調だったと思わないか。我ながら非科学的だが、その跳ね返りみたいなもんがあるような気がしてならん」

「南野さんもたいがい非科学的な存在ですけどね」

「ふっ、当然だ。この俺様は神の剣が銀河に描いた奇跡の絵画、科学などでは説明がつかん」

「はいはい」

南野の不安も、わからなくはない。時間はかかったが、金はできた。ちゃんとしたスタッフも揃って、技術面においては準備万端。宣伝期間が短かったせいもあってチケットの売り上げは前回に及ばないが、それでも今、あえて問題として挙げるほど集客ができていないわけでもない。確かに順調だった。そしてこんな時にこそ人は言うのだ、好事魔多し、と。

「もし本当にジンクスが気になるなら、私、なにか壊してきましょうか？　誰も困らない程度のしょうもないものを」

「ばか。わざとじゃ意味ねえだろうが」

「だったらもう、どっしりと構えているしかないですよ」

む、と南野は傍らの富士を見下ろす。ずっと高いところにある南野の顔を見返すには、仰け反るようにして上を向くしかない。

「私たち、ミスや失敗がないように今日まで全力で準備してきたじゃないですか。だからプチ破壊だって起きないんです。本番でもきっとなにも起こりません。ていうか、私がそんなの起こさせません」

どん、と胸を叩いてみせると、南野も多少は気分が落ち着いたらしい。再び搬入作業に戻っていく。

やがてバトンを下ろして照明の仕込みが始まり、技術確認の段階に進む。富士は楽屋に入り、用意してきた物品を揃え、呼ばれて受付の設営にも駆り出される。チラシの折り込みを手伝っていると、買い物を頼まれ、近くの24時間営業スーパーへ。戻ってきたところで樋尾に呼び止められ、次は小道具の準備だ。特に重要なのが、いくつかのシーンで出番がある弓と矢のセット。

中盤に、これを南野に渡さないといけない場面がある。これまで富士と南野は、何度もその受け渡しを練習してきた。舞台袖から音楽に合わせ、いーち、にーの、さーん、だ。明滅する照明が完全に暗転する一瞬、「さ」のところで富士が投げ、「ーん」で南野がキャッチする。ダンスシーンから弓矢を放つ動作へ、自然に移行するための工夫だった。富士の責任は重い。練習した通りにできればいいのだが、心配が尽きることはない。

スタッフ総出でセットの設営も始まり、富士も軍手に黒ずくめ、室内履き専用スニーカーで作業に加わる。改修した大道具は問題なさそうだ。あとは本番に入ってからの舞台転換がうまくいくかどうかだが、転換稽古は何度もした。樋尾の指示通りに動けばとにかく間違いないはず。

昼食に頼んでおいた弁当が時間通りに届き、和やかなランチタイムが始まるが、みんな早々に切り上げて、場当たりからそのままゲネへ。南野も蘭も蟹江も大也も、舞台上では絶好調に見える。衣装も小道具も、しっかり準備できている。

こうして、夢が現実になっていく。

衣装をつけ、照明を浴び、本番さながらに舞うみんなの姿を見ていると、自然と心の底から興奮が湧き上がってきた。思わず見とれ、息を呑み、肩や背中が意図せず震えてしまう。元々は、蟹江のイメージの中にしか存在しなかった世界なのだ。それがこうやって現実になっていく。立ち上がってくる。数時間前まではからっぽだった劇場の中いっぱいに、今、こうやって。これってすごい。すごいことだ。

（……これが地獄なら、落ちてよかった！）

しかししみじみと感じ入っている暇などあるわけがなく、

「龍岡！　ぼーっとしてんな！　そろそろ開場だぞ！」

ついさっき、外注スタッフたちと外の喫煙所に一服しに行ったはずの樋尾にどやされ、富士は慌てた。いつの間にそんな時間になっていたのだろう。劇場という窓のない空間にいると、外の陽射しの様子もわからず、時間の感覚がおかしくなるのかもしれない。

須藤を含めた手伝いのメンバーは受付に向かい、幕が下ろされた舞台の内側は、しばし静けさの中に取り残される。閉じ込められた時間の粒が、弾けるその時を待って振動するのを皮膚で感じる。

楽屋のムードは、しかし意外なほどのんびりと緩んでいた。誰もまだメイクを仕上げておらず、髪にもピンが残っている。蘭に至っては床にぺったりと胡坐をかき、入念に股関節をストレッチしている。本番直前の楽屋は、もっとピリピリとした緊張感で張り詰めているものだと富士は思っていたのだが。

「今さら慌てたってしょうがねえだろ。いつも通りでいいんだ」

目の周りを黒のアイシャドウで汚しながら、南野が鏡越しに富士を見てくる。そっか、本番直前といってもみんなは公演に慣れてるし余裕なんだな、と納得しかけるが、「ていうか、まだないですねプチ破壊……」大也の一言に返事はない。誰も答えない。南野も。蟹江も。蘭も。気弱な言葉を笑い飛ばす声さえ出ない。見た目通りのリラックス状態、というわけでもないのかもしれない。

樋尾が開場を告げ、にわかに客席の方が騒がしくなる。楽屋にはモニターが置いてあり、舞台の様子や舞台袖の様子を画面分割でチェックできるようになっている。

樋尾はすでに舞台袖にスタンバイしていて、富士はその後方についた。やがて開演時間となり、樋尾のキューで曲が変わり、客電が落とされる。

「蟹江。いけるか」

中坊の衣装の上から前後に分かれて一瞬で脱げるパーカーを着て、片手にマイクを持った蟹江が親指を立ててみせる。暗くなった舞台上で、小さな蓄光テープを頼りに、脱ぎ落とされたあのパーカーを回収するのがさしあたっての富士の役目だ。

そしていつもと変わらない猫背で、蟹江は舞台の幕前に出て行く。

「……どうもー、えっと、はい。すいませーん、そろそろまたこんな感じで始めてみようかな、という感じなんですが……あ、ありがとうございます。ありがとうございます」

頭を下げる蟹江に、客席からは拍手が湧いた。

富士はまだ現実感がない。あれ？　と。これがもう本当に本番？　本当に始まっちゃったの？　と。たとえば歌手やアイドルがライブ前にやるような、円陣組んでみんなで声を上げ、テンションを高めて舞台に飛び出す！　みたいな感じではまったくなかった。

「いやほんと、なんか、いろいろとすいませんでした。前回、前々回、と、もうなんだろう。もしかしてバリスキは呪われてるのかなーってしみじみ……」

蟹江は、というかバーバリアン・スキルは、こんな感じらしい。だらっと始まって、弛緩させて、そこから徐々に緊張感を煽っていく。そして、狙ったところで爆発させる。それこそロケットを打ち上げるように。

（蟹江さんは、こうやって喋りながらも射出角度をさりげなく探ってるのかな……）

たった一人で幕前に立ち、頼りなく喋る蟹江の姿を、舞台袖から富士は真剣に見つめた。

と、突然樋尾が言う。「だめだ。悪い、トイレ」

「え⁉」

潜めた声で咎めてしまう。前説の真っ最中という土壇場になって、樋尾はインカムを外してトイレに行こうとしているのだ。さすがにそれはないだろう。

「ちょっと、樋尾さん！　そんなことしていいんですか⁉」

「ストレスが膀胱にくるタイプなんだよ。ままあることだ、大丈夫、すぐ戻る。蟹江に引き延ばせって合図しとけ」

「そんな合図ってどうしたら……！」

「適当でいい。わかるだろ、あいつなら」

　そそくさと樋尾は楽屋の並びにあるトイレへと向かっていってしまう。それを見ている他のスタッフは誰も慌ててはいない。樋尾が言った通り、ままあることなのだろう。でも富士は軽くパニック、舞台上の蟹江に向かって、必死に両手を大きく離してみせる。延ばせ、とこれで伝えているつもりだ。

　そんな富士をちらっと横目で見て、蟹江が眉を寄せたのは一瞬。意図は伝わった、と思いたい。

「えー……ところで今日、僕らの弁当、からあげかチキン南蛮の二択だったんですけど。

ちなみにこの話、別にオチとかないです。でも喋りたいから喋りまーす」

急に世間話を始めた蟹江に、客席から笑い声が漏れる。「僕がからあげにしようとしたら南野が、あ、知ってます？　南野っていうすごいでかい奴。ちょっと目を疑うようなでかい奴がいて――」だらだらと喋るが、樋尾はまだ戻らない。

（ていうか、遅くない……？）

富士にとって、すぐ戻る、の許容時間はせいぜい十五秒だ。体感ではすでに一分ぐらいは経っている気がする。一体どれだけ緊張したのか知らないが、出るものも尽きる頃だろう。そろそろ戻ってきてもらわなければ本気で困る。焦れる富士の肩を、その時トン、と叩く者があった。

樋尾か、と振り返ると、引き攣った顔をして、劇場付きの技術スタッフが立っていた。

「すいません、ちょっと見てもらえませんか」

「あ、樋尾さんは今トイレなんです。私ではなにもわからないので……え、あの……？」

有無を言わさず、腕を掴まれる。そのまま楽屋へ続く廊下の方に引っ張られていく。横目でちらっと舞台上の蟹江がこちらを見たのがわかるが、どうにもできない。

トイレのドアはほんの数センチだけ開いていて、そこを指差して劇場スタッフは途方に暮れたような目をしてみせた。

たちまち嫌な予感がする。樋尾になにかあったのだ。まさか倒れた？　え、うそ、だめ、こんな時にそんな――慌てて駆け寄ってドアノブを掴み、思いっきり開こうとするがドアは微動だにしない。手がすっぽ抜けて、富士はそのまま後ろに転び、勢いよく尻もちをついてしまう。その体勢のまま、呆然と数センチの隙間から中を見る。蓋を下ろしたトイレに座り、樋尾が頭を抱えている。

「……開かねえ！」

と。

抑えた声音で、でも本気で叫ばれたその言葉に、全身の血の気が一気に引いた。じん、と脳が痺れる音が聞こえる。

トイレのドアが、壊れた。

事態を聞きつけて他のスタッフも、南野も蘭も大也も廊下に押し寄せた。真っ先に蘭がドアノブに飛びつき、

「なにやってんだよアホくせえ！　こんなもん開かないわけがねえだろ！」

無理矢理に引こうとする。しかしドアは開かず、大也も手を重ねて手伝うが、それでもびくともしない。「どけ！」衣装のままの南野が同じようにするが、ドアノブの付け根がミシッと不吉に鳴り、他のスタッフが慌ててそれを制する。ならば、とドアの隙間に手をかけ、自転車をも引きちぎるパワーで手前に引くが、それでも隙間は広がらない。内側か

らは樋尾も肩を使ってドアを押しているが、「くそ……！」だめだ。

「てめえ一体なにしたんだよ⁉」

喚く蘭の声。

「なにもしてねえ！　普通に入って、出ようとしたら、変な音がしてそのままドアが微動だにしなくなりやがった！」

防音のためか、楽屋の並びの出演者用トイレのドアは金属製だった。ドアの枠も同じく金属製で、よく見れば廊下の床面は、ドアが開く角度で斜めに錆が擦り付けられたようになっている。以前からなんらかの原因でドアが傾いていたのだ。でも誰も気付かずに放置されていて、今日ここに至って、枠とドアがせり合ってがっちり嵌り込んでしまったらしい。

劇場スタッフたちも何人かで隙間から手を差し入れ、力いっぱいドアを揺する。しかしすぐに、「だめだなこれ」低く呟かれた言葉に空気がさらに冷たく固まる。「蝶番外すか？」「いや、バールでこじ開けられるかもしれん」

数人が廊下を走り出し、道具を取りに行く。「なんなんだよ……！」蘭はずるずると壁際にしゃがみこむ。大也は棒立ち。蟹江はいまだ事態を知らず、舞台で一人喋り続けている。

花劇スフィアなら絶対に問題なんか起きない！　そんなふうに盛り上がって、この劇場に拘って、公演の実現へと突っ走ってきた日々が富士の脳裏に蘇る。得るべき教訓は、物事には『絶対』なんてないということだろうか。でも今は教訓よりも酸素が欲しい。倒れてそのまま気絶しそうだ。

「南野さん……」

震える声を振り絞り、富士は傍らの南野に問いかける。南野は動揺を抑えようとしているのか、静かに肩で息をしている。繁みで身をひそめる大型動物のように。

「蟹江さんは、どうしましょう」

「カニ、ああ、……くそ。どうするか……」

「一旦戻ってもらいますか」

「いや……待て。劇場の方で、ドアごとぶち壊すなりなんなり、対処してくれるはずだ。とにかくこのままもうしばらく引き延ばすように伝えろ。客にはトラブルを悟られたくねえ」

「わかりました」

頷くなり走って舞台袖に戻り、蟹江に向かってまた大きく手を離してみせる。蟹江はちらっとそれを見て、

「……ところで皆さんは、お昼なに食べました？　はい、最前列中央のメガネの方！」

マイクを客席に向ける。一斉に笑いが湧くが、それはすでに「おもしろい」の笑いではなく、「まだ続くのかよ」の笑いだ。

前説が始まってから、もう十分近く経っている。蟹江の独演会でもあるまいし、さすが

にこれはあり得ない。蟹江も助けを求めるように、何度も富士の方を見てくる。樋尾がいないことにも気付いているだろう。でも、まだ事態は解決していない。頑張ってもらうしかない。富士はまた同じように手を離してみせるが、その時大也が走り寄ってきて耳元に囁く。「やっぱりカニを一旦戻せって、南野さんが」

それを聞き、両手を今度は下から自分の方に向けて回転させる。口の動きで、もどれ、とも言う。

「えー……すいません。もうちょっとだけこのままお待ちくださいね、ンフ、ほんとすいませーん……」

蟹江が舞台袖に飛び込むと、客席からは「えー⁉」と不満の声が湧いた。音響スタッフが機転を利かせ、曲を変えてボリュームを上げてくれるが、そのどよめきは収まらない。

「なに⁉　なにがあった⁉」

言葉で説明するよりも見てもらった方が早いだろう。大也と二人して、蟹江を楽屋口のトイレの方へ連れていく。

「え、ちょっと、なんでみんなこんなところに集まってトイレになにか……どえええ⁉」

隙間から中を見て、事態を把握して、蟹江はそのまま膝から崩れ落ちる。しかしすぐに立ち上がり、「開かないってばかな、そんなわけが、」みんなが一通りそうしたようにドアノブを引っ張り、微動だにしないことに「なんで⁉　なにこれ⁉」焦って声を上げる。

劇場スタッフがバールでドアをこじ開けようとしたが、結局どうにもならなかったらしい。万策尽きて、今は外部の専門業者に連絡を取っているところだという。

「落ち着けヵニ。客に聞こえる」

南野が後ろから声をかけるが、

「落ち着けってそんなの無理だろ⁉　だってどうすんの⁉　どうすんだよこれ⁉」

蟹江はもはや完全にパニック状態、顔色を真っ青にして、ただおろおろと廊下を行き来する。

「業者が来れば解決する。今呼んでくれている」

「それはいつ来るんだよ⁉　いつ開演できるんだよ⁉　お客さんずっと待たせてるのに、あああもう、やっぱりだめなのかよ……！　やっぱりこんなふうに……！　くそ！　ああもうなんでこう……！」

頭を抱え、その場に蟹江はしゃがみ込んでしまう。

富士だってパニックだ。舞台監督の樋尾がいなければ、幕を上げることはできない。頭の中には中止の二文字しか浮かばない。そしてそれは恐らく、ここにいる他の全員の頭の中にも思い浮かんでいるはず。「もうだめだ……！」泣き出しそうな声を上げる蟹江に、そんなことはない、と言える者はいない。とにかくこの回は中止にするしかない。賞の規定を満たすことはできなくなるが、仕方ない。それ以外の道はない。諦めるしかない。

理性がそう囁くのを聞きながらも、

（いやだ！）

富士の本能が叫び返す。諦めるなんていやだ。絶対いやだ。どうしても諦められない。賞だけが問題なんじゃない。やってはくじけ、やってはくじけ、またやってはくじけるなんて絶対にいやなのだ。こんなことを繰り返していたら、くじけることに慣れてしまう。またやり直そうなんて思えなくなってしまう。そりゃ何度でもやり直したいけれど、どうせくじけるなんて心のどこかで思ってしまったら、もう全力ではぶつかれなくなる。だからいやだ、まだ諦められない！

そのとき、南野と視線がぶつかった。

銀色に光る目が富士を見ている。出会った夜からすこしも翳ることなく、あの時と同じ強さのまま。決して絶えることもなく呼ぶように。富士も南野を見る。まだ生きている。まだ終わりじゃない。そんな叫び声を全力で交わすように。

「龍岡！」

トイレの中からは樋尾が呼ぶ。片手だけを外に出して、近くに来いというように指をくいくいしてみせる。慌てて人の壁をかきわけ、顔を隙間にくっつけるようにして中を覗く。

「はい、います！　ここにいます！」

「おまえ、もう諦めたか？」

「いいえ！　全然！」

「だよな。おまえならそう言うと思った。俺も同じだ。もう時間も限界だし、幕を上げるぞ」

「はい！」

「ただ問題がある。見ての通りな」

「ですよね」

富士の背後でそのやりとりを聞いていた南野が、

「なーに、案ずるな。どうってことねえ」

急に大きな手で富士の後頭部を掴み、樋尾に顔を見せつけるようにぐいっとトイレの隙間に突っ込んでくる。「あいた！」顔がドア枠に押し付けられて痛いが、

「俺たちにはこいつがいる。——いでよ富士！　なんとかしろ！」

その声を聞いた瞬間だった。

弾けるようにすべての迷いが消える。怖さも不安も一瞬で吹き飛ぶ。いでよもクソもここにいる。

これだ。

この声を、この言葉を、富士はずっと求めていた。この瞬間のために生まれてきて、この瞬間のためにここにいる。生きている。

震えるように、飛び跳ねるように、思いっきり強く背を起こす。振り返って南野に返す言葉はたった一つ。よろこんで！　じゃなくて、

「了解です！」

唇の端を不敵に歪（ゆが）め、南野はにやりとただ笑う。

そう、なんとかすればいいのだ。問題は、樋尾がトイレに閉じ込められてしまったこと。この状況をカバーする方法を思いつけばいい。

集まっている関係者の顔をしばし見回す。いくつもの不安な顔がそこにある。血の気を失って、今にも泣き出しそうな顔。悔しそうに歪んだ顔。パニックを起こして震える顔。諦めたように伏せた顔。怒ったような顔。富士がなにをするか、待っている顔。

富士は、思いっきり大きく笑顔を作ってみせた。双子たちの面倒を押し付けられながら、こんな顔をこれまで何度してきたことだろう。してきていてよかった。こんな自分でよかった。この笑顔で伝える術を持っていてよかった。大丈夫だよ、と。心配はいらない、と。私がなんとかするから、と。

「幕を上げます！」

スタッフたちはどよめき、無理だろ、と小さな声も返る。

劇場スタッフを指差し、「引き続き業者さんとの連絡をお願いします！」

「それが樋尾さんの判断です！」

蟹江を指差し、「前説に戻って下さい！」

南野、蘭、大也を指差し、「風の声スタンバイ、お願いします！」

そして「すいません、通ります！」人をかき分け、楽屋へ飛び込む。蟹江が追ってきて声を上げる。

「ちょっと富士さん!?　本気で続行するつもり!?　どうするんだよ、舞台監督なしで！」

「とにかく蟹江さんは舞台へ！　須藤くん、モニターお願い！　抱えて、トイレの前に置いて！　樋尾さんに見えるように！」

オッケ、と妙にかわいく言って、須藤は楽屋に設置されたモニターを抱える。ケーブルの長さはちょうどギリギリ、楽屋の出入り口からトイレ前までモニターを移動させ、

「樋尾さん、見えますか⁉」

「ギリ、見える！」

これで樋尾にも舞台の状況がわかる。

「いけますよね⁉」

「ばっちりだ！　いける！」

樋尾の強い声を聞き、それまでは迷うように立ち竦(すく)んでいたスタッフたちの目が変わる。弾かれたように次々と走り出す。幕を上げるために、もう一度それぞれの持ち場につく。

後はそうだ、インカムと台本。舞台袖の卓に樋尾が置いていったインカムとヘッドセット、台本を取りに走ろうとするが、

「富士さん、待って！　待て！」

まだ舞台には戻っていなかった蟹江が富士の前に立ちはだかった。南野と蘭、大也は、すでにスタンバイに入っている。他のスタッフも、全員すでに所定の位置についている。

蟹江だけがまだ、いるべきではないこの場に留(とど)まっている。

「僕だってこんなこと言いたくないよ！　でも、さすがに、これは無理だ！　僕らがこん

なふうに無理を通して強行しようとした時に、止めてくれるのが富士さんの役目じゃなかったのか⁉」

「大丈夫です。樋尾さんのフォローは全力でしますし、皆さんプロです。打ち合わせも万全、みんなが樋尾さんの手足になれます」

富士の言葉を聞いて、近くにいる数人のスタッフが親指を立ててみせる。しかし、

「そんなわけないだろ⁉　もういい、富士さんにはがっかりだ！」

蟹江はこどものように顔を真っ赤にして喚き声を上げた。客席に届かないようボリュームは抑えつつ、それでも十分に喚いている感が伝わる、匠の技の発声だった。

「こんな状況なのに突っ走ろうとするし、お金だって勝手に借りてくるし！　なにやってんだよ⁉　気は確かなのかよ⁉」

「まだそんなこと言ってるんですか⁉　蟹江さんこそいい加減にしてください！　私を誘ったのは蟹江さんなんですから腹くくって下さい！」

「富士さんがこんな人だとわかっていたら誘ったりもしなかったよ！　もっとまともな、ちゃんとした女性だと思ってたのに！　思いっきり裏切られた気分だこっちは！」

「いいからとっとと舞台に戻って下さい！」

「おしとやかな女性だと思ってたのに！　しっかりとした芯があって、でもどこかか弱くて、なんでも笑って許してくれそうな、ちょっとしたことでも喜んでくれそうな、そんな優しい、かつ真面目で、かわいい人だと思ったのに！　まさにタイプど真ん中だったの

に！　なのに連絡もくれないから、脈ないのかと思ったら公演観に来るし！　じゃあ脈あるのかと思ったら僕のことなんか知らん顔だし！」

「はあ⁉　一体なんの話をしてるんですか⁉」

「クリーマーの手伝いで出会った時、メルアド渡しただろ⁉　でもメールくれなかったじゃないか！」

「覚えてませんよそんなの！　第一用事もないのに知らない人にメールなんかするわけないです！」

「知らない人じゃない！　会話も自己紹介もしたんだから！」

「だから覚えてないですそんなのいちいち！」

「こっちは覚えてたんだよ！　だから、南野が富士さんをうちに入れたいって言った時は運命だと思った！　きたー！　って、親しくなるチャーンス！　って、だから乗った！　それで誘った！」

「まさかやらしい下心があったんですか⁉」

「あるに決まってんだろぉぉぉ――――――っ！」

喉の奥で叫びつつ、蟹江はほとんど悶絶する。爪先立って身体を捩り、富士の目の前に震える指を突き付ける。

「きっかけはそうだよ、それがなんだよ⁉　謝ればいいのかよ⁉　じゃあごめんなさい！　でも僕が思ったような人なら劇団をそのまともさで救ってくれるとも本気で思った！　本気で、心から、そう信じてた！　な、の、に、なんなんだよ⁉　なにしてくれてんの⁉　もここで僕らを乗せるなら、富士さんはもう完全に責任から逃れられなくなるんだよ⁉　もう引き返せないんだよ⁉　わかってんのかよ⁉」

そんな指先など、片手でやすやす払いのける。

「今、さら、です！」

ずいっとさらに前に出て、今度はこっちが指突きつける。

「引き返すポイントなんかもうとっくに過ぎてるんです！　蟹江さんは遅れてます！　ちゃんと、ついてきてください！　下心があろうがなかろうが、蟹江さんが私をどう思おうが、私にはもうどうでもいいです！」

「ど、どうでもいい⁉」

「どうっっでもいいです！　とにかく前説に戻って下さい！　そして私と一緒にやるんです、この舞台を！　私たちはもはや運命共同体、同じ方向に突き進んでいくしかないんです！」

その背を舞台の方へ思いっきり突き飛ばす。蟹江はその勢いに負け、まだ信じられない、というように首を振りながら、ふらふらと舞台袖から踏み出していく。中央に進むのは、しかし確かに自分の意志で。

「今……なんか……僕、ふられたっぽいんですけど」

客席から笑い声が湧き、やがて大きな拍手が巻き起こる。がんばれー、とか、泣かないでー、とか声も飛ぶ。それを聞きながら、樋尾のインカムと台本を摑んでトイレに向かう。隙間から差し入れ、樋尾に渡す。樋尾はヘッドセットを付け、顔をドアの隙間に押し付けてモニターを見つめる。

もちろん、めちゃくちゃだった。こんなのありえない。正気の沙汰(さた)じゃない。富士にだって、みんなにだって、当然それはわかっている。

でも諦めないのだ。やめないのだ。止まらないのだ。

だって、まだ生きているから。

十五分遅れで幕が上がり、舞台は進行していく。

緊急事態ではあったが、スタッフ一同の協力により、大きな混乱は今のところ起きていない。業者はもうすぐ劇場に到着するという。それからどんな作業があるのかはわからないが、とにかく樋尾が脱出するまでは、今の状態で切り抜けるしかない。

舞台転換も問題なく、物語はすでに中盤に入った。中坊の教室から原始人の氷原に場面は移り、吹きすさぶブリザードの中でストーリーが進む。

原始人たちは、追ってきたマンモスを見失ってしまっていた。再び探しに出るしかないが、夫と若者は、ここから先の旅路が危険なものになるからと、妻だけを安全な場所に残していこうとする。妻は一度はそれを受け入れながらも、結局後を追うことを決意する。なぜなら夫を愛しているから、たとえ死ぬとしても離れたくないのだ。

ここから蘭一人のシーンが続く。先に行ってしまった夫と若者の後を命がけで追うことを決意し、恐ろしい吹雪の中にまた踏み出していく。想いを絞り出すような独白から、ソロダンスへ。

この後は、いくつもある南野と蘭のダンスシーンの中でも、最もアクロバティックかつロマンティックな見せ場へと続く。こうして二人の愛の深さをはっきりと示すことで、この後に待ち受ける生死の別れのシーンがより悲劇的になる。

舞台袖でしばらく出番のない蟹江、大也とともに蘭のソロを見守る富士の耳に、「業者さん来ました」と教えてくれるスタッフがいた。わかりました、と頷いてみせる以上のことはできない。

そろそろ南野もスタンバイするタイミングだが、なかなか現れないな、とは思っていた。そこにさっきと同じスタッフが再び戻ってくる。そして、「南野さん視力を失いました」と。わかりました、頷きかけて、

「……は？」

待て。待て待て待て。わからない。全然わからない。大也も蟹江も顔を見合わせ、三人でそのスタッフの後を追って駆け出す。

樋尾が閉じ込められているトイレと、その前にはモニター、そして困ったように佇(たたず)んで

いる作業服の男性が二人いて、他の劇団から手伝いに来てくれた女性スタッフがいて、南野がいた。女性スタッフは「モツ、ごめん、モツ、ごめん」と繰り返しながら膝をついて座り込み、両手の人差指をなぜか上向きに突き出していた。

「あの、南野さん……？　もうスタンバイしないと」

南野は妙な中腰で壁に手をつき、「わかってる！」富士に鋭く言い返しつつ、横歩き。どうやら楽屋の方へ戻ろうとしているらしいのだが、

「しばらく繋いどけ！」

本当に、意味がわからなかった。なぜだかものすごく訊くのが怖い。でも、訊かないわけにもいかない。

「……ど、うしたんですか」

歩み寄ろうとする富士に、トイレの中から樋尾が言う。低い声は念仏みたいに聞こえる。

「業者さんが、来てな――」隙間を覗き込むと、さっきよりもずっとその顔色は悪く、かすかにこめかみが引き攣ってもいる。

「――ここに案内してきたスタッフが、南野とぶつかったんだ。その手がちょうど目元に当たって、コンタクトが両目から落ちて、必死に捜したんだが結局……」

「モツ！　ごめん……！　どうしよう……！」

女性スタッフは半分泣いている。恐らく彼女が踏んでしまったのだ。あの指先には、割れたコンタクトがあるのだ。

ひゅぅ、と富士の喉から変な音が出た。魂が抜けていくような音だった。南野はドのつく近眼で、裸眼では自分が履いている靴さえ見えない。一人でまっすぐ歩くこともできないし、当然舞台に立つことなんてできるわけもない。

「こっちも不注意だった、しょうがねえ！　こんなこともあろうかと、コンタクトはもうワンセット持参している！　ちゃーんと楽屋にある！　だからとにかく繋いでくれ、必ず戻る！」

南野はそう言いながら、ダッ！　楽屋へと駆け出そうとして壁に激突する。そんな様子を見ているうちに、富士の口の中いっぱいにゲロがこみ上げてくる。からあげ……すんでのところで飲み下すが、もう立ってもいられない。視界が斜めに傾き、壁にしがみつく。なんで？　なんで、こんなことになるの？　どうして、よりによって、なんで？　え、もしかして、地獄だから？　そうなの？

「富士さん……これ、伝えないと。蘭さんに」

真っ青を通り越して顔をドス黒くした蟹江が震える声で言う。確かにそうだ。大也も頷いている。

「……だ、ね……」

三人揃って舞台袖にとって返し、蘭が戻るタイミングを待つ。蘭が一旦(いったん)はけると曲が変わり、そのまままたすぐに南野とともに舞台へ出る、という流れだ。その間に十秒ちょっとの余裕がある。

華麗にターンを繰り返し、蘭が袖に飛び込んでくる。目を見開き、左右を探し、

「あれ⁉　モツは⁉」

「コンタクトがトラブって遅れてます。繋げ、とのことです」

「は……⁉」

言葉を失う。呆然と口を開け、目を開け、あどけない幼児みたいな顔になる。

繋げ、と南野は言ったが、ここから蘭がまた一人で出ていって、南野抜きで場を持たせられるだろうか。真っ白になった頭の中で、富士は必死に考える。無理そうな気がする。ここからは蘭と南野が二人で踊る見せ場のシーンで、何度も大きなリフトがある。一人ではさすがに……いや、それでも蘭なら、この東郷蘭なら、どうにか即興で振りを変えて次のシーンに繋がるようにしてくれるかも。いやいや、やっぱり繋がるだけじゃだめで、ここで妻と夫の絆を見せなければこの後のドラマが台無しになる。八方塞がりだ。でももう考える猶予もない。脳が爆発しそうになるが、そのとき不意に蘭が笑った。笑ったのが、富士にも見えた。

鋭くギラつくのは悪巧みの半眼。引き上げた上唇を大きく歪ませ、闇に属する者しかできない邪悪な笑み。そして大也を見て言う。

「――やっちゃえ」

悪魔の囁きを、聞いた人はみなこうなるのだろうか。

硬くこわばっていた大也の表情が、突如ぬるりと変化する。生え際が動くほど目を見開

き、その目は危ない光を放ち、歯を見せながら顔が割れるように大きく笑う。割れ目から裏返って中身が出てくるみたいに。

立ち竦んだままの富士に向け、蘭は手の平に乗せた見えないなにかをフッと吹いてみせた。そしてその唇が「プレゼント、フォー、ユー」と。

なにがなんだかわからない。ただ、妖しく輝く蘭の目は、見てはいけない魔眼だった。瞬間的に魂を奪われ、息が詰まり、思考が止まる。

曲が変わる。

蘭が、大也とともに舞台へ飛び出す。

待って――大也!? なんで!? 声を上げたのは、蟹江だった。富士はただ口を呆然と開き、棒立ちのまま。

真上からのライトが、現れた二人の姿を照らし出す。妻と夫、ではなく、妻と若者だ。二人は手を重ね、向かい合って同じ動き、そのまま仰け反って一度離れて再び中央に。ぴたりと動きを揃えた側転で二人は一つの輪のようになって、背中合わせ。挑むような目で大也が客席を見る。観客一人一人の顔をなぞるように指差していく。客席からは悲鳴にも似た歓声が上がる。

大也は、南野の振り付けを完全にコピーしていた。というか、これはもはやコピーどころではなくて、

「……っ！」

富士は口を両手で押さえる。そうしていなければ叫んでしまいそうだ。大声を上げ、観客と一緒になって、舞台上の二人に向かって両手を打ち鳴らしてしまいそう。目を逸らせない。一瞬たりとも、妻と若者の行く末から逸らすことなんかできない。自然と身体が揺れる。リズムに合わせて鼓動が跳ねる。飛び跳ねたくて、膝が震える。

見たこともない役者が、今、舞台を支配していた。

衣装が跳ね上がり、引き締まった上半身の胸から喉までの素肌のラインがライトを浴びて真っ白に輝く。重力などないかのようになめらかに飛び跳ね、音も立てずに床を蹴る。蘭と同時にターン、視線、指先が絡み合い、過ぎゆく時が摩擦を失う。そしてリフトも軽々と。

大也は、あんなではなかった。これまでとは違う。まったく違う。富士が知っていた大也はもうどこにもいない。今、舞台に立っているのは、顎の向きだけで観客を惹きつけ、指一本で歓声を沸き起こさせ、誰もが目を離せない男。あの眩さに、あの輝きに、すべてが吸い込まれて、すべてが震わされる。そんな世界でたった一人の男。

おそらく、蘭が鍛えたのだ。大也の要請通りに。全員分のセリフと振り付けを覚え込ませ、稽古のない時間もずっと練習に付き合ったのだ。時間と体力を惜しみなく注ぎ込み、持てる技術のすべてを大也の身体に刻みつけた。そうか、だから二人とも、あんなにボロボロに——考えつく言葉なんか片っ端から蒸発していく。闇を切り裂くレーザー、跳ねる光の粒、汗の煌めき、大歓声。

富士も胸の中だけで何度も叫ぶ。胸の中だけで踊りまくる。声を上げ、手を叩き、足を踏み鳴らす。胸の中だけで。

「……僕ら、今」

蟹江が、ぽつりと呟いた。その横顔に表情はない。

「スター誕生の瞬間を見てる」

ただ目だけがまっすぐに、舞台で光るそれを捉えている。

さっきの蘭の言葉が、富士の中で突然意味を紡いだ。プレゼント、フォー、ユー。忘れんなよ。それも蘭の言葉だ。

『なんでもやるよ。なんなら星を丸ごととか』

――なんてことだ。すっかり忘れていた。

富士は、その強烈な輝きに目を奪われながら、今ここで起きていることの意味を理解した。

この劇場という宇宙に、美しい星がまた一つ、生まれ落ちたのだ。

蘭が、新しい星をくれた。

そしてこの物語には、妻と夫の愛ではなく、妻と若者の愛が出現してしまった。この後、二人は折り重なって命を落とし、夫は一人死に遅れてしまう。考えてすぐに、いける、と思う。それもまたドラマティックだ。意味は変わってしまうが、物語は破綻しない。

許されるなら、いつまでもこのままこうして踊る二人の姿を見ていたかった。でもそう

いうわけにはもちろんいかない、だって私にはやることが……などと思った瞬間、

（だああ!? やばい！）

後ろにぶっ倒れそうになる。今日だけでもう何度目かわからない、冷たい脳貧血に襲われる。でも倒れている場合じゃないのだ。本来ここは南野の出番。あの、南野に富士が弓矢を渡すシーンがもうすぐ来る。こうなってしまった以上、大也に弓矢を渡さなければ次に繋がらない。

大也もわかっているだろう。富士と南野が練習していたのをずっと近くで見ていたはずだ。大也を信じて、ぶっつけ本番でやるしかない。大事な小道具の受け渡しをやり遂げるしかない。

紙テープでまとめてセットされた弓と矢を掴む。富士は手筈(てはず)通りに、見切れるギリギリのところでスタンバイする。大也は富士の方を見ない。完全に芝居に没頭している。これを投げて、そして受け取ってもらえなければ、せっかく繋いだシーンは台無しだ。観客はいきなり夢から覚めさせられて、舞台上に取り繕えない失敗を見ることになる。

（神様……）

本気で信じたこともないくせに、富士は思わず心の中で祈った。

どうか、神様。

完璧(かんぺき)な一瞬を、取り返しのつかない一瞬を、生ものの一瞬を、この地獄にいる私たちに掴ませてください。

それが欲しいんです。

どうか——

（いーち、にーの、）

明滅するライトのタイミングで、富士は（さーん！）弓矢を大也へ放った。舞台が闇に閉ざされたのは一瞬。再びライトがステージを照らし出す。いくつもの真っ白な光の束が一点に凝縮する。その中央に、大也は矢をつがえて立っている。矢の尖端を高く掲げ、彼方の標的に狙いを定め、目を眇める。歯を食いしばる。指が弦を弾く。暗転。放たれた矢SE。フラッシュ。雷鳴SE。曲CO。さらに雷鳴SE。舞台転換。蟹江スタンバイ。破壊音SE。フラッシュ。三秒後サスON。

教室には中坊が倒れている。よろめきながら、机に手をついてなんとか立ち上がる。

息を切らして舞台袖に戻ってきた大也の前には、南野の巨体が立ちはだかる。手と手が、音を立てずにハイタッチ。おまえは最高だ。そんな南野の声で大也は一瞬にして泣き崩れ、でもすぐにその顔を上げ、メイクを直しに楽屋へ飛び込んでいく。やっと舞台袖に戻ってきた樋尾に軽く押しのけられながら、富士はまだ震えている。震え続ける指を、なんとか一本ずつ折り込んでいく。握り締める。

今、この手で、確かに摑んだ。

＊＊＊

客電がつき、富士の耳に最初に聞こえてしまった感想の声は「……なにが起きたの？」だった。

おもしろかったねー、とか、いまいちだったねー、でもない。たちまち不安になってしまうが、今さら自分が悩んだところでしょうがないということはわかっている。今はとにかく、やるべきことをやるしかない。

舞台上に残った紙吹雪や衣装から落ちた羽毛を箒で集め、大急ぎで掃除。ゴミ袋に集め、廊下に出す。これが終わったらセットの点検だ。また次の回がこの後すぐに控えているし、時間の余裕はまったくない。それが富士の立てたプランである以上、忙しいなんて泣き言をいう権利もない。

ロビーでは南野たちが客を見送り、写真撮影に応じたり、差し入れを受け取ったりしていた。談笑する声がここまで聞こえてくる。みんな興奮しているのか、やたらと声が大きく響く。戻ってきたら衣装を一旦預かり、汗で濡れたインナーを外して取り換えなくては。次の分はすでに楽屋に準備してある。

「ちょっと一服、行ってきていいか？」

メンソールの箱を片手に、樋尾が声をかけてきた。喫煙スペースで他のスタッフと相談したいこともあるのだろう。

「戻ってきて下さいね、ちゃんと」

冗談めかした富士の言葉に、樋尾はクールな流し目で笑ってみせる。そして、

「……ここにはもう龍岡がいるんだな」

と。その言葉の意味はわからなかった。しかし訊き返す間もなく、樋尾は何人かのスタッフと連れ立って、楽屋口から出ていった。

樋尾がトイレから脱出してからは、トラブルもなくエンディングまで無事にたどり着けた。そのことをただ喜びつつも、しかし富士は心のどこかで、ないな……とか、実は思ってしまってもいる。樋尾について、だ。

あれが不幸な事故だということはわかっている。責任を問うとすれば劇場だ。でも、やっぱりあんなときにトイレに行くなんて、ない。自分だったら絶対に行かない。そもそも膀胱には自信がある。多少のストレスがかかっても、膀胱にくるなんてことは絶対にない。その素質だけは、自分が樋尾を上回っている。他のすべてのこと、たとえば技術や人望、知識、経験においてはまったく及びもしないが、膀胱だけは、勝っている。

そんなことを一人考えながらゴミ袋の口を縛っていると、片付けを手伝ってくれているスタッフに呼ばれた。トイレの方に向かうと、廊下には業者によって取り外されたトイレのドアが立て掛けられたままになっている。トイレはドア無し、丸見え状態。

「これってどうします？　劇場の方に訊いたら、今日明日にはドアの取り付けはできないって」

「じゃあとりあえずはこのままにしておくしかないですよね。あとで南野さんにも相談しておきます」

ロビーには客用のトイレがあるから、そっちを使わせてもらってしのぐしかないだろう。とりあえず丸見え状態なのもなんなので、使っていない衝立を楽屋から運び、トイレを塞いでおくことにする。壁に立て掛けられたままのドアも倒れたりしたら危険だから、目立つように張り紙を貼っておいた方がよさそうだ。

チラシの裏にマジックで大きく「注意！」と書き、斜め掛けにしたバッグからテープを取り出して貼りつける。手に触れた鉄のドアの冷たさに、不意にあの夜のことを思い出す。トイレのドアといえば、あの居酒屋のトイレだ。卒業式の夜、泣きながら隠れた、あの場所。

テープを押さえながら、富士は少しだけ目を閉じた。

（……このドアの向こうに、隠れてるんだよね）

そっと額を押し付け、思う。

その子は泣いている。その子は一人でいる。その子はなにがしたいかもわからずにいる。その子は探している。その子は待っている。

誰かの声を。顔を上げろと言う声を。立ち上がれと言う声を。飛び出せと言う声を。ここから呼ぶ声を。

富士は心の中で叫ぶ。

走れ！

魂を燃やして、命を賭けて、海を目指せ！

私はここにいるから！

（早くおいで！　ここにおいで！　もう誰も、置き去りになんかしない！）

――この呼び声は、無数の舟と、無数のこどもたちへ。

そのすべてに向かって、富士は叫ぶ。宇宙にある命のすべてに、みんなに向かって叫び続ける。この劇場の片隅から、汗に塗れて埃に塗れて、自分のすべてで叫び尽す。

そして二回、ドアを強く叩いた。

びっくりさせて叩き起こすのだ。そして跳ね上げた泣き顔に訊くことはたった一つ。


生きてるー!?


答えももちろん、たった一つ。

このドアを叩く音が聞こえたなら、この声が届いたなら、夢中で走り出したなら――それが答えだ。

富士は目を上げ、顔を上げ、取り外されたドアから離れる。顔を軍手の甲でゴシゴシ擦り、また舞台へと戻る。やるべきことはまだまだたくさんある。

ロビーの方がにわかに騒がしくなっていることに気付いたのは、それから少ししてからだった。箒に絡みついてしまった糸くずを取ろうとしゃがみ込んでいると、南野が喫煙スペースに駆け込み、樋尾と他のスタッフとともに出てくる。蟹江が蘭を捕まえ、なにか囁き、蘭は「まじで!?」訊き返す。なにがあったのかと富士は訝（いぶか）しむが、

「ねえねえ、これ見て」

須藤がスマホを見せてくる。今のステージをちょうど観ていたという女性のツイートがあって、大也とロビーで撮った写真がまず三枚。大也は汗を滴らせているが、輝くようないい笑顔をしている。そして、『とにかくわけわからないしすごすぎるから何度でも観るべき。私はこの次の回も観ます！』と。

「この次の回も、って……どういう意味だろう」

「それがね、今観てたお客さんで、かなりの数の人が次回のチケットをまた買ってるんだって」

須藤が言う通りのことが、ロビーでは起きていた。客たちは、上演中は勢いでただただ圧倒されてしまったから、改めてストーリーを理解するためにまた観たいと言うのだ。

「こうやってリピーターが毎回雪だるま式に増えていったら、やばいことになるんじゃない？　明日の分も買い尽くされそうだって南野さんが」

「え、まさか。明日なんて半分も埋まってない回があるんだよ？」

「いやー……なんか勢い的に、本当にやばいことになると思うけど……」

「富士！　ちょっと来い！」

急に南野に呼ばれ、富士は慌てて駆け出した。

駆け出したその先で、これ以降の回のすべてを今回のバージョンで上演することが告げられる。あのシーンは、正式に大也の出番になったのだ。それに伴って変更しなければいけない点がいくつかあって、富士は腰に挟んでいた台本を開いて夢中でメモを走らせる。

「このセリフを削って、」「はい」「ここで俺がはけるから、おまえは」「はい」「東郷のここ、これも……カニ！　どうする⁉」「ちょい待って！」蟹江も走り回る。樋尾も走り回る。

蘭は大也をどやし、大也は蘭の動きを必死に追う。

チケットは、その間にもまた売れていく。観客のツイートは拡散され、大也の若々しい、人懐っこい笑顔につけられたハートマークが増えていく。『これ誰？』『バリスキにこんな役者さんいたっけ？』『いいやん！　推せる！』『なんかすごいらしいよ』『まじすごかった』『めちゃくちゃ最高』『くそ最高』『忘れられない！』『観たい！』『観たい観たい！』『まだチケットあるのかな⁉』

――こうして須藤の予言は、現実になっていく。

富士はまだ、それに気が付いてはいない。生まれて初めての観劇に興奮しつつロビーから出ていく、最近突発的に上京しすぎのサラリーマンがいたことにも、富士は気付いてはいない。今はただ、次のステージへ向けて、必死に自分の役目を果たしている。

＊＊＊

『見上げてごらん』の公演が無事に終わり、二週間が過ぎた。

南野家には家主の南野、蟹江、蘭、大也、そして富士が揃って、午前十時を待っていた。それぞれのスマホをテーブルに置き、時計の数字が変わるのを息を詰めてじっと見守る。樋尾はバイトの都合で今日はここにはいない。でもきっと、ここにいるみんなと同じように午前十時を待っているのではないかと富士は思う。

今日の午前十時に、チケッピオのサイトにて、NGS賞の結果が発表されるのだ。

今は九時五十八分。そろそろ来るだろう、と全員で繰り返しページを更新しまくるが、サイトにはまだなにも変化はない。

「……これやってるの、あたしらだけじゃないよね。他の劇団の連中もアクセスしまくってるよね」

蘭が言うと、蟹江が目線はスマホに向けたまま笑って頷く。

「ンフフ……サーバー落ちたりして」

「さすがにツールでも使わない限りありえないと思いますよ」

返す富士の声も変にかすれてしまう。みんな緊張しているのだ。大也はさっきから何度もお茶を飲んで、今はなにも言わずに固まっている。

「ところで、こんなときになんだが」

南野が重々しく発した声に、一同顔を上げた。

「今ここに、俺様が宣言する――これより再び、始動！　次の公演へ向け、バーバリアン・スキルは動き出すぞ！」

「……今かよ!?」

「なんでだよ!?」

「なんでですか!?」

「なんなんすか!?」

ふっ、と笑みを浮かべ、南野は軽く両手を広げてテーブルにつける。

「まだ十時までは間があるから、今のうちに、と思ったのよ。樋尾がいないのは残念だが、せっかくこうしてメンバーが揃っていることだしな。見ろ、この構図を。中央の俺ときたらなんと眩く神々しい――そう、まさしく『最後の晩餐』だ」

「人数からして違うだろ……」

「まったく、アートのわからないカニめ。あくまでこれはオリジナル――すなわち！　俺ナルド・ダ・俺んち！」

「ていうか間なんて全然ないんですけど。もうすぐですよ」

「いやまだある」

「もうすぐですよ」

「いやまだある」

はせん！　なぜなら俺様は俺様だから俺様の俺様が俺様の俺様が俺様で」
相撲取りではないぞ、サンドストーム！　たとえ時の神クロノスとてこの俺様を捕えられ
はっは、笑止！　すでに見切ったわ！　この俺様は自由を疾駆する一陣の大砂嵐、おっと
「いやまだあ……む⁉　富士、おまえまたこの俺をループの罠にかけようとしているな⁉
「もうすぐですよ」

10:00:00

「——あ！　更新きました！」

富士の声に南野の発作も鎮まる。リビングに数秒の静寂。それぞれ自分のスマホの画面をスクロールし、文字を読み、そして、

「……俺様だ——————っ！」

南野が吠えた。富士も「きゃあああああ！」叫び、蟹江は「うおおおお、」立ち上がって「いった……！」電燈のカサに思いっきり頭をぶつけ、蘭は無言のまま「……！」ラオウのポーズで拳を突き上げ、大也は「うわわわ！」スマホを取り落として焦った。

何度見ても、そこにある文字列は変わらない。本当に、書いてある。

第十九回NGS賞——バーバリアン・スキル（東京）

自然と全員が手を上げ、音も高らかにハイタッチ。それだけでは済まず立ち上がり、テーブルの周りでその手を掴み合う。横に揺れながら、そうだ万歳三唱でも、と富士が思いついたその時、

10:00:10

テーブルに置かれたそれぞれのスマホから軽い調子でＬＩＮＥの通知音が鳴った。樋尾からだ。きっと樋尾も結果を見たのだ。南野が無邪気な笑顔でスマホを見て、すいっとスワイプして、

10:00:30

「……な……」

そのまま目を剝いて仰け反る。一体何があったのかと、富士も、他のメンバーも、樋尾から届いたＬＩＮＥを確かめる。

『みんなおめでとう』

と、まずあった。そして長々とテキスト。すでに用意してあったのを、ぽちっと送っただけとしか思えない。

『俺もこれで心置きなくバーバリアン・スキルを離れられる気がする。もう一度真剣に演劇に取り組もうと思えたのは、みんなのおかげだ。本日より俺は、コヨーテ・ロードキルに加入することになった。今までありがとう。これからもお互い頑張ろう』

10:01:15

「なんで⁉」「うそだろ⁉」「なんでよりによって⁉」「待って待って、樋尾さん……ええ⁉」「ふざっけんなよあの野郎！」「ぶっ殺す！」「一体なんでこんな……」「嘘だ絶対ありえない！」「なにかの間違いじゃ⁉」「やだよこんなの！」「糞野郎絶対ぶっ殺す！」「え

っ、でも、えっ」「どうしてこんなことに!?」「樋尾さんがいなかったら私たちはどうなるんですか!?」「味噌漬けにしてぶっ殺す！」「どうしよう！」「もう終わりだー！」「待て。なんだこの音」「音って？」「なんも聞こえないけど」「しっ！　ほら……！」「え、わかんない」「なんなんだよ」「あ、でもほんとだ」「ああ、なんか……」

10:01:30

かすかな前兆の後、ドーン！　と突然重く響いた轟音は、開け放してあった窓の外、南野荘から聞こえた。

全員が目を見交わした。

そして、窓の方へ。顔を五つ並べて、南野荘を見る。崩壊は、意外にも、まだしていない。でも二階の外壁部分が見ている傍からヒビ割れ、そう言っている間にもボロボロと崩れ、建物の横腹に構造上あってはならない空洞がわかりやすく口を開ける。

「……はは一ん」

南野が、今まで聞いたことのない上ずった声で呟く。

「……202の床が、抜けやがったな」

富士の脳裏にも、202の様子が思い起こされた。そういえば、作業スペースを作るために一階から荷物を移動させた後、そのまま元に戻すのを忘れていた。もし本当にあの床が抜けたのだとしたら、本当にそうなのだとしたら、隣の自分の部屋はどうなっているのだろう。パソコンやその他の生活用品すべてがあるあの部屋は。そして蟹江の部屋は。蟹江の、公演が終わってからもずっとろくに寝もしないで続けている奴隷仕事のすべては。蟹江の顔を見やる。蟹江も富士の方を見ながら、「……ンフッフ……」真っ青な顔で笑っている。いや、「……ン、フフ……フ……ッ」引き攣っている。富士も自分の顔から血の気が引いていくのを感じる。きっと蟹江と同じぐらい、今、青ざめている。貧血を起こしかけた脳裏に、

「あ」

突如閃くものがあった。

「もしかして……これがドリフですか!?　かの有名な……コント意外でやったらただの大事故だという、あの……!?」

「違うよバーカ」

蘭が呆れたみたいに説明してくれる。「ドリフってのはもっとこう、全体的にガラグシャーッと潰れて上から全部崩壊して」

「馬鹿野郎！　縁起でもないことを言うんじゃねえ！」

高らかに声を上げたのは南野。現実を遮断するかのように窓をぴたっと閉じる。

「俺が見たところ——これは吉兆！」

10:02:00

振り返ってそう言う目は、本気だった。正気かどうかは微妙だ。

「次の公演へ向けて再始動を宣言した途端これだ。すなわち、プチ破壊は済んだ！　つま

りまたもや大成功する運命が、すでに動き出したってことだ！　なんてこった、さすが俺！　すごいぞ俺！　愛しているぞ俺――！」

蟹江が即叫ぶ。「どこがプチだよ⁉」蘭が「次の公演ってどこでやるの？　やっぱ関西？」大也が「樋尾さん、いつから決めてたんですかね」その声にまた蘭が「そんなこと言ってる場合かよ⁉」蟹江が「そっちこそ！」後はもうカオスだ。「やめろ、南野荘が崩壊するって時に！」「まだしてないすよ」「まだってなんだ！」「もうしてるだろ！」「してねえ！」「やっぱ大阪？」「ふむ、大阪か……」「ふむじゃない！　物件の心配は⁉」「あっ！　今思いついたんだけど、いっそツアーってどう⁉」「そんな金はねえ！⁉」「百万円獲れたじゃん！」「うおおそうだった！」「うわあうわあ百万円！」「わーいわーい！」「車買おっか？」「なんでだよ！」「移動できるじゃん」「氷ってまだある？」「お茶もっと飲みたいんですけど」「つか樋尾に電話してみない⁉」「百万円って振込なの？」「わかんねえ」「わあ、スマホ固まった！」「あれって近所の人すかね」「あー響いたからな」「百万円なんてすぐ飛ぶよ」「大阪のカレーってかなりスパイシーらしい！　見て、今検索したんだけど、」

……状況を、とにかく確かめなければ、とか。

NGS賞が獲れた、とか。

樋尾さんはもう戻らない、とか。

警察や消防に連絡しないといけないのか、とか。電気やガスは、とか。自分の部屋は大丈夫なのだろうか、とか。これからどうなるんだ、とか。

次々に溢れ出てしまいそうな言葉を、富士は一旦飲み下した。

好き勝手に言いたいことを言いまくる連中を、まずは静かにさせなければ話は全然始まらない。話は進まない。あまりにもたくさんのことが起こりすぎた。とにかく状況の整理が必要だ。

息を吸い、胸を大きく膨らませる。

この日の十時〇三分に富士が放った大声は、しばらくの間、バーバリアン・スキルのメンバーの中で語り継がれることとなる。

でもそれも本当にしばらくのことだ。

バーバリアン・スキルの挫折と喪失、そして栄光の長い道のりは、この日から真に始まる。

実際のところ、NGS賞も、南野荘の崩壊も、樋尾の脱退も、バーバリアン・スキルの歴史の中で起きた事件としては、五本の指にも入らない。それどころではない大きな嵐が、この先の旅路にはいくつも待ち受けている。

しかしそんなことはまだ誰も知らない。


「——いいから、しばらく、」

本作の執筆にあたり、竹内佑氏のご教示を得ました。
記して謝意を表します。

解説

中江有里（なかえゆり）（俳優・作家）

「中間管理職」とはすべての矛盾を飲み込む立場だ。

上司の下で現場の監督をする人をそう呼ぶ。わたしの知る例を挙げると、撮影現場における助監督、あるいはアシスタントディレクター（ＡＤ）は中間管理職っぽい。

たとえばロケ現場で上司たる監督が、

「夕日が落ちる直前を狙って三十分後に撮影したい」

と言いだしたとする。助監督、ＡＤは三十分後に撮影開始できるよう現場スタッフに申し伝え、すべての部署にスタンバイさせる。しかし俳優部のメイクから、

「メイクには一時間必要だから、無理」

と無下に断られる。時間はゴムのように伸び縮みしない。一時間かかる仕事を三十分で済ませろ、と言えば「メイクを軽く見ている」と仕事をボイコットされてもおかしくない。

そこで「中間管理職」の力が発揮される。

「監督も無茶言ってきて、困りますよねぇ」「そこをメイクさんのお力でなんとか！」とお茶を差し入れて気持ちを解きほぐしながら説得（丸め込む）。

逆に監督側には神妙な顔で、

「できるだけ早くやってもらいます」

「もちろん夕日には絶対間に合わせますから。ご心配なく」

こうしてそれぞれの気持ちを宥めながら時間の調整をし、準備時間は間を取って四十五分あたりで収め、撮影を無事に終わらせる。これが助監督、ＡＤの知られざる手腕。中間管理職なしに現場は立ち行かない例は多く見てきた。

前置きが長くなったが、本書の主人公龍岡富士は六歳上と六歳下にそれぞれ双子がいる。上二人と下二人に挟まれた中間子の富士は龍岡家の全権を握る両親の下、二組のわがまま双子たちに振り回され、あらゆる調整役を担いながら育った、生まれながらの「中間管理職」と言っていい。

面倒見の良い人というのは、思うに二通りのタイプがいる。

ひとつは自己管理もできて人のことも面倒を見られる人。もうひとつは自分より相手を優先して面倒を見てしまう人。たぶん富士は後者だ。育った環境と持ち前の優しさが彼女の成分。自分を犠牲にしても、つい相手のために何かしようとしてしまう。

しかし富士は味方だと思っていた友達からこう言われる。

「富士の自虐ってほんとむかつかない？」

「あんたってなにか欲しがったこととかないでしょ」

人の言葉は刃物。しかし傷つけられて初めて自分の心の存在に気づくこともある。富士は人のわがままを聞くことができても、逆はしてこなかった。つまり自分の心の声を、心のありかを確かめてこなかったのだ。生まれながらの「中間管理職」は我慢に慣れきって膀胱（ぼうこう）の大きさを誇っているが、行きたい時にトイレは行った方がいいに決まっている！

果たして予定していた就職、結婚がなくなり、居場所を失いかけた富士が出合ったのが劇団「バーバリアン・スキル」だった。

通称バリスキの劇団員は見事にわがまま（特に主宰の南野正午（みなみのしょうご））、しかし幸いにして富士はわがまま慣れしていた。バリスキ旋風に巻き込まれた富士は、やがて自分の心の声を聞く。

「変わりたいのだ。やり直して、新しく生きたい。元の自分のままではいたくない」

目的地は決められなくても、この場所を出ることは今すぐに決められる。いくら綿密に計画していたって人生はままならないのだから、やれることからはじめればいい。

バリスキの面々のキャラの濃厚さ、南野荘のいろんな意味でのヤバさ、そして劇団の将来の見えなさ、劇団員となった富士に押し寄せる波は高いが、それもまた奮起するエネルギーへと変換される。

変わりたい、という意思を持てば人は変わる。劇場のトラブルで下ろした幕を、もう一度開けようとする。何としても富士自身が芝居の続きを観たいからだ。

ところでわたしの周囲には仕事柄、演劇人が結構いる。身内しかり知人しかり、キャリア関係なく熱い人が多い。

　バリスキのように団員がそれぞれお金を出したり、チケットを売ったりすると聞いたこともある。自らリスクを抱えて舞台に立つところが商業映画やテレビと決定的に違う。光が当たるのを待つのではなく、自分が輝ける場を作り出す、ということだ。バリスキの団員となった富士も自ら輝くためにリスクを背負う覚悟を決める。

　もしわたしが富士の親だったら、双子の兄姉（または弟妹）だったとしたら、龍岡家の中間管理職が血迷ったのだと判断し、止めるかもしれない。わざわざリスクを取りにいくなんて……騙されているのではないか？　と訝しむだろう。

　夢は時に残酷だ。安易に夢を見て、夢に裏切られて行く場を失う人もいる。富士には少なくとも夢を捨てて身を寄せる場がある。バリスキのリスキーな夢に心寄せることを心配するのはごく当たり前の感覚ではないだろうか。

　団員の蘭も富士に言う。

「ふわっふわした夢を、見てんだろ」

「あたしも知ってるよ、そういうの。今のあんたは、ただ毎日を必死にひた走ってるだけなんだよね。前だけを見て、文字通り夢中で」

　夢中とは夢の中と書く。夢はいつか覚める。そういう蘭自身がバリスキという夢に囚われているのかもしれない。

本書で印象的なモチーフとして描かれるのが舟。かつて富士は海辺で見つけた木製の手漕ぎ舟の下に身を潜め「あの子」を夢想していた。富士が想う「あの子」とは、上と下の双子にはいるのに自分にはいない「もう一人の自分」。

翻ってバリスキは難破船。南野たち団員は乗員として、今にも沈みそうなおんぼろ船を漕がなければならない。劇団にとって「漕ぐ」とは芝居をし、人々に見せることだ。

俳優の端くれとして言うと、芝居とはもう一人の自分を表現すること。この世には存在しない、舞台の上だけで現れる別の人格。

小説に限らず、物語を読む魅力の一つは、そこに存在する架空の人生を疑似的に歩むところだと思う。なぜなら人はどうしたって自分自身から自由になれないからだ。富士のように生まれながらの中間管理職体質は抜けないし、破天荒な南野は、遺産放棄しても実家暮らしはやめられない。

夢を見る人間が生きるのは現実の世。そう、現実と折り合わなければ夢も見られない。南野たちにとってのバリスキは、夢を持ちながら現実を生きるための、いまだ建築中の理想郷で、富士にとっての居場所なのだ。夢中の何が悪い。夢中になれるものを見つけたら最強だ。

読みながら「幕よ、上がれ」と何度も祈った。呆れるほど真剣に、信じられないほど情熱的に、舞台に立とうとする人たちへ光を当ててほしい。

ところで本書のタイトルは、ラストにようやく出てくる。それも半端な形で。
芝居はうんちくを垂れて観ても楽しくない。あれこれ意味を探らなくてもいい。
タイトル通りに観ればそれでよし。
読書も同じく、いいからしばらく黙って読んでみて。

本書は、二〇二〇年二月に小社より刊行された
単行本を加筆修正のうえ、文庫化したものです。

いいから しばらく黙(だま)ってろ！

竹宮(たけみや)ゆゆこ

令和5年 7月25日　初版発行

発行者●山下直久

発行●株式会社KADOKAWA
〒102-8177　東京都千代田区富士見2-13-3
電話　0570-002-301（ナビダイヤル）

角川文庫 23724

印刷所●株式会社暁印刷
製本所●本間製本株式会社

表紙画●和田三造

●お問い合わせ
https://www.kadokawa.co.jp/（「お問い合わせ」へお進みください）
※内容によっては、お答えできない場合があります。
※サポートは日本国内のみとさせていただきます。
※Japanese text only

ISBN 978-4-04-113322-4　C0193

◇◇◇

角川文庫発刊に際して

角川源義

第二次世界大戦の敗北は、軍事力の敗北であった以上に、私たちの若い文化力の敗退であった。私たちの文化が戦争に対して如何に無力であり、単なるあだ花に過ぎなかったかを、私たちは身を以て体験し痛感した。西洋近代文化の摂取にとって、明治以後八十年の歳月は決して短かすぎたとは言えない。にもかかわらず、近代文化の伝統を確立し、自由な批判と柔軟な良識に富む文化層として自らを形成することに私たちは失敗して来た。そしてこれは、各層への文化の普及滲透を任務とする出版人の責任でもあった。

一九四五年以来、私たちは再び振出しに戻り、第一歩から踏み出すことを余儀なくされた。これは大きな不幸ではあるが、反面、これまでの混沌・未熟・歪曲の中にあった我が国の文化に秩序と確たる基礎を齎らすためには絶好の機会でもある。角川書店は、このような祖国の文化的危機にあたり、微力をも顧みず再建の礎石たるべき抱負と決意とをもって出発したが、ここに創立以来の念願を果すべく角川文庫を発刊する。これまで刊行されたあらゆる全集叢書文庫類の長所と短所とを検討し、古今東西の不朽の典籍を、良心的編集のもとに、廉価に、そして書架にふさわしい美本として、多くのひとびとに提供しようとする。しかし私たちは徒らに百科全書的な知識のジレッタントを作ることを目的とせず、あくまで祖国の文化に秩序と再建への道を示し、この文庫を角川書店の栄ある事業として、今後永久に継続発展せしめ、学芸と教養との殿堂として大成せんことを期したい。多くの読書子の愛情ある忠言と支持とによって、この希望と抱負とを完遂せしめられんことを願う。

一九四九年五月三日

角川文庫ベストセラー

ことことこーこ　阿川佐和子

離婚した香子が老父母の暮らす実家に戻ると、母・琴子に認知症の症状が表れていた。弟夫婦は頼りにならず、香子は新しく始めたフードコーディネーターの仕事と介護を両立させようと覚悟を決めるが……。

教室が、ひとりになるまで　浅倉秋成

北楓高校で起きた生徒の連続自殺。ショックから不登校になっている幼馴染みの自宅を訪れた垣内は、彼女から「三人とも自殺なんかじゃない。みんな殺された」と告げられ、真相究明に挑むが……。

少女奇譚　あたしたちは無敵　朝倉かすみ

小学校の帰り道で拾った光る欠片。敵と闘って世界を救うヒロインに、きっとあたしたちは選ばれた。でも、魔法少女だって、死ぬのはいやだ。(表題作)など、少女たちの日常にふと覗く「不思議」な落とし穴。

君たちは今が世界（すべて）　朝比奈あすか

6年3組の調理実習中に起きた洗剤混入事件。犯人が名乗りでない中、担任の幾田先生はクラスを見回してこう告げた。「皆さんは、大した大人にはなれない」先生の残酷な言葉が、教室に波紋を呼んで……。

君を描けば嘘になる　綾崎隼

瀧本灯子には絵しかなかった。ひたすら創作に打ち込む彼女の前に、南條遥都という少年が現れる。灯子は彼の才能を認め、遥都にだけは心を開くように。しかし嵐の夜、2人のアトリエを土砂崩れが襲い——。

角川文庫ベストセラー

Another (上)(下)　綾辻行人

1998年春、夜見山北中学に転校してきた榊原恒一は、何かに怯えているようなクラスの空気に違和感を覚える。そして起こり始める、恐るべき死の連鎖！　名手・綾辻行人の新たな代表作となった本格ホラー。

県庁おもてなし課　有川　浩

とある県庁に生まれた新部署「おもてなし課」。若手職員・掛水は地方振興企画の手始めに、人気作家に観光特使を依頼するが、しかし……!?　お役所仕事と民間感覚の狭間で揺れる掛水の奮闘が始まった！

怪しい店　有栖川有栖

誰にも言えない悩みをただ聴いてくれる不思議なお店〈みみや〉。その女性店主が殺された。臨床犯罪学者・火村英生と推理作家・有栖川有栖が謎に挑む表題作「怪しい店」ほか、お店が舞台の本格ミステリ作品集。

天地明察 (上)(下)　冲方　丁

4代将軍家綱の治世、日本独自の暦を作る事業が立ち上がる。当時の暦は正確さを失いずれが生じ始めていた――。日本文化を変えた大計画を個の成長物語として瑞々しく重厚に描く時代小説！　第7回本屋大賞受賞作。

はだかんぼうたち　江國香織

9歳年下の鯖崎と付き合う桃。母の和枝を急に亡くした、桃の親友の響子。桃がいながらも響子に接近する鯖崎……〝誰かを求める〟思いにあまりに素直な男女たち＝〝はだかんぼうたち〟のたどり着く地とは――。

角川文庫ベストセラー

つれづれ、北野坂探偵舎
心理描写が足りてない
河野 裕

異人館が立ち並ぶ神戸北野坂のカフェ「徒然珈琲」にはいつも、背を向け合って座る二人の男がいる。一方は元編集者の探偵で、一方は小説家だ。物語を創るように議論して事件を推理するシリーズ第1弾！

二人道成寺
近藤史恵

不審な火事が原因で昏睡状態となった、歌舞伎役者の妻・美咲。その背後には2人の俳優の確執と、秘められた愛憎劇が――。梨園の名探偵・今泉文吾が活躍する切ない恋愛ミステリ。

砂糖菓子の弾丸は撃ちぬけない
A Lollypop or A Bullet
桜庭一樹

ある午後、あたしはひたすら山を登っていた。そこにあるはずの、あってほしくない「あるもの」に出逢うために――子供という絶望の季節を生き延びようとあがく魂を描く、直木賞作家の初期傑作。

青くて痛くて脆い
住野よる

大学一年の春、僕は秋好寿乃に出会った。彼女の理想と情熱にふれ、僕たちは秘密結社「モアイ」をつくった。それから三年、将来の夢を語り合った秋好はもういない。傷つくことの痛みと青春の残酷さを描ききる。

夜に啼く鳥は
千早 茜

少女のような外見で150年以上生き続ける、不老不死の一族の末裔・御先。現代の都会に紛れ込んだ御先は、縁のあるものたちに寄り添いながら、かつて愛した人の影を追い続けていた。

角川文庫ベストセラー